Nuestra casa

Biografía

Louise Candlish estudió Lengua y Literatura en el University College de Londres y trabajó como redactora y editora de libros ilustrados antes de dedicarse plenamente a la escritura. En la actualidad vive en el sur de Londres con su esposo, su hija adolescente y Bertie, su perro labrador. Autora de doce novelas y traducida a más de quince idiomas, *Nuestra casa* ha sido galardonada con el British Book Award a Mejor *Thriller* del Año, además de ser reconocida por una gran cantidad de medios como novela negra del año.

Louise Candlish

Nuestra casa

Traducción de Víctor Ruiz Aldana

Planeta

Título original: *Our House*

Avda. Diagonal, 662-664, 08034 Barcelona (España)
www.editorialplaneta.es
www.planetadelibros.com

Adaptación de la cubierta: Booket / Área Editorial Grupo Planeta
Imágenes de la cubierta: © Miguel Sobreira y © Magdalena Russocka / Trevillion Images
Primera edición en Colección Booket: julio de 2022
Primera edición en esta presentación: mayo de 2026

Depósito legal: B. 25.220-2026
ISBN: 978-84-08-31974-0
Impreso en España

Para SJV, una persona inimitable y extraordinaria

1

Viernes, 13 de enero de 2017
Londres, 12.30 h

Seguro que los ojos la traicionan, pero parece que alguien está mudándose a su casa. La furgoneta está aparcada en mitad de Trinity Avenue, con la boca cuadrada completamente abierta y un mueble enorme deslizándose por su ribeteada lengua de metal. Fi entorna los ojos ante los intensos rayos de sol —algo inusual en esta época del año, casi un regalo— y no pierde detalle de los dos hombres que, con el mamotreto a cuestas, atraviesan la cancela y avanzan por la entrada.

«Mi cancela. Mi entrada.»

No tiene ninguna lógica; es imposible que sea su casa. Debe de ser la de los Reece, dos por debajo de la suya; la pusieron en venta en otoño, y nadie tiene del todo claro si llegaron a venderla. Las casas a este lado de Trinity Avenue están todas cortadas por el mismo patrón —adosadas de dos en dos, obra vista de ladrillo rojo y estilo eduardiano con las puertas de entrada del mismo color negro— y todo el mundo coincide en que es fácil confundirlas.

Hace tiempo, una de las veces en que Bram volvió a casa después de «un par de cervecitas» en el Two Brewers, se equivocó de puerta y ella oyó por la ventana abierta de su cuarto los golpes y rasguños que su marido, borracho, emitía al intentar introducir la llave en la cerradura del número 87, el hogar de Merle y Adrian. Eso sí: tanta persistencia la asombraba; tenía el terco convencimiento de que tan solo debía insistir hasta que la llave encajara.

—Pero es que son todas iguales —protestaba a la mañana siguiente.

—Las casas sí, pero hasta un borracho se habría fijado en las magnolias —le espetó Fi entre risas. (Eso era cuando verlo ebrio todavía la hacía reír y no la colmaba de tristeza o repulsión, en función de su estado de ánimo.)

Se para en seco: el magnolio. Un verdadero monumento, su árbol, un espectáculo muy celebrado cuando está en flor que no pierde ni un ápice de su belleza cuando se le caen las hojas, justo su estado actual, con las ramas exteriores elevándose hacia el firmamento con un encanto puramente artístico. Y no le cabe la menor duda de que se encuentra en el jardín de su casa, y la furgoneta también.

«Piensa.» Debe de ser un envío, algo que Bram ha

olvidado comentarle. Tampoco se lo cuentan todo; ambos han aceptado que este nuevo sistema es imperfecto. Vuelve a apretar el paso, usando una mano para protegerse del sol, hasta que está lo bastante cerca como para leer las letras de uno de los laterales del vehículo: MUDANZAS PRESTIGE HOME. O sea, que al final sí que va a ser una mudanza. Deben de ser amigos de Bram, que pasaban por aquí y han aprovechado para dejarle algo. Si dependiera de ella, sería un piano viejo para los niños («Señor, que no sea una batería, por favor»).

Pero un momento: el transportista ha vuelto a la escena y está cargando con más bártulos de la furgoneta a la casa. Una silla de comedor, una bandeja redonda de metal, una caja con la palabra FRÁGIL escrita y un armario pequeño y estrecho, de la medida aproximada de un ataúd. «¿Se puede saber de quién es esto?» Una ráfaga de ira hace que le hierva la sangre justo antes de llegar a la única conclusión posible: Bram ha invitado a alguien a vivir con él. Algún compañero de borrachera desahuciado, seguro, que no tiene dónde caerse muerto. («Quédate todo el tiempo que quieras, hombre; tenemos un huevo de habitaciones.») ¿Cuándo pretendía informarla? Bueno, pues ya se puede ir olvidando de compartir su casa, aunque se trate de algo temporal y por muy caritativas que sean las intenciones de Bram. Los niños tienen prioridad: ¿o no es justo eso lo que de verdad importa?

En los últimos tiempos teme que se estén olvidando de lo realmente importante.

Está a punto de llegar. Al pasar por delante del número 87, se percata de la presencia de Merle en la ventana de la primera planta, que en ese momento frunce el ceño y levanta el brazo para llamar la atención de Fi. Esta le hace un sutil gesto con la cabeza como respuesta al mismo tiempo que atraviesa su propia cancela y pone un pie en las piedras que conducen a su hogar.

—Buenos días. Disculpe, ¿qué está pasando aquí? —Sin embargo, en medio del barullo nadie parece oírla. Levantando la voz y forzando cada sílaba, añade—: ¿Qué están haciendo con tanto chisme? ¿Dónde está Bram?

Una desconocida sale de la casa, se planta en el umbral y esboza una sonrisa.

—Buenos días. ¿Puedo ayudarla?

Fi se queda sin aliento como si hubiera visto una aparición. ¿Esta es la amiga necesitada de Bram? Le resulta familiar más por tipo que por aspecto; es como ella —aunque más joven, claro, de unos treinta—: rubia, altiva y jovial, de esas mujeres que se arremangan y toman el control. El tipo, tal como la historia ejemplifica, que suele ponerles límites a los espíritus libres como Bram.

—Eso espero, sí. Soy Fi, la mujer de Bram. ¿Qué está pasando aquí? ¿Es usted... amiga suya?

La mujer da unos pasos hacia ella decidida, educada.

—Disculpe, ¿la mujer de quién?

—De Bram. Bueno, su exmujer, de hecho. —La corrección le merece una mirada curiosa, y la sugerencia por parte de «los tipos» de que se aparten de la entrada y los dejen trabajar. Con el paso de un enorme lienzo cubierto con plástico de burbujas, Fi se permite resguardarse bajo las costillas del magnolio—. ¿Se puede saber de qué va esto? —exige—. Sea lo que sea, a mí no se me ha informado de nada.

—No sé a qué se refiere. —La mujer estudia a Fi con el ceño ligeramente fruncido. Sus ojos dorados transmiten sinceridad—. ¿Es usted una vecina?

—No, por supuesto que no. —Fi se va impacientando—. Vivo aquí.

Las arrugas de la frente se acrecientan.

—Diría que no. Nos acabamos de mudar. Mi marido está de camino con la segunda furgoneta. Somos los Vaughan —le suelta a Fi, como si, por alguna razón, los pudiera conocer, e incluso le tiende una mano—. Me llamo Lucy.

Fi, boquiabierta, trata de dar un voto de confianza a sus oídos y a la información falsa que le están transmitiendo al cerebro.

—Mire, yo soy la propietaria de esta casa, y creo que me constaría si hubiéramos decidido alquilarla.

La confusión se apodera del rostro rosado de Lucy Vaughan. Baja la mano que esperaba que le estrecharan.

—No la hemos alquilado; la hemos comprado.

—¡No diga sandeces!

—¡No estoy diciendo ninguna sandez! —La otra mujer se mira el reloj—. Oficialmente, nos convertimos en propietarios de pleno derecho a las doce, pero el agente nos ha dejado recoger las llaves antes de tiempo.

—Pero ¿de qué me está hablando? ¿Qué agente? ¡No hay ningún agente que tenga las llaves de mi casa! —El rostro de Fi se tuerce por emociones contradictorias: miedo, frustración, rabia e incluso una hilaridad reticente e incomprensible, porque esto solo puede ser una broma, por muy desproporcionada que sea. Si no, ¿cómo se explica lo que está pasando?—. ¿Me están gastando una broma? —Echa un vistazo por encima del hombro de la mujer en busca de cámaras, o al menos un móvil con el que estén grabando su desconcierto en aras del entretenimiento, pero nada; no ve más que una hilera de cajas entrando en la casa—. Porque no me hace ninguna gracia, sinceramente. Ya puede ir diciéndoles a estas personas que se detengan.

—No tengo ninguna intención de pedirles que dejen de hacer su trabajo —le espeta Lucy Vaughan, firme y resuelta, algo que coincide con el carácter de Fi, siempre que no la pillen por sorpresa con algo de esta magnitud. Su boca se contrae en un ademán de irritación, antes de esbozar una expresión de sorpresa—. Un momento, ¿me ha dicho que se llama Fi?

—Sí. Fiona Lawson.

—Entonces usted debe de ser... —Lucy se interrumpe al percatarse de las miradas indiscretas de los transportistas, y baja la voz—. Creo que lo mejor será que entremos.

Y así es como Fi se ve a sí misma invitada a entrar por la puerta de su propia casa, como una visita más. Al poner un pie en el amplio recibidor de techo alto, se detiene, paralizada. Este no es su recibidor. Las dimensiones son las esperables, sí, los patrones argénteos y azules de las paredes coinciden y la escalera empieza a la misma distancia, pero lo han desnudado, saqueado de cualquier objeto que hubiera antes: la consola y el antiguo banco rústico colindante, el montón de zapatos y bolsas, los cuadros de las paredes. Y su queridísimo espejo de palisandro, heredado de su abuela... ¡tampoco está! Alarga un brazo para tocar la pared donde debería seguir colgado, como si esperara encontrarlo engastado en el yeso.

—¿Qué ha hecho con todas nuestras cosas? —le demanda a Lucy a voces. El pánico le hace perder el control y recibir una mirada reprensora de uno de los transportistas, como si ella fuera la fuente de la disputa.

—Yo no he hecho nada —responde Lucy—. Fueron ustedes los que se llevaron sus muebles. Ayer, supongo.

—Nosotros no movimos nada. Necesito subir al piso de arriba —anuncia Fi, y se abre paso a golpe de hombro.

—Espere... —comienza Lucy, pero no es una petición. Fi no piensa esperar a que le den permiso para echar un vistazo a su propia casa.

Subo los escalones de dos en dos y frena en seco al llegar al descansillo, aún con la mano aferrada a la caoba curvada del pasamanos, como si creyera que el edificio iba a hundirse y desaparecer bajo sus pies. Debe comprobar que está en la casa correcta, que no ha perdido la chaveta. Bien, todas las puertas parecen conducir a donde deben: dos baños, uno en el centro y otro al fondo, dos habitaciones a la izquierda y otras dos a la derecha. Incluso al soltar el pasamanos y entrar en cada estancia, sigue con la esperanza de ver las posesiones de su familia donde deberían estar, donde siempre han estado.

Pero no hay nada. Todo lo que tenían se ha desvanecido, no queda ni el mueble más pequeño, solo las marcas en la moqueta donde veinticuatro horas antes habían reposado las patas de las camas, las estanterías y los armarios. Una reluciente mancha en el suelo de una de las habitaciones de los chicos, obra de una pelotita de blandiblú que petó en una pelea durante uno de los cumpleaños. En una de las esquinas de la ducha de los niños hay un botecito de gel, el de extracto de árbol de té que recuerda haber comprado en Sainsbury's. Palpa con los dedos detrás de la alcachofa hasta dar con la baldosa resquebrajada (cuyo motivo de rotura nunca llegó a esclarecerse) y la presiona hasta que le duele, a fin de cerciorarse de que sigue siendo de carne y hueso y de que las terminaciones nerviosas continúan intactas.

El ambiente está cargado del aroma cítrico y punzante a productos de limpieza.

De vuelta en el piso de abajo, no sabría decir si el dolor que siente proviene de sus adentros o de las paredes de lo que antes era su hogar.

Lucy, cuando la ve acercarse, dispersa a un par de transportistas y Fi aventura que ha rechazado la ayuda que le habían ofrecido; ayuda para quitársela de encima. A ella. A la intrusa.

—¿Señora Lawson? ¿Fiona?

—Eso es increíble —concluye Fi, repitiendo la última palabra, que define lo que siente en estos momentos. La incredulidad es lo único que ahora mismo impide que hiperventile y acabe sufriendo un ataque de histeria—. No entiendo nada. Le pido, por favor, que me explique qué está pasando aquí, pero ya.

—Llevo un rato intentando explicárselo. Déjeme que le enseñe pruebas —sugiere Lucy—. Vamos a la cocina; aquí molestamos.

La cocina está prácticamente vacía, excepto por una mesa y unas sillas que Fi no ha visto en su vida y una cajita abierta con utensilios para preparar té sobre la encimera. Lucy tiene la consideración de cerrar la puerta para no importunar a la invitada con el trasiego de cajas y transportistas que están culminando la invasión.

«La invitada.»

—Mire estos correos —le dice Lucy, y le ofrece a Fi su móvil—. Son de nuestra abogada, Emma Gilchrist, de Bennett, Stafford y Asociados.

Fi acepta coger el teléfono y ordena a sus ojos que enfoquen la información. El primer correo data de siete días atrás, y parece que es la confirmación de la firma de los contratos por el número 91 de Trinity Avenue, Alder Rise, entre David y Lucy Vaughan y Abraham y Fiona Lawson. El segundo es de esta misma mañana, y anuncia la compleción de la venta.

—Se ha referido a él como Bram, ¿verdad? —pregunta Lucy—. Por eso me ha costado entenderla. Bram es el diminutivo de Abraham, claro. —Ha sacado también una carta, que contiene la apertura de una cuenta de British Gas, a nombre de los Vaughan, con residencia en Trinity Avenue—. Pedimos que no nos enviaran facturas en papel, pero, por alguna razón, nos ha llegado esta por correo ordinario.

Fi le devuelve el móvil.

—Todo esto es papel mojado. Podrían ser documentos falsos. *Phishing* o algo por el estilo.

—¿*Phishing*?

—Sí, hace unos meses montamos una reunión con los vecinos en casa de Merle para hablar de crímenes que pudieran afectarnos, y la policía nos lo explicó con pelos y señales. Ahora los correos y facturas falsos pueden parecer muy convincentes; confunden hasta a los expertos.

Lucy esboza una media sonrisa exasperada.

—Le prometo que son reales. Todo es cierto. Ya deberían tener el dinero en su cuenta.

—¿Qué dinero?

—¡El que hemos pagado por la casa! Mire, lo siento, pero no puedo seguir repitiéndole una y otra vez lo mismo, señora Lawson.

—Es que no le pido que me lo repita —le espeta Fi—. Le digo que esto tiene que ser un error. Le digo que no es posible que hayan comprado una casa que nunca hemos puesto en venta.

—Ya, pero es que estaba en venta, se lo aseguro. Si no, no podríamos haberla comprado, evidentemente.

Fi se queda mirando a Lucy, desorientada por completo. Lo que dice, lo que hace, es propio de alguien fuera de sus cabales, pero no parece estar delante de una loca. No, Lucy tiene la pinta de ser una mujer convencida de que la demente es la persona con la que está hablando.

—Tal vez debería llamar a su marido —sentencia Lucy.

Ginebra, 13.30 h

Está tumbado en la cama de una habitación de hotel, incapaz de controlar los espasmos de las extremidades. El colchón es bueno y está pensado para absorber las noches en vela, las de pasión y las de pesadillas descorazonadoras, pero no sirve de nada ante una agitación tan desatada. Ni siquiera los dos antidepresivos que se ha tomado le han hecho efecto. Quizá lo que lo está sacando de quicio son los aviones y esa manía despiadada de alzar el vuelo y aterrizar entre rugidos, uno detrás de otro, quejándose de su propio peso. Aunque lo más probable es que tenga que ver con el pavor que le provoca lo que ha hecho, la comprensión progresiva, incipiente, de todo lo que ha sacrificado.

Porque ya es real. El reloj suizo ha marcado la fatídica hora. Las 13.30 aquí, las 12.30 en Londres. Se ha materializado en su cuerpo lo que durante semanas solo existía en su cabeza: ahora es un fugitivo, un hombre a la deriva por sus propios actos. Se da cuenta de que había tenido la esperanza de encontrar, por desolador que parezca, un cierto alivio, pero ha llegado el momento y se ha topado con algo aún más deprimente: la nada. Tan solo la misma mezcla insoportable de emociones que lleva sintiendo desde que se fue de casa esta misma mañana con una sensación profundamente fatalista y, a la vez, listo para sobrevivir a cualquier cosa.

La virgen. Fi. ¿Lo sabrá ya? Alguien se habrá dado cuenta, ¿no? Seguro que la han llamado para comunicárselo. Puede que esté de camino a la casa en este mismo instante.

Se incorpora, apoya la espalda en el cabecero y trata de distraerse echando un vistazo a la habitación. El sillón es de polipiel roja y el escritorio está cubierto de un barniz oscuro. Una vuelta a la estética de los ochenta, mucho más desagradable de lo que cualquier persona merecería presenciar. Se gira y deja las piernas colgando a un lado de la cama. Nota el suelo cálido bajo los pies descalzos; debe de ser de vinilo o de algún otro material artificial. Fi lo reconocería; la apasiona el diseño de interiores.

La mera idea le produce un espasmo de dolor y, de nuevo, falta de aliento. Se pone en pie en busca de aire fresco —la habitación se encuentra en la quinta planta y la calefacción central está a tope—, pero detrás del complicado montón de cortinas tan solo encuentra un par de ventanas selladas. Algunos coches, blancos, negros y plateados, avanzan por la calzada que separa el hotel y el aeropuerto, y, más allá, las montañas aíslan y resguardan, ufanas con sus picos blanquecinos salpicados de azul eléctrico. Sabiéndose atrapado, se vuelve de nuevo hacia la habitación y, para su sorpresa, le viene a la cabeza su padre. Alarga una mano hasta el sillón y se agarra al respaldo. No recuerda el nombre del hotel, lo escogió sobre todo por lo cerca que estaba del aeropuerto, pero sabe que es justamente el lugar desalmado que merece.

Porque ha vendido su alma, eso es lo que ha pasado. Ha vendido su alma. Y todavía no ha transcurrido tiempo suficiente como para haber olvidado lo que sentía cuando aún la conservaba.

2

Marzo de 2017

Le damos la bienvenida a la página web de *La víctima*, el popular pódcast sobre crímenes ganador del Premio Nacional de Pódcast Documentales que otorgan los oyentes. En cada episodio se narra la historia de un crimen real a partir de las palabras de sus víctimas. *La víctima* no es una investigación, sino un documento sonoro privilegiado sobre el sufrimiento de personas inocentes. Desde casos de acoso o *catfishing* hasta violencia de género o fraude inmobiliario, la experiencia de cada una de las víctimas es un viaje desangelado que le invitamos a compartir con nosotros... y esperamos que sirva de advertencia para los tiempos que corren.

¡Ya está disponible un nuevo episodio: «La historia de Fi»! Escúchelo en esta misma página web o en cualquiera de las múltiples aplicaciones de pódcast. Y no se olvide de tuitear sus propias teorías mientras lo disfruta usando el *hashtag* #VíctimaFi

Advertencia: incluye lenguaje malsonante

Segunda temporada, episodio tres:
«La historia de Fi» > 00:00:00

Me llamo Fiona Lawson y tengo cuarenta y dos años. No puedo deciros dónde vivo, sino dónde vivía, porque hace seis semanas mi marido vendió nuestra casa sin mi consentimiento y sin ni siquiera haberme informado. Sé que tendría que usar el verbo *alegar*, que tendría que haber empezado por ahí, así que allá voy: alego que todo lo que expongo en esta entrevista es la verdad y nada más que la verdad. Quiero decir, los contratos legales no mienten, ¿no? Y su firma la han validado varios expertos. Sí, los pormenores del delito siguen pendientes, y eso incluye la identidad de su cómplice, pero entenderéis que siga intentando procesar el hecho de que ahora mismo estoy en la calle.

¡Estoy en la calle!

No me cabe duda de que cuando oigáis mi historia os parecerá que yo soy la única culpable, y los oyentes pensarán lo mismo. Ya sé cómo va esto, ya sé que van a ponerme verde en Twitter y a decir que cómo pude estar tan ciega. Y es lógico. Me he tragado la primera temporada enterita y yo misma he tropezado con todas y cada una de las piedras. Hay una delgada línea entre ser una víctima y una ingenua.

«Esto le podría haber pasado a cualquiera, señora Lawson», me trató de consolar la policía el día que lo descubrí, pero ¿qué me iba a decir? Yo estaba llorando como una magdalena, y ella era consciente de que una tacita de té no iba a solucionar nada. (Un poco de morfina, quizá sí.)

No, algo así solo podría sucederle a alguien como yo, alguien demasiado idealista, demasiado compasiva. Alguien que ha llegado a engañarse tanto a sí misma como para pensar que está en sus manos cambiar el tejido mismo de la naturaleza. Convertir a un hombre débil en un ser valiente. Que sí, lo de siempre.

¿Que por qué participo en este pódcast? Los que me conocen os dirían que soy muy celosa de mi intimidad. Entonces, ¿a qué viene lo de abrirme ahora y arriesgarme a ser el blanco de mofas, de compasión o de vete tú a saber qué? Bueno, en parte porque me gustaría advertir a la gente de que estas cosas pasan. El fraude inmobiliario está en alza, podéis ver casos en la prensa a diario, y la policía y los profesionales jurídicos se están poniendo al día con los avances tecnológicos. Los propietarios de viviendas deben andarse con ojo: los criminales profesionales no conocen límites y son capaces de intentar cualquier cosa..., y no solo los profesionales.

Además, la investigación de mi caso está en curso y puede que la historia le refresque a alguien la memoria o anime a cualquiera que tal vez tenga información relevante a acudir a la policía. A veces no te percatas de la envergadura de algo hasta que lo pones en contexto, y por eso a la policía no le importa que lo cuente; bueno, dejémoslo en que no me han pedido que no lo haga. Como ya sabréis, no estoy obligada a testificar en contra de Bram en un juicio gracias a ciertos privilegios conyugales (es que hay que reírse). Porque seguimos casados, por mucho que yo lo considere mi ex desde el día en que lo eché de casa. Claro que puedo testificar contra él, pero mi abogada dice que ya llegará el momento de cruzar esa línea.

Sinceramente, me da la impresión de que mi abogada cree que no habrá juicio. Me da que se huele que a estas alturas mi exmarido ya se habrá buscado una nueva identidad, una nueva casa, una nueva vida... Y todo comprado con su nueva fortuna.

El otro día me comentó que el ser humano está siempre buscando nuevas formas de embaucar al prójimo.

Incluso entre maridos y mujeres.

Y, por cierto, ahora que sale el tema: me habéis dicho que hay bastantes posibilidades de que mi marido escuche este pódcast, y que puede que sea lo que acabe alentándolo a ponerse en contacto conmigo. Pues mira, dejadme que os diga, que le diga, y me da igual lo que piense la policía, lo siguiente:

Bram, ni se te ocurra poner un pie en esta ciudad. Te juro que, si te veo, te mato.

#VíctimaFi

@rachelb72 Pero ¿dónde está el marido? ¿Se ha fugado?

@patharrisonuk @rachelb72 Fijo que se ha ido con el dinero. A saber lo que valía esa casa.

@Tilly-McGovern @rachelb72 @patharrisonuk ¿Esto se lo ha hecho el marido? Madre mía. Cuánta maldad hay en este mundo.

Bram Lawson, fragmento de un documento de Word enviado desde Lyon, Francia, marzo de 2017

Para no dar rodeos y dejar las cosas claras desde el principio, aviso que esto es una nota de suicidio. Cuando la estés leyendo, ya me habré matado. Ten cuidado cuando la hagas pública, por favor. Puede que sea un monstruo, pero también soy padre, y hay dos chavales que van a llorar mi muerte y que tienen derecho a recordarme con afecto.

Y puede que su madre también, una mujer excepcional cuya vida, gracias a mí, probablemente sea ahora un infierno.

Y una mujer a la que, para que quede constancia, nunca he dejado de amar.

3

«La historia de Fi» > 00:03:10

Por muy desastrosa, incluso catastrófica, que pueda parecer la situación, y lo es, me resulta imposible no darme cuenta de lo adecuado que es que haya terminado así, porque todo había girado siempre en torno a la casa. Nuestro matrimonio, nuestra familia, nuestra vida: era como si solo cobraran sentido en nuestro hogar. Como nos sacaras de allí, aunque solo fuera durante los pocos días de vacaciones que a veces nos permitíamos cuando los chicos eran pequeños y nosotros apenas pegábamos ojo, el pegamento empezaba a fundirse. La casa nos protegía y nos daba cobijo, pero también nos definía. Nos mantuvo frescos después de que pasara nuestra fecha de caducidad.

Además, para qué nos vamos a engañar, estamos en Londres, y estos últimos años la casa se había revalorizado muchísimo más de lo que Bram y yo ganábamos juntos. Era el sustento principal de la familia, una especie de dueña benigna. Nuestros amigos y vecinos opinaban lo mismo, como si nos hubieran arrebatado todo nuestro potencial como humanos y lo hubieran invertido en ladrillos y argamasa. Los ahorros no los dedicábamos a fondos de pensiones, colegios privados o fines de semana en París que pudieran salvar nuestro matrimonio, sino a la casa. «Es una inversión de futuro», decíamos. No había que ser un genio para darse cuenta.

Eso me ha recordado algo que había olvidado hasta ahora. Aquel día, el fatídico día en que llegué a casa y descubrí que pertenecía a los Vaughan, Merle les soltó sin ambages lo que a mí todavía no se me había ocurrido preguntar: «¿Cuánto ha costado?».

Y a pesar de que sintiera aniquilados mi matrimonio, mi familia y mi vida, contuve los sollozos para escuchar la respuesta.

—Dos millones —susurró Lucy Vaughan entrecortadamente.

Y yo pensé que valía más.

Que valíamos mucho más.

La compramos por la cuarta parte de eso, una suma que seguía siendo sustancial en su momento y que nos provocó largas noches de insomnio. Pero en cuanto le eché el ojo al número 91 de Trinity Avenue, supe que era el lugar donde quería pasar mis noches en vela. Era la seguridad burguesa que transmitía la fachada de obra vista, con sus detalles de piedra clara y zonas pintadas de un blanco roto, y esa glicinia enredada en el hierro forjado del balcón estilo Julieta que hay justo encima de la puerta principal. Impresionante pero asequible; sólida y romántica. Y eso sin mencionar que los vecinos compartían nuestras inquietudes. Uno tras otro, acabamos encontrando este delicioso lugar y sacrificamos una parada de metro cercana por esa calma que solo encuentras en la periferia, esas fragancias, ese aire impregnado de azúcar que te evoca una delicia turca.

Lo que pasaba de puertas adentro era harina de otro costal. Cuando pienso en todas las obras que hicimos a lo largo de los años, en la energía que nos chupó la casa (¡y el dinero!), me cuesta creer que accediéramos en primer lugar. Sin ningún orden en particular, hicimos lo siguiente: reformar la cocinar y los baños, reimaginar los jardines (trasero y delantero), renovar el mobiliario del guardarropa del piso de abajo, reparar las ventanas de guillotina y restaurar el parqué del suelo. Luego, cuando se nos acabaron los verbos que empezaban por *re-*, pasamos a las cosas nuevas: puertas francesas nuevas para el acceso de la cocina al jardín, armarios y encimeras nuevos para la cocina, armarios empotrados nuevos en los cuartos de los chicos, un tabique de cristal nuevo en el comedor, barandillas y una cancela nuevas en la entrada principal, una casita de madera y un tobogán nuevos para los niños en el jardín trasero...

Y podría seguir. Era como una especie de programa de reformas interminable, en el que Bram y yo (bueno, sobre todo yo) actuábamos como directores de una organización benéfica que deciden invertir el presupuesto anual y se pasan el poco tiempo libre que tienen debatiendo presupuestos, la reserva y supervisión de la mano de obra, buscando por internet y por medios más analógicos accesorios, muebles y todo lo necesario para conservarlos y repararlos, eso sin olvidarse de organizar colores y texturas. Y lo más trágico es que jamás fui capaz de contemplar el resultado y pensar: «¡Ya está!». La idea de la casa perfecta se me escapaba y me dominaba como los depravados de las novelas románticas de antes.

Y, por supuesto, si pudiera viajar atrás en el tiempo, probablemente no tocaría nada. Me centraría en los humanos que la habitaban. Los reconvertiría, los readaptaría, antes de que llegaran a destruirse a sí mismos.

#VíctimaFi

@ash_buckley Guau, flipo con lo baratas que eran las casas entonces.

@loumacintyre78 @ash_buckley ¿Barato? ¿Medio millón? En Preston ni de coña. Sabéis que hay vida fuera de Londres, ¿verdad?

@richieschambers ¿Cómo que «reimaginar los jardines»? ¿Y eso de organizar colores? Esta mujer está de coña, ¿no?

Se la compramos a una parejita de ancianos, que eran justamente como nos imaginaba a nosotros en el futuro. Habían tenido un éxito relativo en sus carreras como profesores (se compraron esta residencia cuando no necesitabas carreras corporativas como las nuestras o, más tarde, en la banca, como en el caso de los Vaughan, para adquirir una casa familiar decente) y, satisfechos con cómo habían educado a sus hijos, decidieron repartir la herencia y liberarse de toda atadura. Habían planeado hacer un gran viaje, y yo me los figuraba como nómadas que habían vuelto a nacer y cruzaban desiertos bajo las estrellas.

—Mira que tiene que ser difícil despedirse de una casa así —le comenté a Bram de camino a nuestro piso, después de hacerles una visita para medir las cortinas que había acabado con un par de botellas de vino. Seguro que se estaba pasando el límite de velocidad, y el de alcohol en sangre, pero por aquel entonces me daba igual; era cuando todavía no teníamos hijos y lo único que estaba en riesgo eran nuestras propias vidas—. Los he notado como melancólicos —añadí.

—¿Melancólicos? Se van a pasar todo el camino hasta el banco llorando —contestó Bram.

Bram, documento de Word

Vamos a ver, ¿cómo he llegado hasta este punto, este momento en que siento la más absoluta de las desesperaciones? La verdad es que a las personas involucradas les habría hecho un favor si me hubiera decidido mucho antes. Incluso la versión resumida es una larga historia (vale, ya veo que esto es mucho más que una nota; es una confesión con todas las de la ley).

Antes de empezar, quiero dejar algo claro: ¿y si era la propia casa la que estaba condenada? ¿Y si todos los que la habitaban acababan naufragando? La pareja de ancianos a la que se la compramos se iba a divorciar, no te lo pierdas. El agente inmobiliario me lo comentó cuando fuimos al Two Brewers a tomar una cerveza después de haber estado charlando con el constructor. («¿Te apetece conocer el *pub* de la zona?», me preguntó, y no hizo ninguna falta que me lo dijera dos veces.)

—Esto no es lo típico que le sueltas a unos compradores potenciales —admitió—. A nadie le hace gracia pensar que se va a mudar a una casa en la que se ha vivido una crisis marital.

—Mmm... —Agarré con fuerza el vaso y me lo acerqué a los labios, un gesto que repetiría miles de veces en ese mismo bar. La cerveza rubia era más que aceptable, y el local tenía un rollo más bien clásico; aún no había caído en la moda gastronómica de la mayoría de los bares de la zona.

—Te sorprendería lo habitual que es el divorcio entre estas parejas con síndrome del nido vacío —continuó—. Envías a tus retoños a la universidad y de repente tu mujer y tú os dais cuenta de cuánto os odiáis y de que lleváis así años.

—¿En serio? —Sí que me sorprendía—. Pensaba que lo de aguantar a tu pareja por el bien de los hijos era cosa de la generación de nuestros padres.

—En absoluto, no en este tipo de barrios, con este tipo de personas. Ni te imaginas lo tradicional que es.

—Bueno, pero no dejan de ser divorcios. Podría ser peor, cadáveres descuartizados en las alcantarillas y cosas así.

—Ya, pero es que eso no te lo habría contado —dijo, y soltó una carcajada.

No se lo comenté a Fi. Se había quedado con la idea romántica de esa pareja de las de antes cuya intención era coger lo que habían ahorrado con las pensiones y recorrer el desierto montados en camello emulando a Lawrence de Arabia, subirse en un globo aerostático para sobrevolar el Vesubio o mierdas por el estilo. Como si no hubieran tenido tiempo durante cuarenta años con vacaciones de profesor para dar la vuelta al mundo.

A esas alturas ya habíamos visto como una veintena de casas y lo que me faltaba era que se echara atrás con la primera que pasaba la criba solo porque la «melancolía» le pareciera una especie de enfermedad que se contagiaba por el aire. Como la viruela o la tuberculosis.

«La historia de Fi» > 00:07:40

¿Que si era consciente de que la casa se estaba revalorizando? Por supuesto. Nos pasábamos el día enganchados a varios portales inmobiliarios. Pero en la vida la habría vendido, todo lo contrario: tenía la ilusión de que perviviera en la familia Lawson, de encontrar una forma eficiente, impuestos mediante, de que nuestros hijos criaran a sus retoños aquí, de ver a mis nietos reposar la cabeza en las mismas almohadas, bajo las mismas ventanas que sus padres cuando eran pequeños.

—Pero ¿cómo os lo montaríais? —me preguntó mi amiga Merle. Vive a un par de puertas de mi casa (de mi antigua casa; cómo me cuesta todavía decirlo)—. O sea, ¿cómo harías para que sus mujeres quisieran compartir casa?

Huelga decir que las mujeres del futuro serían las que llevarían las riendas en todas las decisiones. Trinity Avenue, en Alder Rise, sería un matriarcado.

—No he llegado a pensar en el desarrollo oficial de las negociaciones —respondí—. Déjame disfrutar de mi cuento de la lechera.

—Me temo que no es más que eso, Fi, un cuento. —Merle esbozó esa sonrisita misteriosa que me hacía sentir una de las pocas elegidas, como si la reservara únicamente para las personas que consideraba más especiales. De las mujeres de mi círculo de amistades, era la que menos se preocupaba por su aspecto (menudo y ágil, de ojos oscuros, a veces desgreñado), y eso la convertía irremediablemente en una de las más atractivas—. Las dos sabemos que pronto tendremos que vender nuestras casas para financiarnos el asilo. La demencia llama a su puerta.

La mitad de las mujeres de nuestra calle creen que tienen demencia senil, pero lo que les pasa es que van saturadísimas o, como mucho, padecen ansiedad generalizada. Eso fue lo que nos unió a Merle, a Alison, a

Kirsty y a mí: fuera neuras; tranquilitas y a seguir adelante (cómo odiábamos esa frase).

Cuando me oigo ahora, me entran ganas de reír: ¿«Fuera neuras»? ¿Y qué pasa con las que te causa la separación de un matrimonio, la traición, el fraude? ¿Hasta dónde creía que era capaz de aguantar?

Probablemente ya os habréis formado una opinión. Sé que estará todo dios juzgándome y, creedme, yo también me juzgo a mí misma. Pero ¿qué sentido tiene estar hablando aquí si no me abro completamente a vosotros, con todas mis imperfecciones?

#VíctimaFi

@PeteYIngram Mmm... Yo creo que el hecho de que te quiten tu casita pija está a años luz de ser víctima de un crimen violento.

@IsabelRickey101 **@PeteYIngram** Pero ¿qué dices?, loco. ¡Que es una sintecho!

@PeteYIngram **@IsabelRickey101** No se ha quedado en la calle, ¿no? Sigue trabajando.

¿Que cómo me gano la vida? Trabajo cuatro días a la semana como gestora de cuentas en un pequeño comercio de menaje; aunque últimamente he participado también en la nueva línea de alfombras de comercio justo y en unas magníficas piezas con forma de espiral hechas por vidrieros italianos.

Es una empresa de diez, con una filosofía holística y una visión de futuro envidiables: ¿os podéis creer que fueron ellos los que me propusieron reducir la jornada laboral para conciliar mejor el trabajo y la familia? E insisto: es una empresa minorista. Han firmado una iniciativa de la Unión Europea en apoyo de las mujeres trabajadoras, y a mí me pilla en el momento y el lugar exactos. Bueno, pues ya sabéis lo que se dice cuando te ves en una situación así: no la desaproveches.

Y la sabiduría popular no se equivoca; seguro que ganaría mucho más trabajando en alguna despiadada multinacional, aunque siempre he preferido tener una buena vida que un buen sueldo. Que se queden sus despiadadas estrategias para ellos, ¿no os parece? Esto va a sonar a tópico, ya aviso, pero me vuelve loca trabajar con ese tipo de cositas hechas a mano que convierten una casa del montón en un verdadero hogar.

Sí, incluso ahora que no tengo ninguno a mi nombre.

Bram, documento de Word

Trabajé unos diez años para un fabricante de suministros ortopédicos con sede en Croydon, como gestor de ventas regional. Me encargaba del sureste del Reino Unido. Me pasaba el día en la carretera, sobre todo los primeros años. Vendía todo tipo de prótesis —rodilla, codo, lo que fuera—, almohadas cervicales y fajas abdominales, pero podría haber sido cualquiera otra cosa. Clips, comida para perros, placas solares, neumáticos... Era trivial entonces y es trivial ahora.

4

«La historia de Fi» > 00:10:42

Sí, Bram y yo nos separamos el verano pasado. ¿Que si os voy a contar el porqué? Os lo voy a contar con pelos y señales, y hasta el cuándo: el 14 de julio de 2016, a las 20.30. Esos fueron el día y la hora exactos en que lo pillé follándose a otra en la casita de los niños, en uno de los extremos del jardín.

Vaya sitio; es que hay que tenerlos muy gordos. Un oasis retirado de pura belleza, prácticamente a la sombra, lleno de hortensias, fucsias y rosas, con un rectángulo irregular de césped cortado a la perfección y una portería de fútbol blanquiazul, escenario de tantísimos penaltis a lo largo de los años. El refugio de los niños.

Un detalle casi tan imperdonable como el acto en sí mismo.

Yo aquel día había quedado para tomar algo con los colegas del trabajo y Bram se había quedado con los niños, pero al final cancelamos los planes y, en vez de llamar a mi familia para avisarlos, decidí darles una sorpresa; lo típico, esa escenita de película en la que apareces cuando ya están metidos en la cama esperando un cuento y te reciben con una cara de ingenua felicidad. «¡Mami, ya estás aquí!» Que te reconozcan un poquito lo que normalmente se da por sentado. Debo admitir que también pensé en aprovechar la ocasión para comprobar que Bram estaba cumpliendo la rutina que le tocaba, pero solo porque tenía la esperanza de que así fuera.

Como no podía ser de otra forma, él luego me echó en cara que, en el fondo, lo que más quería en el mundo era pillarlo con las manos en la masa, y ahora me pregunto si no tenía parte de razón. Puede que pecara porque era lo que yo esperaba de él, y quizá esta especie de película de terror no ha sido más que una profecía autocumplida. (Las víctimas suelen culparse a sí mismas, ya lo sabéis.)

Total, que la casa estaba a oscuras y en silencio cuando llegué; los trenes habían vuelto a atrasarse y al final me perdí hasta la hora del cuento de los niños. Di por supuesto que Bram seguiría en el piso de arriba y que se habría quedado dormido leyendo *James y el melocotón gigante* (no había hombre en Alder Rise al que no le hubiera pasado, calmado por su propia voz, aturdido por la historia paralela que se montaba en su cabeza). Sin embargo, cuando subí la escalera de puntillas, encontré a los chicos en sus respectivas camas y habitaciones, con las persianas bajadas y las lamparitas de noche fulgurando en sus mesillas de noche pintadas de azul. Todo estaba como debía estar, salvo por el detalle de que no había ni rastro de su padre.

—¿Bram? —susurré.

En cada habitación que pisaba, sentía una irritación creciente bañada por una superioridad moral muy poco atractiva. «Los ha abandonado —pensé, volviendo al piso de abajo—; ¡ha tenido los cojones de dejar en casa solos a dos niños de siete y ocho años! Seguramente se habrá ido al Parade a por algo de comida para llevar o incluso a tomarse una pinta rápida en el Two Brewers.» Pero luego me dije: «No, venga, no seas injusta, sería la primera vez que hace algo así. Es un buen padre, reconocido hasta por los vecinos. Lo más seguro es que se haya dejado el móvil en el coche y haya ido a buscarlo». Rara vez podíamos aparcar justo enfrente de casa, gracias a la proximidad del Parade y al hecho de que casi todos los hogares de Trinity Avenue contaban con al menos dos coches; era bastante habitual que tuviéramos que irnos hasta la intersección con Wyndham Gardens. «Seguro que no nos hemos visto de camino de milagro; debe de estar a punto de entrar por la puerta. "Si desmontáramos el jardín frontal y construyéramos un aparcamiento privado, no tendríamos tantos follones", dirá él, mientras deja las llaves del coche en el platito apropiado que colocamos en la cómoda del recibidor.»

Pero no llegó a decirlo porque nunca entró por la puerta, y no podía quitarme de la cabeza que, si no hubiéramos cancelado la quedada, mis hijos estarían solos en casa, sin ningún adulto que los protegiera. Sí, obviamente me preocupaba que le pudiera haber pasado algo, pero el miedo me duró hasta que entré en la cocina y vi una botella de vino blanco abierta en la encimera. La condensación de la superficie indicaba que no llevaba demasiado tiempo fuera de la nevera, conque si lo habían abducido los extraterrestres, se había ido con una copa de Sancerre en la mano.

La puerta de la cocina estaba abierta y volví a salir hacia aquella noche sin brisa, salpicada de verde, rosa y oro. Aunque no fuera consciente de ninguna presencia humana en el jardín, sentí una perturbación indefinible del ánimo que me llevó a tomar el caminito que conducía a la casita de juegos del otro extremo. La habíamos puesto hacía pocos meses y era una absoluta monada, con una escalerita hasta el tejado y un tobogán que la rodeaba. Bram la había construido y personalizado. La puerta, normalmente abierta de par en par, estaba cerrada.

Me llegaban los ruiditos típicos de los jardines de la calle durante las noches de verano (maridos y mujeres convocándose a cenar; el último aviso para que los niños se fueran a la cama; perros, zorros, pájaros y gatos objetando sobre la proximidad de los otros), pero opté por no añadir a ese rumor el nombre de Bram, puesto que ya no me cabía duda de que estaba en la casita.

¿Qué esperaba encontrar cuando asomé la cabeza por el borde del tobogán y eché un vistazo por la ventana? ¿Una pipa de crac? ¿El portátil abierto con la imagen de algo inefable? Honestamente, esperaba encontrarlo fumándose un cigarrillo a escondidas, y yo misma ya me estaba tranquilizando y organizando la retirada. A fin de cuentas, había crímenes mucho peores, y yo tampoco era su médico de cabecera.

Las siluetas me resultaron tan abstractas que tardé unos segundos en identificarlas, pero fueron breves; el ritmo era muy real, incluso banal: un hombre y una mujer manteniendo relaciones. Un hombre casado y una mujer que no era su esposa follando como conejos porque el tiempo, en este caso, era oro. Sí, se suponía que yo llegaría tarde, pero había niños en la casa que no merecían despertarse y encontrársela vacía. Y que luego, por la mañana, tuvieran que contarle a su madre con esa manera entrecortada de hablar tan infantil, compitiendo por ver quién ofrecía el relato más dramático: «¡No había nadie en casa, nadie! ¡Pensábamos que habían matado a papá!».

Sentí una sensación de comezón horrorosa en el estómago, allí de pie, sobrepasada por una descarga inesperada de adrenalina. ¿Debería abrir la puerta de una patada, que era lo que se merecía, o escabullirme y esperar el momento más oportuno? (Pero ¿con qué fin? ¿Para comprobar si era capaz de volver a hacerlo? Creí que aquello era prueba más que suficiente de que sí.) En ese instante, le vi fugazmente el rostro, dominado por un gesto animal y enfermizo provocado por la excitación, y supe que no me quedaba otra opción. Abrí la puerta y los vi dar un respingo como bestias en celo. Golpeé sin querer una copa de vino medio llena que había junto a la puerta y se tambaleó, pero no llegó a caerse.

—¡Fi! —mascculló Bram sin aliento, aturdido.

Acabo de recordar que, hará como un año, oí a mi hermana Polly hablar de mí con una amiga suya: «Es una persona inteligente y perfectamente capacitada para cualquier cosa, pero es como si tuviera un punto débil en todo lo que concierne a Bram. Le perdonaría lo que fuera». Y tuve el impulso de entrometerme y soltarle: «¡Una vez, Polly, me la ha liado una vez!».

Bueno, pues ya iban dos. Y no os miento si os digo que fue un verdadero alivio pillarlos en el acto, un alivio tan intenso que me pareció algo cercano al placer.

—Bram —respondí.

Bram, documento de Word

Empezaré con lo que pasó en la casita de los niños, porque resulta evidente que es lo que ella contará primero, pero no es más que una maniobra de distracción, créeme. Aunque digamos que fue el catalizador oficial, nuestro asesinato del archiduque Francisco Fernando, y aunque solo sea por eso tiene su lugar en esta historia, lo acepto.

El nombre de mi cómplice es irrelevante, y como dudo de que su marido esté al tanto de sus escarceos y sé que no le haría ninguna gracia que la asociaran conmigo y mis actos impúdicos, la llamaré Constance en este documento, por Lady Chatterley. (Espero que se me permita esta bromilla. Y no, no soy muy de leer clásicos. Vi una vez la película, a elección de Fi.)

—Pasaba por aquí... —me dijo aquella noche al llamar a la puerta, con el aire inequívoco del que ofrece viandas. La noté muy borracha, pero también puede que fuera por la euforia del que rompe el hielo, el más potente de los afrodisíacos, como los hombres hemos sabido durante milenios—. Me habías dicho que un día me enseñarías la casita por dentro, ¿te acuerdas?

—¿Ah, sí? No sé si hay mucho que ver —contesté con una sonrisa.

Ella sacó el iPhone.

—¿Puedo hacerle una foto para enseñársela a mi carpintero?

—¿A tu carpintero? Sí, por supuesto, pero ¿sabes que puedes comprar estas cosas metidas en un paquete en una ferretería? No hice más que montarla y construirle el tobogán.

—¡Es que el tobogán es lo mejor! —exclamó—. A lo mejor luego lo pruebo, si no se me queda el culo atascado.

¿Acaso no era eso una invitación a que se lo mirara? Llevaba un vestido blanco de algodón, abombado en los hombros y recogido bajo los pechos con un lazo, de un tejido tan ligero que se le adhería a los muslos a cada paso que daba.

—No tendrás vino, ¿verdad? —preguntó cuando entramos en la cocina.

Debo decir que no es cierto que en momentos de tentación sexual los hombres degeneremos en mamíferos infraevolucionados y desaparezca cualquier atisbo de racionalidad. Se trata más bien de una degradación por fases. La primera, cuando me fijé en que se le estaba subiendo el vestido y pensé: «No, ni se te ocurra. Basta». Luego, cuando estaba abriendo la botella de vino, me dije: «Venga, aguanta un poco más». Poco después, cuando la estaba llevando por el huerto (ya, suena fatal), cavilé: «Va, al menos no lo hagas aquí, con tus hijos durmiendo en casa». Al final, solo me quedó concluir: «Bueno, una y no más, santo Tomás».

A esas alturas ya estábamos dentro de la casita, habíamos cerrado la puerta y ella se apretaba contra mí: tenía el cuerpo ardiendo, el cabello húmedo y la cara al rojo vivo. Fue justamente el calor lo que precipitó todo lo demás, ni la suavidad, ni el desparpajo ni la humedad, ni tampoco el aroma a sudor, a Chanel o a vino. Existe una urgencia ineludible por la piel caliente, por la cercanía de la sangre de la otra persona, a la que la tuya responde como si estuviera imantada.

Te dice que lo que tienes delante vale la pena.

Te dice que vale más que todo lo que posees. Todo lo que amas.

Vale, quizá sí que perdemos toda racionalidad.

«La historia de Fi» > 00:17:36

No, no quiero hacer público su nombre. La cosa es evitar herir sensibilidades, ¿no? Esto de ir por ahí aireando nombres y dejando en ridículo a los demás rara vez afecta solo al aludido; la gente tiene familia y seres queridos que acaban en medio del fuego cruzado. Y, al final, importa bastante poco. Me habría sentido exactamente igual si le hubiera dado por ponerse una máscara. En serio. No me dirigí en ningún momento a ella, ni una sola palabra. Dejé que se pusieran en pie como buenamente pudieron y a él lo esperé en el salón. Encendí la tele para no tener que tragarme el intercambio de susurros culpables hasta que se marchara, pero en cuanto oí la puerta principal cerrarse la apagué de nuevo. Su voz me llegó incluso antes de que girara el pomo de la puerta del salón.

—Fi, no pretendía...

Me volví hacia él, preparada, y lo interrumpí:

—Bram, no te quiero ni oír. Sé lo que he visto y no me interesa para nada debatirlo. Se acabó. Quiero que te vayas.

—¿Qué? —Se quedó paralizado en el umbral, tratando de quitarle hierro a mi embate, con dos partes de hombría y una de miedo. Tenía el pelo enmarañado, las sienes aún húmedas y la piel encendida, con esa extraña vulnerabilidad del hombre al que interrumpen en mitad del acto.

—Quiero que nos separemos. Este matrimonio se ha acabado.

Le pude leer en el rostro los esfuerzos por encontrar la manera correcta de reaccionar; se lo dije con una convicción tal que lo descoloqué mucho más que si hubiera reaccionado con la histeria que él esperaba.

—Te pensabas que había dejado solos a los niños, ¿no? —me preguntó.

Lo conocía como si lo hubiera parido, y sabía que, en momentos de confrontación, recurría a una técnica que no consistía en defender sus argumentos, sino en tratar de alterar el énfasis de los míos y, así, debilitar el problema principal.

—¿En serio te creías que iba a ser capaz de irme de casa y no estar por si me necesitaban?

Aquella salida me pareció hábil hasta para sus estándares: la mala era yo por haber sospechado de su posible negligencia. Y ni siquiera había llegado a verbalizarlo; crimental.

—Bueno, sí estabas fuera de casa —puntualicé.

—Pero no del terreno.

—Mira, tienes razón. Vamos a ponerlo en perspectiva: lo que estabas haciendo era prácticamente lo mismo que sacar la basura o arrancar las malas hierbas.

Arqueó las cejas, como si el sarcasmo no tuviera cabida en esta discusión, como si estuviera en posición de adoptar el papel moralizante en todo aquello. Pero se llevó los dedos a los labios, y eso solo lo hacía cuando dudaba.

—Vete a casa de tu madre —le ordené con frialdad—. Mañana hablamos y vemos cómo lo hacemos para que puedas ver a los niños cuando tengan vacaciones.

—¿Perdón? ¿Cómo que en vacaciones?

Aquello lo pilló desprevenido, como si ya hubiera asumido que la expulsión era algo temporal, un pequeño castigo para calmar el ambiente.

—Si lo prefieres, me los puedo llevar a casa de mis padres, pero creo que los dos estaremos de acuerdo en que lo mejor para ellos es que te vayas tú y nosotros nos quedemos en casa.

—Sí, sí, desde luego.

Actuaba ya como si estuviera completamente dispuesto a cooperar, y subió al piso de arribar a recoger cuatro cosas. Hubo una breve pausa en el ruido de ropa y maletas y supe al instante que debía de haberse quedado parado ante las puertas de los niños, echándoles un último vistazo antes de irse, y aquello me provocó una sensación muy sutil de desgarro.

—¿Fi? —Había vuelto al umbral del salón y tenía una bolsa de viaje a sus pies, pero opté por no mirarlo.

—No quiero ni oírte, Bram.

—Por favor —me suplicó—. Solo quiero decirte una cosa.

Suspiré y levanté la vista. ¿Qué querría decirme en un momento como aquel? ¿Algún hechizo digno de un hipnotista para borrarme la memoria a corto plazo?

—Por muchos fallos que haya cometido como marido, sabes que no he sido la misma persona como padre. Haré lo que sea por facilitarles la vida a los críos. Para que no pierdan a su padre.

Asentí, pero no impasible.

Y se fue. Se fue con el aire de un hombre que por fin se había dado cuenta de que la cornisa bajo sus pies se desmoronaba, pero no hasta el punto de ceder por completo.

#VíctimaFi

@Emmashannock72 Si mi marido me hiciera eso, ¡le cortaría los p**os huevos!

@crimenadicta Tendrías que haberlo dejado pelado de dinero allí mismo, besos.

5

«La historia de Fi» > 00:21:25

Sí, me habéis oído bien: dos veces. No era la primera vez que me ponía los cuernos. Y tampoco quiero que parezca que nunca habíamos sido felices, porque sería mentiros; os juro que estuvimos bien muchos años. Al principio éramos inseparables, nada de ir con cuidado hasta que lo tuviéramos realmente claro. Era una atracción física, sí, pero también mental, una fascinación genuina por otra forma de vida. Yo era más bien tímida, por muy segura de mí misma que me sintiera, mientras que él lo gritaba todo a los cuatro vientos y por dentro se sentía..., no sé..., perdido, diría, o incluso vacío. Supongo que me propuse llenar ese vacío. Cuando nos casamos, tuve la sensación de que había hecho lo imposible: sentar la cabeza con un hombre que no estaba dispuesto a sentarla; hasta que me conoció, claro.

Total, que yo solía ensimismarme un poco cuando

la casa lo requería, y eso sin contar a los niños; pero vaya, que es lo típico cuando te ves en esa etapa vital. Los problemas iban y venían por todo lo larga que era Trinity Avenue, pero aprendías a esquivarlos.

Sin embargo, hace unos pocos años, se acostó con una colega en un evento de estos para fomentar el trabajo en equipo. Lo normal: una noche de hotel, barra libre y eso de «lo que pasa en las Vegas, se queda en las Vegas»; un cóctel de clichés. El problema fue que vi mensajes de la tipa imposibles de maquillar hasta para un hombre como Bram, que suele ser bastante bueno improvisando coartadas.

Estaba en casa con los niños cuando tuvo lugar el eventito este de «cohesión de grupo». En aquel momento eran muy pequeños, como de cuatro y cinco años, y me chupaban toda la energía posible, aunque hubiera dejado de trabajar y no tuviera otras presiones. Fue una traición despreciable, sí, pero tan despreciable como familiar, casi clásica, y, por mucho que se diga, sientes cierto alivio cuando sabes que otras personas han pasado por lo mismo.

—No le cuentes a nadie lo que te ha hecho —recuerdo que me comentó Alison cuando les confesé a ella y a Merle que había decidido perdonarlo (*perdonar* no es exactamente la palabra que busco, pero la utilizo para que me entendáis)—. La gente va a estar más rara contigo que con él.

Poco más tarde me di cuenta de que debería haberles hecho caso, porque incluso contárselo a Polly me pareció un error. Se había resistido siempre a los encantos de Bram, y ahora tenía pruebas para demostrar lo que tanto había intuido, unas pruebas que, con independencia de lo que yo hiciera, no estaba dispuesta a perdonar. Y, tal como Alison había predicho, Polly acabó culpándome a mí por puro instinto.

—No puedes sentirte atraída por alguien tan, bueno, eso, y creer que el resto del mundo no va a sentir lo mismo —me soltó.

—¿Tan qué?

—Sexy, Fi. E inquieto, con ese nervio que él tiene.

—¿Es así como lo ve la gente?

—Hombre, pues claro. Es un personaje, Fi. Un macarra. Por mucho que lo intente, nunca va a rehabilitarse del todo.

—Cuánto estereotipo junto, ¿no? —dije.

Igualito que en la conversación con el propio Bram.

—No sé si podré recuperar la confianza en ti —le había soltado.

—Inténtalo —me había suplicado—. Te prometo que no volverá a pasar. Te lo juro.

Intentar, *confiar* y *creer*: tres palabras mil veces más convincentes que la alternativa cuando tienes dos hijos en común. Y me fue fiel a partir de aquel día, seguro; al menos hasta aquella noche del pasado mes de julio. ¿Que si yo llegué a ponerle los cuernos? Vaya pregunta. Por supuesto que no. Me remito de nuevo a los dos niños pequeños. Aunque hubiera tenido el deseo de despendolarme, que no lo tuve, pues eso, lo que tampoco tenía era tiempo.

Y sí: Polly está soltera.

Bram, documento de Word

Por si no lo sabes ya, te lo cuento yo: hubo un desliz extramarital anterior. No voy a recrearme en eso porque, como he comentado, esto no tiene nada que ver con el sexo. Amor y fidelidad no son las dos caras de la misma moneda, digan lo que digan las mujeres. (De nuevo, me voy a ahorrar nombres. Era una mujer con la que estuve en un evento de la empresa, y fue cosa de una noche. Dejó el trabajo poco después.)

¿Que por qué engañé a la mujer que amo? A ver cómo lo explico... Digamos que no fue por adicción, ni siquiera por impulso, sino más bien por la añoranza del hambre tras años de comidas opíparas. Creía que rendía mejor cuando estaba desesperado, se me aguzaban los sentidos y se me disparaban los receptores del placer. Una especie de nostalgia ególatra.

No voy a seguir. Seguro que ya estás poniendo los ojos en blanco. Le enseñarás a un colega esto último y dirás: «Y yo que creía que ya lo había oído todo...».

«La historia de Fi» > 00:24:41

Por cierto, no creáis que no soy consciente de que después del desliz con la chica de la empresa a Polly le dio por llamarlo «Aquí te pillo, aquí te bramo». Bastante ingenioso, no lo niego.

El apodo que se le ocurrió después de lo de la casita de los niños es demasiado fuerte como para decirlo por la radio.

Bram, documento de Word

Cuando los chavales eran pequeños y Fi estaba sedienta de sangre, solíamos llamarla Mamá Drácula. Con cariño, claro, aunque en mi caso cada vez iba más en serio, sobre todo después de darme cuenta de que nueve de cada diez veces la sangre que ansiaba era la mía.

6

Viernes, 13 de enero de 2017
Londres, 13.00 h

«El número que ha marcado no existe.»

—¿Ha habido suerte? —le pregunta Lucy Vaughan.

—No.

No ve el momento de quitarse de encima a la mujer de los correos electrónicos falsos y las fantasías sobre haber comprado una casa que no estaba en venta. ¿Debería llamar directamente a la policía? ¿O esperar a localizar a Bram para poder resolver esta invasión intolerable entre los dos? Y ahora que tienen tanto mueble dentro de la casa, ¿podrán acogerse a los derechos de los okupas? ¿Son, técnicamente, ocupantes del inmueble?

Todas estas son preguntas retóricas, tan irreales como las imágenes que se suceden ante sus ojos. Todo lo que está viviendo es una pura alucinación, y no puede fiarse de nada.

Llama a Bram una segunda vez. Y una tercera.

«El número que ha marcado no existe.»

Ni siquiera tiene la opción de dejarle un mensaje de voz.

—¿Dónde coño andará?

Lucy la observa con el móvil en la mano.

—Tiene dos hijos, ¿verdad? ¿Y si está con ellos?

—No, están en clase.

¿Cómo es posible que Lucy la conozca tanto si para ella ni siquiera existía hace cinco minutos?

«Mamá», piensa. Le pedirá que recoja a los niños del cole y se los lleve a casa. No pueden ver su hogar en estas condiciones ni hundirse al subir a sus habitaciones y verlas destripadas, vaciadas de todas sus preciadas posesiones.

Pero ¿dónde estarán? Puede que lo de la compra de la casa no sea más que una ilusión de esta desconocida (sigue aferrándose a la posibilidad de que tan solo sea una broma de mal gusto), pero es innegable, incontestable, que sus pertenencias no están. Alguien se las ha llevado.

Es en ese momento cuando le sobreviene una idea, no tanto un pensamiento como un latigazo, un presentimiento desbocado que le ocupa la mente con la forma de un terror cerval: si su hogar ha podido desaparecer en los dos días que ha estado ausente, ¿les habrá ocurrido lo mismo a sus hijos?

—Dios mío, no —balbuce—. Por favor, no, no...

Se desplaza por los contactos del móvil con las manos temblorosas.

—¿Qué pasa? —pregunta Lucy, agitada—. ¿Va todo bien? ¿A quién llama?

—Al colegio de mis niños. Tengo que... Ay, ¡señora Emery! Soy Fi Lawson. Mi hijo Harry está en tercero y Leo, en cuarto.

—Sí, claro, ¿cómo está, señora...? —empieza la secretaria de la escuela, pero Fi la corta.

—Necesito que compruebe si están bien; es urgente.

—¿Perdón? ¿Que compruebe si están bien? No sé si la entiendo.

—Que si puede asegurarse de que están donde deberían estar. En clase o en el patio, donde sea. Es importantísimo.

La señora Emery vacila.

—Bueno, pues los de cuarto deberían estar en el comedor, creo...

—¡Por favor! —Más intenso que un lamento: un chirrido lo bastante ofensivo como para que Lucy dé un respingo—. Me da igual dónde estén, ¡vaya a mirar!

Se produce una pausa incómoda, y entonces la señora Emery vuelve a hablar:

—¿Le importa esperar un segundo?

Fi se afana por seguir una conversación lejana entre la señora Emery y un colega, casi diez agonizantes segundos de intercambio de susurros, hasta que la señora Emery se pone de nuevo al teléfono.

—Lo siento, señora Lawson, pero me acaban de comunicar que sus hijos no están en la escuela.

—¿Qué?

Al instante, siente un golpe seco en las costillas y el estómago amenaza con vaciársele.

—Hoy no han venido al colegio.

—¿Y dónde están?

—Pues, por lo que sabemos, con su padre. Mire, déjeme que le pase con la directora...

Está temblando de pies a cabeza, con unas convulsiones desacompasadas y el corazón en un puño. Es una máquina que ha perdido todo control de sus funciones.

—¿Señora Lawson? Soy Sarah Bottomley. Le aseguro que no tiene de qué preocuparse. —La directora de la escuela primaria de Alder Rise es una mujer enérgica que confía en sí misma y en su forma de mantener el orden, y habla con un sutil tono de ofensa ante las acusaciones de Fi sobre el posible desorden en su colegio—. Su marido ha pedido permiso para pasar el día con sus hijos y se lo he concedido. Su ausencia está completamente autorizada.

—¿Por qué? —solloza Fi—. ¿Por qué los ha sacado del colegio? Y usted, ¿por qué ha aceptado?

—A veces los alumnos se ausentan de la escuela por múltiples razones. En este caso, tenía algo que ver con sus dificultades para recogerlos esta tarde, al no estar ninguno de los dos en Londres hoy.

¿Cómo que ninguno de los dos? ¡Bram debería haber estado en esta mismísima casa, a dos calles de la escuela!

—No, no, se equivoca. Yo estaba fuera, pero a Bram le tocaba trabajar desde casa.

Desde la casa que sigue hasta arriba de pertenencias de unos desconocidos.

—¿Es posible que hayan tenido algún problema de agenda? —sugiere la señora Bottomley—. Cuando hablé con su marido hace unos días, me pareció que usted estaba al tanto de la petición.

—No tenía ni idea. ¡Ni idea!

A esto lo sigue un bramido casi animal, y es únicamente cuando Lucy le quita el móvil cuando Fi entiende que no está en condiciones de continuar.

—¿Hola? —dice Lucy—. Soy una amiga de la señora Lawson. Sí, por supuesto, ya nos encargamos nosotros, trataremos de dar con el padre de los niños. Seguro que no es más que una confusión y los chicos están bien. La señora Lawson está en shock y no se encuentra demasiado bien. Sí, les informaremos en cuanto los localicemos.

Fi trata de recuperar el móvil cuando termina la llamada, pero Lucy se resiste.

—¿Le parece si pruebo de llamar yo a su marido? —pregunta, diplomática.

—No me parece, no. A ti no te ha dado nadie vela en este entierro —le espeta Fi—. ¡No tendrías que estar aquí! ¡Dame mi móvil y vete de mi casa!

—Escúcheme, lo mejor es que se siente y respire hondo. —En el momento en que Lucy le ofrece una silla junto a la mesa de la cocina, las dos adoptan una dinámica paciente-enfermera—. Le voy a preparar una taza de té.

—La virgen. ¡Que no quiero té!

Con el móvil de nuevo en las manos, Fi vuelve a marcar el número de Bram («El número que ha marcado no existe») antes de colocarlo bocabajo en la mesa. Tiene la sensación de que está pasando algo terrible. Lo sabe. Lo siente en lo más profundo de su ser. La confusión con la casa y esta mujer tan descarada, Lucy, no son más que una pequeña parte del problema: algo les ha pasado a Bram y a los niños. Algo atroz.

Y, en ese instante, aquella pesadilla diurna se convierte en algo tan aterrador que se escapa de cualquier intento por definirlo.

Ginebra, 14.00 h

No ha tardado mucho en odiar la habitación. En odiar el hotel. En odiar lo poco que ha visto y oído de la ciudad. Un avión ruge al este, con un ruido aún más ensordecedor que el resto, y se prepara para el momento en que reviente las ventanas. Puede que eso sea justo lo que necesita, piensa, para que la ruina de su vida se diluya. Algo tan catastrófico como un accidente de avión.

No es la primera vez hoy que le viene algo así a la cabeza. Cuando el avión en que viajaba se acercaba a la ciudad aquella misma mañana, se convenció a sí mismo de que tanto daba si fallaban los mecanismos de aterrizaje, si al mamotreto se le abría la panza sobre el asfalto y lo escupía a través de las heridas. No habría objetado absolutamente nada a morir así. Por despreciable que parezca, teniendo en cuenta a los doscientos pasajeros que estaba dispuesto a arrastrar con él, rezó por la catástrofe.

Como no podía ser de otra manera, el avión aterrizó sin más dificultades y él había sido el único pasajero con el cuerpo crispado por la angustia. El único que suplicaba a los dioses un giro de la fortuna que no se le llegó a conceder.

Lo que al final entendería era que la huida no es más que una prisión con otro nombre.

7

«La historia de Fi» > 00:24:56

Fue una separación extraña, sobre todo al principio. Nos pasamos cinco semanas en una especie de limbo, entre finales de julio y todo el mes de agosto. Huelga decir que ahora mismo daría lo que fuera por revivir aquel momento una y otra vez, lo apreciaría como el interludio disruptivo pero amable que fue, aunque en aquel instante me pareció un periodo triste que me costó superar.

No, no hablo de las consecuencias prácticas de dejar de vivir juntos: a pesar de que yo trabajaba en el centro de Londres, un trayecto de cuarenta y cinco minutos que podía llegar a doblarse en función del día, y que las vacaciones del cole siempre conllevaban sus propias complicaciones, lo organicé todo sin mayor problema. Mi madre me echaba una mano y me turnaba las tareas del cuidado de los niños con amigos de nuestra calle.

No, me refiero a lo más emocional. Mi intención era que nos afectara lo menos posible y no acabar histérica perdida. Bram se fue a vivir con su madre a Penge a la espera de mi próximo movimiento, y disimulaba su ausencia delante de los niños.

—Está trabajando —les decía—. Vuelve el sábado.

Cuando llegaba la visita del sábado, se quedaba hasta que los niños se habían dormido para que no supieran que se había ido de nuevo. A la mañana siguiente, les decía que había tenido que levantarse pronto para ir a la oficina. Facilitaba bastante las cosas que los dos montaran batallas campales con los boles de cereales y no se cuestionaran demasiado el engaño, pero, de todas formas, no era una estrategia que pudiéramos mantener a largo plazo.

Cancelamos las vacaciones familiares en el Algarve y nos quedamos en Alder Rise, que era sobre todo a lo que parecía haberse reducido la ciudad. Gracias en parte a un artículo en la sección inmobiliaria del *Evening Standard*, empezaron a agolparse parejas en las ventanas de las agencias para ver a cuánto ascendía la puñalada por casas de una habitación, apareadas y viviendas familiares de cuatro habitaciones como las de Trinity Avenue. Apenas podían permitírselo, decían los agentes, aunque corría el rumor de que los Reece, en el número 97, habían pedido un perito.

Era absolutamente imposible aparcar en la parte superior de Trinity Avenue, y yo solía olvidarme de dónde había dejado el coche.

—Este es el precio que nos toca pagar por tener casas que valen un pastón —comentaba Alison—. Quejarse sería hasta indecoroso.

(Alison adoraba la palabra *indecoroso*.)

Fue la primera que me visitó cuando hice público que Bram se había ido de casa. Se presentó con un lujoso ramo de hortensias rosas, de esas que quedan tan bien cuando las secas. Cuestan un riñón, y aquí en Alder Rise solo puedes comprarlas en las floristerías más pijas del Parade.

—Ay, Fi —me dijo, rodeándome con los brazos—. ¿Quieres que hablemos del tema?

—No hay nada de que hablar.

Tenía unos ojos turquesa que se le vidriaban cuando reía —hablar con ella era verla constantemente limpiándose borrones de maquillaje—, pero era muy poco habitual que le brillaran con una pena infinita como entonces.

—Bueno, pero dime si vamos a tener que escoger entre tú y él.

—Claro que no.

—¿No tienes ningún plan de venganza malévolo? ¿Ni que sea un plan de andar por casa?

—No todas las historias acaban con una venganza —le contesté.

—Cierto. Pero la mayoría sí.

Vale, admito que ha habido veces en que he fantaseado con que Bram topara con la horma de su zapato, una mujer que lo pisoteara sin llegar a perjudicar de ninguna manera el bienestar de nuestros hijos, pero en la vida me ha dado por escarmentarlo directamente. Supongo que yo era la persona que mejor comprendía que él mismo era su peor enemigo, un hombre con una capacidad descontrolada de autodestrucción. Si esperaba lo suficiente, se acabaría vengando contra sí mismo.

—Mira, ahora me ha venido a la cabeza que un día vi una entrevista antigua a George Harrison —le conté a Alison—. Fue poco después de que su mujer lo dejara por Eric Clapton, y lo que esperabas era que la pusiera a parir, pero nada más lejos de la realidad: estaba tranquilo, filosofaba. Contaba que prefería que estuviera con un amigo suyo que con Fulano, Mengano o Zutano.

Alison se lo pensó varios segundos.

—Fi, cariño, seguro que iba hasta arriba de lo que fuera.

Solté un soplido por la nariz que podía interpretarse casi como una carcajada, a pesar de que el momento no acompañaba.

—Lo que quiero decir es que lo he liberado. Nos hemos liberado. Ahora mi prioridad son los niños y encontrar la manera de vivir en una perfecta armonía. Como en la canción esa de Paul McCartney.

—¿Hablas de *Ebony and Ivory*? —Se quedó ojiplática, temerosa de que me hubiera convertido en una esposa sumisa con una fijación por los Beatles—. Bueno, no sé si hay muchos precedentes de algo así en la historia de las rupturas maritales, pero si alguien puede conseguirlo, esa eres tú.

Alison, como mis padres, siempre había adorado a Bram, como si creyera casi por instinto que, detrás del alcoholismo, las mentiras y esa forma de ser agotadora e imprevisible tan suya, era una buena persona.

—¿Te has quedado con la casa? —me preguntó.

—Por supuesto.

—Qué bien. Es lo más importante.

Había traído tres hortensias, una para cada miembro restante de los Lawson, aunque probablemente no se le hubiera pasado por la cabeza cuando las compró. Optó por esa cifra porque los diseñadores de interiores repiten a poco que pueden que siempre hay que organizarlo todo en grupos de tres. Era la regla de la asimetría, la misma que sobrevolaba a Merle cada vez que dudaba sobre si tener otro hijo o no. La parejita que ya tenían ni encajaba ni contrastaba. («Siempre existe un cierto riesgo con el tercero», dijo una vez Adrian, su marido, y lo recuerdo como si hubiera sido ayer por el tono, como si el tema de conversación fuera una guerra mundial y tuviera entre manos el programa nuclear Trident para defender sus fronteras.)

—Solo para que lo sepas —me reveló antes de irse—: te habría escogido a ti.

Lo siento, ¿os parece que me hizo gracia? ¿Que no estaba que me subía por las paredes con aquel mamón? Por supuesto que lo estaba. Lo despreciaba como solo puedes despreciar a las personas a las que amas con todo tu ser. Pero no podía permitir que me alienara. Me costó sudor y lágrimas mantener a raya la ira, congelarla como lo hice, y estoy orgullosísima del esfuerzo.

Eso sí: creedme cuando os digo que lo que sentí con los cuernos no se parece ni de lejos a lo que siento con lo de la casa. Esto es muchísimo peor. Estoy desconsolada.

Bram, documento de Word

Apenas me acuerdo de aquel periodo de entreguerras. En aquel momento ya me pareció bastante doloroso, pero no me hacía a la idea de hasta qué punto puede el dolor inhabilitarte y hundirte.

No me ayudó tener que vivir con mi madre. Recuerdo que trataba de aconsejarme en base a una fe ciega en las enseñanzas cristianas que ya me habían parecido anacrónicas (cuando no pura majadería) de pequeño, y ahora, en el Londres del siglo XXI, eran directamente irrelevantes y un puro despropósito. Basta decir que la sabiduría que había demostrado no cumplía con lo que se esperaría de un nombre como el mío, sacado justamente del Antiguo Testamento, y que me negué a debatir lo que había pasado con ella; y con el resto del mundo, no te voy a engañar.

Ahora me ha venido a la cabeza lo poco que pareció afectar mi ausencia a los niños, era casi ofensivo. Aceptaban las patatas fritas y los caramelos con los que les agasajaba los fines de semana como si el matrimonio de sus padres no hubiera implosionado, como si el placer de ir introduciéndose Pringles en la boca eclipsara cualquier desastre que les lanzara el universo.

Y en cuanto a Fi, no me dio la impresión de que al verme sintiera la misma angustia que a mí me corroía por dentro, ni la ira que me merecía de forma clara. Incluso fuimos un día al parque los cuatro, un domingo sofocante de mediados de agosto.

—¿Pistacho o tofe? —me preguntó delante de la nevera de los helados en la cafetería, como si hubiera asumido la función de guía amable con un estudiante extranjero de intercambio.

—Tú eliges —respondí, y ella arqueó sutilísimamente las cejas. «Tú ya elegiste —interpreté—, y la cagaste.»

Era extraño: seguía viendo en ella los mismos ingredientes (el pelo rubio, suave, a la altura de los hombros, los ojos castaños con las pestañas rectas, unas curvas que atraían todas las miradas masculinas y de las que, a pesar de todo, su propietaria renegaba), pero el sabor era distinto. Era como si hubiera encontrado la manera de glasear tanta amargura, de disfrazar el rencor que sentía por mí.

Cruzamos un prado descuidado para llegar al parque infantil. Estaba hasta los topes de forasteros, veinteañeros medio desnudos con esas gafas de sol con cristales azules tan de moda que les quedan mejor a las mujeres que a los hombres (o quizá yo solo me fijaba en las mujeres). Incluso había cola para los columpios.

—¿De dónde ha salido toda esta gente? —dije. Tampoco hacía tanto que me había ido de Alder Rise.

—Alison dice que es el precio que nos toca pagar por tener unas casas que valen un fortunón —contestó Fi, y encima se las apañó para que sonara como un verdadero sacrificio, como si fuera uno de los mayores problemas de su vida. Tener una casa que valía una millonada.

«¿Y yo qué? —estuve a punto de berrear—. ¡Viviendo en Penge con una beata tarada, durmiendo en una cama inflable con la cabeza contra un radiador!» Me había cuidado hasta aquel momento de no presionar a Fi ni exigir demasiado, pero entonces el desasosiego encontró una vía de salida:

—Hablando de la casa..., tenemos que ver qué hacemos con ella. No puedo vivir con mi madre toda la vida. Si de verdad lo vamos a dejar, deberíamos decidir cómo dividimos nuestros bienes.

Por fin, algo de emoción en sus ojos. Una alarma indisimulada.

Seguía metiendo la pata, con el corazón dividido entre hacerle daño y desear que me diera la oportunidad de no volver a lastimarla en mi vida.

—¿Has hablado ya con algún abogado? ¿O con algún agente inmobiliario? ¿Estás esperando a que lo haga yo?

—No.

En cuanto quedaron libres dos columpios, los niños le dejaron dos helados a medio comer y ella los jaleó para que no perdieran el turno.

—Fi —empecé, pero levantó un cono pringoso como protesta.

—Por favor. Basta.

—Pero ¿hasta cuándo...?

—Una semana más —respondió—. Dame otra semana y ya habré pensado cuáles serán los próximos pasos.

«Los próximos pasos»: típico de una gestora de proyectos. Los próximos pasos serían identificar lo que nos correspondía a cada uno, buscarse unos buenos procuradores y cerrar un calendario factible.

—Vale —dije.

—Ah, ¿Bram?

—Dime.

—Lo vamos a dejar. De verdad. Lo que pasa es que no quiero montar un cirio. Quiero lo mejor para ellos.

Se volvió hacia los chicos en sus columpios y se los quedó mirando casi sin pestañear. Por un momento pensé que quizá había alguna especie de espectáculo hipnótico hasta que me di cuenta de que, sencillamente, no soportaba mirarme a la cara.

Cuando volví a casa de mi madre esa noche, recuerdo que pensé que aquello debía de ser lo que sentía un condenado esperando noticias de la última apelación que había presentado.

¿Condenado? No era consciente de la extraordinaria libertad de la que gozaba.

Perdón por la salida de tono, ya estoy más relajada. Como os podréis imaginar, tengo las emociones a flor de piel.

Y ¿qué pasó a continuación? Que el hecho de que Bram me hablara de la separación de bienes fue el impulso que yo necesitaba para ponerme manos a la obra. Nos habíamos puesto de acuerdo para ir al parque todos juntos una tarde, y supongo que no debería haberme pillado tan desprevenida que me preguntara qué íbamos a hacer con la casa. Aquella misma noche me acerqué a una ventana y me pasé un buen rato observando el magnolio, una fuente de consuelo constante para mí. Ese año floreció antes de tiempo y nos encandiló a todos con su belleza; la gente que pasaba por la calle le hacía fotos con el móvil y los niños se colgaban de las ramas más bajas para acariciar las flores con dulzura, como si tuvieran delante una cría de hámster, tratando de no arrancar ni un solo pétalo.

Sabía que no encontraría tanta belleza ni tranquilidad en ninguna parte. Era *vox populi* que el mercado inmobiliario exacerbaba los procesos de separación y divorcio, y que en Londres y en los barrios periféricos ya era historia que pudieras vender un casoplón a cambio de dos casas más humildes. Mi sueldo era aceptable, pero me tendría que haber contratado una petrolera saudí para llegar a tener una mínima oportunidad de comprarle a Bram su mitad de la casa de Trinity Avenue.

Pensé, o al menos traté de pensar, cómo me sentiría si aquellos preciosos pétalos se abrieran ante los ojos de otra persona durante la primavera siguiente. No, era impensable. Me habría partido el corazón con mucha más violencia de la que un cónyuge adúltero puede infligir.

¿Un letrero de SE VENDE en la cancela? Por encima de mi cadáver.

#VíctimaFi

@SharonBrodie50 Es un poquito intensa, ¿no? No entiendo cómo la gente se puede obsesionar tanto con sus casas.

@Rogermason @SharonBrodie50 Pues por la pasta. Al menos es sincera.

8

«La historia de Fi» > 00:30:10

Sí, el tema de la custodia es una parte esencial del delito, o eso creo, porque le otorgó a Bram acceso tanto a la casa como a los documentos que necesitaba para venderla, y no solo al típico papeleo compartido, contratos y demás, sino también a los estrictamente personales. No, no me dio por guardarlos en otro sitio después de la separación, aunque, como es obvio, ahora sería lo primero que urgiría a hacer a las mujeres que se vieran en mi misma situación. ¡El pasaporte, pegado al cuerpo hasta cuando durmáis!

Me quedo corta si tildo de ironía el hecho de que la solución que se me ocurrió tenía por objetivo precisamente seguir viviendo en la casa. «Custodia compartida en el mismo domicilio» lo llaman, y, como todas las buenas ideas, me convenció en cuanto supe lo que era. Al principio leí algo al respecto en *The Guardian*, y luego me informé en páginas web sobre custodia compartida; se originó en Estados Unidos y, después de años y años de fases experimentales, se ha convertido en un tipo de custodia que no para de sumar adeptos. ¿Que cómo funciona? Los niños no se mueven del hogar familiar, sino que son los padres los que se van turnando para estar allí con ellos. El tiempo que no les toca se lo pasan en sus respectivas segundas residencias o, en casos de familias con presupuestos limitados como la nuestra, en un piso compartido. Algunas parejas llegan a apañárselas sin segundas residencias y tiran de la habitación de invitados en casa de sus padres o del sofá de un amigo.

Bram recibió la propuesta no como una rama de olivo, sino como todo un olivar jienense bañado por el sol.

—¿Por qué? —me preguntó, incapaz de discernir si estaba siendo sincera o no—. ¿Por qué me ofreces esto?

—No es por ti —le dije—, sino por los niños. No quiero que pierdan su hogar. Intento que su vida cambie lo menos posible. A mí me has traicionado —añadí sin miramientos—, pero a ellos no.

Como es evidente, en internet encontré a mucha gente que no se tragaba esta interpretación, y numerosas mujeres insistían en que un hombre que traiciona a la madre de sus hijos los traiciona también a ellos, pero no estaba de acuerdo con internet. Marido, padre: son roles interconectados, pero claramente distintos. «Por muchos fallos que haya cometido como marido, sabes que no he sido la misma persona como padre.» Y tenía razón. Como he dicho, era un padre excelente, reconocido por otras familias como el tipo que los niños adoran, el que construye refugios y casas en el árbol (y casitas de jardín, por supuesto) y al que le da por inventarse el día del Balón Prisionero o la Olimpiadas de los Lawson; de esos que, un domingo, juntó a los niños de nuestra calle para que le ayudaran a retirar un árbol muerto con cuerdas mientras era probable que sus padres estuvieran tirados en el sofá con el móvil en las manos, evitando el contacto visual con sus allegados.

—Si están dispuestos a hacer todo lo que esté en sus manos para que funcione, es lo mejor para los niños —nos comentó la asesora de la custodia compartida.

«Bueno, eso y un matrimonio feliz», pensé.

Se llamaba Rowan y era una mujer directa y cortés que nos ayudó a dar forma a los detalles que nos tocaba poner en práctica si queríamos que fuera bien aquella unión reconfigurada nuestra.

—La custodia compartida en el mismo domicilio les ofrece, ni más ni menos, lo que su nombre indica: los niños pueden seguir viviendo en su hogar y sentirse seguros. Por mucha voluntad que se le ponga, puede ser muy desconcertante para ellos ir cambiando entre dos casas, sobre todo si no están en la misma zona. Esta opción elimina el problema. En el mejor de los casos, apenas notarán algún cambio.

Nos guio por los aspectos más básicos del proceso. Lo primero sería hacer una especie de periodo de prueba: yo me quedaría con los días laborables y Bram, con la mayoría de los fines de semana. Los cambios se realizarían todos los viernes a las 19.00 y los domingos al mediodía, para que los dos pudiéramos pasar tiempo con los niños todos los fines de semana. Él también nos visitaría las noches de los miércoles para que no se perdiera el cuento de antes de irse a dormir.

—Lo mejor es que tengan habitaciones separadas en la casa principal —nos recomendó Rowan—. Ayuda a delimitar el espacio personal de cada uno.

Yo ya lo había estado pensando, y di las gracias al cielo por que el tamaño y disposición de la casa favoreciera tanto nuestros nuevos objetivos. No habría que mover a los niños ni tendríamos que asumir el coste de ninguna reforma.

—Sí, ningún problema. Disponemos de cuatro habitaciones, así que podríamos usar la de invitados para uno de los dos y dejar el estudio de la planta de abajo como nuevo cuarto de invitados.

—No saben lo afortunados que son —nos animó Rowan—. A algunas parejas no les queda otra que compartir la misma habitación. Ni se imaginan la cantidad de discusiones en las que he tenido que mediar sobre a quién le toca cambiar las sábanas.

—Quédate tú con la de matrimonio —me dijo Bram—, que para eso vas a estar más noches en la casa.

La de matrimonio. Organizar el alojamiento de los dos era una cosa, pero reajustar la terminología de nuestro hogar, de nuestras vidas, era harina de otro costal.

—El truco está en considerar ambas residencias

como su hogar —prosiguió Rowan—. La casa es su hogar principal y la otra, el secundario. Nadie tiene más derechos sobre una ni otra, son copropietarios e inquilinos. Y, por encima de todo, son padres. Iguales.

Nos enseñó una aplicación de agenda muy recomendable.

—Al final, todo se reduce a esto: quién está en la casa, quién está en el piso, quién ha salido a trabajar, quién recoge a los niños del cole. Las actividades de cada uno, cuándo han quedado con los amigos para jugar, las fiestas de cumpleaños... Y todo con códigos de colores.

El tema financiero había que tocarlo poco a corto plazo. Bram y yo teníamos salarios prácticamente iguales y aportábamos lo mismo a la cuenta conjunta, que era con la que pagábamos la hipoteca, la comida y los gastos de los niños. Debíamos aumentar el colchón para cubrir el alquiler de la segunda propiedad en Alder Rise, un estudio o una habitación en una casa compartida, y daba para poco más. Fue por eso por lo que sugerí que el resto de los gastos, entre ellos los abogados matrimoniales, los dejáramos para después del periodo de prueba.

—Me parece perfecto —afirmó Bram con un optimismo tan poco disimulado que no pude sino volverme hacia él.

—Eres consciente de que estamos separados, ¿no? —añadí, esforzándome por no suavizar el tono—. Nos vamos a divorciar, solo que no de inmediato. Y, por lo que a mí respecta, no hay vuelta atrás.

—Claro —replicó.

Rowan nos observaba sin perder la compostura, pensativa.

—En algunos casos, hay clientes que prefieren cortar por lo sano la convivencia. La opción que han escogido generará de forma inevitable tensiones por la invasión de su privacidad, puesto que no es práctico eliminar su presencia en la casa cada vez que hagan el cambio de propiedad. ¿Están seguros de que esto es lo que quieren? ¿Fiona?

Inspiré tan hondo que llené cada recoveco de los pulmones con aire, me figuré la carita de mis hijos, los rizos que le deben a los Lawson, y asentí. Bram aceptó con un entusiasmo poco habitual en él.

—¡Adelante! —exclamó, y esbozó una sonrisa cohibida, inesperada para mí, que me recordó por qué me había enamorado de él cuando lo vi.

#VíctimaFi

@LydiaHilluk A mí esto de compartir la casa me parece un poco de hippiosos.

@DYeagernews @LydiaHilluk Qué va, todo lo contrario; es de gente civilizada, madura. Yo creo que puede funcionar.

@LydiaHilluk @DYeagernews Bueno, está claro que a ellos no les fue bien, ¿no?

Bram, documento de Word

¿Conoces esa maravilla de verso de los Smiths en la canción *Heaven Knows I'm Miserable Now* sobre una situación que ruborizaría hasta a Calígula? Bueno, pues con lo que Fi me proponía, se habrían ruborizado hasta los ángeles. En serio, no había día que no me cruzara con algún artículo sobre padres divorciados a los que no les queda otra que compartir un piso que acaba convirtiéndose poco más que en un manicomio, sin posibilidad alguna de pedir otra hipoteca hasta que no paguen la anterior. Pero Fi nos ahorró vernos en esa situación; me ahorró todas las miserias que podría haberme echado encima, y eso que tenía todo el derecho del mundo. En vez de exiliarme, trató de reinsertarme; en vez de dejarme tieso, optó por mantener nuestros acuerdos financieros.

Hizo lo que siempre pretenden hacer todos los padres, aunque luego no consigan ni la mitad: poner a los hijos por encima de todo.

Esbozamos una especie de contrato —no vinculante, pero a ella le pareció importante— y lo firmamos. Eso sí: estamos hablando de Fi y, como no podía ser de otra manera, el documento comportaba también sesiones de terapia sentimentaloides. La terapeuta hablaba con una voz dulce y filtrada que rozaba el erotismo.

—¿Hay algo que no consideren negociable? —nos preguntó—. ¿Algo que no acepte excepciones?

—Nada de parejas en la casa —anunció Fi casi al

instante—. Solo en el piso. Y nada de correr cuando los niños vayan montados en el coche. Ya le han quitado varias veces puntos del carné. Y nada de beber mientras los esté cuidando.

—Anda que me estás dejando guapo —bromeé.

No puedo negar lo del coche, pero me atrevería a decir que la única diferencia entre lo que bebíamos cada uno era el color del mejunje. Ella era más de mojitos verde menta y kir royales de un rojo intenso; mamarrachadas de gin-tonics hechos con ruibarbo, arándanos o especias de Navidad: clavo, cardamomo y esas cosas. A las mujeres de Trinity Avenue les chiflaba la ginebra. Y les seguirá chiflando, supongo.

—¿Y usted, Bram? —siguió Rowan—. ¿Alguna condición?

—Ninguna. Acepto lo que Fi considere.

Y lo decía en serio, con el corazón en la mano. Ni siquiera me dio por hacer bromas sobre chalecos salvavidas ni nada por el estilo.

—Fi es más rara que un perro verde —opinó mi madre cuando le comuniqué la buena nueva.

Siempre se había sentido algo insegura con Fi y su familia, con esa fijación tan de clase media por las cartas de agradecimiento y las salidas regulares al teatro, los viajes a la Dordoña... O, vaya, así es como se habría sentido si Fi no la hubiera tratado siempre con tantísimo afecto. Sin embargo, seguía creyendo que yo había hecho bien. Había dado un braguetazo, y la separación no modificaba demasiado mis circunstancias.

—No la cagues también con esto, Bram —me advirtió, y me atravesó con una mirada cargada de desaprobación e indulgencia—. Puede que sea tu última oportunidad.

Lo cierto es que tenía la impresión de que el Señor había sido piadoso conmigo... De momento.

«La historia de Fi» > 00:36:18

Acordamos que la nueva normalidad comenzaría el viernes 2 de septiembre, el último fin de semana antes de que empezara el curso escolar, una elección que nos daba muy poco tiempo para encontrar la «segunda residencia» (siempre me la figuraba así, entre comillas, como si fuera algo artificial, un lugar con el que jamás podría llegar a conectar de verdad).

Pero el proyecto parecía funcionar y Bram no quemaba sus puentes, al menos no en lo que respectaba a sus colegas de borrachera. Seguía quedando de vez en cuando para tomarse una pinta con el agente inmobiliario que nos había vendido la casa de Trinity Avenue, y fue él mismo quien nos informó de un estudio que alquilaban en un bloque de apartamentos con pocos años de antigüedad en la parte oeste de Alder Rise, a poco más de diez minutos a pie del Parade y al otro lado del parque que daba a nuestra casa. Lo habían comprado como piso de alquiler y había pasado por muchísimas manos; estaba claro que era demasiado pequeño como para que los inquilinos decidieran quedarse más tiempo del estrictamente necesario.

La fachada tenía bastante estilo. El diseño recordaba algo a la arquitectura art déco del edificio de la calle mayor en el que hace tiempo hubo una escuela de arte, y contaba con líneas elegantes, detalles en blanco, ventanas con los marcos de acero y terrazas curvadas. Los agentes lo llamaban «bebé déco» (en Alder Rise, las metáforas familiares salpicaban hasta la arquitectura).

Bram se ocupó de todo: negoció el alquiler, comprobó y firmó el contrato y hasta fue a IKEA a por los cacharros y utensilios que necesitábamos para la cocina.

Uno de los días que coincidimos en el piso, aproveché la oportunidad para recordarle la condición sobre lo de traerse mujeres:

—Aquí puedes hacer lo que te plazca, pero la casa es sagrada.

—Que sí —me dijo—. Si te parece, montaré aquí también el laboratorio de anfetaminas, ¿vale?

—Me mondo. —Le sostuve la mirada—. Y lo del coche iba en serio. No quiero llevarme ninguna sorpresa desagradable.

¿Eran imaginaciones mías o le vi un sutilísimo fulgor de picardía en los ojos? Era imposible saberlo a ciencia cierta, incluso para unos ojos experimentados como los míos, pero hubo algo que me movió a insistir.

—Bram, en serio: nada de secretos.

—Nada de secretos —repitió.

Deberíamos haberlo dejado por escrito o haberlo

añadido al acuerdo firmado. Debería haberlo metido como notificación diaria —o a cada hora— en nuestra flamante aplicación de agenda compartida: «Nada de secretos».

Y sí, a pesar de todo lo que ha pasado, sigo pensando que aquel acuerdo de custodia era extraordinario, al menos si no estás casada con un delincuente.

Bram, documento de Word

A veces me martiriza la idea de cómo podría haber evolucionado lo de la custodia compartida si yo hubiera sido capaz de callarme errores pasados y de evitar pecados futuros. Creo, con toda sinceridad, que habría funcionado. En lo respectivo al tiempo y a la carga de trabajo, supimos aprovechar al máximo nuestros fuertes: yo asumía la hiperactividad de los fines de semana, esos momentos necesarios de desahogo que todos necesitamos (las madres de Trinity Avenue solían decir que sus hijos precisaban la misma cantidad de ejercicio que un labrador retriever), mientras que Fi se ocupaba de todo lo relacionado con la escuela, la colada y una dieta nutricionalmente equilibrada. Vale, sí, se ocupaba de casi todo.

Eso no significa que ella no tuviera tiempo para disfrutar de Leo y de Harry. Diría que era la única persona capaz de rebajarles el espíritu competitivo cuando se les salía de madre y de recordarles que siempre tenían la opción de formar equipo. Clamaban por concursos de preguntas, sobre todo de capitales, y justo cuando Bucarest estaba a punto de precipitar una pelea, les bajaba los humos con un chiste malo, como: «¿Dónde compran la música los tunecinos? En iTunez». Los chavales se miraban entonces entre ellos con una resignación cariñosa.

—Mamá, por favor. Seriedad.

(Creo que se preparaba los chistes por adelantado.)

Me parte el alma pensar en lo muchísimo que se va a acabar arrepintiendo de lo de la custodia. Estará hecha polvo cuando descubra que esta catástrofe no habría sido posible sin la organización logística que ella misma sugirió, sin la confianza que seguía depositando en mí como padre de familia y propietario de nuestra casa compartida.

Incluso habiendo dejado de confiar en mí como marido.

9

«La historia de Fi» > 00:38:35

No sabría afirmar cuáles fueron los primeros indicios de sus engaños, porque huelga decir que por aquel entonces no los reconocía como tales. Lo que tengo claro es que el coche había supuesto un problema incluso antes de separarnos.

Debía de ser abril o mayo cuando encontré las multas por exceso de velocidad. Quizá son imaginaciones mías, pero me acuerdo de que noté una sensación extraña de incertidumbre cuando salió el tema, el presentimiento de que me estaba ocultando mucho más de lo que me estaba confesando. Tal vez por eso lo saqué a colación con la terapeuta poco después.

—Bram, ¿esto qué es?

Le mostré un par de cartas de la Dirección General de Tráfico que había descubierto entre las páginas del manual de una cafetera cuando al cacharro le dio por dejar de funcionar sin previo aviso: dos documentos en los que se le confirmaba que le habían quitado tres puntos del carné. El tema de la velocidad con el coche había sido siempre un punto de fricción entre nosotros, aunque solía apañárselas para que yo no me enterara. Tenía una forma de conducir... No era que se creyera que estaba exento de cumplir las normas, sino que consideraba el hecho de saltárselas uno de los pequeños placeres de la vida.

—¿Seis puntos? Pero ¿no hiciste hace un tiempo un curso de concienciación sobre los riesgos del exceso de velocidad?

—Sí —contestó con recelo.

—¿Y por qué te han quitado los puntos?

—Porque son multas diferentes. El curso fue para la primera.

Fruncí el ceño, tratando de comprender la situación.

—O sea, ¿que te han puesto tres multas? ¿Haces el curso y después pierdes otros seis puntos?

—Sí. El curso solo lo puedes hacer una vez cada tres años.

«Pues qué lástima —pensé—, porque es evidente que no te sirvió de nada la primera vez.»

—¿Dónde están las multas originales? ¿En el estudio?

—¿Por qué?

—Porque quiero ver los detalles, punto.

Me cortó el paso de camino al archivador del despacho.

—Ya voy yo a por ellas.

Con una reticencia bíblica, me entregó dos notificaciones de denuncia, una de la policía de Surrey y la otra de la policía metropolitana de Londres. El incidente en Surrey había sido, como era obvio, durante un viaje por trabajo: superaba en casi quince kilómetros por hora el límite de ciento diez de una nacional, una falta bastante similar a la que había cometido dieciocho meses atrás, cuando «iba con prisa y no me dio por mirar el velocímetro». La de Londres era más preocupante: iba a setenta kilómetros por hora por una zona de treinta, en una vía entre Crystal Palace y Alder Rise. Teniendo en cuenta el límite de velocidad, lo más probable es que se tratara de una calle residencial como Trinity Avenue, y a setenta kilómetros por hora puedes perfectamente matar a un peatón, en concreto a un niño, como los nuestros.

Entonces fue cuando me fijé en las fechas: de una hacía un año y medio y de la otra, nueve meses.

—¿Se puede saber por qué me entero ahora de esto?

Pregunta tonta: pues porque había encontrado las multas por error. Fijo que él creía haberse deshecho de todas las pruebas a la vista.

—Tienes doce puntos hasta que te quitan el carné, ¿no? O sea, que otro fallo más y...

Me interrumpió irritado:

—Sé sumar, Fi. En serio, hay un millón de personas con pocos puntos en el carné, y eso incluye a un montón de vecinos de esta calle. ¿Por qué te crees que ahora, de golpe y porrazo, están batiendo récords de multas? Esto es la gallina de los huevos de oro para las autoridades.

—Es una táctica disuasoria —repuse—; lo que quieren es salvar vidas. ¿Se lo has comunicado al seguro?

—Hombre, pues claro. De verdad, no es para tanto. No, para él no.

—En esta de Londres, los niños no iban contigo en el coche, ¿verdad?

—No, iba solo. —Ahí fue cuando se sintió insultado y pasó de la defensiva a la ofensiva en cuestión de cinco segundos—. Qué decepción, ¿verdad? Has perdido una oportunidad de oro.

—¡Ni se te ocurra culparme a mí de tus errores!

Incluso en aquel momento reconocí la discusión como el ejemplo perfecto de lo que había fallado en nuestro matrimonio. No eran los delitos *per se* —no hace falta ni que diga que lo del coche era casi una niñería en comparación con lo que vendría más tarde—, sino lo poco que le costaba dejarme a mí como la mala después de la pelea, o como la policía, la profesora, la aguafiestas, la chivata. La rencorosa.

La víctima.

—Mira, lo mejor es que conduzca yo a partir de ahora —le anuncié—. No vaya a ser que vuelvas a meter la pata.

Ay, Dios, ahí sí que soné como una guardia penitenciaria.

—Por favor, todo tuyo —mascullo.

Más tarde, cuando fui al archivador, vi que la sección marcada como «Coche» estaba vacía.

Como he dicho, lo del adulterio era una táctica de distracción. Las multas por exceso de velocidad resultaron mucho más destructivas a la larga, y habría preferido que nunca salieran a la luz porque, sinceramente, habría sido mejor ahorrarse el problema. Esa es la parte mala de los buenos ciudadanos como Fi: les cuesta hacer concesiones a sus maridos.

Estaba convencido de que había escondido todas las pruebas incriminatorias (¿y yo qué sabía que le iba a dar por mirar en la carpeta de «Coche»?), y por eso me pilló desprevenido cuando se acercó a mí enarbolando las cartas de la Dirección General de Tráfico e interrogándome sobre si aquellos días llevaba a los niños en el coche (que quede constancia de que no, en ninguno de los dos casos).

—En mi vida pondría en peligro a nuestros niños —afirmé—. ¿Te queda claro?

—Ah, pero a otras personas sí, ¿no? —me soltó, y me dirigió una mirada con tanto asco que ya entonces debí haber previsto que la separación era inminente, con independencia de las travesuras en la casita de los niños que todavía estaban por llegar.

—Bueno, por lo menos ahora sé la verdad —añadió.

Más quisiera. Si ella supiera... La verdad era que para cuando encontró aquellas dos multas ya me habían puesto otras dos, seis puntos menos, y con la última infracción se requirió mi presencia en el juzgado.

La verdad era que me habían puesto una multa de mil libras y me habían retirado el carné durante un año, hasta febrero de 2017.

Evidentemente, al haber encontrado ya parte de las pruebas, no había nada que le impidiera contrastar la historia si llamaba al seguro y les preguntaba si la prima había subido, aunque había sido previsor y había abierto la póliza a mi nombre, protegida con una contraseña. Aun así, temía que le diera por mirar los extractos del banco y viera que la prima, de hecho, había disminuido, no aumentado, puesto que ella era la única conductora de nuestro Audi.

La única conductora registrada, quiero decir.

«La historia de Fi» > 00:42:52

Seguro que algunos oyentes piensan que me pasé un poco con lo de las multas, y es cierto que había otros padres de la escuela con seis puntos en el carné, e incluso con tres. De hecho, la policía hasta paró un día a Merle; se ve que se había saltado un semáforo rojo en Herne Hill, pero la amonestaron y dejaron que se fuera. En nuestro círculo este tipo de faltas era casi algo cultural, como una insignia de honor, como si fueran delitos sin víctimas.

Claro.

Que no digo que yo sea aquí un ejemplo de virtud, pero de verdad creo que no me he saltado un límite de velocidad en la vida, o no más de dos o tres kilómetros por hora. Porque, vamos a ver, conducimos entre peatones y ciclistas, y encima tenemos niños a nuestro cargo; hay semáforos y pasos de cebra cada dos minutos, y casi todos los coches cuentan con reguladores de velocidad: ¿cuánta prisa debes tener para olvidarte de todo eso? ¿Y en serio ocho, dieciséis o, si me apuras, veinte kilómetros por hora marcan tanto la hora a la que acabes llegando? ¿Merece la pena arriesgarse a un resultado catastrófico?

Aunque, bueno, supongo que la mayoría de los que exceden los límites de velocidad no tienen en cuenta ni resultados ni consecuencias.

Eso es cosa de los demás.

Bram, documento de Word

No, la decisión más desastrosa no fue ocultar lo de la retirada del carné. Lo más catastrófico vino cuando decidí ignorarla. Sí, lo admito formalmente: me resistí a acatar la inhabilitación que había emitido el juzgado y seguí conduciendo.

Si me hubiera resignado, no estaría donde estoy ahora mismo.

Como pasa siempre, al principio me dije que solo sería un viaje. Era una tarde de sábado, un par de semanas después de comparecer en el juzgado, y Fi y yo habíamos discutido por haberme presentado con una resaca de campeonato cuando se suponía que debía estar fresco como una rosa para mis tareas de guardián de los fines de semana. Me exigió que llevara la basura del jardín al punto limpio y, ley de Murphy, aquel era el primer día en meses en que habíamos conseguido aparcar el coche justo en la puerta, así que no pude llevarme los desechos a algún sitio apartado y metérselos a otra persona en su contenedor.

De hecho, Fi incluso me acompañó al coche para seguir dándome instrucciones adicionales.

—Pásate por Sainsbury's de vuelta y compra pastillas para el lavavajillas y leche. ¡Ay, casi me olvido! Leo necesita un protector bucal para educación física este mismo lunes. Van a empezar con el hockey. Mira a ver si puedes acercarte a la tienda de deportes de la South Circular.

Bajo su atenta mirada, me metí en el coche que la ley me había prohibido llevar, arranqué el motor y conduje hasta el cruce entre Trinity Avenue y el Parade. Más por inercia que por pensamiento racional, fui al punto limpio, al Sainsbury's y a la tienda de deportes. Contuve el aliento varias veces, pero el cielo no se me cayó encima en ningún momento.

Total, que seguí conduciendo. Eso sí, solo trayectos esenciales, que quede claro, necesidades familiares impepinables o peticiones de clientes que no podía gestionar con el transporte público. No había conducido con tantísimo cuidado desde que tenía diecisiete años y estaba aprendiendo con el Ford Fiesta de un vecino. Límite de velocidad: en orden. Semáforos rojos: respetados. Ni una línea pisada en los aparcamientos, ni las luces de emergencia cuando no tocaban, ni un solo insulto a un ciclista.

Un día, miré por el retrovisor y vi un coche patrulla pisándome los talones, y por poco el miedo no me hace perder el control. Pensé en parar en cualquier sitio hasta que no hubiera moros en la costa, pero en el semáforo siguiente los policías pusieron el intermitente izquierdo y yo seguí recto, así que me alegré de haber mantenido a raya los nervios.

Cuando se me propuso lo de la custodia compartida en el mismo domicilio, supe que ya no podría parar.

—¿Cómo vamos a montárnoslo si solo puede conducir uno de los dos? —me soltaría Fi—. Ya sabes el jaleo que tenemos los fines de semana, entre la piscina, las quedadas con los amigos y las visitas a los abuelos. Mira, quizá lo mejor es que nos olvidemos de todo esto.

No, no me quedaba otra que aguantar hasta el final de la prohibición.

Así es como piensan los criminales, ya no me cabe duda. Nos decimos a nosotros mismos que son los demás los que nos tienen entre la espada y la pared, y que nosotros nos limitamos a reaccionar, cooperar, sobrevivir.

Y somos tan convincentes que nos lo creemos.

10

Viernes, 13 de enero de 2017
Londres, 13.30 h

Asesinatos, acoso, violaciones, que secuestren a nuestros hijos. Son crímenes reales.

¿Quién se lo dijo? Alison o Kirsty, quizá. Fuera quien fuera, Fi recuerda que hubo risas.

Lucy le toca el brazo con cautela, como si esperara que Fi perdiera los estribos y lanzara su silla por la ventana.

—No llores más, va. Ya sé que todo esto te sobrepasa, pero lo mejor es no perder la calma y empezar a contactar con gente que te pueda ayudar. ¿Sabes si tu marido había hecho planes con alguien? ¿O si le había pedido a alguien que se quedara con los niños? ¿Un familiar o una canguro?

Su madre. Pues claro, ¡si es que iba a llamarla antes de probar con la escuela! Vuelve a agarrar nerviosamente el móvil, marca el número y empieza a hablar justo cuando su madre descuelga, antes de que esta pueda siquiera saludarla.

—Mamá, gracias a Dios. Soy yo.

—¿Fi? ¿Estás llorando? ¿Qué ha pa...?

—Bram se ha llevado a los niños del cole y su móvil no da señal. ¿Están contigo?

—¿Que Bram qué? No, no están conmigo, claro que no. —Otra voz tranquila, cargada de sensatez, igual que la de Lucy o la de Sarah Bottomley—. ¿Tú no tendrías que estar con el chico ese al que estás conociendo?

—He vuelto antes. Bram ha desaparecido y se ha llevado a los niños.

—Anda, no seas exagerada. ¿Cómo se los va a llevar? ¿Has llamado a Tina? A lo mejor sabe dónde están.

La madre de Bram. Sigue trabajando a jornada completa, pero no tiene problemas con cambiar el turno y echarnos una mano si la avisamos con tiempo. Bram habló con la escuela hace unos días; fuera lo que fuera que se trajera entre manos con los niños, lo planeó a conciencia, y era más probable que estuviera involucrada su madre, no su suegra.

Corta la llamada y marca el número del móvil de Tina, llorando de nuevo al teléfono en el momento en que se lo cogen.

—¿Tina? ¿Tienes idea de dónde está Bram?

—¿Fi? ¿Eres tú? Sí, hoy le toca estar en la casa. ¿No era lo que habíais acordado? ¿Ha pasado algo?

«¿Ha pasado algo?» La consternación ante una ignorancia tan evidente es insoportable. «Cuánto inútil... —quiere gritar Fi—, ¡sois todos unos inútiles!» El esfuerzo que requiere no levantar la voz es hercúleo. No quiere que Lucy vuelva a intervenir ni a hablar por ella.

—No, no está en la casa, Tina. La que está en casa soy yo.

—¿Ya has vuelto de tu viaje? ¿Por qué?

—Eso da igual, pero tengo que encontrar a Bram ahora mismo. Si sabes dónde puede estar, dímelo. —Siente que pierde la batalla y empieza a sollozar de nuevo; Lucy esboza un gesto de preocupación—. Se ha llevado a los niños del colegio y no sé dónde están y yo ya no puedo...

—Fi, tranquila, permíteme hablar —la interrumpe Tina—. Los tengo aquí. Los niños están aquí.

—¿Perdón? ¿Puedes repetírmelo?

¿Habrá oído lo que cree haber oído por encima de los rugidos de su propio pavor y de los golpazos del equipo de mudanzas al otro lado de la puerta?

—Que los tengo aquí conmigo, viendo la tele. La idea era llamarte más tarde para ver si podías venir a recogerlos por la mañana.

—Ay, gracias al cielo. ¿Se quedan contigo esta noche? ¿Eso es lo que Bram te pidió?

—Sí, ¿te parece bien?

—Sí, claro. Gracias.

Ha visto con el rabillo del ojo cómo Lucy ha dejado caer los hombros, aliviada. Al final parece que no va a ser una de esas historias, de las peores, pero ya puede volver a la realidad, a lo que está pasando con la casa. Se pone en pie y se acerca al hervidor de agua. Por fin puede empezar a preparar el té.

Fi se seca los ojos con un trocito de papel de cocina. Por muy aliviada que se sienta, la ansiedad le sigue atenazando los músculos.

—Tina, ¿por qué no están en el cole? ¿Están bien?

—Sí, sí, tranquila. Bram creyó que sería mucho más fácil sin los críos por casa. Y no creo que ande lejos, así que te diría que te fueras antes de que te vea.

Pero ¿de qué diantres está hablando?

—Tina, escúchame: tengo un marrón muy gordo encima. Han vaciado completamente la casa, el móvil de Bram está fuera de servicio y aquí hay una mujer que afirma...

Fi se detiene, incapaz de repetirlo; es el colmo del absurdo: «una mujer que afirma haber comprado la casa».

—Sí, estoy al tanto. —La paciencia de Tina es insondable, y eso la pone aún más nerviosa—. La idea era que fuera una sorpresa, Fi.

—¿Qué sorpresa? Por favor, dime de una vez lo que está pasando.

—La reforma. ¿Cómo no te has dado cuenta? Pobre Bram, se va a poner muy triste cuando sepa que has llegado antes de que terminaran. ¿Y si vuelves al piso y les dices a los decoradores que no le cuenten que has estado en la casa? O ven aquí conmigo, si lo prefieres. ¿Les digo a los niños que has vuelto antes de tiempo?

—No, no, por favor. —Se esfuerza por parar en seco el flujo de preguntas que le vienen a la cabeza, más de las que es capaz de procesar, e intentar pensar—. Sigue con lo que tuvierais planeado. Gracias. Te llamo luego. Dales besos a los niños de mi parte.

Cuelga el teléfono.

—Me ha dicho que estáis aquí para reformar la casa —le comunica a Lucy—. Es la única explicación de que hayan desaparecido nuestras cosas. ¿Dónde lo habéis puesto todo? ¿Por qué te resistes a decírmelo?

Lucy abandona el hervidor y se sienta a su lado. Está midiendo al milímetro cada movimiento, cada respiración, como si tratara de transmitir la máxima inocuidad posible.

—Fi, no estamos decorando nada, creo que es evidente. Nos estamos mudando. A nosotros nos han dicho que os marchasteis ayer. Me ha parecido oír que estabas fuera de la ciudad, ¿no?

—Sí, y en principio regresaba dentro de unos días, pero necesitaba el portátil. —Emite un sonido que pretende ser una carcajada y que acaba siendo poco más que un quejido desgarrado—. Ya no te pregunto ni dónde está.

Lucy esboza una sonrisa dulce, alentadora.

—Mira, tus hijos están seguros, y eso es lo más importante, ¿o no? Respira hondo y vamos a pensar dónde puede estar tu marido. ¿Y si pruebas a llamar a su oficina?

—Vale.

Fi observa a Lucy, a esa extraña en su cocina que ahora la guía por pensamientos y acciones, y piensa: «¿Qué me estoy perdiendo, Bram? ¿Por qué has engañado a Tina? ¿Y a mí? ¿Adónde has ido?».

Le tiemblan las manos cuando levanta el móvil de nuevo.

«¿Qué has hecho?»

Ginebra, 14.30 h

No aguanta ni un segundo más en la habitación; como siga allí, acabará estampándose una y otra vez contra la ventana sellada hasta caer desplomado. Saldrá del hotel, buscará un bar y se tomará una cerveza. Mañana seguirá adelante. No puede arriesgarse a quedarse más de una noche allí. Se acercará a la estación del tren, echará un vistazo a la pantalla de salidas y escogerá. Cruzará la frontera con Francia, que es justamente lo que había pensado, hasta Grenoble o Lyon. «Bien —piensa—, ya tengo un plan. O al menos algo mejor que esto, este limbo sofocante.»

Al guardarse la cartera en un bolsillo nota la ligereza, la ausencia del contrapeso, ese único objeto que recuerda haber llevado encima desde que tiene uso de memoria y que, ahora, ya no está.

Las llaves de casa.

11

«La historia de Fi» > 00:42:57

Sí, os he hablado muy poco de los niños. Supongo que sigo con la esperanza de mantenerlos al margen. La cosa es que ni siquiera les he soltado la bomba sobre la casa. La última mentira ha sido que se ha inundado después del temporal de lluvias, pero tampoco puedo esperar que se lo traguen eternamente, y menos cuando todo esto salga a la luz y la gente empiece a cuchichear. En los coles de primaria también hay pajaritos que lo van largando todo, cuidados con entrega por los padres que esperan a las puertas, a los que he evitado desde que Bram desapareció. (Mi madre se está encargando de llevarlos al cole.) De hecho, he evitado Alder Rise en su totalidad.

Se llaman Leo y Harry, y se llevan dieciséis meses. Leo acaba de cumplir nueve y Harry hará los ocho en julio. Los dos tienen el mismo pelo oscuro y rebelde de

Bram, así como su boca, pálida y sutil, y todos creemos que serán igual de altos que él. Al llevarse tan poco tiempo, Harry va siguiendo la estela de Leo, incluso con las pisadas aún frescas. El profesor que tuvo Harry en tercero lo había tenido Leo el año anterior; en las clases de natación, Leo pasó de los Delfines a las Rayas el mismo trimestre que Harry entró en los Delfines. Sobre el papel, parecen estar siguiendo caminos idénticos.

Pero, de carácter, son como la noche y el día.

Harry es arrojado. No tiene problema en mirar fijo a los ojos a los adultos y hablarles con esa voz atronadora suya que no admite variaciones. Ya ha decidido defender como principio que jamás buscará consuelo o ayuda. Si se hace daño al resbalar por unos escalones húmedos o al caerse desde las ramas del magnolio, buscará la salida y luchará contra las lágrimas, se resistirá con gravedad a los brazos que le ofrezcan y a cualquier muestra de apoyo.

Leo es el llorica, el de los arrumacos, el complaciente. Por eso es inevitable que, algunas veces, sienta que mi vínculo con él es más fuerte. Además, de pequeño tuvo una época de graves alergias que acabaron con un par de visitas a urgencias, antes de que le prescribieran los medicamentos adecuados. Los seguimos teniendo a mano, por si sufriera alguna otra crisis.

Estuvimos comentando los cambios que había habido mientras descargábamos el lavavajillas juntos. Harry había decidido que poner la mesa era su tarea personal, pero el lavavajillas era cosa de Leo.

—¿Qué te parece el nuevo plan? —le pregunté.

—Está bien.

—¿Entiendes cómo va a funcionar?

—Mmm... Creo que sí.

—Tampoco van a cambiar tanto las cosas. Seguiremos viviendo aquí, lo único que papá y yo haremos turnos.

¿Es de veras tan importante ver a tus padres juntos? Si no se lo hubiéramos comunicado semiformalmente, ¿cuánto habrían tardado los chicos en darse cuenta de que nunca estábamos en el mismo lugar a la misma hora? Es posible que bastante tiempo.

—¿Quieres preguntarme algo? —le dije.

Estuvo pensando un rato, observando los cubiertos y cacharros que tenía en las manos. El que se lo cuestionaba todo era Harry, no él. Leo era el obediente.

—Lo que sea —añadí—. Cualquier cosa que no entiendas.

Me di cuenta de que estaba tratando de formar una frase sin dejar de mirarse una mano hasta arriba de cubertería. Quizá solo quería contentarme. No tenía ni idea de si me veía como una víctima que necesitaba apoyo o como una instigadora que merecía un castigo. Puede que ni una cosa ni la otra.

Al cabo de unos segundos, se le iluminó el rostro.

—¿Por qué tenemos tantas cucharas? —planteó.

Se alegró mucho cuando me vio soltar una carcajada.

Ay, Leo. Mi niño. Rezo por que todo esto no lo haya

afectado a largo plazo, aunque es difícil imaginar lo contrario.

Bram, documento de Word

Harry, mi pobre niño, rompió a llorar desconsoladamente cuando le expliqué cómo nos organizaríamos a partir de aquel momento, y eso que no es de llorar. Es el estoico de la familia.

—Pero ¿mamá y tú seguís casados?

—Sí, por supuesto. Por ahora.

—¿Y por qué vais a dejar de vivir juntos en casa?

—Es un proceso de paz, colega. Estaremos juntos en casa, pero no lo suficiente como para discutir. Porque discutir no le hace bien a nadie, y mucho menos a Leo y a ti.

—¿Seguiremos yéndonos juntos de vacaciones?

—De momento no. Tenemos que ahorrar todo el dinero que podamos.

—Mamá me ha dicho que podremos ir a la casa de Theo en Kent cuando tengamos vacaciones. Siempre vamos.

—Pues mira, ahí lo tienes.

Theo era el hijo de Rog y Alison. Era inevitable, supongo, que el equipo Fi aunara fuerzas, que las mujeres, las madres, cerraran filas en torno a ella.

—¿Vas a tener una mujer nueva? —me preguntó Harry—. ¿Se va a venir a vivir a casa también?

—Eso nunca —contesté—. Mamá es mi mujer. No nos vamos a divorciar.

Debería haber verbalizado también el «aún» que solo fui capaz de mascullar cuando desvió la mirada. Fue un error por mi parte darle esperanzas, pero no pude evitarlo; ya en ese momento sospechaba que esas esperanzas también eran mías.

Algo que, de ser cierto, te puede hacer pensar por qué entonces destruí mi matrimonio. Supongo que porque no me di cuenta de lo mucho que lo necesitaba hasta que me lo cargué. Supongo que tenía ciertas tendencias suicidas.

Y de ahí esta nota.

12

«La historia de Fi» > 00:46:21

Vamos otra vez con la custodia compartida.

El primer viernes de cambio, de tan trivial, fue hasta anticlimático, sobre todo porque el espectáculo en su totalidad parecía consistir a todos los efectos en Bram volviendo a casa. Como si nos estuviéramos reuniendo en vez de separándonos. Ver su ropa tirada en el sillón de cuadritos de Vichy me recordó a las veces que había dormido en la habitación de invitados después de cerrar los bares para así no molestarme con sus ronquidos.

—¿Podemos acampar esta noche en la casita del jardín? —sugirió Harry; era su nueva forma favorita de celebrar ocasiones especiales (a veces incluso encendían una hoguera), y no me pasó por alto la mirada fugaz que me dedicó Bram.

—Va a hacer una noche muy húmeda —contesté.

Llevaba días lloviendo, los desagües se habían anegado y el césped estaba empantanado. Corrían riachuelos por el tobogán y se acumulaban en el charco de la base, y cuando los niños se quitaban los zapatos después de jugar al aire libre, se oían ruidos de chapoteo a cada paso que daban con los calcetines mojados en el suelo de la cocina.

—¿Y si montamos una tienda dentro de casa? —propuso Bram, y mi marcha se perdió entre los gritos de júbilo que despertó la propuesta. De todas formas, aquella era la idea de la nueva disposición, ¿no? Que los niños apenas notaran quién entraba o salía. La continuidad.

Avanzaba lentamente por el parque de camino al bebé déco. Durante el crepúsculo, con las ventanas iluminadas, era una seductora silueta de blancos y dorados recortada contra el cielo rosado. Pero al entrar en la portería, me resultó muchísimo más pequeño e insulso de lo que recordaba después de la última visita. El ascensor era un espacio claustrofóbico, el pasillo, estrecho, y, por extraño que suene, me sentía como una intrusa, como si no tuviera ni permiso ni motivos para estar allí. Había un olor químico a pintura a medio secar en el ambiente, muy distinto del aroma a zapatillas embarradas y a restos de salsa boloñesa de Trinity Avenue.

¿Que cómo era la vivienda? Minúscula, más similar a una habitación de hotel que a un piso. Podías ver todo lo que contenía sin volver la cabeza: una cama (ni individual ni de matrimonio, ya me dirás), una mesilla auxiliar, una estantería y dos sillones mullidos. Nada de salón ni de comedor, salvo una estrecha barra de desayuno con un par de taburetes baratos que Bram había comprado en IKEA.

El agua de la ducha salía fría, y el suave zumbido de la nevera se acabó convirtiendo en el rugido del motor de un avión de reacción con el paso de las horas, pero no llamé a Bram para pedirle ayuda. Salvo en caso de emergencia, habíamos acordado enviarnos un único mensaje de texto cada noche, cuando los niños estuvieran acostados. Y punto.

Al menos no tuve problemas toqueteando el televisor, puesto que era uno viejo que había por casa y resultaba tan pequeño que encajaba a la perfección en aquel zulo. Mientras me entretenía con un episodio antiguo de *Modern Family* (hasta yo me di cuenta de la ironía) y un bol de raviolis en el regazo, fui rebajando el desasosiego previo hasta alcanzar la típica monotonía temporal que se siente en los apartamentos que te pone la empresa en viajes de negocios.

—Os costará un tiempo acostumbraros a los cambios —nos había avisado Rowan—. Os preguntaréis cómo es posible que estéis solos, cómo vais a pasar el día sin niños correteando por la casa. Abrazad esas sensaciones y no os fustiguéis si os parece extraño. Todo lo que podáis sentir es completamente natural.

¿Es así como se había sentido Bram las noches pasadas? Y eso sin hablar del mes de destierro que se pasó en casa de su madre. Aislado de la manada, un piloto solitario obligado a mantener un patrón de espera.

Añadí mis cosas de aseo personal a las pocas que había colocado él en el baño, aprovechando la balda que había dejado libre. Según lo acordado, había metido su ropa de cama en la lavadora y yo la saqué al pequeño tendedero de la cocina.

Sí, en aquel momento me preguntaba si nos iba a costar coexistir de aquella manera, separando con tantísimo escrúpulo los elementos mundanos que habíamos compartido durante tanto tiempo (¡cada uno tenía su propio armario en la cocina como despensa, igualito que en los pisos de estudiantes!). A veces me parecía algo baladí, insignificante, mientras que otras me colmaba de una tristeza profunda e ineludible. Pero la primera noche hice lo posible por no caer en eso. Y sobre todo hice lo posible por no llorar. Me lavé los dientes y la cara, me puse el pijama y maté el tiempo como si estuviera en una habitación de hotel. Cuando me metí en la cama, caí rendida al instante, y eso que ya daba por supuesto que me pasaría la noche en vela.

Al día siguiente, llamé a los niños por FaceTime durante el receso entre la clase de natación y la fiesta de cumpleaños que organizaba uno de sus amigos en una granja urbana. Estaban discutiendo sobre quién había sido el primero en escoger la llama como animal favorito, ya que iba contra las reglas elegir al mismo. La segunda noche, fui a visitar a mis padres a Kingston y me pareció que se me había hecho demasiado tarde para volver a Alder Rise en tren, así que decidí ahorrarme el taxi y quedarme a dormir con ellos. Si en aquel momento alguien me hubiera dicho que pocos meses después me mudaría de forma casi permanente a casa de mis padres, le habría soltado que había perdido la chaveta.

Bram, documento de Word

Hasta yo me sorprendí de que el piso me gustara desde el principio, y no solo porque me permitiera no vivir en casa de mi madre. Quizá fuera porque sabía que pronto nos tocaría rotar y volvería a casa, pero no me sentía solo. Disfrutaba de que no hubiera nadie para darme la bienvenida, de que no me exigiera nada. Que yo supiera, la dirección solo la tenían las empresas de luz y agua, y me gustaba saberme ilocalizable en pleno 2016, aislado.

Tampoco estaba de más que el coche volviera a Trinity Avenue y me pudiera quitar de la cabeza aquel puto problemón.

Me estaba comportando mejor que nunca, listo para obedecer todas las reglas que Fi decidiera imponer. Vale, sí, puede que más tarde, cuando las cosas se terminaron de ir al traste, me regodeara en la fantasía de que tal vez lo arreglaríamos, de que ella me salvaría al fin de mí mismo, pero por aquel entonces me conformaba con el solo hecho de que el piso fuera algo que compartíamos únicamente nosotros dos. Aunque fuera justo aquel espacio lo que facilitaba la separación, me gustaba que fuéramos las únicas personas en respirar aquel aire. Al principio, al menos, lo sentía como un lugar que solo nosotros conocíamos.

«La historia de Fi» > 00:51:18

La casa tenía unas ventanas de guillotina centenarias con unos preciosos defectos acuosos en los cristales originales. El piso contaba con dobles cristales que creo recordar que se limpiaban solos, aunque tampoco es que nunca me diera por fijarme.

La casa venía con cornisas y rosetones de escayola en el techo, así como baldosines geométricos de color teja, beige y un precioso azul cobalto. El piso tenía cenefas baratas y un suelo de parqué laminado de esos que emiten destellos naranjas con la luz artificial.

La casa podía fardar de altas puertas francesas que conducían a una terraza empedrada con hamacas de teca y arces japoneses en tiestos. El piso tenía un balcón que daba a una bulliciosa calle que daba al parque y que la gente de la zona repudiaba por el tráfico constante.

Pero ¿qué importa? No era cuestión de hacer comparaciones, sino de lo que convenía a cada tipo de persona.

Las casas son para las esposas, como decía Alison.

El segundo viernes invité a Polly para que me hiciera compañía. Había tenido que ir a Milton Keynes por una reunión y me había pasado todo el viaje de vuelta, entre pérdidas de cobertura y retrasos, fantaseando con la primera copa de prosecco que me tomaría (el prosecco era el elixir de la comunidad femenina de Trinity Avenue; algunas hasta llorábamos cuando en los periódicos se anunciaba escasez de existencias).

—No entiendo nada —soltó cuando llegamos a la entrada del edificio—. ¿Se puede saber cómo os lo habéis montado para pagaros un piso aquí, además de correr con todos los gastos de la casa?

—Porque lo bueno de ser más viejos que la polca es que tenemos la hipoteca casi pagada. O, vaya, casi pagada para los estándares actuales.

Mi hermana dejó las quejas recurrentes sobre que habíamos comprado la casa cuando los precios todavía eran asequibles cuando nuestros padres la ayudaron a pagar la entrada de su piso en Guildford, pero de vez en cuando seguía sacando el tema.

Mientras subíamos en ascensor a la segunda planta, me di cuenta de que no había cámaras de seguridad. ¿Y si te quedabas encerrada? ¿Quién respondía al botón de emergencia si lo pulsabas? No había conserje ni portero, y aún no me había mirado a la cara ni un solo vecino. Los únicos que había visto eran chavales con prisas y muy poco interés por interactuar con una viejales de mediana edad como yo.

Abrí la puerta con la misma inquietud que había

sentido el fin de semana anterior y dejé que Polly entrara primero.

—Ay, es una cucada, Fi. Uy, no me digas que tienes balcón también.

—Sí, pero no le da el sol y la calle es muy ruidosa. Bram cree que hubo algún proyecto de pisos sociales y que este es uno de ellos.

Soltó una carcajada sarcástica.

—¿Y se la han alquilado a una pareja que se puede permitir un casoplón en Trinity Avenue? No sé qué decirte... Alguien está aplicando regular la política de pisos de protección oficial.

—A lo mejor Bram no mencionó lo de la casa —admití.

Aquella era una forma distinta de hacer las cosas que no había previsto: nunca tenías claro si se lo estabas vendiendo a los demás o pidiendo disculpas por ello. Exploró el resto del piso en lo que yo servía un par de bebidas y nos acomodamos en los dos silloncitos como si estuviéramos a punto de grabar una entrevista. El tapizado, de un insípido color gris charco, era áspero al tacto.

—Bueno, ¿y cómo lo lleva? —me preguntó Polly.

—Bastante bien. De hecho, te diría que está casi... No sé...

—¿Casi qué?

—Pues casi sumiso.

—¿«Sumiso»? ¿Bram? —Estalló en carcajadas—. No, es imposible. Será el gemelo bueno del que nunca te llegó a hablar. Se han cambiado la identidad. El Bram que conocemos estará de fiesta en Goa, en la playa. O, como mínimo, en el bar.

—Si ya lo sé. Parece de locos, pero te digo que es verdad. Cuando vino a casa el miércoles lo noté..., no sé..., agradecido. A lo mejor se ha dado cuenta de lo valiosa que es esta manera de organizarnos.

—¡Ojalá! —exclamó Polly—. Hasta una persona como Bram tiene que ver lo cerca que ha estado de perderlo todo, que es lo que le habría pasado con cualquier otra mujer.

Aun habiendo roto con él, incluso ahora que me cicatrizaban las heridas y me endurecía el corazón, los demás me consideraban una blanda. (Qué poco me costó imaginarme a Polly bromeando con sus amigas: «Oye, que sí, que al final lo ha mandado a paseo... ¡Hasta la habitación del final del pasillo!».)

—Lo que me mosquea, Fi, es que la cosa esta de la custodia compartida en el mismo domicilio suena fetén sobre el papel, como muy liberal, muy a la moda, pero ¿en serio te fías de que cumpla con su palabra? ¿Cada viernes y cada sábado sin que nadie lo vigile? No habrías tenido ningún problema para conseguir la custodia completa, ¿o sí? Podrías pasarte los siete días de la semana en la casa y que él se quedara en el piso. ¿A qué viene lo de hacerle tantos favores?

—Porque es la figura central del universo de nuestros hijos y, en muchos sentidos, mejor padre que yo. Los hace reír, gritar y dar vueltas por la casa como locos.

—¿Eso es ser un buen padre para ti? Pues yo creo que prefiero al padre aburrido que los manda callar... Ah, y que los protege de las consecuencias del adulterio.

Esbocé una sonrisa.

—Bueno, para eso me tienen a mí. Y la aburrida intenta que puedan quedarse en su casita y dormir en sus camas todas las noches, no en catres en un cuchitril como este. Procura que no les falte de nada: ni jugar al fútbol en el jardín con su padre, ni construir casetas para el perro que con toda probabilidad nunca tendremos...

—Tiene tela...

A Polly le interesaba el bienestar de sus sobrinos hasta cierto punto. Llevaba un año con su pareja y todavía no habían sido padres, así que estaba indudablemente convencida de que nunca se vería en la misma situación que la tonta de su hermana.

—¿Y qué pasa si Bram o tú empezáis a salir con otra persona?

—No nos lo hemos prohibido, como es obvio, pero hemos acordado no llevar a terceros a Trinity Avenue.

—¿Cómo que «terceros»? Así no es como los llaman en Tinder.

—Bueno, que los llamen como quieran, que yo ya soy muy vieja para saberlo, así que no será un problema.

—Pero si solo tienes cuarenta y pocos, Fi.

—Y me siento como si fuera una anciana centenaria.

—Eso son los efectos de haberte casado con Bram. Ya te digo yo que él no tendrá escrúpulos si le apetece traerse a alguien a este piso.

—Bueno, y yo no tendré escrúpulos en aceptarlo.

Mi hermana reflexionó unos segundos sobre su veredicto, que, en aquella ocasión, resultó ir a mi favor de pura casualidad.

—Debo decir que os habéis organizado de lujo. Te pasas aquí las mejores noches: viernes y sábados. Sábado, sabadete... Puedes montarte aquí tus cosas privadas y mantenerlas completamente ajenas a él y a los niños. A todo el mundo.

Solté una carcajada.

—Pero ¿no me has oído decir que paso de cosas privadas?

—A lo mejor al principio. Te doy un mes.

Polly en estado puro: no le cabe duda de que es capaz de predecir el futuro. Se cree que ya lo ha visto todo.

Y, aun así, hasta ella admite que en la vida podría haber previsto esto.

#VíctimaFi

@LorraineGB71 Tengo el presentimiento de que en ese piso va a pasar algo horrible.

@KatyEVBrown @LorraineGB71 Por eso nadie se queda allí más de seis meses... *suena música de peli de suspense*

13

Bram, documento de Word

Bueno, ya está bien de ponerte en contexto. Mentiras, infidelidades, las mejores intenciones para que funcionara la custodia compartida... Te haces a la idea: yo ya era un capullo antes de llegar al quid de la cuestión, antes de la tragedia que jamás debería haber ocurrido. De la tumba que me cavé yo mismo.

(Ahora que lo pienso, quizá esa no sea la mejor metáfora.)

Era el tercer viernes de custodia compartida y yo tenía una escapada con la empresa a un hotel rural cerca de Gatwick. Me tocaba hacer la presentación el segundo, junto con otro gestor de ventas, Tim, quien por suerte se había encargado de redactar la ponencia. Era un viaje complicado que implicaba un transbordo en Clapham Junction y un trayecto en taxi desde allí, y al perder el primer tren en Alder Rise, incluso antes de ver el aviso de «Con retraso» para el segundo, hice mis cálculos y supe que no iba a llegar a tiempo al evento. Me quedé como un pasmarote en un andén hasta los topes de gente y me fue imposible no pensar en el Audi que había aparcado a un minuto en Trinity Avenue, sobre todo un día en que en la aplicación de calendario no parecía haber actividades que pudieran requerir el coche cuando los niños acabaran las clases. Como si no me sobraran alicientes, Fi no estaba en casa, algo extraño un viernes, ya que se había marchado temprano con Alison a una feria de antigüedades en Richmond y se habían llevado el Volvo de esta, conque no me costaría nada colarme en casa y coger las llaves del coche sin toparme con ella.

Total, que salí de la estación y desanduve lo andado, pasé por delante del colegio, crucé los Wyndham Gardens y llegué a la casa. Hasta me planteé enviarle un mensaje a Fi para informarla de que iba a entrar en la propiedad sin previo aviso, pero no me podía permitir el medio minuto que habría tardado.

Y gracias a Dios que me eché atrás. Aquel día, un mensaje para confesarle mis intenciones de coger el coche me habría arruinado del todo.

Con las últimas caravanas del día en mi contra y pisando a fondo solo cuando realmente tenía la certeza de que no había cámaras, me planté en el hotel apenas unos minutos antes de la hora, copresenté el tostón que había confeccionado Tim y sufrí el tedio desmoralizante que implica un día entero repasando estrategias de trabajo en equipo.

(Cestería. Me acaba de venir a la cabeza. Después de comer —y sí, pude contenerme y me tomé solo dos copitas de vino— tuvimos un taller de cestería. Me cago en mi puta vida.)

Fundido a negro y vuelta a casa. No solo estaba agotado, sino que además me subía por las paredes, en parte por la necesidad de devolver el coche lo antes posible y en parte por la sombra en la puerta de la nueva encargada de recursos humanos, Saskia. Llevaba semanas enviándome correos sobre la actualización de los contratos que había provocado la fusión con una empresa de la competencia a principios de año, contratos que exigían la comunicación, entre otras cosas, de cualquier delito automovilístico. (¿He mencionado ya que en aquel momento aún no había informado a mi empresa de que me habían retirado el carné? Incluso por aquel entonces la cantidad de meteduras de pata era obscena.) Lo había ido retrasando todo lo posible, evitando todo contacto visual con ella durante las actividades de aquel día, pero justo antes de que me fuera del hotel se materializó a mi lado.

—Eres la única persona del departamento de ventas que todavía no me ha enviado el contrato —anunció—. Lo necesito cuanto antes. Por favor, asegúrate de que me lo traes el próximo lunes.

Era joven y atractiva, y el hecho de que fuera consciente de sus aptitudes no hacía sino empeorar mis nervios.

—Si no, no tengo ningún problema en reimprimírtelo y buscar un sitio tranquilo en la oficina para repasarlo —me ofreció.

—Sí, claro —contesté—. Sin problema.

Me quedé atrás para que no me viera entrar en el coche, aunque precisamente lo había aparcado en un lugar distinto al que teníamos asignado por si la retirada del carné salía a la luz y alguien como Saskia recordaba haberme visto irme de allí conduciendo.

«No puedo seguir así», pensé. Tantas precauciones «por si acaso»... Tenía que contárselo a los demás. Tenía que confesárselo a Fi. Era evidente que a Fi le parecería igual de atroz la mentira que la retirada del carné, así que pensé en presentárselo como algo reciente, inesperado. ¿Una prohibición de seis meses que había empezado en agosto, cuando habíamos perdido el contacto? ¿Qué era lo peor que podía hacerme?

Bueno, podía desmontar el chiringuito de la custodia compartida, quedarse en Trinity Avenue con los niños y confinarme a mí en el piso. O ni eso. Cuando la necesidad de ahorrar fuera menos urgente, me sacarían a patadas hasta del piso, y acabaría siendo otro pordiosero de mierda viviendo con amigos o sus padres. Vuelta a Penge. Platos de mi infancia. Devoción cristiana.

Ahora, claro, me doy cuenta de lo afortunado que habría sido de haber asumido esas consecuencias. Podría haber negociado con Fi. Por muy hasta las narices que estuviera, no era ningún monstruo. Además, la ley protege el derecho de visita de los padres, y peores piezas que yo tenían acceso regular a sus hijos.

Así que ahí estaba, en la carretera de vuelta a casa, evitando las arterias principales con la experiencia del que ha tenido que aprender a conducir a hurtadillas y a preferir las comarcales, extensas zonas residenciales como la Silver Road en Thornton Heath, que era justo por donde iba cuando me cerró el paso un Toyota blanco.

Empecé a hacerle luces para que se apartara. «Asegúrate de que me lo traes el próximo lunes», pensaba, torciendo el gesto al recordar la voz de Saskia, aguda y empalagosa, como si recursos humanos fuera un departamento de psicoterapia y no uno puramente burocrático, y entonces perdí la paciencia y aceleré para adelantar al tipo. No me debería haber molestado, por supuesto que no, pero es que si yo fuera de la clase de persona con tendencia al autocontrol, no habría tenido el humor de perros que arrastraba aquel día ni me habría estado comiendo el coco con lo que le diría a Saskia o a Fi; no habría perdido el carné, no habría ido conduciendo ilegalmente por la vida. Mi mujer no se habría separado de mí. No, claro que no, pero yo estaba hecho de otra pasta: autocompasivo hasta las trancas, obsesionado con el deseo urgente, insignificante e incontrolable de quedar por encima de un simple desconocido.

No tardé en comprobar que los dos estábamos cortados por el mismo patrón, puesto que en cuanto me coloqué a su lado y aceleré, él pisó a fondo y me obligó a enderezarme y abortar la maniobra. Nos pasamos unos cuantos segundos conduciendo uno al lado del otro, ignorándonos, con los coches separados por apenas unos pocos centímetros. Supe al instante que debía de estar maldiciendo e insultándome, y yo mismo esbocé una mueca antes de mirar a la izquierda; era el tipo de hombre que me esperaba: mandíbula prominente, ojos violentos y cuerpo musculoso, casi como un arma. Y no estaba solo maldiciendo, parecía haber perdido los estribos. La descarga de adrenalina que sentí al enfrentarme a tanta furia fue tan intensa que cualquier atisbo de razón se fue con ella; pisé a fondo el acelerador en un segundo intento por adelantarlo y noté cómo me liberaba de todo el miedo y de toda la impotencia que me habían perseguido durante los últimos meses.

Entonces fue cuando vi un coche acercándose a mí en dirección contraria, cambié de idea y frené, dispuesto ya a aceptar la derrota, a resignarme a ir detrás del Toyota y a soportar la peineta que me dedicaría el otro como símbolo de victoria. Y luego vino el cruce y nada de lo que había previsto se hizo realidad. Observé atónito cómo frenaba y bloqueaba mis intentos de ponerme a rebufo, así que continuamos uno al lado del otro, en paralelo, como si los coches estuvieran soldados. Igualaba cada kilómetro por hora que yo disminuía, íbamos a cincuenta, cuarenta, treinta kilómetros por hora, y el coche que venía hacia nosotros no parecía reducir la marcha, un Fiat 500 diminuto, chato e inocente, con un conductor que o bien había decidido confiar en que resolveríamos la situación sin tardar o no estaba del todo concentrado, hasta que, al final, ya no hubo tiempo para nada. O uno de los dos se tiraba al arcén o chocaría de frente contra el que venía. El Fiat giró con brusquedad a un segundo de empotrarse contra mí, pero pareció acelerar en vez de frenar y se salió de la carretera a una velocidad pasmosa en dirección a un aparcamiento privado con un coche aparcado.

La fuerza del impacto provocó que el coche aparcado se incrustara en la fachada de la casa. El estruendo fue terrorífico, más de derrumbe que de colisión, tanto que se coló a gran volumen por las ventanas cerradas; solo Dios sabe cómo debió de oírse al aire libre. Entonces sí que volví a mi carril, aunque incapaz de mirar el desastre antes de estacionar el coche. A pocos metros de donde me encontraba, el Toyota estaba parado al ralentí, y vi al tipo con el móvil en la mano, supuse que pidiendo ayuda. Acto seguido, y sin acabar de creerme lo que estaba viendo, se apagaron las luces de freno y el coche se marchó con un rugido del motor.

Me quedé sentado, mareado y petrificado, y oí una orden en los oídos proveniente de una versión desesperada y estridente de mi propia voz:

«Recomponte y da la vuelta.

»Que vuelvas. Sal del puto coche y echa una mano.

»¡Al menos llama a los servicios de emergencias!

»¡Venga!»

Las manos se me resistían mientras trataba de buscar el móvil en mis bolsillos, en el salpicadero, en el compartimento de la puerta hasta los topes de vasos de café y de cucharillas de plástico. Seguro que estaba en los asientos traseros. Tenía el pie derecho clavado en el pedal de freno y había empezado a notar espasmos en la pierna izquierda. Metí el freno de mano y me giré para alcanzar el móvil por encima del hombro izquierdo, pero el cinturón se bloqueó.

Fue entonces cuando recordé quién era. Un hombre al que habían retirado el carné, que iba por la vida sin seguro, saltándose a la torera la ley y, muy posiblemente, los niveles de alcohol en sangre permitidos. Un hombre con antecedentes criminales (ya lo contaré más tarde). Lo que acababa de pasar era objetivamente conducción temeraria, incluso antes de que entraran en juego los posibles daños humanos y a la propiedad. Solo había un resultado posible para mí: la cárcel. Deshonra. Reclusión. Violencia. Despedirme de Leo y Harry. El fin de mi mundo.

«Respira. Piensa.» No había ni un alma en la carretera ni en las aceras. El Toyota ya hacía rato que se había esfumado. Mareado, apenas capaz de pensar con claridad, quité el freno de mano, pisé el acelerador y me fui pitando.

El milagro fue que pude conducir los cincuenta metros que me separaban del siguiente cruce sin encontrarme con nadie que viniera por el carril contrario. El único coche que vi en movimiento por el retrovisor justo había llegado al lugar del accidente y se había parado a ayudar, que es lo que habría hecho cualquier ciudadano normal.

Eché un último vistazo por el retrovisor antes de doblar a la izquierda, esperando ver humo o alguna muestra de carnicería, pero nada. Tan solo los mismos tejados y el mismo cielo.

«La historia de Fi» > 00:57:22

El tercer viernes quedé para pasar la noche con unos amigos en Brighton. Aunque no era algo que hubiera decidido de forma consciente, me las había apañado de nuevo para evitar estar sola en el piso, y eso que estaba muerta después de pasar el día con Alison y, para más inri, preocupada por tanto gasto.

Cuando Bram llegó a las 19.00 para el relevo, lo noté tan apagado que supuse que él también estaba aún adaptándose al nuevo régimen y tratando de encajar la teoría y la práctica lo mejor que podía.

—Cuesta un poco acostumbrarse, ¿eh? —le dije.

—¿Qué?

—Esto. Nuestra nueva vida.

Los chicos bajaron atropelladamente de sus habitaciones antes de que le diera tiempo a responder, Harry primero y poco después Leo, a la carrera, quien superó la desventaja inicial, se confió y los dos acabaron llegando juntos entre codazos.

—Papi, hoy nos podemos quedar despiertos hasta tarde, ¿verdad? ¿Verdad?

—Cállate, Harry —le soltó Leo.

—No, te callas tú.

—Yo lo he dicho primero. Pero nos podemos quedar hasta tarde, ¿verdad?

Se había llegado a una especie de pacto tácito por el que las noches de Bram eran las festivas, muy distintas de las austeras noches de cole, las mías. Era una consecuencia inevitable de cómo habíamos organizado las semanas, ya nos lo había advertido Rowan, pero yo me tenía que ir recordando que aquello no era un concurso de popularidad. Bram y yo éramos camaradas, no rivales. Separados, pero con intereses compartidos.

—Bueno, pero sin pasarse —contesté—. Aunque papá decidirá, que para eso está al mando. ¿Todo bien, Bram?

En ese momento percibí la palidez delatora del que arrastra una resaca histórica.

—Sí, claro. Son estos días de trabajo en equipo, que te quitan las ganas de vivir.

Asentí, y noté cómo se iba diluyendo la compasión. No sabía que tenía un evento del trabajo, pero ¿qué esperaba si había sido tan imbécil como para pasarse la noche anterior bebiendo? Además, una de las ventajas de vivir separados era que ya no tenía por qué aguantar sus pataletas por motivos de trabajo (ni él las mías, todo sea dicho). Total, que mientras los dos pusiéramos nuestro granito de arena, el dinero, y respetáramos los términos y condiciones del acuerdo, podíamos ahorrarnos todo lo demás.

—¿Alguna novedad sobre el piso?

—No. —Se esforzó por concentrarse—. Creo que el

problema de la caldera se ha resuelto solo. Y hay leche en la nevera, debería aguantar bien hasta mañana.

—Gracias, pero no iré hasta mañana por la tarde. Me voy a Brighton esta noche.

Bram esbozó un gesto de ligera alarma.

—¿Te llevas el coche?

—No, he pensado que lo necesitarías para las clases de piscina de mañana, y Leo tiene una fiesta en Dulwich, ¿te acuerdas? Me voy en tren. Voy a visitar a Jane y a Simon —añadí, aunque no me hubiera preguntado. De todas formas, y si le picaba la curiosidad, aparecía en el calendario del móvil—. ¡Dadle un beso a mamá! —exclamé, con la esperanza de que Harry y Leo se acercaran a mí, pero no hacían más que evitar mis afectos.

—Solo chicos, se siente —me soltó Harry con una frialdad despreocupada.

#VíctimaFi

@IngridF2015 Está claro que el marido tiene un problema con la bebida, qué mal me sabe que #VíctimaFi haya tenido que aguantar tanto.

@NJBurton @IngridF2015 O a lo mejor es un tipo normal y ella es una santurrona de mierda. Por ejemplo.

@IngridF2015 @NJBurton Pero ¿¡qué coño dices!? La víctima es ella. ¿No entiendes lo de #VíctimaFi o qué?

Cuando me senté con los niños a ver un *anime* aquella noche, dejé de buscar compulsivamente en el móvil y el portátil noticias sobre el accidente, lo que implicaba una espera agonizante hasta el boletín informativo de las diez. Nada. ¿Me atreví entonces a comprobar que los daños del accidente no hubieran sido serios o, en el peor de los casos, fatales? ¿Me atreví a imaginarme al individuo que hubiera en el asiento del conductor, aturdido pero indemne? Un individuo que no había visto más que al irresponsable del Toyota en cabeza, y no al temerario del Audi que trataba de adelantarlo. En definitiva, todo había sido cuestión de unos pocos segundos, demasiado efímero y aterrador para que ninguno de nosotros se quedara con los detalles.

Aunque, claro, yo sí que me había quedado con ellos.

Me había quedado con la marca, el modelo y hasta el año de matriculación del coche: 2013.

Y me había quedado con el hecho de que en los asientos delanteros no había solo un individuo, sino dos.

Un adulto y un niño.

14

Bram, documento de Word

Aquel fin de semana fue, sin lugar a dudas, el más angustioso de mi vida adulta: era un prisionero de mi propia mente, incapaz de pensar en nada que no fuera el accidente. El sábado por la mañana llevé a Leo y a Harry a las clases de natación en autobús, después de resistirme a su insistencia para coger el coche aduciendo que no encontraba las llaves. Me zafé aquel día, pero era insostenible que me negara repetidamente a llevarlos en coche sin que se lo dijeran a Fi. Me pregunté, casi febril, si podría inventarme algún problema de salud que me impidiera coger el volante: epilepsia, quizá, o algún tipo de enfermedad ocular. Por suerte (suerte, ese concepto tan relativo), la biblioteca que hay justo enfrente de la piscina estaba abierta, así que dejé a los niños en una sesión de cuentacuentos mientras yo aprovechaba uno de los ordenadores públicos. No tardé en dar con lo que buscaba:

Una madre y una hija en estado crítico después de sufrir un accidente de coche

Dos víctimas de una colisión que se produjo ayer en Silver Road, Thornton Heath, luchan por sus vidas en una UCI del hospital de Croydon. Agentes del departamento de policía que investiga los accidentes más graves hacen un llamamiento a cualquier testigo que hubiera en la zona entre las 17.45 y las 18.30.

La propietaria del Peugeot aparcado contra el que se empotró el Fiat de las víctimas salió de su casa justo a tiempo de ver un coche oscuro —quizá un Volkswagen o un Audi— girar en la distancia, pero estaba demasiado lejos y no pudo identificar ni el modelo ni la matrícula. Su propio coche fue declarado siniestro total después del accidente. «No me quejo; no me quiero ni imaginar lo que estará pasando esa pobre familia», declaró Lisa Singh, médica de cabecera, que ya había enviado peticiones infructuosas para que colocaran radares en Silver Road. «Por la mañana, en hora punta, parece un circuito de fórmula uno», añadió. Una portavoz de la policía metropolitana informó de que «el coche oscuro no se detuvo a auxiliar a las víctimas» y que en la actualidad trabajan para rastrear su identidad y su paradero.

Lo primero que pensé: «Un Volkswagen o un Audi oscuro; me han visto y voy de cabeza a la cárcel. Se acabó lo que se daba». Me costó un esfuerzo sobrehumano reprimir la urgencia de chillar por el pavor que me asolaba, convencerme a mí mismo de que no había habido un reconocimiento definitivo, sino una aproximación. ¿Cuántos miles de Volkswagens o Audis oscuros habría en las carreteras inglesas? Sabía que el negro era uno de los colores más populares.

Luego (y me avergüenza admitir que tardé), me centré en lo de «luchan por sus vidas»; ¿qué significaba eso? Recé por que fuera la típica exageración de los medios de noticias locales, y que la realidad fuera más bien algunas contusiones serias y un par de costillas rotas.

Ahí fue cuando empecé a martirizarme con que no mencionaran el Toyota, aunque, pensándolo bien, ¿acaso no eran buenas noticias? Si hubieran pillado a aquel tío, no solo podría haber identificado el modelo de mi coche, sino también mi cara. Mucho mejor que se quedara fuera de la ecuación.

¿Y lo de las cámaras? Me alegré de que no hubiera ninguna en Silver Road, pero luego pensé en que los medios nos habían hecho creer como borregos que había una en cada esquina, que las autoridades nos observaban siempre, y eso por no hablar de los avistamientos accidentales de nuestros congéneres. Cuando me escapé de la escena del crimen, zigzagueé entre otras calles residenciales antes de volver definitivamente a Alder Rise, y estaba bastante seguro de que no había pasado por ninguna tienda ni edificio público que pudiera tener cámaras de seguridad. Pero ¿las paradas de autobús? ¿Y las residencias privadas? ¿La policía tenía acceso a los satélites?

No, aquello no eran más que sandeces. Paranoias.

Y entonces pensé en los forenses. ¿Y si había algo en mi coche, pintura descascarillada o polvo del Fiat destrozado, que pudiera llegar a incriminarme? ¿Llamaría la atención si lo llevaba a un túnel de lavado? ¿Y si tenían cámaras allí? Sí, es lo más probable. Si lo lavaba yo mismo, los vecinos se acordarían e incluso les parecería algo inusual («Sí, hay gente que lava el coche el fin de semana, pero ¿él? En la vida»). Los detectives buscan anomalías, ¿no? Cambios en las rutinas.

Y todo eso en un puñado de minutos. Me di cuenta de lo fácil que sería acabar perdiendo el juicio.

«La historia de Fi» > 01:00:14

Por supuesto que me acuerdo del domingo de aquel fin de semana, pero no por nada que tuviera que ver con Bram. Volví de Brighton el sábado por la noche y me fui directa a la cama a leer; a la mañana siguiente, me apunté a una clase de pilates en el gimnasio que hay justo detrás del Parade, la primera vez en años. Con la bolsa de deporte y mi botellita de agua, me sentí como una actriz interpretando el papel de una mujer sin hijos dueña de su propio destino. Me imaginé contándoles cómo había ido la clase a otras compañeras de trabajo jóvenes el lunes, como Clara, cuya sonrisa había desaparecido alguna que otra vez cuando le comentaba mis planes de fin de semana con los niños.

De camino a la calle, vi una silueta familiar a través de la pared de cristal que separaba la recepción de una de las aulas de gimnasia: Merle. Estaba a punto de empezar una clase de yoga y llegaba un pelín tarde, así que la pillé escaneando la clase en busca de un espacio para desenrollar la esterilla. Pensaba que era la mujer más segura de sí misma del mundo y, aun así, en aquel momento la vi tan... tan indefensa.

No hacía demasiado tiempo, nos juntábamos para criticar a los adictos al yoga y a la gimnasia de Alder Rise. «¿Es que no tienen nada mejor que hacer? —decíamos—; ¿en serio a Emmeline Pankhurst le importa algo la tonificación muscular?»

Y allí estábamos, no tan inmunes al virus de la inseguridad de las cuarentonas como creíamos.

Sí, aquella fue probablemente mi gran epifanía del momento: nos estamos haciendo viejas, ¡nos guste o no!

¿Cómo? ¿Que me estaba mirando demasiado el ombligo? Hombre, tú dirás.

Bram, documento de Word

Cuando Fi llegó el domingo al mediodía a liberarme de los críos, apenas le dirigí la palabra y me fui directamente a la estación a coger un tren hasta Croydon. Me metí en un cibercafé aislado y destartalado de un paseo comercial y no tardé en encontrar detalles adicionales de aquella misma mañana sobre el estado de las personas del Fiat.

Era mucho peor de lo que esperaba: las dos habían sufrido fracturas en la cabeza, el tórax y la pelvis, y parecía que a una también le había dado un ataque al corazón. No se informaba de que hubieran recuperado la conciencia.

No se habían publicado sus nombres, algo que agradecí. Sin nombre ni rostro me resultaban menos humanas, más bien símbolos de una injusticia generalizada en vez de víctimas de carne y hueso. En cuanto al infractor, nada nuevo, pero todavía no lo habían pillado; siempre se referían a él, sin excepción, en masculino.

Busqué la dirección del hospital —estaba cerca de la estación de West Croydon— y me fui para allá sin tener del todo claro para qué (¿a enviarles ondas curativas a través de las paredes? ¿A susurrarles unas disculpas anónimas?). Sin embargo, al llegar a la entrada principal vi cámaras de videovigilancia junto a las puertas y di media vuelta.

Al final tomé un autobús hacia el norte que pasaba por Silver Road y, por triste que parezca, me alegré cuando me tocó un asiento en la ventana del lado derecho, desde el que podía ver el lugar del accidente. Se habían llevado tanto el Fiat como el Peugeot, pero la policía seguía teniendo la zona acordonada. Los postes de la puerta estaban hechos trizas, los arbustos, aplastados, y dos de las ventanas del edificio, selladas, probablemente después de que el impacto las hiciera añicos. Había un cartel de la policía cerca («¡SE BUSCAN TESTIGOS! SE HA PRODUCIDO UN ACCIDENTE GRAVE AQUÍ MISMO, EL VIERNES 16/09 ENTRE LAS 18.00 Y LAS 18.15) con un número de teléfono para quien tuviera datos.

Fue a las 18.05, pensé. Me había fijado en la hora en el salpicadero mientras huía del lugar.

Cerca de los arbustos se habían acumulado ramos de flores, casi todos todavía con el envoltorio del supermercado. Era evidente que cada ramillete se había colocado con mucho afecto.

15

Viernes, 13 de enero de 2017
Londres, 13.45 h

Se ha cogido dos días de asuntos personales, por lo que dice Neil, el jefe de Bram. Les ha fastidiado algo, tan pocos días después de Año Nuevo, pero no pueden negar que ha estado raro desde..., bueno, desde que empezaron sus problemas maritales. Total, que no lo han visto desde la tarde del miércoles y no lo esperan hasta el lunes.

—Me suena que iba a echarle una mano a su madre para guardar cuatro cosas en un trastero... —le comenta con una voz firme y clara a través del móvil. De fondo se oyen las risas típicas de una comida de viernes en un restaurante o bar.

—No, ya te digo que no está con ella —responde Fi. Opta por no informarle de la coartada de la reforma que ha usado con Tina. Eso sí, la idea del trastero no puede ser casualidad: si no es el de Tina, ¿será el suyo?

—¡Un momento! —exclama Neil, y espira con un silbido grave—. No se habrá ingresado por su cuenta en rehabilitación, ¿no?

—¡Claro que no!

El comentario la pilla por sorpresa incluso con el shock nublándole la mente.

—Pues me alegro, porque entonces ya te digo yo que serían más de dos días, vaya que sí. Acabará apareciendo, Fi. Eres la persona que más lo conoce en este mundo.

«Pero ¿y si no?», piensa mientras cuelga. ¿Y si no lo conoce tan bien como creía? ¿Y si ha dejado de conocerlo?

—Tampoco lo han visto —informa a Lucy Vaughan, que ha vuelto a dirigir la atención al hervidor de agua en un último intento por civilizar a Fi con una tacita de té.

Fi ha percibido un sutil cambio en sus maneras desde el incidente con la escuela, y está bastante convencida de que Lucy cree estar tratando con una persona desequilibrada. No con alguien con amnesia, no, sino con alguien psicótico. Le está siguiendo la corriente a Fi, gestionando la situación como puede hasta que lleguen refuerzos en forma de su marido, de camino con la segunda furgoneta. No cabe duda de que a estas alturas se arrepiente de haberles dicho a los de la mudanza que podían ir a tomar un café al Parade mientras esperaban.

De hecho, Fi está más tranquila, probablemente porque se ha empezado a percatar de ciertos detalles, como que Lucy tiene un hervidor cromado mientras que el suyo es negro, o que hay tazas blancas ocupando el lugar de las suyas verde salvia y una mesa con acabados en roble donde antes estaba la de acero de estilo industrial que Alison la ayudó a escoger. Todas sus posesiones, como el resto de su realidad en Trinity Avenue, se han evaporado.

—¿Cuándo fue la última vez que viste a Bram en persona? —le pregunta Lucy, sirviendo agua humeante en las tazas y tirando las bolsitas de té previamente estrujadas en una bolsa de Sainbury's, que funciona como cubo de la basura improvisado.

—El domingo —responde Fi—. Pero hablé con él ayer y el miércoles.

El abismo entre las charlas insulsas de los últimos días y los misterios inefables de hoy le resulta inabarcable. Bram iba a marcharse del trabajo el pasado miércoles después de comer para recoger a los niños del colegio y dejar que Fi empezara antes su descanso de dos noches, que se suponía que incluía también una vuelta sin prisas esta misma tarde y otra noche en el piso. En definitiva, no tenía que descargar a Bram de los críos hasta el sábado por la mañana, una desviación de la rutina habitual de custodia compartida, pero habían acordado volver a la normalidad la semana siguiente. Si no hubiera tenido que regresar a por el portátil, o si se lo hubiera dejado en el piso en vez de en la casa, no habría sabido que sus hijos estaban con su abuela ni habría pillado a los Vaughan ocupando su casa. Todavía no. Se encontraría en un estado de gracia en toda regla.

Lucy saca un cartón de leche de una caja y vierte una pizca en cada taza.

—Aquí tienes, por fin. —Se la alcanza como si tuviera ante sí una prueba de fe y confiara en que Fi no se la tirara a la cabeza—. No te preocupes, que seguro que pronto se pone en contacto contigo y resolvemos este malentendido.

No deja de repetir esa palabra, *malentendido*, como si esto no fuera más que una confusión baladí, como cuando el pedido de galletas de Merle acabó en casa de Alison y los chiquillos Osborne se las zamparon todas sin comprobar la tarjeta que las acompañaba. Se solucionó en un abrir y cerrar de ojos y se olvidó a los dos días.

Fi desvía la mirada más allá de Lucy, al jardín, la única parte de la casa que está exactamente como la dejó, con todas las plantas arraigadas con lealtad en su sitio. La portería. El columpio. El tobogán que serpentea alrededor de la casita de madera hasta la porción de césped deslucida que ya es poco más que barro.

—Había pensado echar abajo la casita —comenta—, cuando los niños crecieran y se cansaran de ella.

Lucy trata de reprimir un gesto de sorpresa y se pasa la lengua por los labios. Como si previera otro acceso de furia, le propone algo que puede ser de ayuda:

—¿Y si llamamos a la escuela para decirles que hemos localizado a los niños? Seguro que se han llevado un buen susto.

—Ay, sí, sería lo suyo...

Arrancada del ensimismamiento e incapaz de encontrar el móvil de inmediato, Fi comienza a vaciar el contenido de su bolso en la mesa antes de recordar que lo lleva en el bolsillo. Marca el número de la escuela, se traga el aviso del buzón de voz y le balbuce a la señora Emery una disculpa.

Al colgar, se da cuenta de que Lucy ha fijado la vista en los objetos que lleva Fi en el bolso, y especialmente en la cajita de pastillas que sobresale de un compartimento. Esboza la expresión del que ha visto confirmadas sus peores sospechas.

—No son mías —le aclara Fi mientras vuelve a guardarlo todo en el bolso y se deja el móvil delante de ella.

—Ya. —Sus ojos no transmiten más que condescendencia, sumada a unos recelos en aumento. Quizá sospecha que Fi tiene algún trastorno de la personalidad, se ha adueñado de alguna forma del nombre de la antigua propietaria y se ha presentado allí con una crisis disociativa—. Si me lo permites..., ¿la medicación es nueva? ¿Te han avisado de los posibles efectos secundarios? A lo mejor producen pérdida de memoria a corto plazo o...

—¡Pero que te he dicho que no son mías!

Se nota que ha torcido el gesto y se esfuerza por recomponerse. Tiene la misma capacidad para predecir sus emociones que para controlar cómo las expresa: ninguna.

Lucy asiente con la cabeza.

—Claro, disculpa. ¡Ah! —Al oír el timbre, una descarga de alivio le inunda el rostro y se pone en pie dando un saltito alegre—. ¡Ya están aquí!

Se apresura hacia la puerta y Fi no tarda en oír dos voces nuevas, una masculina, que es muy probable que pertenezca a uno de los transportistas o tal vez al marido de Lucy, y la otra, inconfundible, la de Merle.

¡Merle! Estaba en la ventana, al acecho. Debe de haber esperado a que llegara la segunda furgoneta y ha decidido que ya no podía posponer ni un minuto más su intervención. Estará de parte de Fi, ¿verdad? Seguro que comparte su punto de vista y considera que la que se equivoca es Lucy, no ella.

Lucy, precisamente, es la primera en volver, con ánimos renovados.

—Bueno, pues ya está aquí David. Si te parece, creo que lo mejor sería avisar a nuestros abogados.

Antes de que Fi pueda protestar y espetarle que, al no haber vendido la casa, no tiene abogado, Merle entra atropelladamente y a punto está de lanzar a Lucy contra la encimera para poder tomar el control de la cocina.

—Fi, ¿tú has invitado a esta gente a mudarse aquí? El top escarlata vaporoso y el gesto ardiente de pura indignación la hacen parecer una gurú con una energía mágica, transformadora.

—No —responde Fi, más animada—, claro que no. No sé quiénes son ni qué pintan aquí sus cosas. Yo no he dado mi consentimiento para nada de lo que está pasando.

En cuanto Lucy abre la boca para objetar, Merle la

manda callar con una mano levantada a pocos centímetros de su nariz.

—En ese caso, estamos hablando de ocupación ilegal y de acoso —declara Merle. Estuvo unos años trabajando como agente inmobiliaria, algo que nunca está de más recordar—. Pienso denunciaros a la policía.

Ginebra, 14.45 h

Aunque está hambriento, le cuesta un par de minutos reconocer la sensación, porque llega sin avisar, sin urgencia. Es sencillamente una variación de su nueva constante: la más descarnada de las angustias. Dolor. Pérdida.

Pero comer es una necesidad, aunque sepas que te recordará todas las veces que les diste salchichas a niños famélicos o los convenciste para que se metieran trozos de brócoli en la boca mientras para tus adentros pensabas que era una verdura digna del diablo. O quizá te recuerde aquel rostro que tuviste delante un día en La Mouette, el mejor restaurante de Alder Rise, cuando todavía te dedicaba sonrisas, cuando la mujer que las esbozaba todavía confiaba en ti. Cuando quería conocerte mejor, defender tus flaquezas. Cuando todavía vivíais juntos en la casa que le encantaba y a la que llegaron los dos niños directos del ala de maternidad del hospital.

«Basta —piensa—. No tienes ningún derecho a ponerte sentimental. Ni a compadecerte.» Sale del primer bar que ha visto al salir del hotel y sigue los carteles hasta el restaurante más cercano. Mientras sube pisos y pisos en el ascensor del edificio, le vienen a la cabeza Saskia, Neil y el correo de dimisión que se enviará automáticamente el lunes a las 9.00. La petición de que le envíen a Fi el resto de su salario, con la esperanza de que le sirva de algo.

El restaurante de la última planta tiene ventanas con vistas al aeropuerto, y desde su mesa puede observar a la perfección los aviones que aterrizan y toman tierra como si fueran meros juguetes controlados por un niño caprichoso. Todos los que lo rodean tienen ese aire de indiferencia típico del que está de paso: para algunos es demasiado pronto para facturar y otros están demasiado agotados por el vuelo como para aprovechar el día. Más les vale comer algo.

Pide un plato con patatas y queso. Gastronomía montañesa suiza. La copa de vino tinto tampoco consigue reducirle la ansiedad, pero al menos el acto de beber le resulta familiar. Piensa que debería agradecer todos estos minutos de descuento, no haber acabado en la oficina de inmigración del aeropuerto, cuando le ha tocado negociar con el del control de pasaportes. Por alguna razón, su interpretación del Bram de siempre, el que lleva a la familia de vacaciones y de vez en cuando se embarca en viajes de negocios, ha satisfecho tanto al encargado humano como a la cámara térmica que escanea a los pasajeros que llegan a Suiza en busca de fiebres o virus (aunque no de culpa, que es lo que había temido), y le ha hecho un gesto para que continuara.

Es de locos, pero incluso después de recoger la maleta facturada, atravesar la aduana y mezclarse entre el público corriente, seguía esperando que se le acercara alguien y le pidiera que se hiciera a un lado.

Y que le preguntara si el nombre del pasaporte era de verdad el suyo.

16

«La historia de Fi» > 01:01:36

¿Que si me he planteado teorías alternativas sobre la desaparición de Bram? Creedme si os digo que me he imaginado todo lo imaginable. Hasta la policía considera que su ausencia continuada puede no tener absolutamente nada que ver con el fraude de la casa, que jamás llegaría al extremo de ser un fugitivo de la ley. Puede que lo hayan matado en una pelea y hayan escondido el cuerpo, o que después de una noche de borrachera se haya caído al río (con las temperaturas de enero, no durarías ni cinco minutos en el Támesis). La cuestión es que estamos hablando de una persona con un temperamento muy volátil, de un alcohólico.

Sé que suena horrible, pero cuando la policía me preguntó por la forma de ser de Bram, por cómo era en el fondo, lo primero que me vino a la cabeza fue la bebida. No soy capaz de pensar en un día que no bebiera.

Que sí, que tampoco es que fuera el único que bebía en Trinity Avenue. Había hombres (y mujeres) que podían llegar del trabajo y trincarse una botella entera de vino en una hora. Antes pensaba que menuda suerte tenían con que sus vicios resultaran estar aceptados en la sociedad, pero luego me di cuenta de que habían optado justo por esos vicios porque estaban aceptados.

(Digo «sus» pero debería decir «nuestros», que yo tampoco es que sea abstemia.)

Una de las rarezas de Bram era que detestaba la lima; tendía a bromear con que era por una alergia y con que Leo las había sacado de él, pero lo cierto es que tenía algo que ver con una noche de tequila de esas para recordar cuando estaba en la universidad. Se mofaba de los cócteles sin alcohol, de la cerveza cero, de las iniciativas para dejar de beber durante un mes y, en general, de cualquier cosa que excluyera el alcohol.

Acabo de ver que estoy hablando en pasado, y no debería. Pero ¿os dais cuenta de por qué aunque esté muerto tengo clarísimo que no la habrá espichado sobrio?

Soy consciente de que septiembre fue un momento destacado para Bram y sus maldades, pero durante aquella temporada lo que más me preocupaba, hablando de crímenes, era la oleada de incidentes que barrió Trinity Avenue sin previo aviso.

Primero, el arrendatario de uno de los pisos que

hace esquina con Wyndham Gardens volvió de vacaciones y se encontró con su vivienda saqueada por los inquilinos a los que se la había alquilado durante su ausencia a través de una página web similar a Airbnb. No puedo decir que no nos interesáramos, pero todos estuvimos de acuerdo en que, para empezar, no debería haberla subarrendado.

La solidaridad fue muchísimo más generalizada cuando a Matt y Kirsty Roper les entraron a robar a plena luz del día. Kirsty era una de nosotros, y entendíamos a la perfección su desgracia: una puerta trasera cerrada sin llave mientras la familia hacía una excursión al vivero de la ciudad; la alarma sin activar (no iban a tardar más de veinte minutos); un Stonehenge de portátiles y otros dispositivos en la mesa de la cocina, invitando a que se los llevaran; un spaniel ruidoso al que los vecinos habían aprendido a ignorar. Una tormenta de elementos perfecta que podría habernos ocurrido a cualquier de nosotros.

—La policía nos ha dicho que deben de haber estado vigilando la casa —nos contó Kirsty—. Si os digo la verdad, eso es lo que más me disgusta.

Conmovidos todavía por aquel drama, su hijo Ben, el de Merle, Robbie, y mi Leo montaron una agencia de detectives que se reunía en la casita de nuestro jardín a formular hipótesis. Yo les llevaba galletas y zumo, pero nunca llegué a dejar caer que su punto de reunión fue también un día la escena de otro tipo de crimen.

No sabíamos si habían capturado a los culpables,

pero Kirsty no tardó en informarnos de que la policía había dado carpetazo a la investigación.

—Les faltan manos. Tienen que priorizar los crímenes de verdad.

—¿Es que los robos no se consideran crímenes reales? —pregunté.

—Ya sabes a qué se refiere —me reprendió Alison—. Asesinatos, acoso, violaciones, que secuestren a nuestros hijos... Lo típico que siempre sale en *Crimewatch* o en *La víctima*.

Claro que sabía a qué se refería, pero es que para mí los allanamientos de morada y los robos eran una violación en toda regla. La idea de un criminal poniendo un pie en mi casa, tocando las cosas de mis niños, viendo cómo compartíamos nuestras vidas (o habíamos compartido, si atendemos a nuestras habitaciones separadas)... No era tanto una invasión de la privacidad como del alma.

Bram, documento de Word

«Si al menos pudiera conservar el trabajo...», pensé mientras subía en ascensor al departamento de recursos humanos aquel lunes por la mañana, deseando que siguiera ascendiendo hasta el infinito y así quedarme en aquel zulo revestido de espejo durante horas, días, siempre de un lugar para otro, de un problema a otro. «Si de alguna forma consigo que Fi no se entere —reflexioné—, si esas pobres almas del coche salen adelante y la policía da por terminada la investigación por falta de pruebas, no volveré a pecar en la vida. Me haré misionero, me haré célibe, me haré...»

—¿Bram? —me llamó Saskia.

Di un respingo. Había salido del ascensor, había cruzado el pasillo y había llegado a su despacho por pura inercia.

—¿Necesitas algo? —me preguntó, con una sorprendente cara de póker. Quizá estaba pensando que me faltaban un par de minutos de horno, que tal vez me habían contratado por cubrir ciertas cuotas de minorías.

—Sí, perdona. Te traigo tu contrato.

—Bueno, el contrato es tuyo, pero gracias. —Esbozó una sonrisa sutil al cogerlo, estirada pero agradecida.

Carraspeé y me concentré en el discurso que me había preparado.

—Como ves, he incluido información personal que me gustaría comentarte en persona. ¿Tienes ahora tiempo de...?

—Desde luego.

La profesionalidad no está reñida con la curiosidad humana, así que me guio desde la zona diáfana de despachos hasta una sala de reuniones cercana y, con discreción, cerró la puerta. Nos sentamos uno enfrente del otro, con el contrato y la libreta de Saskia entre los dos.

—Adelante.

—Bueno, es sobre las faltas de tráfico... La cosa, Saskia, es que hace un tiempo que recibí una multa con retirada del carné.

«Recibí»: no creo que sea la palabra más adecuada; recibes un premio, elogios, algo que deseas, pero aquello era algo tan indeseable que la persona a la que se lo estaba contando consideró que debía tomar notas.

—Ya veo. Bueno, teniendo en cuenta tu cargo en la empresa, podría ser un problema. ¿Cuándo te retiraron el carné? —me preguntó.

—En febrero.

La verdad.

—¿En febrero? ¡Pero si hace siete meses de eso!

—Ya lo sé, y siento muchísimo no haberos informado de inmediato. Si te soy sincero, ni siquiera se lo he contado a mi mujer. Llevo tiempo ocultándole que no puedo coger el coche. —No sé si fue por el alivio de sacármelo de dentro, por lo íntimas que eran las dimensiones de aquella sala o por la calidez de su cuerpo, pero me estaba abriendo más de lo planeado—. Hubo un día en que lo pasé fatal. Mi mujer estaba asomada a la ventana de casa, esperando a que cogiera el coche y me fuera, así que abrí la puerta, me metí en el asiento del conductor y me quedé sentado fingiendo que estaba trasteando con la calefacción hasta que vi que se había ido. En ese momento, me bajé y cogí el autobús.

Lo cierto es que no estaba de más confesarle algo así; es el tipo de historia que puede que recuerdes si te convocan como testigo en un juicio. («¿Le consta que el señor Lawson siguiera conduciendo tras la retirada?» «No, pero sé que fingía hacerlo delante de su mujer.»)

Tragué saliva.

—Me sentía como esas personas a las que despiden, pero que no dejan de ponerse la camisa y la corbata y salen de casa cada mañana para ir a trabajar.

De eso sí que me arrepentí: no quería darle ideas.

—Vaya.

Saskia parpadeó, y me di cuenta de que las pestañas le pesaban con tanto rímel. Me costó unos segundos percatarme, porque mis sensibilidades estaban a otra cosa, pero las señales me pedían a gritos que las interpretara: el generoso maquillaje en los ojos, la camisa ceñida y el collar que apuntaba en la dirección del escote, oculto, los tacones que sobresalían de la mesa y que eran un centímetro más altos de lo que debe de ser cómodo. No es que estuviera fuera de lugar, sino que dirigía un mensaje inequívoco a los que estuvieran dispuestos a recibirlo: soy una profesional, pero también soy mujer. Y estoy soltera.

—Bueno, debería decir «mi exmujer» —añadí, más seguro de mí mismo—. Que tampoco es que sea imprescindible que lo sepas, pero nos hemos separado. Todo esto ha sido una pesadilla, y creo que no quería..., bueno, pues darle otra cosa más que echarme en cara.

Estuvo muy feo insinuar que Fi había sido injusta conmigo, teniendo en cuenta que, de hecho, había sido infinitamente más generosa que cualquier mujer cornuda que yo conociera, pero a la fuerza ahorcan, y, por suerte, Saskia empezaba a mirarme con una sutil compasión.

—Parece que te has metido en un buen lío. Voy a tener que echarles un ojo a los registros, pero diría que no dispones de coche de empresa, ¿me equivoco?

—No, uso el mío.

Aquel era uno de los pocos rayos de luz que se colaban por el cielo encapotado que me amenazaba: cuando entré en la empresa, opté por renunciar a las ventajas habituales del departamento de ventas a cambio de una mejora salarial. Matriculamos el Audi a nombre de Fi y al mío en Trinity Avenue; si la policía descubría algo, mis jefes no tenían por qué enterarse.

—Usaba —me corregí—. Puedes ver que llevo desde febrero sin entregar tickets por la gasolina.

Era algo que había asumido por mi cuenta, pagando en las gasolineras en efectivo para que Fi no me preguntara por ningún cargo en los extractos del banco.

—¿Cómo has llegado a las citas? No te olvides de que puedes pedir el dinero de los billetes de tren y de los taxis, siempre que Neil acceda. ¿O te ha puesto un conductor particular?

Me quedé callado, y el silencio provocó que Saskia esbozara una mueca.

—Bram, dime que se lo has contado, por favor.

—No, eres la primera persona que lo sabe.

Me di cuenta de lo que estaba intentando: le dirigí una mirada para explicarle que había sido la primera porque para mí era alguien especial. Dejé que pasaran los segundos, no sin echar un vistazo fugaz al collar que le colgaba por encima del esternón. Cualquier persona normal habría considerado que bordear el acoso sexual precisamente con una encargada de recursos humanos era de locos, así de simple, pero yo hacía tiempo que había dejado de ser una persona normal.

—Tienes que contárselo —concluyó—. ¿Quieres que te acompañe?

—No, tranquila. Como hoy no está, se lo digo mañana.

Saskia terminó de tomar las notas pertinentes y dejó con cuidado el bolígrafo encima de la libreta.

—Depende de él que esto influya o no en tu futuro en la empresa. Uno de los requisitos de cualquier cargo del departamento de ventas es tener el carné de conducir vigente.

—Ya lo sé. —Suspiré, y le dediqué otra mirada, esta algo más prolongada que la primera—. Pero me alegro de haberme sincerado contigo.

No dejaba de repetirme esa palabra, *sinceridad*, tanto en mi cabeza como cuando hablaba con alguien. Empezaba a sonar a hipocresía pura y dura.

«La historia de Fi» > 01:05:34

Pocos días después del robo de los Roper, otra residente de Trinity Avenue, una anciana que acababa de enviudar, fue víctima de una estafa que preocupó lo suficiente a Merle como para que agarrara el teléfono y organizara una charla con un agente de la policía local, y a mí como para que llamara a Bram al trabajo.

—¿Te has enterado de lo que le ha pasado a Carys?

—¿A quién? —me preguntó.

—Ya sabes, la anciana del número sesenta y cinco. La que da clases de piano. Estaba contratando una tarjeta de crédito nueva y unos estafadores interceptaron la llamada con el banco. La volvieron a llamar, la convencieron para que les diera el pin y luego enviaron a un mensajero a su casa a recoger la tarjeta vieja. Cuando se percató, casi le habían vaciado la cuenta. Miles y miles de libras, por lo que dicen.

Vaciló unos segundos antes de hablar.

—Los bancos jamás envían mensajeros a por las tarjetas viejas.

—Ya, y nosotros lo sabemos, pero eso te demuestra lo convincentes que debieron de ser. Alison me contó que los propios mensajeros ni siquiera saben que están participando en una estafa. Los contratan para un trabajo normal. La pobre Carys estaba hecha polvo. Ya he llamado a mis padres para avisarlos, y tú deberías hablar con tu madre.

Otra pausa.

—¿Por qué?

Estaba empezando a agobiarme.

—¿Cómo que por qué? ¡Pues porque está claro que estos timadores van a por los mayores! Sabes que a veces son muy confiados y les cuesta más oponerse a los cambios.

—Ya.

Fruncí el ceño.

—No veo que te interese demasiado, Bram. Creo que todos deberíamos estar al tanto si hay delincuentes operando por Alder Rise.

Dejó escapar un largo suspiro.

—Fi, por favor, lo que ha sucedido es que Carys se pasó de ingenua. Todo el mundo sabe que no hay que dar pines ni contraseñas por teléfono. No saquemos las cosas de quicio.

La indignación se apoderaba de mí. Nunca le había importado demasiado la comunidad (salvo en lo que tuviera que ver con el alcohol), pero yo siempre había creído que, en cierto modo, respetaba mis esfuerzos, y esa forma de despreciar el calvario de la pobre Carys era frívola y hasta arrogante.

—Se ve que este tipo de crímenes está en alza. La policía nos ha dado un folleto.

—¿La policía ha estado en casa? —Lo noté alterado de repente.

—No, nos lo dejaron en el buzón. Explica todos los fraudes modernos, cómo funcionan y cómo protegerse.

—Uy, pues a mí me suena más a catálogo que a otra cosa. Ahora ya sabemos cómo estafar a nuestros vecinos.

—¡Bram! —Hacía tiempo que no lo veía tan borde.

Desde que empezamos con lo de la custodia compartida se había portado, como le conté a Polly, como un corderito—. ¿Cómo puedes bromear con esto? Las víctimas son nuestros propios vecinos, gente trabajadora como nosotros.

—Lo siento, estoy un poco agobiado, ahora tengo una reunión con Neil. Por supuesto que hay que estar al tanto, vete a saber cuándo puedes caer en manos de una banda organizada ucraniana. O nigeriana. No sé de dónde son nuestros enemigos de los bajos fondos hoy en día.

Suficiente. Yo también tenía trabajo que hacer.

—Total, que te llamaba porque mañana a las ocho de la tarde voy a una charla con una agente de policía local, y te quería preguntar si podrías quedarte con los niños hasta tarde.

—Claro.

Y colgué. Estaba preocupado, eso era obvio, y asumí que se debía a problemas con su vida privada. Creo que llegué a plantearme echar un vistazo por el piso el viernes por la noche en busca de pruebas de alguna presencia femenina. Lo que tenía claro es que no iba a preguntárselo directamente, porque eso no haría sino minar el suelo de posibles complicaciones sentimentales y generar incluso la tentación de volver sobre nuestros pasos.

Sí, ojalá se lo hubiera preguntado. Más bien, ojalá le hubiera exigido que me lo contara.

#VíctimaFi

@val_shilling Madre mía, hoy ya doy por perdido el día, ¿no?

Bram, documento de Word

—¡Hostia puta, Bram! —bramó Neil—. ¿Me explicas cómo coño se te ha ido tanto de las manos?

Me recompuse y esbocé el gesto alicaído que esperaba, y no el rostro descompuesto y afligido que había visto reflejado en el cristal de su despacho unos minutos antes.

—¿Fue en estas zonas con límite de treinta kilómetros por hora? Me sonaba que todavía no multaban si te pasabas.

—No, fue sobre todo fuera de la ciudad.

—¿Cómo que «sobre todo»? Y así habló el delincuente en serie.

Aquel comentario rozaba la admiración, y eso me recordó a algo que nos comentó la profesora del curso de concienciación sobre los riesgos del exceso de velocidad. «¿Qué les dirías antes a tus amigos, que te han pillado conduciendo borracho o por exceso de velocidad? Piensa. Y eso que en ambos casos eres una amenaza para la seguridad vial.» Y me miró fijo. A mí, qué casualidad.

—Bueno, y dime, ¿cómo es esto de no poder coger el coche? —me dijo.

—Al final te acostumbras, ya llevo un tiempo. Siento mucho no habértelo contado antes, tío. Lo que me preocupa ahora es si puede llegar a ser un problema para la empresa.

—Técnicamente sí, un marrón. Pero tratándose de ti... —Neil soltó una carcajada que contrastaba sobremanera con la formalidad de Saskia—. Estás como una cabra. Te asigno a uno de los becarios como chófer. ¿Hasta cuándo?

—Mediados de febrero. Me iría de perlas, Neil, mil gracias. Solo cuando haya rutas complicadas entre visitas. No me importa coger el tren para ir de la oficina a casa.

—¿Que no te importa? Estás de coña, ¿no? Yo no me montaría en un tren de cercanías ni aunque me pagaran. Prefiero venir en patinete.

—Es un infierno —coincidí—. Siempre van con retraso. La semana pasada casi llego tarde a la conferencia.

Y otra semilla que se me cae sin querer. Pero no hizo ninguna falta que me comiera el coco, puesto que Neil estaba demasiado liado cantando *Breaking the Law* como para darse cuenta. Nunca me había sentido tan afortunado de que mi jefe fuera un payaso. Hacían falta más David Brent en el mundo empresarial.

—Cinco puntos si me dices el grupo —me desafió.

—¿AC/DC?

—Judas Priest. —Esbozó un gesto triunfal—. ¿Y qué te ha dicho Mamá Drácula sobre el tema? ¿Sobre la retirada del carné?

Se habían visto bastantes veces en fiestas familiares, cenas con su mujer, Rebecca, algunas copas de cumpleaños en el Two Brewers. Un día que Fi andaba un poco estresada, nos pilló fumando y me regañó como si fuera un adolescente saltándose clases. Le noté la vergüenza a Neil en la cara antes de que se convirtiera en una carcajada.

—Aún no se lo he contado —contesté.

Resopló.

—Pues buena suerte. Supongo que os va a afectar al rollo este de la custodia repartida, ¿no?

—Compartida, no repartida.

—Lo siento, compartida. Ya decía yo que los hijos no se repartían.

Soltó una risotada; nadie le hacía más gracia que él mismo.

—Ya se solucionará. ¿Sabes que ha llamado varias veces a Rebecca? Dichosa sororidad. Le envió el enlace del pódcast ese de marras y ahora tuitean juntas mientras lo escuchan. ¿Cómo se llama?

—¿*La víctima*?

—Eso.

La víctima era un programa barato y sensacionalista con el que se habían obsesionado Fi y su *troupe*. En cada episodio, una nueva víctima —siempre mujer, sin excepción— ofrecía una versión desnuda de una terrible injusticia, convencida de que no había argumento posible para rebatirla, sin informes ni investigaciones ni nada que pudiera contradecir su análisis de los hechos. En su lugar, se invitaba a los oyentes a extraer sus propias conclusiones. «Si no me ha pasado a mí es porque Dios no ha querido», sentenció Fi un día a modo de excusa (le gustaba escuchar el programa mientras planchaba los uniformes del colegio de los niños).

—Y es eterno, en serio —añadió Neil—. Mujeres destripando a hombres. Nunca ponen a dos mujeres enfrentadas, no. ¿Y si es mentira y lo hacen para desahogarse? ¿No serían calumnias?

—Mmm... Sí —contesté, aunque ya había dejado de escuchar.

¿Cómo es que no habían dicho nada más de mis víctimas? ¿Cuánto tiempo podía estar inconsciente una persona antes de que desapareciera cualquier posibilidad de recuperación? ¿Me convenía más que la madre y la hija murieran, y eliminar así cualquier posibilidad de que me identificaran, o que se recuperaran y se redujera la gravedad de los cargos criminales de los que pudieran a acusarme si me identificaban? (Eso siempre y cuando al conductor del Toyota no le diera por testificar, aunque, si todavía no lo había hecho, lo veía improbable.)

Mira, olvídalo, que ya sé cómo suena. Por supuesto que quería que sobrevivieran, no podía ser de otra manera. Si hubiera creído que mi vida valía más que la suya, no estaría escribiendo esta nota y me habría largado a algún sitio lejano que imposibilitara mi extradición.

Estaría perdido en algún lugar salvaje en el que los placeres están reservados para los malditos.

«La historia de Fi» > 01:09:04

Me sorprendió volver de la reunión comunitaria en casa de Merle aquel miércoles por la noche y encontrarme a Bram en el jardín delantero con el magnolio goteándole encima. La lluvia había dejado un charco enorme en los adoquines y él parecía ignorar que tenía un pie completamente hundido en el agua.

—¿Qué haces aquí a oscuras? ¿Vigilar que no nos entre ningún caco? No creo que haya peligro con una agente de policía dos puertas más allá.

Me fijé en que estaba fumando, lo que respondía a mi pregunta.

—¿Ha ido bien la charla? —me preguntó.

—Sí, superbién. Nos han dado unos bolis especiales con tinta forense para marcar nuestras cosas. Si nos las roban y las recuperan, podrían devolvérnoslas. Les voy a pedir a los niños que lo hagan, que se lo van a pasar bien. Y quieren poner unos carteles con el mensaje ¡CUIDADO! ESTO ES UNA ZONA VIGILADA POR LA POLICÍA o algo por el estilo.

—Muy útil. —Hablaba en un tono mecánico.

—No sabía que habías vuelto a fumar.

Decidió no responderme, y estaba en todo su derecho; yo ya no tenía jurisdicción sobre él y, de todas formas, estaba fumando al aire libre. Los niños se encontraban en sus camas, en el piso de arriba, con los pulmones libres de humo.

—Gracias por quedarte hasta tan tarde. ¿Entras?

—No, me acabo esto y me voy.

Dio un respingo al oír a Merle y a los demás vecinos salir de la casa y despedirse de la agente en la cancela.

—Te noto tenso —indiqué—. ¿Cargo de conciencia? —Me miró fijo y yo mantuve una expresión vacía de cualquier atisbo de acusación—. Por tus roces de adolescente con la ley, quiero decir. ¿Qué te creías?

Cambió el gesto con un sentimiento que no supe identificar.

—Ah, ya.

Era mala leche lo de sacarle el tema; cuando todavía iba al instituto, hace casi treinta años, lo pillaron con marihuana encima. Lo jodido fue que justo acababa de cumplir dieciocho años y lo pudieron procesar como adulto.

Desvió la mirada, apagó el cigarrillo y lo lanzó a la parte más profunda del charco, como si quisiera eliminar toda prueba de que lo había fumado. Como no podía ser de otra forma, lo interpreté como un deseo simbólico de deshacerse de transgresiones más graves que un cigarro a escondidas.

—Bueno, me voy ya —anunció. Estaba absolutamente demacrado.

«No te arrastres —me dije—. Acuérdate de lo que pasó en la casita del jardín. Él no se paró ni un segundo a pensar en lo mucho que podía destrozarte aquello, ¿verdad?»

Me di cuenta de que dobló a la izquierda al salir por

la cancela en vez de a la derecha, que era el camino más directo hasta el Parade y el parque, por donde se había marchado la agente de policía, pero preferí no darle más vueltas.

17

«La historia de fi» > 01:11:33

¿Que las mujeres de Trinity Avenue éramos unas controladoras compulsivas? No es una pregunta seria, ¿a que no? ¿Solo porque nos organizamos como comunidad para impedir más crímenes?

No, no, ya sé que no queríais ofenderme. Mira, respondo: si una controladora compulsiva se levanta cada mañana para vestir y alimentar a sus niños (y a sí misma, si le da tiempo), los deja en el cole y se va directa a la estación a meterse en la lata de sardinas que son los cercanías hasta Victoria y hace un transbordo para ir en metro hasta el West End; si, después de un día entero de trabajo, vuelve a casa y se pone con los cuentos de los niños y las rutinas típicas de bañarlos y acostarlos (a veces con el abrigo todavía puesto para lo primero), prepara la cena mientras descarga y vuelve a cargar el lavavajillas, con el correo electrónico abierto en el iPad que hay en la encimera o, de vez en cuando, invita a una amiga a tomarse una copita de vino porque, de lo contrario, es imposible encontrar el momento, aunque se apunte con el mejor de los ánimos a todos los grupos de lectura y asociaciones de vecinos habidas y por haber y, sí, a las reuniones con agentes de la policía local; si antes de ir a dormir prepara la comida del día siguiente de los niños, tira la basura a reciclar, organiza la colada y hace la compra por internet o encarga los regalos de cumpleaños o lo que sea que necesite encontrar o reponer ese día; si se mete en la cama pensando que su mayor logro ha sido no gritarles a sus hijos en todo el día, no discutir con sus compañeros de trabajo, no divorciarse de su marido...

Si eso es lo que hace una controladora compulsiva, soy culpable.

Bram, documento de Word

Rog Osborne y yo teníamos la coña de que en Trinity Avenue vivían las Damas Rosas y los T-Birds y que todo se hacía en base al género. (Los niños siempre estaban con las mujeres, claro, salvo que las Damas Rosas optaran por lo contrario.)

Fi era Sandy de pies a cabeza, una persona honesta, rubia y trabajadora, con unos valores de los de antes. Siempre al tanto de todas sus obligaciones. Yo fallé como Danny mucho antes de separarnos, mucho antes de tener mi momento estelar a lo *Grease* con el volante en las manos y condenarnos a todos al purgatorio.

«La historia de Fi» > 01:13:01

No es que engañara a Polly a sabiendas, sino que realmente no tenía la intención de iniciar una relación con nadie. Había salido escaldada del matrimonio, tenía cosas más importantes en las que pensar y bla, bla, bla. Sin embargo, las intenciones son algo más fluido de lo que se cree, o eso pienso yo, y a pesar de que me mantuviera en mis trece con respecto a las páginas de ligoteo por internet y me parecieran Gomorra, seguía teniendo un corazoncito... y otras partes del cuerpo.

Conocí a Toby a la antigua, en el bar de nuestro restaurante predilecto, La Mouette, cuando Alison y yo empezamos a celebrar mis viernes libres a expensas de los suyos. A las dos nos sorprendió ver lo animado que estaba el local desde la última vez que lo visitamos, hasta el punto de que habían puesto un gorila a la entrada.

Ni yo ni el tipo que tenía al lado en la barra estábamos teniendo suerte para que el camarero se fijara en nosotros.

—Hace tiempo estuve trabajando en un bar —me contó—; quizá podría ofrecerme a echarle una mano.

—Si fueras mujer y tuvieras cuarenta y tantos años, estarías acostumbrado a esperar —contesté.

No, no era la mejor de las frases para seducir a otra persona, pero él sonrió como si estuviera de acuerdo.

—Hay que ver cómo está esto.

Tenía los ojos de un azul pálido, el gesto serio, un estilo despreocupado, le sacaba los mismos años que me sacaba Bram (las comparaciones son odiosas, pero a veces es inevitable) y me dio la impresión de que era el tipo de hombre al que no le importa ser directo si la situación lo requiere.

—El Two Brewers está bastante peor —respondí y, al notar que no lo identificaba, añadí—: El bar que hay al otro lado del Parade. ¿No vives por aquí?

—No, Alder Rise es un pelín pijo para mí.

—¿Pijo? Ni que esto fuera Beverly Hills ni nada por el estilo.

Aquella charla de ascensor estaba tan condicionada por las circunstancias que estuve a punto de seguir largando como si no lo hubiera oído decirme que no se sentía cómodo en el barrio: «Pues teniendo en cuenta lo que están subiendo los precios de las casas, más le valdría ser Beverly Hills. ¿No te parece terrible que ahora, de golpe y porrazo, seamos todos millonarios? ¡La gente no entiende lo asfixiante que es vivir así! Y encima de repente hay una oleada de crímenes. ¿Afectará eso a los precios de las casas? ¿Tú qué crees?».

Pero me contuve a tiempo, y, de todas formas, él no parecía interesado por los asuntos inmobiliarios.

—Has venido con tu marido, ¿verdad?

—No, nos estamos divorciando. —Estaba empezando a acostumbrarme a ir por ahí soltándoselo a la gente—. ¿Y tú?

—Igual, pero ya hace unos añitos.

Al grano, como debe ser, aunque su mirada estuviera cargada de intención, inflexible. (¿Sería así como miraba Bram a las demás mujeres? ¿Quizá incluso antes de lo de...? «Basta.»)

—¿Y dónde está? —me preguntó—. Tu ex, digo.

—Sigue por la zona. Compartimos casa, de hecho. Tenemos dos hijos.

—O sea, ¿que os habéis divorciado y seguís viviendo juntos? ¿Cómo se come eso?

Me encogí de hombros.

—Hemos llegado a un acuerdo inusual. No te voy a dar la tabarra con los detalles.

—No, no, si me interesa.

—Por favor, no vayas por ahí. ¿Hay algo menos interesante que los hijos de los demás? Ah, ¡dos mojitos, por favor!

Cuando le di la espalda al camarero, mi nuevo amigo había sacado el móvil.

—Te llamo algún día.

No era una pregunta y, en cierto modo, eso fue lo que me provocó la inmediata sensación de sentirme deseada, la confianza en sí mismo que mostraba.

Le di mi número.

—Fi —añadí.

—Toby.

No fue un momento incómodo, sino natural, y por eso no me resistí.

Cuando volví a la mesa con los cócteles, Alison se estaba mondando.

—Está claro que tienes preferencias marcadas con los hombres —me soltó.

—Estábamos charlando, Al.

—Pero ¡si le has dado el móvil!

—Ni confirmo ni desmiento —repuse—. Y te equivocas con lo de las preferencias. Este tío es facilón, sencillo.

—Pues igual que todo el mundo si solo hablas dos minutos con ellos —contestó—; como Bram en algún momento, seguro.

—Bram nunca ha sido una persona sencilla —la corregí—. De hecho, la otra noche lo noté raro. ¿Lo has visto estos días cuando le ha tocado estar en casa?

—No. —Torció el gesto—. Ya sabes cómo son los findes.

Ese tipo de comentarios me frenaban en seco: yo ya no me pasaba los fines de semana en casa, al menos no hasta el domingo por la tarde, porque habíamos decidido organizarnos de una forma distinta a los demás. Sí, nuestros amigos nos apoyaban, pero había algo de espectáculo para ellos en nuestras dinámicas, como si nos observaran desde sus plateas y la confianza no fuera más que provisional.

—¿Problemillas en la primera etapa de la custodia compartida? —sugirió en el momento justo.

—No creo que tenga nada que ver con eso. No sé qué le puede pasar.

Nos miramos mutuamente y me imaginé lo que estaba a punto de decirme.

—Oye, una cosa: todavía no hemos hablado bien de cómo va a funcionar todo esto.

Al verla remover el cóctel con la pajita, maldije la posibilidad de que Bram hubiera estado bebiendo en casa.

«¡Deja de pensar en él!»

—Por ejemplo: ¿os puedo invitar a los dos a un mismo evento? O sea, no quiero ser tan insensible —añadió, nerviosa—, pero ¿qué pasa si ya tenemos cosas organizadas y estáis los dos invitados?

—Alison —empecé—, te repito que no tienes que ponerte del lado de nadie. Puedes invitar a quien te apetezca a cualquier cosa que montes, y yo me comportaré como la persona más cortés del mundo con todos los invitados.

—Lo siento, pero nadie perdona tan rápido —dijo.

—No estoy perdonando nada. Solo intento controlar el impacto de la situación de la mejor manera posible. Si tengo que readaptarme y cambiar mi vida, hostia, ya te digo yo que no voy a dejar que nadie lo haga por mí.

Desvié despacio los ojos hacia Toby, que seguía solo en la barra con una nueva copa en la mano. Quizá había quedado para cenar con alguien y había llegado antes de tiempo; problema suyo si no estaba acostumbrado a

Alder Rise. Una cita por internet, seguro. Como si hubiera sentido mi mirada, se giró con pereza, pero no llegó a verme antes de volver a centrar la atención en la copa.

Bram, documento de Word

Estaba con los críos en el mercado una mañana de domingo cuando vi por primera vez a Wendy. Habían pasado nueve días desde el incidente de Silver Road y no había encontrado información nueva sobre las víctimas tras búsquedas constantes en el cibercafé y en los periódicos locales que había en el tren. Seguí funcionando en un estado de pura agitación; paseando entre los puestos de quesos, mieles y hamburguesas de jabalí me sentía como si nunca hubiera visto lo que tenía ante los ojos, como si me hubieran arrebatado las credenciales de clase media. La ciudadanía.

Aquel día no me llamó la atención. Estaba en un modo diferente (el de padre tratando de comportarse con normalidad, de sentirse normal, sin quitarle ojo al coche patrulla aparcado en la acera), pero me di cuenta de que me miraba. Fi decía que una parte esencial de la atracción humana se produce simplemente cuando eres consciente de que le interesas a otra persona, porque, en el fondo, no acabamos de dejar del todo atrás el adolescente que llevamos dentro, y nos halagan las cabezas que se vuelven a mirarnos. En otras palabras, nos fijamos en la gente que se fija en nosotros. Y tenía razón, como era de esperar. Aquella mujer estaba interesada en mí y, si le hubiera echado el ojo dos semanas antes, es probable que su interés hubiese sido correspondido.

Nos pasamos diez minutos haciendo cola en un puesto de dulce de leche artesanal hecho con caramelos de los que explotan en la boca, y, al volverme hacia ella, se había ido. Poco después, el día se convirtió en ver a quién le petaba con más violencia el caramelo y si era o no buena idea guardarle un trozo a *Rocky*, el perro de los Osborne, o si eso sería crueldad animal, y, en ese caso, si eso significaba que también era crueldad humana, puesto que la señora Carver les había explicado en tercero que los humanos también era animales, y a lo mejor había que llamar a la policía para que arrestaran a papá.

—Tienes que llamar al nueve, nueve, nueve —soltó Harry.

—No, al uno, cero, uno si no es una emergencia —lo corrigió Leo con ese tonillo de superioridad moral con el que solía castigar al hermano.

—Pero es que esto es una emergencia. ¡Imagínate que se ahoga alguien y se muere! ¡Papi va a la cárcel, papi va a la cárcel!

Esto último lo dijo cantando a pleno pulmón, con lo que la gente se giró a mirarnos.

—Poca broma —le espeté, y me esforcé como buenamente pude por reírme y no obedecer a mis impulsos, que en aquel momento eran acercarme a la papelera más cercana y vomitar el desayuno.

«La historia de Fi» > 01:18:44

En cierta manera, me daba igual que Toby me llamara o no. La sensación de que podía querer acostarme con él era suficiente, un sentimiento que solo superaba la euforia de saberme libre de decidir lo que fuera. Se acabó lo de querer, cuidar y respetar a Bram hasta que la muerte nos separara.

Según Polly, el matrimonio me había institucionalizado. Había estado trabajando bajo una especie de síndrome de Estocolmo.

Fuera como fuera, en aquel momento era una mujer libre... O eso creía.

#VíctimaFi

@Tracey_Harrisuk ¿Síndrome de Estocolmo? Mátame, camión...

@crimenadicta @Tracey_Harrisuk Si sigue legalmente casada, de libre nada #AhíLoDejo

Bram, documento de Word

Con el martes llegó mi cita cuasi semanal con Rog Osborne en el Two Brewers, así que me fui directo al bar en cuanto bajé del tren, aunque llegara una hora temprano. A esas alturas ya me había demostrado a mí mismo que gestionaba mejor el peso asfixiante de la culpa y la incerteza si evitaba estar solo y me pasaba las horas muertas con una pinta en la mano.

Rog apuró a duras penas la mitad de las cervezas que yo me había pimplado antes de tirar la toalla con la excusa de la edad y del potencial cabreo de su mujer, y estaba a punto de acabarse la última pinta cuando eché un vistazo por encima de su hombro y la volví a ver: la mujer del mercado. Como he dicho, me había dado tiempo a ir un poco bebido y a establecer las primeras conexiones: el piso era mío y, joder, habían pasado once días desde el apocalipsis, me había costado horrores comportarme con normalidad en el curro, con los niños y hasta con Rog, y supongo que me merecía pasar un buen rato con la mente en blanco. (Ni yo sería capaz de usar la palabra *recompensa*.)

Llevaba unos vaqueros pitillo y un top rosa muy ajustado. Se le marcaba el contorno del sujetador, con la goma clavándosele en la piel, y tenía dos manchas oscuras bajo las axilas (la humedad era terrible para ser finales de septiembre, más típica de los últimos días de verano). Se le había corrido el rímel y probablemente también el pintalabios. Incluso en reposo, no terminaba de juntar del todo los labios.

—¿Qué? —solté al percatarme de que Rog me observaba.

—No digo nada, tío. —Me guiñó un ojo—. O sea, que no le voy a decir nada a Alison.

—Le puedes decir lo que te venga en gana. Soy un alma libre.

—¿En serio?

—Sí. Los dos podemos quedar con otras personas, es lo que hemos acordado. Eso sí: fuera de la casa.

—¿Y eso te da qué? ¿Cinco noches para tirarte a todo lo que se mueva?

—¿Te crees que es tan fácil?

Las risas descontroladas de un grupo de mujeres sentadas a una mesa junto a la ventana respondieron a esa pregunta. La mujer a la que le había echado el ojo no estaba con ellas; era más joven, de treinta y pocos.

—Ah —exclamó Rog—, Alison me comentó que el grupo de lectura de las mamis había quedado aquí. No el suyo, sino la competencia. Y yo que creía que seguirían montando sus movidas en la cocina...

—Y que lo digas. Ya no se respeta nada.

Aquello era el subterfugio de dos maridos (pronto exmaridos) humillados como nosotros: un machismo clásico de chichinabo. En ese sentido, cuando Rog se levantó para irse y yo le dije que me iba a tomar otra más para el camino, me sonrió como si fueran los años cincuenta, barra libre de testosterona.

Crucé el bar y, sin preguntar, le pagué a la chica otra copa del vino blanco que estaba tomando. Le sostuve la mirada con arrojo y respeto. Doce años de devoción marital (obviando las dos meteduras de pata) y, en aquel momento, me sentí como un soltero que acababa de cumplir los treinta. Quizá sí que era fácil, siempre y cuando me quitara de la cabeza el horror que había provocado.

Me comentó que se llamaba Wendy y que vivía en Beckenham, pero aquella noche había venido a Alder Rise a ayudar a una amiga a pintar la cocina de su piso nuevo en Engleby Close.

—¿No ha salido contigo?

—Sí, pero ya se ha ido. Nos hemos dado un palizón.

—¿Y tú no estás cansada?

—Aún no. —No hizo ningún ademán por ocultar el deseo, y se me acercó un poco más sin dejar de hablar—. ¿Eran tus hijos los que estaban contigo el día del mercado?

—Sí, Leo y Harry, un par de macarras.

—A mí me parecieron monísimos.

Tenía acento del sur de Londres y la voz ligeramente rasposa, atractiva.

—¿Tú tienes hijos? —le pregunté.

Se echó un poco hacia atrás.

—Qué va.

No reaccioné de ninguna manera a su respuesta. En cualquier caso, a ella le apetecía lanzarse tanto como a mí, así que nos fuimos tras media hora de charla intrascendente. En la calle me agarró del brazo y, pese a ser nuestro primer contacto físico, me alivió comprobar que supe comportarme como un hombre normal, teniendo en cuenta las circunstancias.

Recuerdo que aquella noche no se veía la luna.

Al llegar a Trinity Avenue, me dio un tirón como para obligarme a girar.

—¿Por qué quieres ir por ahí? —le pregunté.

—¿No me has dicho que vivías en esta calle?

—No, vivo en el bloque de pisos que hay al otro lado del parque. El blanco.

—Ah, vale. —Se me acercó aún más y me susurró al oído—: Te sigo, señorito.

—Cruzamos por el parque, si no te da miedo que abuse de ti.

Fi me habría dicho que hoy en día hay que tener muchísimo cuidado con ese tipo de bromas, aunque Wendy no hizo ningún comentario. Me acuerdo de que me vino una idea clara a la cabeza: en aquel momento podía escoger a la mujer que quisiera, que no tenía por qué ser como las de Alder Rise; podía alejarme de tanta sensiblería educada, empoderada y posfeminista. Por desgracia, no esperaba encontrar a ninguna prefeminista. (Es broma.) El pensamiento me produjo una descarga de optimismo inclasificable al principio, que se fue definiendo hasta convertirse en el convencimiento de que podía librarme de las consecuencias de lo que había pasado aquel día. En unas pocas horas, había transmutado el «horror» en «circunstancias» y, finalmente, en «lo que había pasado aquel día», y se lo tenía que agradecer a las dos últimas pintas. Y a Wendy.

—Qué chulo —comentó cuando llegamos al bebé déco.

—No te hagas ilusiones —le dije—; es un estudio de alquiler, poco más grande que el cuarto de un conserje.

—Anda que me lo estás pintando bien.

No habíamos ni cerrado la puerta y ya se me había echado encima, me besaba con una fuerza inusitada y empezó a tirarme de la ropa y a mascullar lo que quería que le hiciera, y entonces me vino a la cabeza el pensamiento fugaz y descortés de que cuanto menos atractiva es una mujer, mejor se le da lo de ser una chica mala o como lo quieras llamar, y es algo que funciona, de verdad, y pensé justo a tiempo en apartar la vista de la novela que Fi había dejado en la mesilla de noche y que justamente había hojeado el día anterior, y me la imaginé leyendo cada frase y frunciendo el ceño. Me mataba saber lo que tendría que haber hecho en su momento.

Sí, lo había postergado demasiado. Se me había pasado el arroz.

—¿Te pasa algo? —murmuró Wendy.

—¿Por qué?

—Te noto distraído.

—Lo siento. Déjame que te demuestre si estoy concentrado o no.

Soltó una carcajada. Era evidente que le gustaban mis bromas (o eso creía) y que quería que aquella noche fuera memorable, así que le seguí el juego, consciente de que no podía anunciar que lo que yo quería era algo fácil de olvidar.

18

«La historia de Fi» > 01:19:13

Alison me envió un mensaje el miércoles por la mañana que no debió de ser fácil de escribir:

¿Quieres que te cuente
cosas que me lleguen
sobre Bram?

¿Como qué?

Cosas extramaritales.

No vacilé.

Dime.

¿Segura?

Sí.

Vale. Pues anoche se
llevó a alguien al piso,
o eso cree Rog.
A alguien del bar.

Esperé a que el cuchillo me atravesara las costillas, pero no pasó nada, o, en todo caso, tocó hueso y rebotó.

Interesante.

No le digas nada,
que sabrá quién
te lo ha dicho.

Pensé en el hombre de La Mouette.

Tú no le contarás
a Rog a quién me llevo yo
a casa, ¿verdad?

Claro que no. Ni que
fuera una agente doble.

Más te vale, Mata Hari.

Mata Hari era una
agente triple, o eso
afirmaban los franceses.

Estaba acostumbrada a ver a Alison limpiándole los mocos a su hijo o echándole antibiótico en los oídos al perro, y a veces me olvidaba de lo lista que era. Tenía un máster en historia por la Universidad de Durham y daba clases allí tres veces por semana.

Avísame si prefieres que
no te cuente estas cosas.

No, tranqui, ya me
va bien. Gracias.

Alison era una gran amiga. La mejor. Cuando me veo ahora, me doy cuenta de que no habría sobrevivido sin ella. Ni sin Merle.

Bram, documento de Word

Por la mañana, después de otro polvo, Wendy se vistió rápidamente y aceptó una taza de café. Se la tomó de pie, con el móvil en la otra mano, supuse que para mirar los horarios de los trenes. Aquello me dio esperanzas de que se fuera del piso antes que yo y que desapareciera, así, la situación incómoda de cruzar Alder Rise juntos o incluso de toparnos con Fi en la estación. Cogíamos trenes en andenes opuestos, y me la imaginé justo al otro lado de las vías, viendo a aquella mujer acaramelada conmigo, susurrándome cosas al oído y soltando risitas, dejando patente, en definitiva, que había una cierta intimidad entre nosotros.

Me recordé que era un hombre libre, como le dije a Rog.

Libre siempre y cuando no pensara en lo que había pasado aquel día (sí, «lo que había pasado aquel día»; todavía no había vuelto a convertirse en «el horror»). Apostado en la encimera de la cocina con Wendy al lado, me sorprendió no haberme dado cuenta antes de lo sencilla que era la solución: «Tan solo evita pensar en lo que pasó». No hacía falta negarlo, sino olvidarlo. Amnesia selectiva.

—Te veo muy alegre de repente —comentó Wendy con sorna. Dejó la taza sucia en el fregadero y, como el que no quiere la cosa, añadió—: No tienes ni idea, ¿verdad?

—¿De qué? —pregunté.

—De que te vi.

—¿Eh? ¿En el mercado? Claro que lo sé. Lo hablamos anoche, ¿no te acuerdas? Nuestras miradas se cruzaron por encima de unos huevos escoceses caseros.

Yo mismo me maravillé ante aquella ocurrencia.

—No hablo del día del mercado —repuso, sin dejar de mirarme—. Hablo de Silver Road.

Me quedé helado, como si me hubiera tirado al Atlántico en pleno diciembre.

—Perdón, ¿qué has dicho?

—Silver Road, me has oído. —Echó una ojeada maliciosa y tranquila a su taza de café—. Vi el accidente, Bram.

—¿Qué accidente?

Fue un milagro que pudiera seguir articulando palabra, puesto que tenía los órganos internos en fallo multiorgánico.

—Venga, hombre, ¿por quién me tomas? Todavía están en la UCI, y fijo que has ido siguiendo las noticias y los comunicados de la policía. —Entonces, con el mismo tono ligero, casi siniestro, añadió—: De hecho, había un agente de policía en el hospital cuando fui a visitarlas, pero no creo que estuvieran en condiciones de responder a nada. Las dos víctimas están con respiradores.

Frunció el ceño con un gesto claramente falso. Rozaba el regodeo.

Aún sin recuperarme, soné como un completo imbécil cuando le pregunté:

—¿No me dijiste que vivías en Beckenham?

—Sí, pero estaba en casa de una prima. Vive como a mitad de Silver Road. Las ventanas del salón dan a la calle, así que lo pude ver desde primera fila.

Sentí como si mis profundidades atlánticas se hubieran llenado de pirañas, e hice lo imposible por no caer al suelo de rodillas.

—¿Y me dices que te pareció ver algún tipo de incidente?

Soltó una carcajada.

—Vaya frasecita. Venga, que te sigo el juego: «creo» que oí un acelerón salvajísimo, miré por la ventana y «creo» que vi dos coches echando una carrera y, poco después, un Fiat empotrándose contra un coche aparcado y la pared de una casa. Luego, «me suena» que te vi yéndote en un Audi A3 negro. No pude ver toda la matrícula, pero sí las primeras cifras. —Se movió para observarme de reojo—. Estás bastante cañón, Bram. Creo que sería capaz de reconocer tu perfil en una rueda de identificación.

Durante el silencio que se produjo me costó oír mis propios pensamientos, amortiguados por los latidos descontrolados de mi corazón.

—Es imposible que pudieras reconocer a nadie desde la distancia que describes —concluí, pero lo cierto es que estaba con el agua al cuello.

¿Me habría seguido a casa aquella noche? ¿Me analizaría el rostro cuando salí del coche y me escurrí hasta la puerta de entrada? ¿Me habría hecho fotos a escondidas como una acosadora o algo por el estilo? Lo que estaba claro era que el encuentro en el bar no había sido casual. ¿Tendría de veras una amiga en Engleby Close?

—¿Tu prima también vio esto que me comentas?

—No, estaba en otra habitación. No te preocupes, que no le conté que te había visto.

«¿Que no me preocupe?»

—¿Por qué fuiste al hospital?

—Por puro interés. Ya sabes cómo funciona el morbo.

Lo sé perfectamente.

—¿Hablaste... hablaste con el policía que viste allí?

Mucho estaban tardando en arrestarlo si se había ido de la lengua, quizá porque el coche estaba registrado en Trinity Avenue. La policía pudo haber llamado y, tal vez, no encontrar a nadie en casa. En aquel momento me vino una imagen clarísima a la cabeza de mí mismo huyendo del piso camino de Heathrow.

Me relajé un poco cuando negó con la cabeza, y recuperé esa hombría tan mía.

—Bueno, Wendy, pues parece que somos culpables de lo mismo. Ni tú ni yo informamos de algo que sabíamos a la perfección que no podía quedar así.

Se le afilaron de pronto las facciones.

—Uy, Bram, no creo que seamos culpables de lo mismo, en absoluto. Yo no fui la conductora temeraria que dejó a dos personas con respiración artificial.

Las palabras me cayeron encima como un desprendimiento de rocas, aunque ella se comportara con una frialdad casi antinatural. Si de veras creía que había sido capaz de tener un acceso de ira como aquel, ¿cómo no le daba miedo que pudiera atacarla allí mismo? «Ha debido de enviarle la dirección a alguien», pensé.

Me di cuenta de que una furia acelerada e incontrolable iba sustituyendo al miedo, y de que mi temperatura corporal aumentaba de forma peligrosa.

—Si tienes tan claro lo que pasó, ¿por qué no vas a por el otro conductor, a por el cabrón que realmente provocó el accidente?

—No te lo crees ni tú —soltó—. El que iba por el carril que no tocaba eras tú.

—¡Pero porque no me dejaba volver al mío! Si el Fiat no se hubiera desviado, habríamos chocado de frente y estaríamos todos muertos.

—No tendrías que haber intentado adelantarlo. Estabas acelerando para poder pasarle, no lo niegues.

No contesté.

—O sea, ¿admites que provocaste el accidente? Bram, por favor, que estaba allí.

—Joder, claro que lo admito, pero es que ¡no me quedaba otra! ¡Fue culpa suya! —Fue una confesión en toda regla, aunque procuré taparla con un comentario agresivo—: Me gustaría saber si serías capaz de ir a por él y soltarle esta misma mierda a los diez minutos de haber salido de su cama.

—Bueno, no descarto nada —afirmó, y dejó la taza de café en la encimera.

Si no lo descartaba era porque todavía no lo había

hecho. Vale que se podía defender que tanto el tipo del Toyota como yo éramos culpables, pero el único coche que habían más o menos identificado en las noticias era el mío.

En aquel momento ya supe que me estaba preparando para algún tipo de chantaje.

Pasó por mi lado y cogió su chaqueta, una prenda vaquera barata que la noche anterior había dejado tirada en un sillón. Me acordé también de la dolorosa succión de su boca contra la mía.

—Había pensado que a lo mejor podíamos hacer negocios —anunció.

Bingo.

—Mira, Wendy, siento decepcionarte, pero no tengo dinero para hacer negocios. En serio, estoy pelado. Si quieres te enseño el último extracto del banco.

Sacudió la cabeza y esbozó una sonrisa pícara.

—¿Y la casa de Trinity Avenue? ¿No existe?

En ese momento recordé el ademán que había hecho la noche anterior para doblar en Trinity Avenue. Debió de seguirme el día del accidente. No le di ninguna vuelta; solo quería llevármela a la cama. La valoré como el rollete simple, sin ataduras, que necesitaba aquella noche.

Prosiguió sin despeinarse:

—Y también puedes permitirte este pisito. Ya son dos viviendas en una zona pija. Está claro que tienes pasta.

—Pues no, créeme. Me estoy divorciando.

Técnicamente era falso, todavía, pero ¿qué más daba?

—Aun así...

Sin previo aviso, alargó el brazo y me rodeó la muñeca con unos dedos cálidos, y yo reculé.

—¡No me toques!

—Ay, no te pongas así.

Apartó la mano, aprovechó para atusarse el pelo y se tocó la boca, como si tuviera todo el tiempo del mundo para aguantar mis manías.

—Como preveo que vamos a estar en contacto una buena temporada, lo suyo sería que sacáramos algo de provecho. Anoche me lo pasé bomba. Y creo que tú también.

Me dejó absolutamente desconcertado. Si su intención desde el principio era extorsionarme a cambio de dinero, no veía la necesidad de acostarse conmigo. No hacía falta trampa ni queso. Me podría haber dado aquel mensaje tan cobarde en el bar.

—Quiero que te vayas, Wendy, si es que te llamas así.

—Madre mía, sí que eres paranoico.

—¿Para qué empresa trabajas? Creo que me dijiste que ofrecías servicios de limpieza comerciales. ¿En qué departamento estás?

—¿Por qué? —Dejó escapar una carcajada—. ¿Te vas a quejar a mi jefe?

Era consciente de que no podía quejarme a nadie, ni siquiera balbucir una palabra a ningún ser humano sobre aquel sórdido episodio de mi vida.

—¿Le vas a decir que no denuncié un crimen? —se

burló—. A lo mejor no me di cuenta de la seriedad hasta que leí las noticias en los periódicos. Y a lo mejor necesité verte en el bar anoche para recordar que había sido testigo de un accidente con fuga.

—No fue un accidente con fuga —le espeté.

—Más o menos. Más que menos.

—No, fue un accidente, punto.

«Punto.» A los dos nos pilló de improviso y nos quedamos callados durante un momento de honestidades compartidas, quizá también desgracias.

—Seas quien seas —empecé—, y sea lo que sea que creas haber visto, te has equivocado de persona. No vuelvas a contactar conmigo en tu vida.

Cualquier atisbo de confianza adquirida o expresada con aquel contundente numerito se esfumó tal como llegó, cuando me di cuenta de que la última mirada que me dedicó antes de irse estaba cargada de un arrepentimiento a todas luces excesivo.

—Lo siento, Bram, pero no me vas a perder de vista con tanta facilidad.

19

«La historia de Fi» > 01:20:33

¿Que si enterarme del *affaire* que tuvo con otra persona me hizo recordar con nostalgia nuestros primeros años juntos?

Me perdonaréis, pero ahora mismo prefiero no pensar en el antes. Ni en antes de los niños, ni en antes de la casa, ni en antes de nuestra vida en Alder Rise. Esa parte que se suele llamar «colgarse de alguien», aunque en realidad nadie «se cuelga», ¿verdad? Más bien hay gente que busca, escala, alcanza; otros, sencillamente se rinden y se entregan.

Digo esto como buena realista que soy, pero luego me viene una imagen a la cabeza antes de que pueda evitarlo, una imagen que desafía cualquier cinismo y me persuade de que fuimos la excepción: los dos en un bar del West End hasta los topes —nuestra primera cita—, comiéndonos con los ojos, demasiado fascinados el uno con el otro como para mirar a ningún otro rostro de los centenares que había; o una vista aérea de un coche acelerando entre las campiñas esmeraldas de Inglaterra —nuestras primeras vacaciones juntos—, demasiado rápido y, aun así, nunca lo suficiente.

No hace falta que nadie apunte lo irónico que era todo. El hecho de que fuera precisamente la velocidad, la imprudencia, lo que más me enganchara. La sensación de dos vidas colisionando.

Me vino otra imagen de aquellos primeros años, esta más dolorosa: una figura femenina dando volteretas en una playa de California, con los largos mechones de pelo rozando la arena. Una esposa reciente, casada al año y poco de conocerlo, poniéndose de pie y viendo a su marido desabrochándose la camiseta y mirando al mar, como si quisiera echarse a nadar y dejar sus votos en la orilla, junto a la ropa.

Es de locos no haber imaginado nunca que una mujer e hijos no serían más que los clavos del ataúd de una persona como Bram.

Bram, documento de Word

Esta tarde he estado cerca, a puntito de hacerlo, y eso que apenas he empezado con mi historia y me he prometido contarla de cabo a rabo antes de actuar. Pero te olvidas de lo fácil que es verte acorralado por la música en este país, con unas emisoras de radio que derrochan nostalgia y que, en un momento u otro, te van a terminar ofreciendo un clásico que te va a recordar lo que no quieres recordar. «Nuestras» canciones cuando ya no existe un «nosotros». Y ha empezado a sonar *Big Sur*, un exitazo de cuando Fi y yo comenzamos a salir. Puede que la pusieran en nuestra boda, ahora mismo no me acuerdo, pero nos fuimos a California de luna de miel y visitamos el Big Sur para ver con nuestros propios ojos sus famosas costas. Al escuchar la canción, me he imaginado al borde de un acantilado, con el monstruoso Pacífico extendiéndose a mis pies, preparado para dejar atrás todo el dolor de mi pasado. Y he pensado: «Dado que nada tiene ningún sentido, ¿por qué me preocupo por dejar atrás esta nota? ¿Por qué no vuelvo al miserable zulo que tengo por habitación, acabo ya con mi vida y dejo que mi versión de los hechos muera conmigo?». Ahí sentado, he notado los dedos crispados en los zapatos y los pies empujándome al frente.

Salta, Bram.

20

Viernes, 13 de enero de 2017
Londres, 14.00 h

El marido de Lucy Vaughan, David, es un hombre robusto de tez clara que debe de rondar los cuarenta, con un poder de liderazgo que se palpa en cuanto entra en la casa, un aire controlador. En el momento en que disuade a Merle de llamar a la policía, ya tiene el móvil en la mano para hacer las llamadas de las que claramente opina que se debería haber ocupado Lucy cuando se han hecho patentes las alegaciones de una posible catástrofe legal y, tal vez, financiera. No exterioriza si le enerva que ni su abogado ni el agente inmobiliario le cojan el teléfono de inmediato. Sus respectivos compañeros de trabajo manifiestan que debe de tratarse de un «malentendido peregrino», nos dice, y le prometen que le devolverán la llamada con urgencia.

—Bueno, no se puede negar que nos hemos conocido en circunstancias extrañas —le dice a Fi. Aunque habla con una seguridad inalterable, su mirada transmite perplejidad y cautela.

—Desde luego —responde, inalterada. Todavía no se cree lo mucho que la ha fortalecido la presencia de Merle.

—La señora Lawson ya está más tranquila —le comenta Lucy, como excusando las malas maneras de Fi—. Ha habido un momento de tensión y miedo sobre el paradero de sus hijos, pero acabamos de enterarnos de que se encuentran bien.

Esa es la hipótesis que barajan: lo que falla es la interpretación que hace Fi de los hechos, no los hechos en sí mismos. Al no estar al tanto de lo que está pasando, se desorienta. Igual que se ha demostrado con el tema de los críos, se demostrará con la casa, y Bram no está para apoyarla. Merle, en cambio, sí.

—Bram debería haber informado a Fi de que los niños no iban hoy al cole —le espeta—. Cualquier madre habría sufrido una crisis nerviosa al enterarse de algo así. —Atraviesa a Lucy con una mirada severa, como si se le tuviera que caer la cara de vergüenza—. Entiendo que no tienen hijos.

—Aún no —responde Lucy.

—Pues créame cuando le digo que no hay nada más terrorífico que pensar que tus hijos han desaparecido. Ahora, estoy segura de que Fi agradece una enormidad la ayuda que le ha brindado para encontrarlos, pero seguimos teniendo otro misterio entre manos, ¿me equivoco? —Nunca había brillado con tanta fuerza ni con tanto carisma, y Lucy la observa como hechizada—. No me cabe duda de que entienden la reclamación de Fi sobre la propiedad de la casa y su petición de que se vayan. Les sugiero, de hecho, que se marchen hasta que localicemos a Bram, reunamos todo el papeleo que demuestra que Fi y él son los propietarios y entonces organicemos una reunión para discutirlo formalmente, tal vez el lunes en el despacho de su abogado. ¿Les parece? En lo que respecta a...

—Un momento —la interrumpe David sin miramientos, y le rompe la guardia—. Nosotros no nos vamos a ninguna parte. Esta casa se nos ha vendido de una forma por completo legal.

—Me temo que se equivocan, ya lo verán —dice Merle.

—¿Sí? Pues mire, aun así tenemos todos los comprobantes de que el cierre de la venta se ha producido esta mañana.

Levanta el móvil y empieza a desplazarse por los correos electrónicos más relevantes, igual que Lucy hace unas horas.

—Deben de ser falsos —comenta Merle, que es justo lo que ha dicho Fi—. No abra ningún enlace, le podría entrar un troyano en el móvil.

—¿Un troyano? Pero ¿se puede saber de qué me habla? Mire...

En cuanto David le alcanza el teléfono, Merle examina la pantalla con escepticismo antes de pasárselo a

Fi. Aunque dos de los mensajes son los de Bennett, Stafford y Asociados que Lucy ya le ha enseñado, hay un tercero de otro abogado especialista en escrituras, Graham Jenson, de Dixon Boyle y Asociados, en Crystal Palace, quien confirma la recepción de fondos desde la cuenta del cliente de Emma Gilchrist. La fecha es del 13 de enero, y se ha enviado justo antes de las once de la mañana.

—Dixon Boyle es el bufete de los Lawson —informa David a Merle, y a Fi se le extiende por el pecho una sensación ardiente.

Merle, sin embargo, sigue en sus trece.

—«Los Lawson», entre comillas —lo corrige—. Y no veo ningún comprobante de la transferencia de las escrituras.

Habla como una profesional, como si alguien estuviera supervisándolos y se registraran todas las veces en que es incapaz de rebatirle un argumento a David.

—Todo eso se hace ya de forma electrónica —se defiende David—. Tal vez sacaríamos algo en claro si echara un vistazo a su cuenta bancaria —le sugiere a Fi.

—Si no sabe nada sobre la venta, dudo mucho que haya recibido el dinero —apunta Merle con una buena dosis de desdén.

—Claro, pero no está de más comprobarlo. Mire, nosotros tenemos clarísimo que la transacción se ha completado correctamente, aunque ella se haya...

Se interrumpe. La frase acababa con un «olvidado». Ese ataque de amnesia que está padeciendo. Sin embargo, cuando vea un ingreso desproporcionado entre los gastos de billetes de tren, supermercados y zapatos de la escuela pensará: «Ay, claro, que había vendido la casa de mis hijos».

Aparece un iPad en escena, entra en la página web del banco y se esfuerza por recordar su nombre de usuario y contraseña. Al final, con David escrutándola, accede a la cuenta.

—¿Ve el ingreso?

—No.

Tanto su cuenta como la cuenta conjunta con Bram están intactas.

—Su marido tiene también una cuenta propia, ¿verdad? —insiste David.

—Sí, pero no me sé la contraseña. Y tiene el móvil fuera de servicio.

Merle trata de tomar las riendas de la situación una vez más.

—Como les he dicho desde que he llegado, hay que avisar a la policía. No es normal que Bram esté con el móvil fuera de juego.

—Un móvil puede estar sin línea por muchísimas razones —comenta David.

—Sí. —Merle va pasando la mirada de los Vaughan a Fi y de esta a los primeros—. Pero dado que la señora Lawson no tiene constancia de lo que está pasando, ¿no creen que tal vez el señor Lawson tampoco esté al corriente? A lo mejor unos mafiosos le han robado la identidad, Fi. Puede que anduviera detrás de ellos y, no sé, se vengaran de él.

—¿Mafiosos? —repite Fi, con una nueva conmoción en camino, más grave—. ¿Vengarse?

—Sí, a lo mejor lo han secuestrado, vete a saber. Quizá sabía que estaba en peligro y por eso se llevó a los niños a casa de su madre mientras tú no estabas. ¿Y si la policía ya está involucrada y, sin saberlo, te están protegiendo?

—Creo que se nos está yendo de las manos el melodrama —suelta David—. No es tan fácil hacerse pasar por otra persona para vender su casa. Necesitas pasaportes, certificados de nacimiento y pruebas fehacientes de la propiedad. Estas cantidades de dinero siempre se analizan en busca de posibles lavados de dinero y pasan por un montón de filtros. Lo sé porque es lo que acabamos de hacer.

—Aun así, no se me ocurre ninguna otra explicación —insiste Merle—. ¿Y a usted?

La sala se sume en silencio, como si todos estuvieran conteniendo el aliento. David mira de reojo a su mujer, sin ser capaz todavía de verbalizar lo inefable. Fi se nota los músculos de la cara tensos mientras se reprime el llanto.

—Si tiene razón, esto es terrible —concluye Lucy.

—Es que es terrible —coincide Merle. Se vuelve hacia Fi como si la suya fuera la única opinión que importa, por mucho que los Vaughan puedan tener alguna contribución interesante que ofrecer—. Fi, si te interesa mi opinión, creo que deberíamos denunciar un robo de la identidad.

Fi asiente.

—Y la desaparición de Bram. Y avisar de que puede estar en peligro.

Ginebra, 15.00 h

Sale del restaurante sin que el vino haya hecho nada por aliviarle el nudo del estómago, y le sorprende la presencia de un hombre de pie cerca de los botones del ascensor, con la cabeza algo inclinada y la mirada fija en Bram. Tendrá poco más de treinta años, es alto y de facciones duras, y va vestido con un traje gris oscuro y unos zapatos recién pulidos. Un empresario de paso... ¿o un policía de paisano? ¿O tal vez un funcionario preocupado que ha visto un aviso de la Interpol con su foto?

Bram se plantea salir apresuradamente por las puertas que dan a la escalera, pero se resiste. «No, relájate, no pasa nada. ¿Un aviso de la Interpol? Una cosa es querer protegerse y otra tener delirios de grandeza.» Su supervivencia ahora depende de confiar en sus dotes como trilero, como en el trabajo de comercial que ha abandonado, y el primero al que tiene que engañar es a él mismo. Con todo, cuando el ascensor se abre con normalidad, los ocupantes no se dirigen ni una sola palabra y Bram llega sin problemas a la planta baja, el alivio que siente es descomunal.

Sin embargo, al entrar en una farmacia de camino al hotel y buscar por los pasillos unas buenas tijeras, echa más de un vistazo por encima del hombro antes de decidirse y pagar.

21

Bram, documento de Word

Me pasé las veinticuatro horas siguientes sin saber nada de Wendy, y llegué a plantearme si no me habría imaginado lo que me había dicho. Lo que yo mismo le había dicho. Quizá se fue antes de que me despertara y la charla de la cocina la tuve con una aparición; Dios sabe que entre Macbeth y yo ha habido innumerables hombres tan corroídos por la culpa que han acabado dando voz a su conciencia y la han confundido con una especie de castigo divino.

O, aún mejor, tal vez ni siquiera había llegado a conocerla; ¡ni siquiera existe! Pero no, mi gozo en un pozo. Me llegó un mensaje de Rog por la mañana en el que me preguntaba si había pasado buena noche, todo acentuado con el *emoji* que guiña el ojo y del que inferí un «Vaya suerte, mamonazo». No me cupo duda de que le había contado a Alison que había estado buscando rolletes. Y esta seguro que se lo había dicho a Fi, aunque, por una vez, ella era lo que menos me preocupaba.

«No ha pasado nada», le contesté. Sin *emojis.*

No me acercaba al coche —entonces, no podía ni mirarlo—, y al coger el tren para ir y volver del trabajo, me fustigaba sin descanso por no haberme quedado en el andén la mañana de la conferencia, haber hecho de tripas corazón y haber argüido el retraso del tren de cercanías. ¿Qué habría importado empezar tarde, o incluso la cancelación del evento o un despido, en comparación con aquel infierno de miserias?

Poco después, la noche del viernes, me llegó un mensaje de Wendy. No me constaba que le hubiera dado mi número de teléfono, pero era evidente que lo tenía. Supuse que habría sido tan fácil como llamar a mi oficina, o incluso averiguarlo mientras dormía. El mensaje solo incluía un enlace a un artículo de un portal de noticias de Croydon:

Se ofrece una recompensa por el conductor que provocó el accidente de Silver Road

El marido de la víctima del accidente de Silver Road ofrece una recompensa de diez mil libras a cualquier persona que pueda ofrecer información al respecto. La víctima, una mujer de cuarenta y dos años, se está recuperando de las gravísimas heridas sufridas en el impacto del viernes 16 de septiembre. La hija de diez años de la pareja también acabó con lesiones importantes debido al accidente.

La policía todavía no ha identificado al otro involucrado en la colisión, y esperan oír el testimonio de conductores y transeúntes que estuvieran por la zona hacia las 18.00, hora del accidente.

El portavoz de la familia de las víctimas comentó: «Dos personas inocentes están gravemente heridas como consecuencia de un acto cobarde y a sangre fría, y haremos todo lo que esté en nuestras manos para ayudar a la policía a encontrar al criminal».

Dios santo, una recompensa de diez mil libras. Le habían puesto precio a mi cabeza.

Me tomé una cerveza, me fumé un cigarro, pensé. ¿Y si lo de la recompensa podía favorecerme de alguna forma? ¿No atraería a testigos poco fiables y charlatanes acerca del asunto que le harían perder el tiempo a la policía?

Al leer una segunda vez el artículo, rebuscando en cada frase nuevos significados, el corazón me dio un vuelco. No fue por el dinero, una suma que sin duda Wendy esperaba que yo mismo mejorara para compensarla, sino tres palabras escondidas en el primer párrafo: «se está recuperando».

Parecía que la conductora del Fiat estaba consciente de nuevo y su estado mejoraba. Parecía que ya estaba en condiciones de que la interrogara la policía.

No respondí a Wendy. No le habría respondido ni

aunque no hubiera perdido el control de las manos por culpa de unos espasmos desenfrenados.

«La historia de Fi» > 01:21:40

Creo que he comentado que pasaron pocos días hasta que el tipo de La Mouette se puso en contacto conmigo y me invitó a tomar algo con él el viernes siguiente. Le propuse un bar de Balham, a medio camino entre los dos, pero lo bastante alejado de casa como para evitar cotilleos entre los vecinos y que corriera la voz. Que tampoco es que a Bram le hubiera quitado el sueño el hecho de llevarse a un ligue al bareto más popular de Alder Rise, pero yo tenía otra forma de hacer las cosas.

Sí, fue sorprendentemente fácil recordar cómo se hacía esto. Toby era una compañía excelente, sin esfuerzos. Le conté que trabajaba con menaje y él me explicó que era analista de datos en un laboratorio de ideas financiado por el Ministerio de Transporte.

—No será un estudio sobre locos al volante empedernidos, ¿no? —Solté una carcajada—. Porque, en ese caso, os interesaría muchísimo mi exmarido. Le han puesto tres multas en los últimos dieciocho meses.

Toby esbozó una sonrisa.

—Nos interesa justo lo contrario: cómo es que la velocidad media en los trayectos por el centro de Londres se ha reducido de forma tan drástica. ¿Sabes que roza los doce kilómetros por hora? Prácticamente todo el mundo está de acuerdo en que el peaje de congestión ya no es efectivo, así que ahora trabajamos con una gran consultoría de ingeniería para desarrollar una nueva estrategia.

—¿No será por las furgonetas de repartos?

Sabía por colegas del trabajo que la gente espera que les entreguen el mismo día o, como mucho, el siguiente hasta las compras más baratas y pequeñas.

—En parte. —Me comentó que su equipo vigilaba vehículos pesados y taxis autónomos, carriles bici y proyectos de construcción, antes de pedirme disculpas por aburrirme—. A veces pienso que hablar del trabajo debería ser anticonstitucional.

Levanté la copa de vino.

—Brindo por eso.

Lo cierto es que lo último que quería era hablar de nuestros problemas laborales. No quería compartir mi vida con él. Se trataba de pura atracción física en la que una charla interesante no era más que un bonus nada despreciable.

—Solo una cosa: no me estaréis vigilando, ¿no?

—No —afirmó—. O al menos no por nada que tenga que ver con mi trabajo.

Aquella noche nos acostamos. Mi piso estaba más cerca del bar, así que no tuvimos ni que decidir adónde ir. Además, no soy tan irresponsable como para acabar en la casa de un completo desconocido de buenas a primeras.

—Me gustas mucho, Fi —me dijo antes de irse—. Deberíamos repetir.

—Me parece bien —respondí. Como es obvio, lo he

resumido todo, pero creedme: fue así de sencillo—. Yo te llamo.

Antes muerta que revivir la pasividad de cuando tenía veinte años. Yo sería quien llevara las riendas de aquella relación, si llegaba a ser necesario, y yo decidiría cuándo pasaba o dejaba de pasar algo. Poco después llamé a Polly, y me dijo que eso no hacía más que delatar lo vieja que era.

—Lo de que cueste contactar con alguien ya es cosa del pasado, a ver si nos ponemos al día.

—¿Cuál es el protocolo entonces? —le pregunté.

—El protocolo es que no hay ningún protocolo. Tienes que entender que las cosas ya no son como cuando Bram y tú empezasteis a salir. En aquella época era todo mucho más inocente. La gente interactuaba de otra forma.

—Ya, porque aún no existían las telecomunicaciones y había que confiar en las señales de humo y los mensajeros a caballo —bromeé.

—Por supuesto que no existían, o no de las que realmente valen la pena. Ah, por cierto: yo no le contaría a Bram lo del experto en congestiones. Si se entera de que te interesa otra persona, volverá a irte detrás.

—Demasiado tarde.

Y corté la conversación poco después. No aportaba nada en absoluto destripar otra vez a Bram. Era el padre de mis hijos y, se viene cliché, no podía sino respetarlo por eso.

Aun así, eso no quitaba que tuviera que ir vigilando si estaba a la altura de sus obligaciones. Hacía dos o tres días que lo había visto volviendo a casa desde la estación, solo, junto a las puertas del parque, con una nube de humo azul elevándose del cigarrillo que sostenía en la mano, y no puedo negar que me dejó mal cuerpo. No por el tabaco, sino por la soledad, por su postura: indefenso, hundido, como varado por una marea inesperada.

El corazón también tiene memoria motriz, igual que cualquier otro músculo, y debo admitir que se me retorció un poco al verlo aquel día.

Llamé a Alison.

—¿Te importaría hacerme un favor? Si tienes tiempo, visita a mi familia. Consigue que Bram y los niños salgan contigo a tomar algo o que te inviten a una taza de té. Mira a ver si notas algo raro, ya no con lo de la mujer que me dijiste, sino en general. Lo noto alicaído. Necesito saber que está en condiciones de cuidar a los niños, pero ya no sé si no son más que impresiones mías.

—Déjamelo a mí —replicó Alison.

#VíctimaFi

@natashaBescritora El problema es que es superpasivo-agresiva con el ex. Mira que pedirle a la amiga que investigue por ella...

@jesswhitehall68 @natashaBescritora Yo no sé si fiarme tampoco de la tal Alison.

@richiechambers @jesswhitehall68 @natashaBescritora ¿Alguien le puede decir al churri de Fi que le meta mano al nuevo sistema de tráfico de la zona de Elephant & Castle? #TrampaMortal

22

Bram, documento de Word

Aquel sábado por la tarde llamaron al timbre, y desde el pasillo vi dos figuras altas y con trajes oscuros a través de los vitrales de la puerta. «Hasta aquí hemos llegado», pensé, y el miedo me sacudió con tanta fuerza que perdí el equilibrio al ir a poner la mano en el pomo y caí pesadamente contra el marco. No estaba preparado para explicar, entender ni expiar nada. Era un alma en pena.

—Bram, pero ¡qué cara es esa! ¿A quién esperabas, a un matón de la mafia? —Alison y Roger se rieron de mi gesto—. Venimos por si a los niños y a ti os apetecía ir al concurso canino del parque.

El alivio me incapacitó tanto que tardé en responder.

—Ah, vaya, ¿es hoy?

—Sí, señor. *Rocky* compite en la categoría de «Perro más bello». Venga, animaos, no os lo podéis perder.

Si me hubieras preguntado un tiempo atrás, te habría dicho que no tenía ningún interés en ver al labrador artrítico de los Osborne tambalearse alrededor de un círculo y retirarse, desorientado, a los brazos de una panda de críos chillones, pero aquel día les di las gracias y les pedí a Leo y a Harry que se pusieran las chaquetas y las zapatillas. ¿La policía suele llamar en fin de semana? Bueno, en ese caso me pillarían fuera de casa, y habría ganado otra noche, otro día más con mis niños.

En la calle, no podía sino apartar la cara tratando de recalibrarme a conciencia antes de interactuar con mis congéneres. Al lado de su forma de ser despreocupada, de su sincero amor por los perros, yo era un extraterrestre.

—¿Todo bien, Bram? —me preguntó Alison cuando echamos a andar y los niños se habían adelantado—. Te noto un poco estresado.

—Sí, bien. Un poco saturado con el trabajo —respondí.

—Bueno, no le des demasiadas vueltas, que es fin de semana... y nos esperan las perras más preciosas de Alder Rise.

Y también un gentío digno del Glastonbury. Un actor bastante conocido se había mudado a la zona, me comentó Alison, y era uno de los jueces. Rog estuvo charlando con él en el veterinario y ella tenía la esperanza de hacer buenas migas. No fui capaz de verlo entre la muchedumbre, pero sí identifiqué a todas las personas que había conocido en un momento u otro de mi vida: Trinity Avenue al completo, rostros familiares del colegio de los niños, del bar y hasta del andén de la estación. Era un día incomprensiblemente cálido para la época del año, y el aire estaba cargado con el hedor nauseabundo del aliento de perro y del aceite refrito del puesto de churros. En el escenario ya habían empezado a exponer a los canes, y en cuanto la audiencia se abalanzó hacia delante yo me eché atrás, con Harry cogido de la mano, como si hubiera desarrollado alguna fobia a las multitudes. La necesidad de una copa en aquel instante me dolía como una apendicitis.

—Hola, Bram —dijo una voz a mis espaldas.

No la reconocí. Esperaba otra cara del vecindario y me preparé para la bromita y el golpecito en la espalda de turno que se supone en un padre de la zona, y, aun así, cuando me giré mi cuerpo respondió de una manera totalmente distinta. Piel, músculos y órganos internos se replegaron como para protegerse de un ataque violento.

Era él. El tipo del Toyota. Aquel día no lo había visto más que de perfil, pero lo habría reconocido donde fuera: los huesos angulares del cráneo, la nariz ganchuda y las orejas chatas, el pelo rapado casi al cero. Tenía los ojos de un color indeterminado y, sin embargo, su mirada desbordaba energía, casi como la de un ave rapaz.

—¿Cómo sabes mi nombre? —le pregunté.

Adelantó el labio inferior y esbozó una mueca.

—Creo que te ha visitado una amiga común, ¿me equivoco?

—¿Qué?

—Ya me has oído.

—¡Papi! ¡Que no veo nada!

Harry me estaba reclamando que nos acercáramos al escenario por encima del griterío del presentador del concurso. Había perdido a Leo de vista.

—Aguarda... Un minuto.

Le levanté el índice al calavera ese y acerqué a Harry a donde estaban los Osborne. Después de asegurarme de que Leo no se encontraba demasiado lejos, le pedí a Alison que me los vigilara cinco minutos.

—Por aquí.

Llevé al calavera más allá de los límites imprecisos de la multitud en dirección a la cafetería, y nos detuvimos en las puertas traseras de los baños.

Puso los ojos en blanco al ver el cartel de CABALLEROS.

—¿Te va el *cruising*, Bram? Mira que no te hacía yo ese tipo de hombre.

Era tan repugnante como me lo había imaginado, aunque había confiado en no descubrirlo jamás.

—¿Qué haces aquí? —le solté—. ¿Cómo me has encontrado?

Se encogió de hombros, impaciente ante tanta pregunta.

—Te estaba hablando de la visita que tuviste. ¿El martes por la noche, puede ser?

—Si te refieres a Wendy, sí, nos hemos visto.

«No tienes ni idea, ¿verdad?»

«No te pongas así...»

—¿Te comentó que fue testigo de todo lo que pasó aquel día?

Se le notaba un punto de placer en la voz. El muy sádico estaba disfrutando de lo que estaba pasando, de haberme interceptado en mi propio terreno, donde me creía a salvo. ¿Cómo habrá sido capaz de descubrir que vivo en Alder Rise? Por Wendy, probablemente. ¿Habrá estado vigilando la calle o se habrá plantado en la estación y ha seguido a la multitud?

Lo atravesé con la mirada.

—Teniendo en cuenta que no pudo seguirnos a los dos aquella noche, está claro que debió de apuntar las matrículas. No me preguntes cómo se las apañó para conseguir nuestra información personal a partir de ahí, porque no tengo ni idea.

—Es pan comido si estás dispuesto a gastarte el dinero que vale —contestó con indiferencia—. En internet puedes pagar por ese tipo de información.

—¿En serio?

—Claro. Bram, ¿nunca has oído hablar de la *deep web*? Yo creo que te iría de perlas en estos momentos tan complicados que estás viviendo.

Un bebé rompió a llorar y el llanto retumbó por los muros traseros de las casas de Alder Rise Road, con ese tono tan imponente que jamás relacionarías con algo tan pequeño. Harry solía sollozar así, y se ponía hecho una fiera si ni Fi ni yo nos materializábamos a su lado lo bastante rápido.

—Está claro que quiere dinero —dije susurrando al ver a un cliente de la cafetería pasar cerca y observarnos—. Más de mil libras, creo. —Ahora que lo decía en voz alta, me pareció una cantidad surrealista. La situación en sí no podía ser real—. Le dije por dónde se podía ir, y te sugiero que hagas lo mismo.

Me di cuenta de que cada vez hablaba con más aspereza, vocalizando menos, como si quisiera ponerme al nivel de sus toscas formas.

Sin darle ninguna importancia al contenido ni a la forma, me escuchaba con sorna.

—Uy, para el carro. La verdad es que he optado por un rol más bien colaboracionista.

—¿De qué coño hablas?

—Bram, no va a desaparecer, y cuanto antes lo asumas, mejor. Lo suyo es formar camarilla.

Empecé a sentir palpitaciones en el cuello.

—Yo no voy a formar camarilla con nadie —le espeté—. Tú haz lo que te parezca para evitar que se lo cuente todo a la policía, pero yo me quedo fuera.

—No creo que sea tan sencillo. —Se produjo una pausa, un chasquido con la lengua y una mirada maliciosa. Nos llegaron aplausos lejanos que se acallaron a los pocos segundos; entonces, con voz queda, añadió—: Sabemos lo del carné.

—¿Perdón?

—Que te retiraron el carné. Llevabas siete meses de un total de doce aquel día, ¿me equivoco? Sí que tenías ganas de echarte a la carretera de nuevo, ¿eh?

—Pero ¿cómo...?

Contuve el aliento, incapaz de terminar la pregunta. ¿Cómo habían sido capaces de descubrir el estado de mi carné de conducir? ¿Trabajaba para la Dirección General de Tráfico? ¿Para la policía? ¿O, como me había dicho, era cierto que podías encontrar lo que fuera en internet si estabas dispuesto a pagar por ello?

—Mira, no me interesa esta conversación —dije—. He de volver.

Ahí puso de verdad los ojos en blanco.

—¿Sabes qué? No tengo tiempo para que te pongas en actitud de negación. Ya va siendo hora de que asumas lo que has hecho. —Justo cuando anunciaban el ganador y los vítores resonaban por el aire, se metió una mano en el bolsillo y sacó un móvil—. Cuando estés solo, échale un ojo a esto y ponte en contacto. No uses tu móvil, ¿entendido?

—No. No pienso echarle un ojo a nada.

El problema era que rechazar el regalo, un Samsung del año de la polca, habría sido casi imposible sin pelearnos y llamar la atención de medio barrio, así que finalmente me lo guardé sin dejar de mirarlo a la cara.

—No lo tires —me avisó, como leyéndome el pensamiento—. Te aseguro que te interesa muchísimo lo que hay ahí dentro.

—Tengo que irme —dije, e hice ademán de apartarlo a un lado.

Fue él quien me dejó pasar.

—Por supuesto. Vuelve con tus hijos. Nunca se sabe qué clase de desechos sociales puede haber rondando por aquí.

«La historia de Fi» > 01:25:19

Cuando Alison me llamó, tenía más bien poco que decirme sobre la salud mental de Bram.

—Ha estado un poco retraído, pero nada fuera de lo común. Ah, y ha desaparecido un buen rato casi al principio, pero aquello era un caos con tanto perro y niño, así que quizá nos ha perdido de vista.

Fruncí el ceño.

—¿Cómo que ha desaparecido?

Imposible no tener un *flashback* entonces de la casa vacía, la botella de vino abierta y las ventanas empañadas de la casita del jardín.

—No ha pasado nada, tranquila. No me he separado de Leo ni de Harry en ningún momento.

Arqueé las cejas y me imaginé a Alison haciendo lo propio: no había padre en Alder Rise capaz de rechazar el ofrecimiento de una mujer a cuidar de sus vástagos mientras él echaba un ojo al correo, apostaba o, sencillamente, se quedaba con la mirada perdida hacia el horizonte. Merle me dijo una vez: «¿Cómo es que a los hombres les cuesta tan poco aceptar ayuda y a las mujeres, tantísimo? Ya va siendo hora de que lo revirtamos». Y eso hicimos.

—¿Cuánto tiempo ha estado perdido? —le pregunté.

—No lo sé... Veinte minutos, diría. Justo se había acabado la prueba de los cachorros y había empezado la de los mejores trucos. Todo collies, como es obvio. Yo ya pensaba que se habría ido a casa, pero entonces ha reaparecido y les ha comprado churros a todos los niños; un detalle, todo sea dicho.

—Seguro que se fue al bar a por una pinta —masculé—. ¿Olía a alcohol? Mira, no contestes, no es mi problema. Lo siento, Al, no quiero utilizarte como detective privada.

—Uy, no te cortes, si a mí me gusta.

—¿Cómo le ha ido a *Rocky*? ¿Ha vuelto a participar en la de la cola más revoltosa?

—En la del perro más bello. Y no me puedo creer que no te lo haya dicho ya: ¡ha quedado tercero! Ha sido la última categoría del concurso y nuestra nueva celebridad local ha entregado los premios.

—Ay, qué bien, *Rocky*. ¡Enhorabuena!

—En serio, es lo más emocionante que nos ha pasado en esta casa en todo el año —dijo Alison—. Esta noche abriremos una botella de champán y, si se da bien, hasta tendremos relaciones maritales.

Me olvidé de Bram y solté una sonora carcajada.

Ay, risa, mi vieja amiga. Te echo de menos.

Bram, documento de Word

Esperé hasta que los niños estuvieran en la cama antes de encender el móvil. No estaba acostumbrado al modelo —era claramente una antigualla— y, aunque estaba cargado del todo, tardó siglos en completarse el proceso de encendido hasta que se vio el menú principal.

Había un único mensaje de un número que ni conocía ni estaba en posición de ponerle nombre, e incluía un enlace a un artículo del diario:

Las personas que conduzcan sin carné se enfrentan a condenas penales más duras

Los automovilistas sin carné que sigan conduciendo y hieran o maten a alguien en un accidente tendrán ahora castigos significativamente más severos que antes, a raíz de años y años de campañas de asociaciones de víctimas para cerrar ese vacío legal.

Si un conductor al que se le ha retirado el carné provoca heridas graves a otra persona, deberá asumir penas de hasta cuatro años de cárcel, mientras que antes solo recibía una multa; en casos de accidentes con víctimas mortales, la pena ha pasado de dos a diez años.

«Si a un conductor se le ha retirado el carné es por alguna razón», comentó ayer la ministra de Justicia. «Los que decidan saltarse a la torera la prohibición que le ha impuesto un juez y seguir destruyendo vidas inocentes deberán asumir consecuencias graves por el terrible impacto de sus actos.»

El corazón me repiqueteaba en el tórax y los pulmones se me debilitaban con cada esfuerzo por inflarse. En cuanto acabé de leerlo, me llegó otro mensaje con una imagen. Era una foto de mi Audi negro y se me veía la cabeza, borrosa, por detrás del parabrisas. La matrícula no era del todo legible si hacías zoom, pero era evidente que podía descifrarse con el dispositivo que le hubiera dado por usar a Wendy. Si a eso le sumas las bondades de los programas de mejora de imágenes, los forenses de la policía no tendrían ningún problema para identificarla, ni para ubicar dónde se tomó. Lo que no requería ningún tipo de debate era el cuándo: la fecha y la hora estaban grabadas en la instantánea.

Tampoco puedo decir que me sorprendiera recibir aquel mensaje. Como el resto del mundo, Wendy tenía el móvil en la mano y estaba lista para retratar lo que pudiera ser interesante. Y compartió con el calavera todo lo que había podido captar.

Por mucho que el sentido común me impeliera a no meterme, igual que cuando ella me escribió, algún mecanismo de supervivencia —¿o quizá un instinto suicida?— movió los dedos por mí mientras tecleaba la respuesta.

¿Se la has enseñado a alguien?

No. ¿Para qué? Somos colegas, Bram.

No somos colegas. Ni siquiera sé cómo te llamas.

Y yo que creía que no
me lo ibas a preguntar
nunca... Mike.

¿Mike qué más?

Sin respuesta.

Bueno, Mike, supongo que
sabes que también tiene
una foto de tu Toyota.
Matrícula de 2009,
¿me equivoco?

Pensé que eso lo inquietaría, hasta que recibí el mensaje siguiente:

Pues mira, ahora que
lo dices, ya no tengo
el Toyota. Me lo ha
robado algún desalmado.

Empecé a sentir náuseas acumuladas en la garganta.

¿Cuándo te lo robaron?

Imagínatelo, Bram.

«Cuatro años», pensé. Y no era más que el principio; aquel cabrón no sabía ni la mitad de lo que había hecho.

La policía... era harina de otro costal.

¿Llevaría Fi a los niños a que me visitaran? ¿Me dejaría volver a verlos siquiera?

¡Cuatro años! No sobreviviría ni cuatro días.

23

«La historia de Fi» > 01:27:12

Antes de contaros lo del coche, quiero que entendáis una cosa. Necesito que entendáis que nada de lo que explico parecía estar relacionado. Las desgracias vienen sin avisar, de forma continua, y eso no implica que debas sospechar de ninguna especie de conspiración malévola contra ti, algo que no haría sino convertirte en una persona desequilibrada y conspiranoica o, simple y llanamente, egocéntrica. Así que cuando Bram me dijo que nos habían robado el coche, mi conclusión fue que nos habían robado el coche.

Yo fui la primera que se dio cuenta de que no estaba. Fue el martes posterior al fin de semana del concurso canino, y justo acababa de llegar del trabajo. Tenía que recoger a Harry de casa de un amigo al otro lado de Alder Rise, pero me pateé Trinity Avenue y ni rastro del Audi. Llamé a Bram, que también volvía del trabajo y, de hecho, su tren estaba a punto de llegar a la estación de Alder Rise.

—¿Has cogido el coche desde el finde? ¿Dónde lo aparcaste?

—Llevo eones sin conducir. ¿Cuándo lo cogiste por última vez?

Hice memoria.

—Fui a echar gasolina al Sainsbury's el domingo por la tarde, y luego lo dejé en la calle mayor.

—Pues ahí estará.

—Es que no está. La he recorrido dos veces de cabo a rabo y no lo he visto.

—Dame un minuto, que voy para allá y te ayudo a buscarlo —se ofreció Bram.

—No, tranquilo. —Intentaba evitar cualquier propuesta de pasar tiempo juntos más allá de las horas establecidas—. Le pido el coche a mi madre, que está aquí con Leo. A ver si luego tengo un ratito y lo sigo buscando.

¿Que qué pasó? Que hizo oídos sordos, se me adelantó y me llamó una hora más tarde.

—Tienes razón, el coche no está ni en Trinity Avenue ni en las calles donde solemos aparcar.

—Ya te digo que lo dejé en el cruce, donde la floristería.

—Pues me da que nos lo han robado —dijo.

—¿En serio? ¿Cómo robas un coche sin tener la llave?

En la reunión que habíamos organizado en casa de Merle, la agente de la policía local nos advirtió de lo fácil que era robar un coche con llave remota, pero el nuestro era lo bastante antiguo como para tener que meter la llave si querías arrancar el motor.

—No tengo ni idea —contestó Bram—. Ahora llamo a la policía. ¿Tienes a mano las dos llaves?

Fui a comprobarlo.

—En el plato solo hay una.

—¿Y dónde está la otra? ¿Te importa echar un ojo en el bolso?

Lo revolví todo y miré también en la funda del portátil y en los bolsillos de todas las chaquetas probables, pero ni rastro de las llaves del coche.

—Vale —dijo Bram—, les digo que no las encontramos.

—Y, con todos los coches que hay en la calle, ¿tenían que robarnos el nuestro? ¿Por qué no se han llevado el flamante Range Rover de los Young? ¿Necesitas ayuda para denunciar el robo?

—No, tranquila, yo me encargo —repuso Bram—. Llamaré también al seguro; te aviso cuando nos envíen el coche de cortesía.

—Gracias.

Como es lógico, no tenía ninguna intención de insistir en echarle una mano con algo tan tedioso. A pesar de la naturaleza colaborativa de la custodia compartida, seguía siendo bastante conservadora con las obligaciones de cada uno, y puesto que el coche era responsabilidad única y exclusiva de Bram, no hacía ninguna falta relevarlo.

Ya hay que ser tonta.

El coche de cortesía que nos ofreció la compañía de seguros llegó el jueves por la mañana. Me agobié un poco cuando me dijeron que los papeles los tenía que firmar Bram al estar el seguro a su nombre, pero al final pudimos pillarlo de camino a la estación y no fue para tanto.

Bram, documento de Word

Estuve un tiempo sin saber nada de la acosadora, o los acosadores; parecía que Wendy le había cedido el liderazgo de la campaña de extorsión a Mike. Aun así, sabía que no podía bajar la guardia.

Trataba el móvil que me había dado como si fuera una granada. Cuando me tocaba estar en Trinity Avenue, lo guardaba en un archivador bajo llave, mientras que en el piso lo escondía tras un montón de latas en uno de los armarios de la cocina, como si esperara que en cualquier momento entrase a la fuerza un grupo de las fuerzas especiales. Como si una cerradura estándar y una barrera de lentejas enlatadas pudieran salvarme.

Cuando me llegó el siguiente mensaje, un jueves a primera hora, estaba del todo convencido de que me propondrían otra cifra: o inferior, al haberse dado cuenta de que no tenía un duro, o superior, porque es lo que pasa en las películas cuando no respetas una oferta.

Lo que me enviaron fue un enlace, esta vez de un diario sensacionalista nacional:

Échale un ojo a esto...

El artículo no tenía nada que ver con las infracciones de conductores ni el accidente de Silver Road, sino con la historia de una pareja de West London cuya casa habían vendido sin su consentimiento unos estafadores, la mafia rusa o algo por el estilo, en una elaborada operación de fraude con robo de la identidad y un abogado especialista, y negligente, de por medio. En la imagen, un hombre y una mujer de unos sesenta y tantos años posaban delante de una casita victoriana, con el pie de foto siguiente: «Los Morris pudieron conservar su hogar porque a los del registro de la propiedad les olió a chamusquina».

Mike debió de configurar el móvil para recibir algún tipo de notificación cuando yo abriera sus mensajes, porque el siguiente llegó a los quince minutos exactos de haber leído el primero.

Es curioso, ¿eh?

No veo por qué. ¿Para qué me lo has enviado?

Nos vemos en el Swan a las 18.30 y te ilumino.

«Y te ilumino.» Pomposo de mierda. El Swan era el bar que había más cerca de mi trabajo. No debería haberme sorprendido tanto de que supiera dónde trabajaba; a fin de cuentas, se sabían mi vida de pe a pa.

Me pasé el día repitiéndome el mantra de que no me presentaría. Hasta le pregunté a Nick, el del departamento digital, si iba a montarse en el tren de las 18.35 que últimamente habíamos cogido juntos un par de veces. Y me dijo que sí. (Había empezado a establecer una especie de testigos sobre mi uso del transporte público. Sí, demasiado tarde, soy consciente.) Luego, a las 18.20, con la inevitabilidad del ocaso, le envíe un mensaje para excusarme y me fui hacia el bar.

Le pedí al camarero una Coca-Cola. Habría preferido una pinta, pero ni de coña iba a favorecer ningún tipo de colegueo. El día que me diera por compartir una copa con Mike sería el día en que me hubieran dado el alta del hospital después de una lobotomía. Me desconcertaba lo profundo que era el odio que sentía por él, lleno de matices, tan complejo como si lleváramos toda la vida con hostilidades y no solo un puñado de semanas.

La Coca-Cola, servida a temperatura ambiente, estaba tan dulce que esbocé una mueca.

—¿Has leído el artículo?

Mike se había plantado a mi lado sin siquiera saludarme, como si no mereciera ni los segundos adicionales que eso le habría costado. Tenía ojos hinchados de resacoso (entre nosotros nos reconocemos) y se le notaban unos cortes feos del afeitado. Era imposible discernir por la ropa, vaqueros y una insulsa camisa gris, si se había pasado el día en la oficina o en casa, tirado en el suelo.

—Por encima —mascullé.

—Bram, colega, me duele mucho que te lo tomes tan a la ligera.

Ya me iba acostumbrando al personaje, cuyo objetivo era claramente expresar disgusto ante mis meteduras de pata, como si yo fuera el aprendiz que debe rendirse a sus enseñanzas y, sorpresa, demostrar que no doy la talla.

—Es imposible no tomárselo a la ligera —contesté, demasiado aterrorizado y asqueado como para atar los cabos que esperaba que atara—. Es basura sensacionalista para asustar todavía más a la gente. ¿Tú eres propietario de alguna vivienda, Mike? ¿Dónde vives? Creo que no me lo has dicho.

Ignoró las preguntas, como es obvio, y dedicó unos segundos a pedirse una pinta. Trató al camarero con una educación tal que rozaba la sumisión.

—Es más habitual de lo que crees —dijo, volviéndose de nuevo hacia mí—. Con tanto servicio barato por internet, apenas hay reuniones cara a cara en la compraventa de casas. Y la red tiene sus agujeros.

—¡No me jodas! —exclamé—. Pasa de higos a brevas, y si no, no sería noticia. Son criminales profesionales.

De nuevo, ignoró por completo el comentario.

—¿Cuánto vale tu casa, Bram?

—¿Qué? Ni idea.

Mantuve tanto la mirada como el tono de voz sin expresión alguna, para que no pudiera aprovecharse de nada.

—¿Dos millones o así? ¿Dos y medio?

—Te he dicho que no lo sé. Ni siquiera es mía.

—Tócate los cojones, claro que es tuya. Eres copropietario al cincuenta por ciento con tu mujer, Fiona Claire Lawson. Fecha de nacimiento: dieciocho de enero de mil novecientos setenta y cuatro.

Supuse que esa información la había sacado del mismo lugar que todo lo demás.

—Casi exmujer —lo corregí—. Nos estamos divorciando y la casa se la queda ella. El pacto está cerrado.

Se produjo una larga pausa. ¿Me creyó?

—Pues más nos vale meternos caña —anunció con alegría.

Aquellas palabras, aunque anticipadas, me dejaron sin aire, y el descaro de mi reacción no fue más que pura fachada.

—¿Meternos caña con qué, subnormal?

El insulto pasó desapercibido.

—Para vender la casa, ¿qué si no? ¿Qué plazos hay para el divorcio?

—¿Y a ti qué te importa? Ni esto ni nada. Y si crees que voy a vender mi casa, vas listo.

Había levantado la voz y atraído la mirada de varios

parroquianos, y él esperó a que los ánimos se relajaran antes de contestar.

—¿Cuánta hipoteca os queda por pagar, Bram?

Lo fulminé con la mirada.

—Ah, ¿es que eso no has podido averiguarlo por tu cuenta?

—Podría, pero es mucho más eficiente que me lo digas tú. Pongamos medio millón. ¿Más? No. ¿Menos? ¿Como cuatrocientos mil? Bien. Es decir, que si la casa vale dos millones, nos sigue quedando un millón y medio de beneficios, contando tasas y demás. ¿Sabes que venden una casa en tu misma calle?

No lo sabía. Fi probablemente sí, claro.

—Casi dos y medio he visto en el anuncio. Son atrevidos. Un par de casas más allá de la tuya, de hecho. No tiene ese arbolito tan cuco que tenéis vosotros, pero sigue siendo una casa familiar la mar de atractiva, con una terraza interior enorme y acabados cromados en el baño principal. Ah, y una bodega que podría utilizarse como despacho. Ellos la usan de cuarto de la colada ahora mismo.

Contuve el aliento.

—O sea, ¿has estado allí?

—Bram, cualquier persona puede pedir que le enseñen una casa en venta. Los agentes inmobiliarios son parangones del igualitarismo, ¿no te parece?

No soportaba tanta pomposidad ni el gesto de orgullo después de pronunciar una palabra de más de cuatro sílabas. Pero lo peor fue imaginármelo pasando por delante de nuestra cancela, de nuestro arbolito cuco, como Pedro por su casa, y entrando en una vivienda cercana similar a la nuestra, seguro que con niños como los nuestros; sentí una ira que me ardía en lo más profundo de las entrañas. ¿Había organizado la visita el sábado pasado para luego seguirme desde Trinity Avenue hasta el parque? Me incliné hacia él echando fuego por los ojos.

—Ni se te ocurra acercarte a mi familia, ¿me oyes?

—Eh, relájate —susurró Mike con las manos levantadas—. Aquí nadie ha dicho nada de tu familia.

Pero era algo que quedaba implícito.

—Mira —bramé—, me parece que no te enteras de que los precios de las casas son humo. Es dinero del Monopoly. Son hogares de personas como tú y como yo, y punto.

—Hogares muy valiosos. Fáciles de vender para mudarse a un sitio más barato. Podríais empezar de cero, a vuestra edad, y con dos salarios decentes.

—No estamos juntos... Pero ¿tú me estás escuchando? —Solté el vaso de Coca-Cola antes de romperlo con la mano—. ¿Se puede saber qué película patética te estás montando? ¿Vas a hacer lo mismo que esos criminales y me vas a robar la casa delante de mis narices?

—Veo que nos vamos entendiendo.

Era de traca. No me podía creer que de verdad esperara que me lo tomara en serio. Vivía en Matrix; estaba loco de remate.

—Tú mismo has dicho que soy solo el copropietario. ¿Cómo piensas saltar ese obstáculo? A menos que también tengas fotos incriminatorias de mi mujer. Que, en ese caso, me encantaría verlas, porque ya te digo que está absolutamente limpia.

—Maravilloso, porque así no sospechará nada de lo que hagamos.

—Menos cuando le digas que firme un montón de documentos legales —mascullé.

Inspiró y se tomó unos segundos para escoger las palabras, y fue entonces cuando lo comprendí todo. En un contexto distinto me habría sentido orgullosísimo de mi capacidad deductiva, pero en aquel momento solo tenía ganas de vomitar.

—Wendy —susurré.

Él esbozó una sonrisa.

—Por lo que he visto de tu mujer en redes sociales, tampoco es que sean tan diferentes. Se nota que tienes un tipo, ¿eh? Aunque a mí lo de la rubia con curvas me parece un poco cliché, si te soy sincero.

Los músculos de la garganta y el estómago me palpitaban con las náuseas.

—Esto no es cuestión de parecerse o no. Estamos hablando de un fraude en toda regla. De un robo. De cadenas perpetuas. Mira, hay que ser gilipollas perdido para creerse que puede funcionar.

Dos gilipollas perdidos que han formado una amistad milagrosamente rápida y sólida...

Algo en su gesto, enigmático y soberbio, me ayudó de repente a deducir algo más: Wendy me dijo que sería capaz de reconocer mi cara de perfil, pero la imagen que me enviaron no estaba tomada de lado, sino desde el frente, y a bastante distancia. La foto la había sacado Mike, no ella.

El corazón empezó a latirme desbocado.

—Ella no vio nada aquel día, ¿me equivoco? La foto la hiciste tú. Te vi con el móvil en alto, ahora me acuerdo. Pensaba que estabas pidiendo ayuda. ¿Por qué lo hiciste? No lo entiendo. No me conocías de nada.

Se encogió de hombros.

—Quería cubrirme las espaldas por si decidías ir por ahí diciendo cosas sobre mí que no debías.

Es lo que debería haber hecho, pero me limité a salir por patas de allí, confiando en que no volvería a verlo en la vida; jamás me habría imaginado que acabaría investigándome y sacándome los higadillos.

—Wendy ni siquiera estaba allí, ¿verdad? Se inventó el rollo de que lo vio todo desde la ventana. Le explicaste palabra por palabra lo que tenía que decirme.

—Buena, Sherlock.

Ruborizado por la ira, notaba palpitaciones por todo el cuerpo.

—Estáis los dos compinchados desde el principio.

—Los tres, Bram, los tres —me corrigió, como si el hecho de incluirme fuera un acto de generosidad.

—¿Quién es? ¿Tu mujer? ¿Tu novia? Sabes que nos acostamos, ¿no?

Torció el gesto hasta esbozar una mueca lasciva insoportable.

—Lo que dos adultos decidan hacer en la intimidad de su hogar no es asunto mío. Aunque también te digo que lo más probable es que le apeteciera echar un polvo después de haber visto que tenía posibilidades en un antro de Alder Rise.

Debió de seguirme de la estación al bar. ¿Qué coño se traerían entre manos?

—Pero ¿por qué tantos esfuerzos? —exigí—. ¿Por qué no viniste tú directamente a por mí? ¿Por qué la enviaste a hacer un reconocimiento?

Soltó una risita.

—Me mola lo del reconocimiento. Te contesto: nos pareció que a ella se le daría mucho mejor que a mí lo de ablandarte un poco. Como te digo, creemos que el proyecto solo puede funcionar con un trío, y no va con segundas.

De nuevo, la malicia oculta en su expresión lo delataba casi tanto como sus palabras: «ablandarte un poco...».

Wendy debió de grabar la charla sobre el accidente. Recordé todo lo que había confesado: «“Si el Fiat no se hubiera desviado, habríamos chocado de frente y estaríamos todos muertos.” [...] “O sea, ¿admites que provocaste el accidente?...” “Joder, claro que lo admito”». Sentí cómo iba perdiendo los papeles, los pocos que me quedaban. ¿Estaría él grabando también nuestra conversación?

—Estáis muy mal de la cabeza —mascullé con temblores en el labio inferior—. No volváis a acercaros a mí,

¿me oyes? Te buscas otra casa para robar, que yo mientras estaré disfrutando de tu juicio en el *Daily Mail*.

Dicho aquello, tiré el móvil que me había dado al suelo y lo pisoteé. Los demás parroquianos fruncieron el ceño, molestos de que hubiera gresca tan pronto, y Mike tuvo la cara dura de esbozar una sonrisa.

—Cuidadito, Bram. No te interesa para nada que te vean participando en actos violentos. Si la policía empieza a fisgar en nuestros asuntos, la gente siempre se acuerda de este tipo de cosas, no sé si me entiendes. —Se volvió hacia el camarero y añadió—: A mi colega Bram le acaban de dar malas noticias. Ya me encargo yo de limpiar esto, tronco, no te preocupes.

Yo mismo recogí los fragmentos del móvil, pero no se me pasó por alto que había dicho mi nombre a pleno pulmón.

—Vete a tomar por culo, Mike —musité.

—No me voy a ninguna parte —contestó, y alzó la copa mientras yo me levantaba y me iba.

No me cabía duda de que lo que me había dicho era cierto. Incluso mientras tiraba los trozos de plástico a una papelera de la calle, incluso cuando lancé la SIM por la rejilla de una alcantarilla, aún con la misma ira de antes, sabía que no serviría de nada.

Sabía que volvería a por mí.

24

«La historia de Fi» > 01:31:00

Ni siquiera empecé a olerme la tostada cuando se plantó un policía en casa preguntando por el coche. No es nada nuevo; cuando te pasan estas cosas solo piensas a corto plazo. Asumes que es el servicio que le ofrecen a todo el mundo, sobre todo teniendo en cuenta que era el viernes de la misma semana en que habíamos denunciado el robo.

—Debería hablar con mi marido —le dije en la puerta—. Fue él quien presentó la denuncia.

El tipo asintió con educación, pero no pareció importarle.

—Aun así, me gustaría preguntarle un par de cosas, si le parece.

—Por supuesto. Qué rápidos han sido. ¿Trabaja usted con Yvonne Edwards por casualidad? Es la agente de la policía local que vino a darnos una charla sobre delitos y crímenes. Nos ayudó mucho.

—No, yo trabajo para la Unidad de Investigación de Accidentes Graves. Estamos en Catford.

Me quedé mirándolo fijo, desconcertada. No llevaba uniforme y ni siquiera sabía que existía una unidad así; justo cuando lo dejé pasar, me arrepentí de no haberme fijado bien en la placa. Una vez leí en el periódico que a los pobres residentes de un pueblecito de Leicestershire les había engañado y desvalijado un impostor vestido con un uniforme de policía. Mientras tomábamos asiento en el salón, valoré las posibles vías de escape.

—Por lo que veo, la denuncia por el robo del coche se presentó el martes, pero su marido no supo decirnos cuándo fue la última vez que usted lo vio. ¿Puede ser que fuera unos días antes? ¿Semanas?

—¿Semanas? —repetí—. No, lo cogí el domingo pasado. Lo aparqué cerca del cruce con el Parade a eso de las cuatro, y no hemos vuelto a verlo desde entonces.

—¿El domingo pasado, dice? ¿El dos de octubre?

—Sí.

—¿Y recuerda quién lo condujo el viernes dieciséis de septiembre?

Lo miré confundida.

—No, ahora no me viene a la cabeza. ¿Por qué?

—¿Guarda algún tipo de diario o calendario que pueda ayudarla a hacer memoria?

Con eso dio en el clavo: comprobé la planilla del trabajo, el calendario de la cocina y la aplicación de la custodia compartida.

—Viernes dieciséis... Aquí está. No lo usó nadie, así que debió de pasarse el día aparcado en la calle. Bram tenía una conferencia comercial fuera de la ciudad y yo estuve casi todo el día en Richmond con una amiga, en una feria de antigüedades.

—¿Ni usted ni su marido se lo llevaron a sus planes?

—No. Es decir, yo fui en el coche de una amiga. Bram tomó un tren.

Hubo una pausa, y me dio la impresión de que algo le había llamado sutilísimamente la atención.

—¿Lo vio irse a la estación?

—No, la verdad. Ya no vivimos juntos. Nos hemos separado. Él estaba en el piso. —Le ofrecí información sobre la dirección y su proximidad con la casa y la estación de tren—. Pero sé que suele irse bastante antes de las ocho, y cuando volví de dejar a los niños en el colegio, el coche estaba en la calle, seguro. Me acuerdo porque esta amiga y yo comentamos en qué coche ir, le enseñé el maletero del Audi y decidimos llevarnos el Volvo, como habíamos planeado.

—¿A qué hora se marcharon?

—Sobre las ocho y cuarto. Llevamos a los niños a desayunar al colegio para poder marcharnos temprano. —Sin tener claro a quién quería echar un capote, si a él o a Bram, añadí—: Si necesita asegurarse de que Bram cogió el tren, ¿por qué no echa un vistazo a las grabaciones de la estación? Seguro que tienen cámaras.

Frunció ligeramente las comisuras de la boca y se le marcó un hoyuelo en el lado izquierdo.

—Veo que está al tanto de los procedimientos policiales, señora Lawson —me comentó.

Sonreí.

—Ay, perdone, es que me encantan las series policiacas.

—Entonces... ¿se marchó a las ocho y cuarto y volvió a las...?

—A tiempo para recoger a los niños. A las tres y media de la tarde.

Le describí mis movimientos más probables entre el momento de recogerlos y dejárselos a Bram a las 19.00, aunque los pormenores de la vida doméstica se me escapaban.

—Me temo que no puedo decirle si comí pasta o salchichas —añadí con ironía.

—¿Tuvo alguna visita?

«Para que confirme su coartada», le faltó decir. Me esforcé por recordarlo.

—Creo que vino mi amiga Kirsty. Sí, seguro. Nuestros críos se habían llevado por error la ropa de educación física del otro, así que tuvimos que intercambiárnosla. Me acuerdo de que tuve que dejar la plancha encendida para abrir la puerta. Estaba haciendo salchichas.

Otra vez el hoyuelo.

—¿Y más tarde, después de que llegara su esposo? ¿Recuerda si utilizó su vehículo entonces?

—No, me fui a pasar la noche a Brighton, y fui en tren. Sé que lo cogí aquel domingo, porque llevé a los niños a comer a casa de mis padres, en Kingston.

—Un fin de semana ajetreado.

—Sí, la verdad. —Levanté la vista e intenté descifrar su expresión—. ¿Por qué me pregunta todo esto? ¿Qué pasó aquel viernes?

—Hubo un accidente en Thornton Heath y lo estamos investigando. Quizá ha leído algo en los periódicos locales.

—No me suena —admití—. Pero he usado el coche varias veces desde aquel día, así que no creo que estuviera involucrado en ningún accidente. Uy, espere, ¿esto tiene algo que ver con las llaves que hemos perdido?

—¿Qué llaves? —Pareció haber recuperado la energía—. ¿Las llaves de casa?

—No, las del coche. No somos capaces de encontrar el otro juego. Pensaba que Bram lo habría dicho en la denuncia. Sabe, a veces es un poco caótico. Nos turnamos para cuidar de los niños; nunca estamos en esta casa a la vez.

Contesté a su gesto de sorpresa con un poquito de proselitismo sobre las bondades de la custodia compartida en el mismo domicilio.

—Perfecto. ¿Y sabría decirme si es posible que este segundo juego lleve un tiempo perdido?

—Tal vez. Supongo que sí. —En ese momento, caí en la cuenta de algo—. ¿Cree que alguien pudo colarse en casa y robarlo? Hace poco hubo un robo en esta misma calle.

Me acordé de que la agente de la policía local nos

había comentado que existía una tendencia general. Alison nos había recomendado que dejáramos siempre las llaves del coche a la vista, por muy contraintuitivo que fuera, para que los ladrones no lo revolvieran todo en busca de juegos ocultos, pero la agente nos advirtió de que, en cualquier caso, no pudieran verse por las ventanas.

—¿Han detectado alguna señal de que hayan forzado puertas o ventanas? —preguntó el policía.

—No —contesté—. Pero sé que los ladrones pueden meter cables y ganchos por el buzón, ¿verdad?

—Sí, no es extraño. —Hizo una pausa—. Otra opción es que, sencillamente, se hayan extraviado.

Coincidí en que era lo más probable, y él me preguntó si habíamos detectado algún rasguño u otros daños en el coche durante las últimas semanas.

—No, yo lo veía como siempre. Había marcas en las ruedas traseras, ¿sabe?, de chocar con la acera al aparcar, pero llevaban ahí siglos.

En cuanto se fue, busqué en Google «accidente de coche Thornton Heath», y añadí el filtro de «Noticias». Ahí estaba: un accidente en Silver Road el viernes 16, a eso de las 18.00. Se había visto un Volkswagen o un Audi oscuros cerca del lugar del accidente.

Me quedé con el nombre del agente, así que lo busqué y descubrí que, en efecto, era oficial de policía de la Unidad de Investigación de Accidentes Graves, y se encargaba de gestionar casos de todo el sureste de Londres y los barrios periféricos. Debían de estar visitando a todos los propietarios de Volkswagens o Audis oscuros que hubieran robado en el sur de Londres, incluso los que hubieran denunciado después del accidente, como el nuestro. Me pareció una forma muy poco eficiente de investigar, pero ¿qué sabía yo?

No hace falta que respondáis.

#VíctimaFi

@crimenadicta Pero ¿dónde está el coche? ¿Tendrá el marido algo que ver con el accidente?

@rachelb72 @crimenadicta Seguro que sí, por eso se ha marcado un Lord Lucan.

@crimenadicta @rachelb72 ¿Y cómo es que no tenía daños? ¿Lo llevaría a reparar?

@rachelb72 @crimenadicta A lo mejor cuando por fin lo encuentren, abren el maletero y ven su cadáver putrefacto...

Bram, documento de Word

Fi me abordó durante el traspaso de aquel viernes.

—¿Sabes que la policía cree que hemos tenido algo que ver con un accidente que hubo en Thornton Heath hace unas semanas?

Oculté una parálisis momentánea y contesté:

—¿En serio? ¿Cuánto te lo han dicho?

—Ha venido un agente esta mañana. He echado una ojeada a la agenda y le he dicho que ni tú ni yo cogimos el coche ese día, pero entiendo que será el proceso de descarte que tienen que seguir, ¿no?

—Será. —Tragué saliva.

—Que no sé yo si es posible que alguien nos robara las llaves antes de llevarse el coche —continuó, meditativa—. El policía dice que es improbable, porque no hay señales de robo. De todas formas, tendríamos que haber tenido más cuidado, Bram.

Por muy atónito que me hubiera dejado aquello, fui consciente de la suerte que había tenido de que fuera ella, ajena a todo, la que tuvo que enfrentarse a las pesquisas del policía. Si yo me hubiera visto en esa situación, ¿mis respuestas habrían sonado igual de naturales, igual de inocentes? En ese instante me pregunté cómo reaccionaría si le contaba la verdad sobre el Audi. Si le explicaba que me había planteado muy seriamente conducir hasta un canal apartado o algún tramo del Támesis, quitarle el freno de mano y dejar que se hundiera en las aguas. Pero al final había optado por esconderlo.

Al contrario de lo que le había contado al seguro, a la policía y a ella, el último día que vi el coche fue el domingo por la noche, y también la última vez que lo conduje. Lo dejé en una calle de Streatham sin restricciones de aparcamiento y tiré las llaves a las cloacas más cercanas. Con suerte, se le fundiría la batería y se quedaría meses allí tirado.

—No creo que lleguemos a saber nunca lo que ocurrió. —Suspiré—. No vale la pena que nos comamos el coco con esto, estamos todavía acostumbrándonos a una forma de vida nueva por completo. ¿Cómo vamos a estar tan pendientes de dónde están o dejan de estar las llaves del coche?

—Tienes razón.

Me miraba tan agradecida por la solidaridad, por la atención compartida en esos momentos difíciles, que no solo me halagó, sino que también me calmó.

—La verdad es que cuidamos bastante el tema de la seguridad —añadí—. Sobre todo después de lo que les pasó a los Roper. Y a Carys. Pobre anciana...

Creo que le satisfizo que me acordara de Carys.

Me vino entonces a la cabeza la retirada del carné: si el agente que había hablado con ella lo sabía, era evidente que había optado por no divulgarlo. Debió de comentarle al principio de la charla que nos habíamos separado y él decidió que lo mejor era ir por la vía diplomática.

—Dile al policía que me llame si tiene alguna otra duda —le pedí.

Ya me estaba organizando las respuestas por si se daba el caso. «"¿El dieciséis? Ah, tuvimos una escapada con los del trabajo. Nos hospedamos en un hotel cerca de Gatwick, tendría que buscar el nombre si le interesa." "¿Fue en coche?" "No, cogí un tren. Hubo retrasos, ahora que lo pienso. Llegué justo a la primera sesión."» No creí que les diera por echarles un vistazo a las cámaras de seguridad de la estación, ¿o sí? En cualquier caso, los andenes se habían abarrotado en cuestión de minutos aquella mañana y dudo que fuera fácil identificarme.

Qué contrariedad. Además, cuando me fui también me mezclé entre la multitud; con un poco de suerte, quedé oculto entre la muchedumbre.

Pero ¿y si decidían investigar en el destino? No encontrarían imágenes mías por ninguna estación de la línea de Gatwick. «¿Dónde se bajó del tren, señor Lawson?», me preguntarían. Les diría que tendría que buscarlo en Google y ver dónde caían las salidas. ¿O quizá me interesaría más hacerme el tonto? Total, ¿quién se acuerda de ese tipo de cosas? Y luego estaban las cámaras del hotel. Tal vez alguna pilló al Audi cerca del lugar del accidente. Y la policía tiene programas de reconocimiento de matrículas, ¿no? Dios santo, ¿podrían aplicarlos retrospectivamente?

Me di cuenta de que estaba parpadeando una y otra vez, un tic que me costaba controlar.

—¿Te pasa algo en los ojos, Bram? —me preguntó Fi.

—No, tranquila, que me ha entrado polvo o algo. —Recuperé la compostura—. Oye... No sé si es el mejor momento, pero...

—¿Para qué? Dime.

—Es una sugerencia, pero el otro día leí un artículo en *The Guardian* sobre familias que están optando por no tener coche, y estuve pensando si sería viable en nuestro caso. Podríamos concienciar a los niños y apelar a su espíritu ecologista.

Se sorprendió igual que cualquier otro ser humano al oír a Bram Lawson, aficionado a *Top Gear* y poco dado a valorar su impacto ecológico, pronunciando esas palabras.

—¿Me lo dices de verdad? —me preguntó—. Llevas toda la vida conduciendo. No te imagino sin coche.

—Bueno, pero a veces está bien probar cosas nuevas —contesté.

25

«La historia de Fi» > 01:36:31

Toby me escribió un mensaje el sábado por la mañana:

Seguro que me has buscado por Google y has descubierto que no existo... ¿O no? ¿Quizá te has planteado que pueda ser un asesino en serie con una identidad falsa?

Esbocé una sonrisa.

Pues no, la verdad.

Soy un poco alérgico a
las redes sociales. Suerte
tienes de que te haya
enviado este mensaje.

Y tú de que te
haya contestado.

Hubo una pausa amistosa, durante la cual fui siendo cada vez más consciente de lo rápido que me latía el corazón. No era casualidad que hubiera esperado hasta el fin de semana para ponerse en contacto conmigo. Le había comentado cómo nos organizábamos Bram y yo, y que era entonces cuando me tocaba a mí el piso. Decidí escribirle antes de que se me adelantara:

¿Nos vemos más tarde?

Tus deseos son órdenes.

Bram, documento de Word

Por muy empecinado que estuviera en eliminar cualquier pensamiento sobre Mike que me viniera a la cabeza, la realidad volvió a avasallarme cuando el lunes posterior a nuestro encuentro en el Swan me entregaron en mano un móvil de repuesto, esta vez un Sony, en la oficina. Venía con el cargador, pero sin embalaje, ni sobre ni nota.

—El chaval me ha dicho que te lo has dejado cargando en el bar —me comentó Nerina, la de recepción—. Te habrá seguido hasta la oficina. Vaya detallazo. Me gusta ver que sigue habiendo gente buena en el mundo.

—A mí también, la verdad —coincidí.

«Lo que no me gusta es que me siga un psicótico», pensé. (Eso sí: agradecí el detalle de que fuera por ahí diciendo que había estado en el bar un lunes al mediodía y no en el ambulatorio de la zona, que era la cita que tenía marcada en la agenda y a la que debidamente asistí.) Vacilé antes de coger el móvil y, como si respondiera a mi tacto, la notificación de un mensaje nuevo iluminó la pantalla:

Uy, uy, uy, parece que
alguien está recuperando
la memoria...

Leí la noticia allí mismo, en recepción, con mi bolsita de muestras a los pies.

El accidente de Silver Road lo provocó una disputa al volante, según la víctima

Una de las víctimas de la colisión en Silver Road que se produjo el 16 de septiembre le ha contado a la policía que el incidente lo provocó un adelantamiento imprudente como resultado, posiblemente, de un pique entre dos conductores.

«Por lo que recuerda la víctima, un cinco puertas negro iba acelerando sin control para adelantar a un tercer coche, que viajaba por su carril y a la velocidad correcta, calculó mal la maniobra y obligó al Fiat a salirse de la vía, lo que ocasionó daños graves a ella y a su hija», explicó la oficial de policía Joanne McGowan.

Hasta ahora, la víctima no había estado en condiciones de dar a la policía su versión de los hechos. Su hija sigue en la unidad de cuidados intensivos del hospital de Croydon con daños críticos, y por lo que parece ya ha pasado por varias operaciones.

«Tenemos la esperanza de poder hablar con el conductor del tercer vehículo, que creemos que era un sedán blanco, y trabajar codo con codo para identificar al infractor», anunció la oficial McGowan.

La versión de la víctima coincide con la de la propietaria de la casa en la que se produjo la colisión, quien afirmó haber visto un Volkswagen o un Audi negro huyendo Silver Road arriba poco después del impacto.

El marido de la víctima ofrece una recompensa de diez mil libras a cualquier persona que crea tener información que pueda contribuir al desarrollo de la investigación.

Renegué para mis adentros, ignorando la mirada curiosa de Nerina. Era para mear y no echar gota: la policía estaba favoreciendo tantísimo a Mike que era como si estuvieran repitiendo palabra por palabra sus argumentos. El mamón no me había dejado adelantarlo, eso fue lo que provocó el accidente, pero ¿importaba? En absoluto: según los informes oficiales yo era el temerario, y él, una víctima más. Y, en serio, ¿qué probabilidades había de que no hubiera sido capaz de reconocer la marca de su coche y sí la del mío? Un sedán blanco. ¿Ya está? ¿En serio no se había dado cuenta de nada más?

De nuevo, volví a consolarme con que me interesaba mucho más que la policía lo siguiera ignorando; gracias a las pruebas contra mí que había ido recogiendo, en aquel momento era muchísimo más peligroso si acababa en una sala de interrogatorios que acosándome. Lo que sí que era peor era que el coche hubiera dejado de ser «oscuro» y ya fuera definitivamente negro, y un cinco puertas.

Mensaje nuevo.

¿Qué te parece?

No respondí de inmediato. Tenía tiempo más que de sobra antes de la visita a un cliente de Surrey a media tarde para encontrar una tienda en la que no me conocieran y comprar un móvil de prepago de estos de usar y tirar. No hacía falta ser un genio para desconfiar de que cualquier teléfono que me proporcionara Mike no llevara encima armas invisibles que pudiera llegar a usar contra mí. Ya lo escondería más tarde por el piso.

Le contesté en el coche, de camino a la reunión con el cliente. En una semana cargada de reuniones en otras ciudades, me habían asignado a un becario nuevo como chófer, algo menos conveniente de lo que podría haber sido si no le hubiera dado por ser mi sombra y acompañarme a todas las reuniones, lo que me obligaba a alcanzar cotas de profesionalidad que tenía bastante claro que no volvería a presenciar en mi vida (¿qué más daba si un hospital o una clínica repetía el pedido de collares cervicales?, ¿si lo doblaban o cancelaban? Yo ya estaba acabado).

A lo mejor te puedo
conseguir algo de pasta.

¿Eres Bram?

Sí.

Me gustaría que usaras
el móvil que te di.

Bueno, pero yo
prefiero usar este.

No podía evitar sentir un cierto placer cuando lo provocaba, y disfruté muchísimo de la pausa que siguió a mi último mensaje.

—¿No tenías un iPhone? —me preguntó Rich, el becario, desde el asiento del conductor, después de haberse percatado del móvil de prepago barato y de marca dudosa que llevaba en la mano. Era tan joven que solo se fijó en el móvil, y no en la crisis nerviosa que me estaba dando.

—Sí, pero es para el trabajo. Este es el que utilizo para las misiones del MI5 —bromeé.

Ni él ni nadie se habría creído que iba por la vida con tres móviles, como un camello o un polígamo.

—Ya, seguro.

Rich soltó una carcajada y yo resistí la urgencia de darle un sermón sobre lo valiosa que es la vida y lo importantes que son tus allegados, y disuadirle de cometer los mismos errores que yo porque, de lo contrario, no le esperaba más que un infierno.

Mike me respondió:

¿Cuánta? No quiero
cuatro duros.

No son cuatro duros.
Quince mil, más que el
dinero de la recompensa.

Un cincuenta por ciento más, de hecho. Era una cifra que debería satisfacerlo..., ¿o no?

Vamos a hablarlo. Esta
noche iré a Trinity
Avenue.

¡Que no! Ya no sé cómo
decirte que vivo en
un zulo de alquiler.

Le envié la dirección del piso, una cortesía innecesaria teniendo en cuenta que parecía conocer absolutamente cada detalle, por nimio que fuera, sobre mis circunstancias vitales.

A las 20.00 estoy ahí.
Más te vale que no
sea un farol.

Así se despidió, sin un ápice de ironía.

La reunión con el cliente fue una tortura digna de la Inquisición. Me pasé la presentación de los nuevos productos repitiéndome mentalmente las mismas frases una y otra vez: «daños críticos», «varias operaciones», «identificar al infractor»...

El cliente, con una inteligencia emocional algo más desarrollada que el becario, se dio cuenta de mi palidez.

—¿Estás bien, Bram? Te noto un poco ido hoy.

En ese momento me percaté de que me había estado mordiendo las uñas con nerviosismo, de una forma casi simiesca, y dejé caer los brazos.

—Lo siento, sí, estoy bien. Con muchas cosas en la cabeza.

—Ah, ya, me han comentado que has tenido problemas domésticos —dijo—. No te preocupes, tío, pasa hasta en las mejores familias.

Un día me contó que su mujer lo había dejado para follarse a un compañero de trabajo y lo había condenado a una soltería de Netflix, comida preparada y porno.

—¿Por quién te ha dejado? —me preguntó con respeto.

—Por nadie —respondí—. No ha habido terceros.

Tuvo la misericordia de otorgarme el beneficio de la duda. Nos veía como almas gemelas que se habían extraviado.

La virgen, qué perdido iba...

26

Bram, documento de Word

No tengo ningún problema en admitir que fantaseé con la posibilidad de reventarle la cabeza en cuanto pasara por la puerta. O de clavarle un cuchillo entre las costillas y observar cómo se desplomaba al suelo, como si de una marioneta desmadejada se tratara. Pero ¿y luego? Cuando le das un par de vueltas, cuando te planteas un crimen con premeditación y alevosía, te cuesta poco darte cuenta de que no hay ningún método infalible de matar a alguien con tanta cámara de seguridad y tantos móviles delatándote a cada paso, y eso por no hablar de los restos de ADN y los informes forenses.

No, claro que no podría haber matado a aquel cabronazo. Mi única esperanza era poder pagarle —a él y a la puta codiciosa de Wendy, estuviera donde estuviera— y que me dejara en paz.

Lo esperé en el balcón. Uno tras otro, los vehículos de

Alder Rise se iban acumulando en los semáforos del lado este del parque —madres rubias platino recogiendo a sus retoños de los entrenamientos o de las clases de música, entregas vespertinas de compras por internet hasta arriba de aguacates y de sauvignon blanc—, y experimenté una sensación física de tristeza. Echaba de menos a Fi y a los niños igual que llegarías a echar de menos el sentido de la vista o el tacto. Echaba de menos conducir. Ponerme tras el volante había sido para mí, y por fin me daba cuenta, una verdadera pasión. Me ofrecía a llevar a la gente a donde tuviera que ir, me apuntaba a cualquier tarea que requiriera el coche y me paseaba por la ciudad con los niños. Colocar las sillitas infantiles que tanto confundían a Fi, ponerles el cinturón y revolverles el pelo a los críos antes de cerrar sus puertas y acomodarme en el asiento del conductor. Me relajaba tantísimo, me hacía sentir tan poderoso... Salvo cuando perdía los nervios con algún motorista, ciclista o peatón, pero eso forma parte del hecho de vivir en Londres, ¿no? Todos los conductores tienen algún que otro fallo de vez en cuando.

La diferencia era que los míos habían tenido unas consecuencias catastróficas.

Y estaban a punto de empeorar.

Un Toyota blanco mugriento se detuvo y aparcó en la única plaza libre a la vista. Se abrieron a la vez las puertas del conductor y del copiloto y vi a Mike y a Wendy salir del coche. Se quedó unos segundos quieto, observando el bebé déco, observándome a mí, pero no hice ademán de esconderme, aunque tampoco lo saludé, mientras ella consultaba algo en el móvil. Poco después, los dos se acercaron a la entrada principal.

Los esperé en el pasillo, subiéndome ya por las paredes.

—¿A qué coño estás jugando? —estallé en cuanto salieron del ascensor, en un tono brutal y hostil que atrajo la atención de un vecino que salía de su piso (ley de Murphy; era la primera vez que me cruzaba con otro ser humano en aquel edificio y justo tuvo que ser cuando estaba con aquel par).

Mike tuvo el valor de hacerse el ofendido.

—¿Perdón? Habíamos quedado, ¿qué problema hay? No te importa que me haya traído a Wendy, ¿verdad? Me ha parecido que a lo mejor os apetecía reencontraros.

Los apremié para que entraran y cerré la puerta.

—¡Hablo del coche! El Toyota. ¡Creía que te habías deshecho de él!

Mike frunció el ceño.

—¿Y para qué?

—¡Me dijiste que te lo habían robado!

No llevábamos ni treinta segundos juntos y ya me tenían a la defensiva, bramando con la misma fuerza que precisamente había decidido evitar.

Wendy, muda hasta entonces, añadió en un tono afable:

—Si yo fuera la policía y alguien dijera que había visto un Toyota en la escena del crimen, lo primero que haría sería echarle un vistazo a la denuncia de robo más reciente. «Menuda casualidad», pensaría.

Ella me miraba ojiplática.

—A ver, tronco, no se te habrá ocurrido deshacerte del Audi, ¿no? —me preguntó Mike con una preocupación nada convincente—. Porque vaya metedura de pata.

En aquel momento, al oírlo, me pareció lo más obvio del mundo. Me la habían jugado. Reaccioné a su mensaje sobre el robo justo como él quería; había puesto en el punto de mira a mi propio coche y le había dado todavía más ventaja en las negociaciones. El A3 habría sido una aguja en un pajar de Volkswagens y Audis si no se lo hubiera puesto en bandeja a la policía, si no hubiera denunciado que había desaparecido. ¿Cuántos vehículos habrían robado durante los meses anteriores? Incluso teniendo en cuenta todo el sureste de Londres, no creo que hubiera más de, ¿qué?, ¿diez?, ¿veinte? Lo suficiente como para que los tuvieran a todos en cuenta, incluso antes de que apareciera en escena el detalle del cinco puertas. Incluso antes de que comprobaran en la base de datos pertinente si los propietarios de dichos vehículos tenían antecedentes por infracciones de tráfico...

Había sido un puto imbécil. A ese ritmo, iba de camino a la cárcel y yo mismo me tragaría la llave.

—¿Sabes qué? —preguntó Mike, exultante—. Ni la otra conductora ha hablado del Toyota, yo creo que siguen debatiéndolo. —Se detuvo para saborear lo que acabababa de decir antes de echarle un vistazo al piso con un aire de colegueo—. Oye, tío, esto no está nada mal. Es compacto. No es ni una cuarta parte de la casa, pero, a ver, a la fuerza ahorcan. Esto es lo que pasa cuando tu mujer descubre que te has despendolado un poco, ¿eh?

¿¡Qué!? ¿Cómo coño se había enterado de eso? Supuse que lo habría deducido a partir de mis circunstancias actuales y de las ganas que había tenido de encamarme con Wendy.

—No sabes nada de mi mujer —le espeté—. No habéis pisado mi casa, y no la vais a pisar en la vida.

Mike sonrió con suficiencia.

—Nos hemos levantado con el pie izquierdo hoy, ¿no? No preguntaré de qué cama.

—De la mía no, por desgracia —añadió Wendy, y esbozó un rictus espantoso.

Sin el permiso de nadie, se sentaron en sendos sillones y volvieron las cabezas hacia mí en un ángulo simétrico, como si los moviera un único cerebro. Las persianas estaban bajadas y la luz de la lámpara generaba un ambiente de una intimidad dantesca entre los tres.

—¿No nos ofreces algo de beber? —preguntó Mike.

—No tengo nada —repliqué, y me apoyé algo en un taburete, incapaz de acomodarme del todo.

—Pasa poco por casa, ¿verdad? —le dijo Mike a Wendy.

—La última vez que estuve aquí tenía de todo —respondió, como si le desconcertara la situación.

—Uy, seguro que sí.

Los aborrecía. Lo único que quería era meterlos en el Toyota y ponerle una bomba lapa.

—Bueno, ¿qué rollo os lleváis? —les reclamé—. Está claro que ya os conocíais de antes.

—Eso es algo absolutamente irrelevante —indicó Mike con un tono amistoso que contrastaba de forma radical con mi beligerancia—. Vamos a hablar del dinero. ¿Has encontrado una cuenta de la que te habías olvidado o qué?

—Es el dinero del seguro del coche —contesté—. Pero puede que tarde una o dos semanas más en pagaros. Tienen que terminar de comprobar que de verdad me lo han robado.

En ese momento se me ocurrió que tal vez habían derivado la denuncia al departamento que investigaba el accidente, y que eso podría haberles recordado a los inspectores la existencia de un vehículo que, quizá, habían descartado por completo después de la charla preliminar con Fi. Era cuestión de tiempo que volvieran, y sería para interrogarme a mí. A fin de cuentas, yo había puesto la denuncia, con independencia de que Fi confesara que ella había sido la última que había conducido el coche. ¿Al día siguiente? Seguro que ya habían descubierto lo de la segunda residencia, puede que incluso me dieran el alto antes de irme al trabajo y me escoltaran hasta un coche patrulla mientras las mamás pasaban con sus vehículos de camino al colegio... ¿A quién llamaría? ¿A Fi? ¿A mi madre? ¿Por qué no había pensado ya en tener a mano un abogado?

—Creía que ya tenías el dinero encima —me reprendió Mike, ceñudo—. Ah, y quince no es suficiente, a partir de veinte lo podemos hablar, y más te vale meterte caña porque lo necesitamos para la nueva documentación.

Bajé de la luna.

—¿Qué documentación?

Adoptó ese amaneramiento tan suyo cargado de condescendencia, que ahora ya sé que era algo así como su marca personal, y que te hacía sentir como un turista de la tercera edad que pregunta por una dirección.

—Pues, para empezar, pasaportes nuevos, y los que te permiten cruzar las fronteras valen como poco cinco mil. Además, necesitamos ayuda para abrir una cuenta bancaria, puede que en Oriente Medio, quizá en Dubái, lejos de los tentáculos de la hacienda británica.

Me removí en mi asiento.

—Pero ¿de qué coño hablas? ¿Quién necesita un pasaporte nuevo? ¿Quién tiene que cruzar ninguna frontera?

—Pues tú, por ejemplo. Cuando se cierre la venta, tu ex no se va a quedar de brazos cruzados, ¿no? Se le irá la puta olla. Avisará a la policía, descubrirá lo que ha pasado con su parte de la casa y lo más probable es que pongan sobre aviso a los de aduanas, tal vez incluso a la Interpol. No vas a poder viajar con tu pasaporte, y no te puedes sacar uno nuevo de la chistera. Son obras de arte, Bram.

Me quedé sin aire. ¿«Cuando se cierre la venta»? ¿«A

la Interpol»? Saber que el dinero que les había ofrecido no había saciado lo más mínimo su sed de sangre se me atragantó por completo, como si una cucaracha monstruosa me bloqueara las vías respiratorias. Al final, conseguí recuperar el aliento.

—Mike, por favor, olvídate del cuento de la casa. Voy a intentar conseguiros los veinte. Cógelos y sigue con tu vida. Es un buen pellizco.

Continuó con el mismo gesto flemático de siempre.

—No es un cuento, sino un plan, y ya va siendo hora de ponerlo en marcha. Lo primero que necesitamos es echarle un vistazo a la foto del pasaporte de la señora Lawson para que Wendy pueda darse unos retoques.

En ese momento, Wendy torció el gesto con una modestia teatral, como si le acabaran de ofrecer un ascenso.

—La próxima vez que estés en la casa, no tienes más que hacer una foto de la página que toca y enviártela al móvil nuevo. Ah, y una imagen de su firma, por favor.

—Vamos a ver, ¿se puede saber de qué hostias me estás hablando? ¿Cómo que «darse unos retoques»? —exclamé.

—Se hará pasar por Fiona Lawson, ¿qué si no? Te lo dije la última vez que nos vimos —contestó Mike—. A ver si estamos a lo que estamos.

Solté una carcajada propia de un demente que no hacía sino ocultar la certeza de que debía ponerle fin a todo allí mismo.

—Mirad, esto ya se pasa de castaño oscuro, pero

mucho. —Me puse en pie—. No me dejáis más opción que acudir a la policía. Es lo que debería haber hecho desde el principio.

—¿Y por qué no lo hiciste? —Mike también se levantó y se acercó a mí. La luz de la lámpara le iluminaba los huesos de la cara y parecía un cadáver—. Venga, dínoslo, es algo que nos fascina. No fue solo por la retirada del carné, ¿verdad? Un vendehúmos como tú seguro que podría haber persuadido al juez para que le metiera solo la condena mínima.

—No sé de qué me hablas —le espeté, con un nerviosismo que no creía que pudiera llegar a sentir jamás.

Esbozó un gesto de falsa sorpresa.

—Pues de tu condena por agresión, claro. No creo que se te haya olvidado.

Un escalofrío me recorrió la columna y se me acumuló en la mitad superior del cuerpo como un témpano de hielo.

—Se suspendió la pena, ¿me equivoco? Hará ya como cuatro años. Supongo que a cambio de una declaración de culpabilidad. Ay, Bram, chaval, vaya historial que tienes... Si quieres mi opinión, ir a la policía es lo último que te conviene. A todo esto, ¿tu jefe lo sabe? ¿Y tu mujer?

No contesté, y él dejó escapar un silbido.

—La cantidad de secretos que te has ido guardando es la hostia, Bram. Pero a la policía no se le escapa nada, ¿verdad? Cuando llegue el momento oportuno, todo contará como prueba para demostrar que eres una persona con un carácter complejo.

¿«Cuando llegue el momento oportuno»?

La sangre me borboteaba en el cráneo.

—Fuera de aquí —mascullé—. No hay trato. Ni dinero ni nada.

Mike se limitó a mirar a Wendy, que sacó el móvil y marcó un número. Yo empecé a deambular por la estancia, impotente, mientras ella seleccionaba el modo de manos libres y dejaba el teléfono encima de la mesilla auxiliar del centro.

Una voz surgió del auricular:

—Hospital de Croydon, ¿diga?

—Con la UCI, por favor —pidió Wendy, solemne.

—¿Qué haces? —susurré, y me abalancé hacia ella—. ¿Por qué llamas al hospital?

Me atravesó con una mirada hueca y continuó hablándole al móvil a pleno pulmón.

—Esto..., hola. Llamaba por Ellie Rutherford, la víctima del accidente de Silver Road. ¿Cómo se encuentra?

—¡Basta! —escupí, con el corazón en un puño.

—Pero ¿no acabas de decir que te echas atrás? —me murmuró Mike al oído, como si mi protesta lo hubiera desconcertado de verdad.

—¿Qué? —Wendy seguía hablando casi a gritos—. No, no soy de la familia, sino una ciudadana más que se preocupa por lo que ha pasado. Creo que fui testigo del accidente, ¿sabe?, y no tengo claro con quién debería hablar.

—¿Le importaría darme su nombre? —le preguntó

la persona del hospital—. Y un número de contacto, por favor.

—Disculpe, no la he oído, ¿podría repetírmelo? —Wendy recogió el móvil, tapó el micrófono y se dirigió a mí con un tono fingido de vacilación—. Oye, que me dicen que les deje un nombre y un número para hacérselos llegar a la policía. ¿Se los doy? Tú decides.

—¡No! —Caí de rodillas—. ¡Cuelga, por favor!

Los dos pares de ojos me escrutaron durante unos segundos hasta que Wendy se volvió hacia Mike esperando instrucciones y destapó el micrófono.

—Mire, mejor no. Dígales que espero que se recuperen pronto.

Y colgó.

—¿Cómo puedes ser tan vil? —le pregunté, resollando—. Decirles que tienes información y luego... —Se me rompió la voz.

—Ay, pobrecito —le dijo Wendy a Mike—. Seguro que a Karen Rutherford le llegaría a la patata.

—¿Cómo sabéis sus nombres? No se han hecho públicos.

Más allá del estrés que me provocó aquel último giro de los acontecimientos, no le costaba nada haberme ahorrado saber el nombre de las víctimas: Karen y Ellie, podrían ser perfectamente madre e hija de la escuela de mis hijos. Deseé borrármelos de la memoria.

—No todo son los canales de información oficiales, hombre —contestó Mike.

Habría recurrido a los mismos canales que usó para

enterarse de mi situación financiera, de mi condena por agresión y vete a saber de qué más.

—Bram, cuanto antes seas consciente de la seriedad de este asunto, mejor —prosiguió, esta vez con unas maneras generosas, casi paternales—. Como te decía, estamos listos para poner en marcha el proceso, y tenemos muchísimo curro hasta que nos llegue el dinero del seguro.

—Sí, sí me lo has dicho. El proceso digno de un demente, y claramente sutil, de vender mi casa haciéndoos pasar por mi mujer y por mí.

—Uy, no hace ninguna falta que nos hagamos pasar por ti —apuntó Mike, y soltó una risita—. Aunque se me diera bien el teatro, en la vida podría esperar tener tu porte de galán. De galán que ya va de capa caída, eso sí. No, colega, tú te harás pasar por ti mismo.

—Explícame de una vez lo que tenéis pensado —le espeté—. Me has dicho que me hará falta un pasaporte nuevo. ¿Por qué?

—Bueno, seguirás siendo Bram durante la transacción, pero, en cuanto acabemos, como te he dicho, vas a tener mucho, pero mucho que explicar, y es probable que prefieras empezar de cero con una nueva identidad.

—Por encima de mi cadáver.

—Una expresión la mar de adecuada, sí, señor. Siempre que sea el tuyo y no el de la pobrecita Ellie. Por lo que sé, su vida pende de un hilo, pobre niña. Las heridas no hacen más que infectársele.

Me quedé mirándolo boquiabierto.

—¿Cómo puedes ser tan cruel?

Con los ojos dominados por la misma frialdad de siempre, encogió los hombros con tanta desgana que, de hecho, solo encogió uno.

—No se trata de crueldad, sino de ser práctico. Tienes que entender que no te vamos a dar ni la foto ni la grabación hasta que se haya vendido la casa. Mientras tanto, claro, existe la posibilidad de que la víctima vaya recordando cosas, sobre todo si Wendy le hace una llamadita.

Aún trataba de asimilar que, en efecto, Wendy había grabado la discusión que habíamos tenido aquella mañana, pero él seguía vomitando palabras:

—Total, que el tiempo es oro. Cuanto antes acabemos, antes podrás fugarte. Yo diría que, si ponemos la casa en venta ahora mismo, deberíamos ser capaces de quitárnoslo todo de encima en menos de tres meses.

—¿Tres meses? —dije, y solté una risotada que nada tenía de humor—. Para entonces ya me habrán arrestado, con o sin vuestros jueguecitos y vuestros soplos.

—Te me has adelantado —me reprendió Mike—. Si la policía te interroga, y siempre que hayas optado por cooperar con nosotros, puedo echarte un cable e inventarme una coartada para la noche del accidente. Estuvimos un buen rato de charla en el Half Moon de Clapham Junction, ¿qué te parece? Doy por supuesto que es mejor que sea en una estación de tren, teniendo en cuenta que no deberías ir por ahí conduciendo.

Notaba un picor en el puño derecho, un impulso por reventarle la cara, pero lo reprimí.

—Métete la coartada por el culo y vete. No os lo vuelvo a decir.

Por primera vez, lo noté molesto.

—Mira, tío, estoy empezando a hartarme de estas saliditas de tono tuyas. No irás a romper otra vez el móvil, ¿verdad? Porque entonces no nos quedará otra que contactar contigo a través del móvil de la empresa. O, mejor, le dejaremos un mensaje a tu jefe. Neil Weeks se llamaba, ¿no? Oye, seguro que le interesa muchísimo saber en qué andas metido. No me sorprendería que ya estuviera algo mosca con tu rendimiento últimamente. Llevas un trimestre perdiendo ventas, ¿me equivoco? —Me puso una mano en el hombro y me apretó con unos dedos huesudos—. En definitiva, que te sugiero que le des un par de vueltas, pero de verdad. Sé que tomarás la decisión correcta.

Wendy se levantó despacio, examinando palmo a palmo la estancia. Se quedó contemplando la cama, y Mike, al darse cuenta, dijo:

—¿Quieres que me adelante y os deje un ratito a solas?

Un recuerdo fugaz de piel desnuda y gemidos; las palabras que me obligó a susurrarle al oído. Los muslos abiertos, y poco después constriñéndome.

—No, gracias —respondí.

—Qué lástima.

La tenía justo al lado, y se permitió tocarme el brazo con las yemas de los dedos antes de salir del piso con Mike.

—¡No te olvides de los veinte mil, Bram! —exclamó Mike.

Los miré mientras se iban de la misma forma en que

los había mirado cuando llegaron. A juzgar por el rollo que se llevaban, no me cabía duda de que hacía años que se conocían. ¿Sería yo una más de sus víctimas o se trataba de estafadores noveles? Lo que estaba claro era que no se trataba de un crimen planeado: primero, en el lugar del accidente, Mike había hecho la foto para cubrirse las espaldas; luego, una vez que hubo recopilado información sobre mis activos y mis pasivos, envió a Wendy al Two Brewers a registrar la posible confesión que yo fuera lo bastante imbécil de brindarle. Lo de acostarse o no conmigo durante el proceso dependió única y exclusivamente de ella. Para ellos, el sexo era algo barato, fácil de dar y de recibir. Lo que de veras valía la pena eran las propiedades. Una casa en Trinity Avenue. Una estafa de esas que solo se dan una vez en la vida.

Dicho lo cual, cualquier persona a la que le preguntaras habría opinado que era un plan muy arriesgado. ¿Qué sabrían estos dos de pasaportes de pega y de cuentas en Dubái? ¿Cómo habrían sufragado todos los gastos si no les hubiera ofrecido dinero? No eran más que novatos. Bufones.

El hecho de que pudieran seguir mareando la perdiz y utilizándome no hacía sino demostrar que yo era todavía menos inteligente que ellos.

No miento cuando digo que me tendría que haber tirado por el balcón en aquel preciso instante.

27

Viernes, 13 de enero de 2017
Londres, 14.30 h

—La policía está de camino —anuncia Merle.

Fi se queda callada, concentrando todas las energías en dominar los temblores. La cocina en la que tantísimas veces ha cocinado y comido con su familia y amigos ya no está bajo su control, pero prefiere a Merle antes que a los Vaughan como nueva gobernanta.

El aviso de la llegada de las autoridades no ha impedido que David Vaughan siga con sus pesquisas privadas, y justo ha finalizado una llamada con los abogados de los Lawson y niega con la cabeza, incrédulo.

—La persona a la que debemos dirigirnos ha apagado el móvil porque tiene una cita en el hospital. Volverá después de comer.

Merle arquea las cejas.

—Esperemos que le arreglen la vista. O mejor: el cerebro entero.

Los abogados ausentes no son solo uno de los vínculos que faltan, sino también los chivos expiatorios del grupo.

—Sea como sea, parece que tenemos un fraude entre manos —prosigue Merle—. Bram no va a soportarlo, Fi. No es tan fuerte como tú.

—Un momento —interrumpe David. No piensa comprarle a Merle esa tendencia a expresar su postura (la postura de Fi) como la correcta, la legítima. Se dirige directamente a Fi—: Si tiene tan claro que su marido no sabe nada sobre esto, ¿quién era el hombre al que conocimos? ¿El que estuvo aquí mientras la agente nos enseñaba la casa? Estoy convencido de que nos lo presentaron como propietario de la vivienda. Si era alguna clase de impostor, ¿dónde estaba el señor Lawson? ¿Maniatado en la casita del jardín?

—¡¿Qué?! —exclama Fi, sorprendida.

—¿Cómo es su marido? Lo digo en serio. ¿Tiene alguna foto en el móvil?

—¡Un momento! —Merle se adelanta a cualquier cooperación imprudente por parte de Fi—. Díganos usted primero cómo era el hombre al que vio.

Se respira muy poca confianza en la estancia; lo único que tienen en común es el objeto de sus reclamaciones.

—Era atractivo, cuarenta y muchos, casi metro noventa, pelo negro y rizado con algunas canas —describe

Lucy—. Me pareció una persona nerviosa; no paraba de andar de un lado para otro. Salió a fumarse un cigarrillo, ¿no, David? También recuerdo que tenía una mirada muy intensa.

Fi la contempla paralizada. Se ha llevado una impresión astuta (las mujeres tienden a fijarse en los detalles de Bram), pero ¿en qué momento se ha dedicado a formarla?

—Encaja bastante con él, a decir verdad —concede Merle.

Enervada por un nuevo temor, Fi toquetea el móvil en busca de una foto; sigue teniendo un par de Bram con los niños.

—Sí, es él; no cabe duda —coinciden los Vaughan.

—No entiendo nada —le comenta Lucy a David, casi en privado—. ¿Tú crees que el marido la habrá engañado?

—Bram no sería capaz de hacer algo tan cruel —les espeta Merle con una certeza incontestable—. ¿Verdad, Fi?

Sin embargo, el shock, ahora renovado, es demasiado fuerte como para que pueda seguir la charla con racionalidad.

—¿Cuándo lo vieron exactamente? —les pregunta Merle a los Vaughan.

—En una de las visitas. Pero solo estuvo aquel día —contesta David—. Las otras dos veces que vinimos solo estaba la agente. Sí, solo lo vimos el día de puertas abiertas.

—¿«Puertas abiertas»?

Aquellas dos palabras le ponen la piel de gallina a Fi. Un recuerdo; una conexión por su parte, en su propia vida, entre un pasado intachable y un presente traicionero.

Lucy se vuelve hacia ella; ha recordado algo más.

—¡Ay, claro! Nos contó que estabas de viaje. Ahora me acuerdo. Por cómo lo dijo, supuse que seguíais casados.

«Es que estamos casados», piensa Fi. Por poco, o mucho, que se haya hundido el barco de Bram, tanto desde un punto de vista legal como financiero ella se hunde con él.

Merle, sin embargo, sigue aferrada a la proa.

—Lo siento, pero es imposible que se haya organizado una jornada de puertas abiertas y que yo no me haya dado cuenta. Vivo a dos casas.

—Bueno, pues le aseguro que la hubo —se obstina David, exasperado—. Fue en octubre, un sábado.

—El sábado veintinueve —añade Lucy.

Fi se percata del valor sentimental que tiene para ella la fecha. Aquel fue el día en que vio por primera vez la casa de sus sueños, la casa de su vida.

Cuando sus ojos se topan con los de Merle, empieza a notar un cierto atisbo de duda en la reacción de su amiga.

—Kent —anuncia—. De vacaciones. —Se vuelve hacia David, cuyos rasgos se le difuminan por culpa de las lágrimas acumuladas—. Vamos a ver, ¿está diciendo que Bram está al tanto de esto? ¿Que ha intentado vender mi casa?

—Lo que le aseguro es que la ha vendido —recalca David—. Y, en ese caso, dudo que lo hayan secuestrado, ¿no les parece? Lo más probable es que se haya dado a la fuga.

En cuanto Fi se cubre la cara con las manos y rompe a llorar, Merle le pone una mano consoladora en un hombro. Entonces suena el timbre.

—Vamos a ver qué opina la policía —dice Merle.

Ginebra, 15.30 h

En el baño del hotel, pone una canción de Nick Cave en el móvil y se dispone a cortarse el pelo. Los rizos caen a mechones sobre la porcelana blanca del lavamanos, aunque solo se ven los más oscuros y los grises son casi imperceptibles. Los rayos, la música, su ansiedad: un cóctel que genera un ambiente artificial, casi ceremonial, como si fuera un actor interpretando el papel de un renegado y esta fuera la escena en que debe modificar su aspecto físico para pasar desapercibido. Es un infame ladrón de trenes, tal vez, o Jesse James.

«No, más bien Sansón», piensa. Es un referente bastante más edificante. Un hombre bendecido con una fuerza sobrehumana. Los niños adoraban las historias bíblicas que les contaba la abuela Tina. Harry, en concreto, se lo pasaba bomba con la violencia de Sansón: el desmembramiento del león, el momento en que arranca una puerta de los goznes con sus propias manos, cuando diezma a un ejército entero (se acuerda del día en que le tuvo que explicar lo que significaba *diezmar* después de una confusión inicial en la que creía que los ejércitos tenían diez soldados).

Después de darle un par de vueltas tan desesperadas como breves, optó por no darle ningún indicio a su madre de que se iba. Puede que él no sea una persona creyente, pero está convencido de que la fe será lo que la sostenga a ella. Y Fi no cortará todos los lazos, es demasiado escrupulosa con los derechos de los abuelos. En cualquier caso, cerrarán filas cuando la policía les revele la magnitud de sus crímenes; prepararán juntas el asalto contra un enemigo compartido.

Lo único por lo que piensa rezar es por que controlen un poco los insultos y las acusaciones cuando Harry y Leo estén cerca, y que puedan recordarlo como era..., sea como sea eso.

Recoge con los dedos los cabellos cortados, los echa al váter y tira de la cadena. Cuando se vuelve a incorporar y se mira en el espejo, se alarma. Está distinto, sí, pero todo lo contrario de lo que buscaba: parece más joven, más atractivo, y el miedo en sus ojos se ha convertido en algo cándido y fácil de recordar. Piensa de nuevo en el hombre que ha visto en los ascensores del restaurante y sabe que debe confiar en sus instintos, porque, de hecho, es lo único que le queda. Hay alguien en Ginebra —si no aquel hombre, cualquier otro— observándolo, buscando el momento adecuado antes de... ¿de qué? ¿De entregárselo a Mike? ¿De arrestarlo? ¿De matarlo?

De repente, la urgencia de ponerse en marcha lo sobrecoge, guarda lo poco que lleva en la mochila y sale de la habitación.

La recepcionista acaba de empezar su turno y no tiene forma de saber que su aspecto ha cambiado. Tampoco le comenta nada por irse tan temprano, y la habitación la ha pagado en metálico por adelantado cuando ha llegado.

Al salir, trata de no pensar en el final de la historia de Sansón, en cómo derribó el templo y no solo se mató a sí mismo, sino también a toda la gente que había dentro.

28

Bram, documento de Word

¿Te empiezas ya a dar cuenta de lo horroroso que sonaba todo sobre el papel? ¿De lo atrapado y lo aterrorizado que me sentía? La confesión grabada del accidente de Silver Road, la retirada del carné, la pena suspendida por agresión, la multa por posesión de marihuana... Lo último era algo casi prehistórico, claro, pero ¿qué más daba? Como me dijo Mike, cuando llegara el instante oportuno, todo contaría.

En mi contra, como es obvio.

Lo que sí puedo decir en mi defensa es que estos son los únicos delitos que he cometido en cuarenta y ocho años, y que estoy convencido de que hay pocas personas que no hayan sido autoras de alguno que otro, con más o menos variaciones, hasta la mismísima policía. En serio, ¿tú nunca te has saltado el límite de velocidad? ¿Nunca has probado ninguna droga ni te has puesto un poco gallito a la salida de un bar? No te pregunto si te llegaron a pillar, sino si lo hiciste.

Bueno, pues a mí me pillaron. En todos los casos. Lo que implicaba que no había abogado sobre la faz de la Tierra capaz de defender que lo de Silver Road fue un simple error que no volvería a cometer. No cuando mis antecedentes demostraban que era ese tipo de persona que siempre está en el lugar y el momento equivocados. Equivocándose, evidentemente.

El tema es que la pelea del bar se complicó bastante. Yo no la empecé, pero te puedo asegurar que le puse punto final: al tipo lo hospitalizaron y estuvo de baja varias semanas. Tuve la suerte de que suspendieron la pena y de que, de milagro, me las apañé para ocultarle todo el proceso judicial a Fi. No voy a entrar en los laberínticos detalles logísticos de aquel milagro (me fue de ayuda que estuviéramos de reformas en la casa y que los niños aún no hubieran comenzado las clases y Fi se los hubiera llevado a casa de sus padres, algo que me dejaba tiempo y espacio para mis argucias). Tampoco pienso explicarte lo que me imaginé que me podría haber pasado si mis remordimientos no hubieran ablandado al tribunal y este hubiera decidido encerrarme («¿Fi? Te llamo desde un teléfono de la cárcel. Tengo que contarte una cosa...»).

«Supongo que a cambio de una declaración de culpabilidad», dijo Mike aquella noche en el piso con esa mirada suya tan digna de un *voyeur*, como si fuera capaz de verme el alma y calcular mi dolor. Pero debo admitir que estuvo fino. Habría asumido la culpa de un delito muchísimo peor si así hubiera evitado entrar en el trullo. No diré que la cárcel para mí sea una fobia, porque eso implicaría una cierta irracionalidad, algo puramente psicológico.

Y lo cierto es que era racional, real. Tan real que habría hecho lo que fuera y habría sacrificado a quien fuera por evitarla.

«La historia de Fi» > 01:37:11

De veras espero que no parezca que permití que aquella nueva relación me distrajera de lo que estaba pasando (si miro atrás, delante de mis narices), pero seguro que os hacéis a la idea de lo emocionante que fue. Todos sabemos que el principio es la mejor parte, y ¿cómo echarle eso en cara a una mujer? Y menos a una cuyo divorcio la había dejado casi sin capacidades sentimentales para nada más que inicios.

Pero incluso los inicios tenían su parte oscura. Puede que lleváramos viéndonos tres semanas cuando Toby durmió por primera vez en el piso y yo tuve una reacción inesperadísima de lucha o huida. Cuando me desperté y lo vi a mi lado en la cama, tardé un rato hasta reconocerlo, hasta reconocer la cama en sí, las cuatro paredes que nos rodeaban. «¿Por qué no estoy en casa con mi familia? —pensé—. ¿Qué clase de escenario sórdido es este?» Incluso cuando el coco se me ajustó, estaba convencida de que no podría volver a dormir con él. No allí, con la ropa de Bram en el armario, el gel de afeitar en el baño, el aire todavía fresco que había expulsado de los pulmones. Era casi como si estuviera en la habitación con nosotros, vigilándonos.

Toby se movió y yo me levanté con rapidez de la cama y preparé café.

Como no podía ser de otra forma, cuando estuvimos listos y lo acompañé a la estación a través del parque, había vuelto a mis cabales y él ignoraba por completo lo que había pasado.

—O sea, ¿que los niños ya no recogen castañas? —me preguntó—. ¿O es que están demasiado ocupados en sus cuartos acosándose unos a otros por las redes sociales y autolesionándose?

—No todos —contesté, y reí—. Algunos siguen sacando la cabeza por el mundo real de vez en cuando.

Aun así, a medida que caían castañas a nuestros pies, no vimos ningún niño abalanzándose sobre ellas para que los demás no se las quitaran. Podría sin problemas ser el día más bello del mes, cuando las ascuas de otoño todavía no han dejado paso a las cenizas. «Leo y Harry deberían estar aquí», pensé.

—Quizá hay alguna clase de repaso multitudinaria y no me he enterado. Voy a traer a mis críos aquí esta tarde. Actividades recreativas al aire libre forzadas.

—Me parece un planazo.

Toby tenía dos hijos casi adultos, Charlie y Jess, a los que veía cada pocas semanas, y una relación complicada con su ex; hacía tiempo que ella se había mudado a las Midlands para estar más cerca de sus padres.

—Debías de ser poco más que un adolescente cuando tus niños nacieron —comenté. Tenía treinta y muchos, pero casi diez años menos que Bram—. No soy capaz de imaginarme ni un solo instante sin hablar de Leo y de Harry, no como tú. —Al darme cuenta de lo que había dicho, le ofrecí mis disculpas entre risas—. Lo siento, ha sonado fatal. Me refiero a que admiro lo bien que llevas que se hayan ido.

Toby no apartaba la vista del camino.

—Que no hable de ellos no significa que no piense en ellos —contestó con dulzura.

—Ya, ya lo sé, claro que no. No digo que no seas un padre fantástico.

—Bueno, eso no lo tengo tan claro —repuso, y esbozó una sonrisa—. Se hace lo que se puede, ¿no?

—Pues sí.

Me acuerdo de que pensé que Bram habría luchado muchísimo más por la custodia de los hijos. Y acto seguido me dije: «¡Deja de compararlos!».

(«Las comparaciones son odiosas» era una de las frases favoritas de Merle. Y qué cierta es.)

Total, que fue entonces cuando vi a Bram y a los niños debajo de un castaño de Indias enorme, justo al lado de las puertas que daban a Alder Rise Road. Los niños tenían el pelo empapado de haber ido a la piscina; Bram solía olvidarse de los gorros y acababan con las mejillas sonrosadas. En ese instante, se levantó aire y hubo una lluvia inesperada de misiles verdes, algo que Harry recibió con gritos de entusiasmo y los brazos en alto con la esperanza de coger alguno. Leo, siempre tan cauto, dio unos pasos atrás, pero Bram volvió a empujarlo hacia la línea de fuego y, por mucho que protestara, se le notaba en la cara que estaba disfrutando.

No me vieron y no avisé a Toby, que, de todas formas, se había adelantado un poco y estaba absorto en el móvil. Me guardé la imagen solo para mí.

A veces recuerdo aquel momento con los tres juntos, y lo que sentí al verlos desde el otro extremo del parque. Me dejó con una extraña melancolía que entonces no supe explicar, aunque ahora creo que estaba directamente relacionada con la sensación que había tenido poco antes en la cama. Fue el día en que dejé ir ese último instinto inconsciente, oculto, de que Bram y yo podíamos llegar a reconciliarnos.

#VíctimaFi

@SarahTMellor Esta mujer sigue enamorada hasta las trancas del ex #MásClaroElAgua

@ash_buckley @SarahTMellor No te olvides de que al principio ha dicho que quería matarlo.

Bram, documento de Word

Hubo una mañana de octubre, un sábado, en que llevé a los niños al parque, y desde hace un tiempo le doy muchísimas vueltas a ese día. Creo que fue la última vez, antes de la medicación, que tuve la capacidad de aparcar mis problemas durante un rato y vivir el momento. Siempre me había repateado esa frase, «vivir el momento», me parecía demasiado espiritual, pero lo cierto es que es la mejor manera de describir lo que sucedió. Como si no hubiera pasado ni futuro y me hubieran trasplantado a aquel rincón de Alder Rise con dos chavales risueños dispuestos a recoger las castañas que iban cayendo. Les conté lo del cartel que alguien había colgado de un árbol un par de años atrás y que rezaba PELIGRO: CASTAÑAS, y Leo comentó: «¿No sería gracioso si a la persona que estaba colgando el cartel le hubiera caído una en la cabeza?»; a lo que Harry añadió: «Sí, y que se hubiera *morido*».

Fueron todo risas y gritos de alegría hasta que llegamos a casa con las castañas que les habían gustado más y, a los pocos segundos, Harry le dio un golpazo a Leo en el ojo y le tuvimos que poner una bolsa de guisantes congelados en la cara. Les hice prometerme que lo mantendríamos en secreto, porque Fi era justo el tipo de persona que habría creído necesario el letrero de advertencia sobre las castañas.

Me pasé un buen rato pidiéndoles perdón, ahora me acuerdo, y ellos no paraban de repetir que no era mi culpa, en parte porque siempre se culpaban el uno al otro, estaban casi preconfigurados para eso, y en parte porque no sabían el motivo de mis disculpas.

Quizá yo tampoco lo tenía claro, no del todo. No hasta la mañana siguiente.

Sé identificar el instante exacto en que me resbaló el último dedo con el que me aferraba a la pared de roca, y la pérdida de altitud fue tan salvaje que estuve a punto de desmayarme: domingo 16 de octubre a las 10.30 h, en la mesa de la cocina jugando con los niños al Monopoly de Pokémon y echando un vistazo a las noticias locales en el móvil de prepago.

En búsqueda y captura del asesino que provocó el terrible accidente de una madre y su hija

La víctima más joven del accidente del mes pasado en Thornton Heath, provocado supuestamente por un acceso de ira, ha muerto en el hospital a causa de las heridas. Ellie Rutherford, de diez años, iba en el asiento del copiloto del Fiat 500 de su madre en el momento del accidente, la tarde del 16 de septiembre, y ayer perdió la batalla después de múltiples cirugías.

Karen Rutherford sigue ingresada en el hospital de Croydon mientras se recupera de las lesiones. Todavía no hemos podido contactar con ella ni con su marido.

Una portavoz de la policía ha emitido el comunicado siguiente: «Acabamos de recibir una noticia verdaderamente trágica, pero podemos asegurarle a la familia de Ellie que estamos dedicando todos los esfuerzos y recursos posibles para llevar al culpable ante la justicia. Estamos intentando contactar con la persona que llamó al hospital de Croydon y dijo que había sido testigo del accidente. Querríamos aprovechar para confirmarle que cualquier información que decida compartir con nosotros se tratará con la más absoluta confidencialidad».

Varias personas han ido dejando ramos de flores tanto en el hogar de la familia como en el lugar del accidente en Silver Road.

Aquellas palabras me quedarán marcadas en el alma hasta que exhale mi último aliento. La niña ya no estaba en la UCI, sino muerta. Había muerto una niña...

—Deja el móvil, papá —me ordenó Leo imitando a Fi—. Tienes que concentrarte en la partida.

¡Había muerto una niña!

—¿Papi? ¿Compramos la Nidoqueen? —preguntó Harry.

—Tú decides —contesté, con un tono de ultratumba que me sorprendió hasta a mí—. ¿Tenemos dinero suficiente?

—Es supercara, trescientos cincuenta pokédólares —lo picó Leo—. No creo que sepas ni contar hasta tan alto.

—¡Claro que puedo!

Cuando Harry empezó a sumar el dinero con la cuenta de la vieja, fui notando cómo me iba impacientando más y más, y temí la descarga de ira que se podía llegar a desatar: me vi a mí mismo volcando la mesa, rugiendo como un monstruo, lanzándome contra los cristales. Tenía miedo de que la violencia que sentía hacia Mike, hacia Wendy, incluso hacia mí mismo, se materializara delante de las dos personas que deseaba proteger con todas mis fuerzas.

Había muerto una niña. Los cargos pasarían de ser solo por lesiones graves a asesinato o muerte por conducción imprudente; ni siquiera sabía cómo mierda lo etiquetarían. Lo único que tenía claro era que me declararían culpable.

Nada de cuatro años en la cárcel, sino diez. O más.

—Chicos, dadme un minuto, ¿vale?, voy al baño. Leo, ayuda a Harry a contar el dinero.

—¡Pero si no estamos en el mismo equipo! —se quejó Leo.

—¡Que lo ayudes! —chillé.

Por muy contrincantes que se creyeran, la estupefacción de sus rostros fue idéntica cuando me vieron salir corriendo de la cocina y vomitar en el lavabo de la planta baja.

«La historia de Fi» > 01:41:20

Cuando volví a Trinity Avenue aquel domingo, Harry fue el primero que me recibió al abrir la puerta. Aunque ya estaban habituados a las idas y venidas de sus padres separados, tenía por costumbre ir corriendo al pasillo a declamarme los titulares del fin de semana.

—¡Leo se ha hecho daño en un ojo!

—¿En serio? ¿Cómo?

—Ha sido un accidente, te juro que no ha sido culpa mía. ¡Y hemos acabado de marcarlo todo con el rotu especial de la policía!

—¡Qué bien! ¿Habéis dibujado todos los teléfonos, los iPads y demás?

—Sí, todos todos. ¡Ah, y papá ha vuelto a vomitar! —exclamó justo en el instante en que Bram salió del baño.

—¿Ah, sí? —dije. ¿«Ha vuelto a vomitar»?—. ¿Estás bien, Bram?

—Sí, sí —respondió—. Algo me ha sentado mal. ¿Cómo ha ido el finde, Fi?

—Muy bien. He estado... con una amiga.

Nos sostuvimos la mirada y, para mi sorpresa, me sonrojé. La respuesta de Bram fue, como poco, peculiar: comenzó a tener tics en un lado de la cara, como si estuviera resistiendo los puñetazos de un oponente invisible. De hecho, tenía el aspecto con el que debía de fantasear una exesposa vengativa: a su merced, destrozado.

Hipotéticamente, porque yo no era ese tipo de mujer, no me pareció ni la mitad de satisfactorio de lo que habría esperado.

—Va, deja que le mire el ojo a Leo —dije.

29

Bram, documento de Word

Estaba listo para mi próximo movimiento incluso antes de la provocación inevitable que recibí la mañana del lunes.

> Supongo que te has
> enterado de la última.
> Esto cambia por
> completo las cosas.

Si fuera una persona paranoica de verdad, habría pensado que la muerte de la pobre niña había sido cosa de Mike, ya que, por alguna razón, le favorecía. No podía permitirme volver a verlo en persona, así que lo llamé.

—Bram, dichosos los oídos —exclamó—. Por fin te has dado cuenta de lo errado que ibas, ¿no?

—He visto tu mensaje —le espeté con frialdad—. Me sorprende tanta compasión.

Dejó escapar una risita.

—A estas alturas seguro que ya te has enterado de que la compasión no es lo mío.

—O sea, que eres un sociópata.

Soltó un suspiro.

—Oye, ¿en serio tenemos que repetir la misma rutina cada vez que hablamos? ¿Me has llamado solo para insultarme?

Me recompuse.

—Te he llamado porque quiero proponerte algo.

—¿Ah, sí? Pues nos vemos en...

—No, no tengo ningún interés en verte de nuevo. Te lo digo ahora, por teléfono. O lo tomas o lo dejas.

Al oír la risotada de puro desprecio que me dedicó sentí el impulso de ir a por él y estamparle el móvil en la cara.

—Adelante. Te escucho.

Inspiré hondo, lo suficiente como para vomitar todas las palabras sin necesitar ninguna pausa.

—Haz lo que tengas que hacer. Si estás tan mal de la cabeza como para robarme los pasaportes o hacer cualquier otra cosa, no voy a impedírtelo. Pero yo me mantengo al margen. Tú vas a cometer el delito y, si por algún tipo de milagro te sale bien, haz lo que te salga de los huevos con el dinero, vete a donde quieras. Pase lo que pase, yo me hago el tonto. Ni te conozco ni he oído tu nombre en la vida.

«Róbame los pasaportes..., no voy a impedírtelo»: esa era la oferta, enterrada entre tanta verborrea, y sabía que lo captaría al instante. Quítame lo que necesites, pero no me pidas que participe de forma activa.

Durante las veinticuatro horas posteriores a que leyera el artículo sobre la muerte de Ellie Rutherford, aquella posibilidad —por absurda, ridícula y retorcida que fuera— se había ido convirtiendo poco a poco en la opción más atractiva. Yo no sería más que una víctima, como Fi. Perderíamos la casa, pero la perderíamos juntos, nos seguiríamos teniendo el uno al otro. Podría ser el comienzo. Un nuevo comienzo. Me imaginé consolándola, prometiéndole que lo superaríamos juntos, que las posesiones materiales son polvo en comparación con la salud, la familia y el amor. Me llevaría años, pero al final empezaría a olvidar a la pobre chiquilla y a la familia que había dejado atrás. Puede que incluso diera con la forma de expiar mis pecados.

—¿Ya está? —preguntó Mike, incrédulo.

Volví a coger aire y proseguí:

—A cambio, necesito que me deis la foto del accidente y la grabación que hizo Wendy. Quiero que me prometas que no hay nada más que pueda vincularme con vosotros ni incriminarme.

Ya mientras lo anunciaba era consciente de que la posible promesa no sería más que humo: Wendy y él me estaban extorsionando, por supuesto que se quedarían varias copias, con o sin el conocimiento del otro. Un nuevo ataque de ansiedad: había otro mensaje de texto que había obviado por completo. El que me había mandado Wendy después de la noche que pasamos juntos y que contenía el enlace al artículo con la recompensa por mi cabeza, antes de que Mike entrara en la ecuación; el que me había enviado al móvil «oficial», al que me había proporcionado mi jefe. Lo borré, claro está, pero ¿acaso no podía la policía recuperar mensajes incluso después de eliminados? Aunque este par de idiotas estuvieran satisfechos y respetaran su parte del trato, aunque Mike presentara una coartada en condiciones en caso de que me detuvieran, ¿me delataría la tecnología?

Después de la euforia inicial que había sentido al dar con aquella solución, empecé entonces a caer sin remedio por entre todas las fisuras del plan, con el alma en los pies.

—Mmm. —La voz de Mike me atravesaba los oídos, pegajosa, ponzoñosa—. ¿Sabes qué pasa? Que no me parece que estés en posición de exigir nada, Bram, por mucho que te hayas engañado a ti mismo hasta el punto de creer que esto es una oferta.

—¡Es que no entiendo para qué me necesitáis! —exclamé con un quejido, reducido ya a poco más que un niño con una pataleta—. Podéis hacerlo sin mí.

—Esa es la cuestión: que no podemos —sentenció Mike—. Mira que pensaba que te había quedado claro el otro día: eres inimitable. —Se quedó callado unos segundos para regodearse por haber utilizado esa palabra—. Te hago yo otra oferta, venga: déjate de gilipolleces y procuraremos que esto quede entre adultos.

Tragué saliva. Tenía la garganta seca de todas las veces que había vomitado durante los días anteriores; cada vez que trataba de comer algo, en resumen.

—¿Qué significa eso?

—Significa que no hay necesidad de involucrar a los niños. ¿Qué te parece?

—¡¿Qué?! —El estómago se me contrajo.

—Leo y Harry se llamaban, ¿no? Fijo que adoran a los perros.

Claro, los vio en el concurso canino, por muy fugazmente que fuera. La simple idea de que llegara a estar tan cerca de ellos como para tocarlos hizo que se me revolviera la bilis.

—Estoy convencido de que lo que más quieres en este mundo es protegerlos. ¿Me equivoco, Bram? Oye, y yo también, ¿eh? Así que nada, esa es mi oferta.

—No es una oferta, es una amenaza, y lo sabes.

—Interprétalo como quieras, pero yo solo intento ser amable. Vamos a repasar lo que quiero que hagas primero.

—No, antes necesito saber si...

—Cállate la puta boca, Bram. ¿Estamos? Quiero las fotos del pasaporte de tu mujer y de la firma hoy mismo, ¿lo pillas? Si no las recibo, todas las pruebas de lo que pasó en Silver Road se van a la policía mañana a primera hora de la mañana. Yo creo que te arrestarán antes del mediodía, ¿tú qué piensas? Y contigo en la trena, esos pobres niños solo tendrán a su madre velando por ellos. Esperemos que no le quede grande, ¿eh?

Colgó y me dejó jurando y perjurando a una línea muerta que, si volvía a mencionar a Fi o a los niños, lo mataría.

«La historia de Fi» > 01:42:33

Cuando Bram me preguntó si podía acercarse el lunes por la noche a por unos documentos que necesitaba para la denuncia del seguro del coche, le recordé que el archivador estaba vacío.

—Te lo llevaste todo hace meses.

—Sí, pero ahora no encuentro el original del certificado por ausencia de siniestros de cuando modifiqué la póliza el año pasado. Debí de meterlo con las cosas del seguro de la casa. No me llevará más de un minuto.

—¿Cuándo crees que nos lo pagarán? —le pregunté cuando salió del despacho. Habían pasado dos semanas desde que denunciamos el robo del Audi, y todavía no sabíamos nada. No había vuelto a contactar con nosotros el agente de policía que vino a casa—. ¿Es como con las personas desaparecidas, que tiene que pasar un tiempo determinado antes de que las declaren muertas? —Lo vi de repente tan inexplicablemente hundido que alargué una mano y le toqué el brazo. Lo normal era que evitara todo contacto físico posible con él, pero aquel gesto fue algo instintivo, casi maternal—. Sé que adorabas ese coche. Leo también está triste. Pero ya compraremos otro o, como sugeriste, intentaremos estar una temporada sin coche. ¿Y si nos gastamos el dinero del seguro en otra cosa? Ya sabes que hace tiempo que quiero pintar la casa. Llevamos años sin darle un repaso al piso de arriba. Mira, pase lo que pase, voy a tener que alquilar un coche para el viaje a Kent —añadí. Íbamos a pasar un fin de semana largo en la segunda residencia que tenía Alison en la costa, una tradición de finales de octubre muy popular entre madres e hijos que ya llegaba al quinto año.

—Pensaba que este año no lo haríais —dijo Bram.

—¿Por qué no?

Le costó encontrar una respuesta satisfactoria, y al final contestó:

—No lo sé, Fi. Depende de ti.

«Bueno, no del todo», pensé. La custodia compartida consistía en dar y recibir, y necesitábamos la cooperación del otro a partes iguales.

—Cuando no estemos, puedes decidir dónde pasar los días —le comenté—. No sé si preferirías quedarte en el piso o en la casa. No lo hablamos con Rowan, ¿verdad?

Era evidente que no recordaba quién era Rowan.

—La asesora de la custodia compartida, ¿te acuerdas? ¿Irás al rugby con Rog y los demás ese sábado?

Los maridos solían aprovechar aquel fin de semana para ir a Twickenham o, si las fechas no cuadraban, a Crystal Palace a ver un partido de fútbol. Los años anteriores Bram había sido casi el cabecilla, el líder de la ruta por los bares y el censor de las batallitas sobre la guerra (por lo general los detalles más extravagantes me llegaban por Merle o Alison).

—Creo que me quedaré en la casa —anunció con ese hábito reciente de responder con un retraso de casi medio minuto—. Tal vez invite a algunos amigos del trabajo, a ellos y a sus mujeres.

—Buena idea. Desde hace un tiempo se te ve un poco estresado. —Me acordé de la última vez que nos vimos, cuando empezó a tener esos tics faciales incontrolables—. Y ahora caigo en que pasarás dos noches menos con los niños, conque, si quieres, podemos cambiar algún día de entre semana. ¿Te parece bien?

Me miró con una expresión lúgubre, más propia del hombre al que le acaban de diagnosticar una enfermedad intratable.

—Sí, cuanto antes mejor —contestó.

Bram, documento de Word

El pasaporte estaba donde esperaba que estuviera: en un cajón del archivador de Trinity Avenue con los del resto de la familia. Sospeché que debían de llevar allí metidos desde que habíamos vuelto de las últimas vacaciones juntos; habíamos pasado una Semana Santa en las cálidas playas volcánicas de Lanzarote, un viaje que ahora mismo me parece igual de irreal que haber hecho una travesía submarina por el fondo de la fosa de las Marianas.

El cajón estaba etiquetado como DOCUMENTOS CONFIDENCIALES, y si yo por aquel entonces no hubiera perdido todo sentido del humor, le habría señalado a Fi la utilidad de aquel nombre para las oleadas de crímenes que habían asolado Alder Rise. El problema era que lo único que me quedaba era el convencimiento solemne y perturbador de que yo era el mayor criminal de todos.

Un lobo entre corderos.

Le envié las fotos a Mike antes de la fecha límite y me respondió al instante:

Así me gusta, Bram.
Ahora lo que tienes que
hacer es llamar a este
agente inmobiliario y
concertar una cita para
que te periten la casa.

Me adjuntó los detalles del departamento de ventas privadas de una rama de la agencia Challoner's Property de Battersea.

¿Están al tanto del plan?

NO. Tú, yo, Wendy, Y
NADIE MÁS. ¿Estamos?

Estamos.

La mera idea de que una persona normal, ajena, pudiera verse involucrada en este plan de locos me provocaba náuseas. ¿Y si ese agente acababa con la mosca detrás de la oreja y volvía a la casa cuando estuviera Fi solo para asegurarse?

Justo cuando estaba a punto de apagar el móvil, me llegó un último mensaje:

Como nos jodas el plan,
ya sabes quién lo va
a pagar.

30

Bram, documento de Word

Naturalidad. Normalidad. Sé tú mismo.

Abrí la puerta con una sonrisa de oreja a oreja, igual que cuando atendía a clientes nuevos.

—Buenos días, soy Bram. ¿Rav?

—De Challoner's Property, sí. Tiene una casa preciosa, Bram.

—Sí, la verdad. Entre y se la enseño en condiciones.

Mike se había estado documentando y encontró que la firma Challoner's de Battersea era uno de los destinos predilectos de la gente que no podía permitirse los precios del centro y estaba dispuesta a emigrar a la periferia, a barrios como Alder Rise.

Organicé el peritaje para el miércoles por la mañana, después de ver en el diario compartido que Fi se marchaba temprano a una feria de muestras en Birmingham y que yo podía pedir sin problemas trabajar desde casa aquel día. No me preocupaba en absoluto que alguno de los vecinos pudiera informar a Fi de mi presencia; la mayoría nos conocían lo suficiente como para estar al tanto de lo de la custodia compartida, y si se diera el caso de que alguna vecina rara (porque era imposible que no fuera una mujer) se encontrara en casa, dudo que supiera que Fi no me había dado permiso para estar en la vivienda o que mi invitado era un agente inmobiliario.

Aun así, al entrar en casa me sentí como el delincuente que era, incluso antes de dar una vuelta rápida por el lugar, recoger toda la ropa del suelo y guardar, siguiendo instrucciones de Mike, todas las fotos de Fi. Al menos no me había obligado a sustituir las fotos de Fi por fotos de Wendy o, peor, recibir al agente con esta a mi lado.

—Te las apañarás bien por tu cuenta —me dijo con magnanimidad, con un subtexto claro de «como metas la pata, seré el primero en enterarme».

Si Rav se dio cuenta de que estaba algo apagado, lo debió de achacar a una reticencia mucho más baladí.

—¿Están su mujer y usted seguros de que quieren vender la vivienda?

—Sí, al cien por cien. Y lo más rápido posible, de ahí que ofrezcamos un precio realista. Y le pedimos discreción, algo casi confidencial, por eso hemos acudido a su departamento de ventas privadas. No queremos que los vecinos se enteren de que la vamos a vender, así que nada de información en el escaparate del local ni en internet. Tampoco podemos recibir visitas las noches de entre semana. Los niños se van pronto a la cama cuando tienen cole.

—Entendido.

Era evidente que Rav —quien, por cierto, tenía unas formas atentas y reconfortantes— había lidiado con clientes mucho más problemáticos que yo, y apuntó con diligencia todas mis peticiones.

—Le propongo que organicemos un día de puertas abiertas y que todas las personas interesadas puedan verla del tirón. Si alguien quisiera visitarla de nuevo, podría venir cuando a usted le cuadrara o incluso cuando estuviera trabajando.

Le dije que el día que mejor nos iba era un sábado, el 29 de octubre.

—Es el fin de semana de la operación retorno —comentó—. No es el más ideal, sobre todo si tenemos en cuenta que algunos de mis candidatos estarán volviendo de sus vacaciones y no podrán asistir.

Me había quedado de piedra cuando Fi había empezado a comentarme los planes que tenían para las vacaciones de mitad de trimestre, como si el mundo tuviera un futuro que pudiera planificarse con gusto, mientras que yo vivía y respiraba cada día como si fuera el último y no sentía más que un pavor abyecto por el mañana. Sin embargo, desde el punto de vista del criminal, aquello era una oportunidad de oro: media calle estaría de vacaciones o visitando a sus seres queridos, y eso incluía a las vecinas que estarían con Fi en casa de Alison, en Kent.

Sí, los maridos se quedaban en casa, pero los hombres no se enteran de casi nada, y lo digo por experiencia propia.

—Es el único día que nos va bien —le dije a Rav.

—Pues lo organizaremos ese día entonces. Generará muchísimo interés de todas formas. Hay muchas parejas con hijos pequeños que todavía no van a la escuela, así que saltarse esas vacaciones no supondrá un problema para ellos. Les atraerá la cercanía de la Escuela Primaria de Alder Rise, claro.

—Claro —convine.

No pensé en mis propios hijos ni en si continuarían en su excelente colegio público con sus conejillos de Indias como mascotas y la tutora que no podía contener las lágrimas cuando su clase cantaba delante de los padres en el concierto de fin de curso. Tampoco pensé en ellos cuando discutimos las comisiones del agente ni cuando firmé el contrato que se generó en aquel preciso instante. Me convencí a mí mismo de que el sistema legal, las leyes y el orden, la ética..., algo, en definitiva, intervendría para poner fin a la hecatombe hacia la que me dirigía. Para pararle los pies a Mike y que este dejara de hacerme ahogadillas hasta que me ardían los pulmones.

—Empezaré a llamar a mis candidatos en cuanto regrese a la oficina —me anunció Rav.

No dejaba de repetir la palabra *candidatos*. Candidatos para vivir nuestras vidas.

Cuando salió por la puerta, devolví la ropa a los suelos de las habitaciones y las fotografías al lugar que les correspondía.

Mike estaba deambulando por delante del edificio de mi oficina cuando llegué, poco antes de la hora de la comida.

—¿Cuánto? —me espetó.

—Hemos acordado que dos millones doscientos mil.

—Por debajo de lo que pedirían el resto de los vecinos. Buena. Acepta cualquier oferta por encima de los dos millones.

—Sí, señor.

No se inmutó. Una de mis compañeras pasó por delante de nosotros con una bolsa de comida de la bocatería que había pegada a la empresa.

—¡Hola, Bram! —exclamó.

De lujo. Se sabía mi nombre y yo no era capaz de recordar el suyo. Y me había visto con Mike. Por mucho que llevara un gorro de lana negro calado hasta los ojos, sus facciones afiladas y la corpulencia propia de un muro de ladrillo eran inconfundibles. («Sí, estoy segura de que ese es el hombre que estaba con Bram. Me dio mala espina cuando los vi juntos, no os voy a engañar.»)

—Mike, vete ya, por favor. Que no nos vean juntos. La próxima vez ponte en contacto conmigo como siempre.

Me dedicó una larga y tensa mirada que volvía a recordarme que las órdenes las daba él, no yo.

—Mantente encima del agente inmobiliario, ¿vale? —dijo finalmente—. Y necesitamos el dinero del coche para la semana que viene. He quedado con un tipo.

—¿Con quién?

—Lo mejor es que no sepas nada más. Confía en mí.

«¿Que confíe en él? Claro.»

—Si no te ha llegado el cheque para entonces, más te vale buscar otra forma de conseguir el dinero —añadió. Se enderezó, se metió las manos en los bolsillos y, por su lenguaje corporal, parecía relajado hasta extremos incomprensibles—. ¿Sigues sin saber nada de la policía?

—Nada de nada. Lo último fue el día que hablaron con mi mujer.

—Puedes llamarla por su nombre, Bram. Fiona. Tú la llamas Fi, ¿no?

—Claro que puedo llamarla por su nombre, pero preferiría que tú no lo hicieras.

—Ah, bueno, acabáramos —me soltó con sorna.

Lo ignoré.

—Oye, recuérdame lo de la coartada que me comentaste.

—Sí. El Half Moon en Clapham Junction.

—Dime tu nombre completo y un número, por si acaso.

—Tú di solo Mike. Me paso allí casi todo el día; los del bar les dirán dónde encontrarme. No somos colegas, no tenemos el número del otro ni ha habido nada homoerótico; estuvimos un ratito charlando y otro ratito de juerga.

Aunque no le fallara la intuición, me ponía de los nervios que continuara negándose a decirme cómo se llamaba. Mis pesquisas por internet sobre su identidad y la de Wendy no me habían reportado más que resultados irrisorios: prueba a buscar en Google «Mike sur de Londres». Y en las empresas de productos de limpieza que encontré en Beckenham o alrededores no había ninguna Wendy con un puesto permanente.

—De juerga nada, que tuve que estar de vuelta en Alder Rise a las siete por los niños.

—Vale. Nos pimplamos un par de pintas entre las cinco y media y las seis y media. ¿Mejor? Hablamos de fútbol. Nada del otro mundo. Que no esperen que nos acordemos de los detalles. Conozco a uno de los camareros; nos cubrirá por un puñado de libras.

—Hablando de dinero —lo corté—. Si esto sigue adelante, ¿cuál será mi parte cuando acabemos?

Soltó una carcajada y varias columnas de aliento vaporoso hacia el frío aire del mediodía.

—Pensaba que no me lo ibas a preguntar nunca.

—Bueno, pues ahí lo tienes. Contéstame.

Me acercó la cara y me dirigió una mirada siniestra.

—Tu parte es tu libertad, tronco. Yo creo que, como mínimo, te caerían diez años buenos. Y todos sabemos que matar a un crío es de lo peorcito que puede hacer un ser humano. Imagínate diez años de palizas, sodomía y sabe Dios qué más; un infanticida cuarentón en una celda con un psicópata de veintipocos. ¿O ahora las celdas son de tres? No querría estar en tu lugar.

Contuve el aliento con el corazón en un puño.

—Ay, ¿te he tocado la fibra? —se mofó—. Imagínate las fibras que te van a tocar ahí dentro. Harán cola a la salida de tu celda.

Empecé a retroceder como si tuviera delante al mismísimo príncipe de las tinieblas.

—¡Y no te preocupes por la pasta! —exclamó—. Te enviaremos un detalle cuando acabemos. Será como la comisión de la inmobiliaria.

«La historia de Fi» > 01:46:26

No, no había presentado a Toby y a Bram. No se lo había presentado a nadie. No quería pasearlo por el circuito de cenas y fiestas de Trinity Avenue y él no tenía ni una pizca de interés por las estructuras sociales de Alder Rise.

—¿Cómo es que no te ha invitado todavía a su casa? —me preguntó Polly.

—Por lo que me ha ido insinuando, creo que le da algo de vergüenza —contesté—. Se quedó bastante tieso después de divorciarse, así que supongo que debe de vivir en un sitio muy modesto.

—No estará casado, ¿verdad?

—Bueno, tampoco podría echárselo en cara, porque yo sí que lo estoy.

—Tú estás separada —me corrigió—. ¿Alison lo conoce?

—No, nadie. Polly, es algo informal.

—Por muy informal que sea, tendrías que saber dónde vive. A lo mejor deberías preguntárselo a la mujer —me propuso, arrastrando las palabras.

No era la primera ni la última vez que me exponía la teoría del hombre casado —y, para ser sincera, las infidelidades de Bram le daban la razón y desmontaban cualquier juicio que yo pudiera hacer—, pero opté por dejar que me entrara por un oído y me saliera por el otro. Me negaba a pasarme el día buscando culpables o preparándome para lo peor. Es posible que esa actitud no encaje en un mundo tan cínico como el nuestro, pero no pienso disculparme por haberlo intentado. Además, iba de culo con el trabajo y me estaba rompiendo los cuernos para tratar de organizar las vacaciones a mitad de trimestre y el fin de semana que pasaríamos en Kent. Al no haber podido ir a ninguna parte en verano, Harry estaba tan impaciente que apenas había podido dormir la semana anterior. Tampoco lo ayudó que una de las noches un helicóptero se pasara varias horas sobrevolando Alder Rise sin parar. Esto es el sur de Londres, pasa mucho.

—No te preocupes —le dije cuando saltó a mi cama—. Es la policía buscando criminales.

—¿Cómo los buscan si no hay luz? —me preguntó.

Le conté que una vez había leído en un artículo que los helicópteros de la policía utilizaban cámaras termográficas. Podías creerte que los arbustos te ocultaban, pero en las pantallas aparecías blanco brillante.

—Es como el rotulador forense. Usan una luz especial para ver lo que por lo general no podemos ver.

—Son más listos que los malos —concluyó Harry.

—Mucho más listos —coincidí.

Sé que sonará irónico, pero allí, tumbada en la cama, mientras oía el *staccato* incesante de las hélices, pensaba sinceramente en lo mal que debía de sentirse un prófugo de la ley tratando de enfrentarse a las tecnologías del siglo XXI. Era imposible que la policía no diera contigo una vez que encontraran tu rastro. Llegué a pensar, aunque solo por un instante, «pobrecito».

Sí, di por supuesto que se trataba de un hombre.

Bram, documento de Word

Hubo un artículo, solo uno, que no necesito recordar palabra por palabra, puesto que me lo imprimí. Lo encontrarás con el resto de mis efectos personales, por insignificantes que sean, en la habitación del hotel.

Los padres lloran la pérdida del «rayo de luz» de sus vidas

El funeral de la víctima del trágico accidente en Silver Road, Ellie Rutherford, ha tenido lugar hoy en la iglesia de San Lucas, en Norwood, al que ha podido asistir la madre de la niña de diez años después de que le hayan dado permiso para salir del hospital para despedirse de su queridísima hija.

Muchos asistentes han llevado prendas amarillas, el color favorito de Ellie, y se ha colocado un arreglo floral blanco y amarillo encima del ataúd. Tim Rutherford, quien ha hablado en el sepelio, ha descrito a su hija como el «rayo de luz» de sus vidas, una niña que adoraba escribir historias y cantar y que se sentía orgullosísima de que la hubieran nombrado delegada de clase durante el último año de su educación primaria. «Con diez años ya podías empezar a ver la magnífica adulta en la que se habría convertido», ha dicho.

Ya hace una semana que murió Ellie, tras el incidente del pasado septiembre cuando un vehículo a gran velocidad forzó al coche de su madre a salirse de la calzada. Mientras que sus allegados y algunas asociaciones de víctimas de accidentes reclaman más efectivos en la investigación policial, el tío de la menor, Justin Rutherford, ha declarado: «Lo lógico sería pensar que a estas alturas ya habían detenido a algún sospechoso. La familia entera está conmocionada sabiendo que el criminal sigue probablemente en nuestras carreteras poniendo las vidas de otros niños en peligro».

El inspector de policía Gavin Reynolds ha comunicado: «El trabajo policial acostumbra a basarse en un meticuloso proceso por eliminación, pero confiamos en encontrar al conductor del vehículo en cuestión y descubrir con exactitud qué provocó el fatal accidente. Enviamos nuestro más sentido pésame a la familia de Ellie en este doloroso día».

Mientras escribo esto, asumo que los Rutherford ya conocen mi nombre. Si no, para cuando leas esta nota, seguro que sí lo conocen. Y asumo que esperan con todas sus fuerzas que me esté pudriendo en el infierno.

31

«La historia de Fi» > 01:49:06

Nos apuntamos cuatro a las vacaciones de mitad de trimestre —Alison, Merle, Kirsty y yo—, cada una con un par de críos. Total, que al final éramos doce personas. Cuando llegué aquel jueves con las últimas luces del día iluminando el canal de la Mancha, Leo y Harry ni siquiera se dignaron quitarse las chaquetas antes de lanzarse al griterío de niños y perros del amplio jardín al borde de la playa. Se pasaron la mayor parte del tiempo al aire libre, aunque establecimos ciertos límites a la hora de acampar: los vientos costeros podían llegar a ser muy virulentos por la noche.

Encontré a las mujeres en el salón con una botella de vino abierta delante de la chimenea. Aunque ya fuera el quinto año que hacíamos esto, era el primero desde el derrumbe de mi matrimonio, y en ciertos momentos noté en la estancia el eco del pacto tácito que habían hecho para evitar el tema. «Mejor para mí», pensé. Cualquier historia de terror que se pudiera llegar a contar aquel fin de semana estaría relacionada únicamente con Halloween.

—¡Hola, hola! —exclamé, y dejé delante de ellas mi ofrenda: una ginebra artesanal del mercado.

Alison se puso en pie de un salto para darme un abrazo.

—Ay, Dios, bebercio artesano. ¡Vaya pedete vamos a coger! Vasos, chicas.

—Ya voy yo —dijo Merle, antes de tomar la botella y dirigirse hacia la cocina.

—Estás tiritando. Siéntate en el sofá, al lado del fuego —me propuso Alison.

—Hemos dejado a Daisy a cargo de los niños. Once años son suficientes para denunciar un asesinato, ¿no?

Solté una carcajada. Era insultantemente fácil relajarse en ese salón iluminado por lámparas, entre las paredes de piedra que nos resguardaban de los elementos y los gin-tonics que Merle distribuyó y que diluyeron toda tensión del mundo real.

—Por favor, nada de hablar de las matrículas de los niños este finde —suplicó Kirsty, y sonaba más a amenaza que a petición—. Como alguien diga algo, acabaré explotando.

—Por mí bien —coincidió Alison—. Si fuera por mí, mis niños se quedarían en el cole para siempre y en la vida se les pasaría por la cabeza que no tuviéramos razón en todo lo que les contamos.

—Eso es lo bueno de tener niños —dije—. Yo creo que siempre están seguros de que lo que les soltamos es verdad.

—Ah, y tampoco de los precios de las casas —añadió Merle—. ¿Os parece que ni los mencionemos? Estoy saturada no, lo siguiente.

Alison se quedó ojiplática.

—A ver, nos va a costar, pero por intentarlo... Eso sí, antes de nada quería preguntaros si alguna se ha enterado de la casa de Alder Rise Road que ha roto el techo de los tres millones.

—¿Tres kilos? ¿En serio?

Un escalofrío familiar de satisfacción nos recorrió el cuerpo a todas: solo había algo mejor que ser millonaria, y era serlo sin haber tenido que levantar ni un dedo.

(Si eso os suena digno de una persona engreída y vanidosa, acordaos de por qué os estoy contando todo esto. Os aseguro que ahora mismo no hay ningún millón en mi cuenta bancaria.)

—El otro día me pareció ver a un agente inmobiliario en tu casa, ¿puede ser? —me preguntó Kirsty.

—No, debía de estar en la de los Reece —respondí—. Creo que han cambiado de inmobiliaria.

—Lleva ya tiempo en venta, ¿verdad? —preguntó Alison—. No sé qué problema tendrán.

—Sophie Reece me contó una vez que ya habían rechazado tres ofertas —contestó Merle—. No quieren bajar de los dos millones trescientos mil.

—¿Adónde tienen pensado irse Sophie y Martin?

—Justo al otro lado del parque —dije—. A una planta baja. Quieren algo más sencillito.

Sencillito debe de ser una de las palabras más temidas en el vocabulario de Alder Rise, puesto que va irremediablemente asociada a divorcio, síndrome del nido vacío, problemas financieros... o a las tres cosas a la vez.

—A todas nos pasará antes o después —comentó Merle— y, por lo que he visto, cuando llega el momento lo mejor es no resistirse.

Era casi como si estuviera hablando de la muerte.

—Bueno, pues yo me niego a aceptarlo —opinó Alison.

—Lo curioso es que yo no. La mediana edad debe de pesarme aún más que a vosotras.

Merle tenía un aspecto lo bastante lozano como para hacer ese tipo de comentarios sin vacilación alguna. Hubo una vez en que quizá yo solita ya habría tenido dudas por las dos, pero en aquel momento, entre el pilates y los reajustes generales que te provoca el hecho de acostarte con alguien nuevo, la cosa había cambiado.

—Estoy de acuerdo con Merle. Os diría que hasta sueño con algo más humilde —añadió Kirsty—. Ni que sea mantener la misma casa pero con menos trastos.

—A lo mejor por eso te entraron a robar —bromeó Alison—. Percibieron a la minimalista que llevas dentro.

—Que se atrevan a intentarlo de nuevo con todos los letreros amarillos que ha repartido la policía por el vecindario —comentó Merle—. No ha vuelto a pasar nada desde entonces, conque supongo que funcionan.

—Bueno, lo del coche de Fi —le recordó Alison—. ¿Cuánto hace ya?

—Casi un mes —rezongué—. Y seguimos esperando a que procesen la denuncia.

—Ahora me vienen a la cabeza las palabras *sangre* y *piedra* —intervino Kirsty—. Ya os he dicho que no sacamos nada en claro, ¿verdad?

—Y Carys nos ha contado que su hijo aún está de broncas con el banco por lo del fraude —añadió Alison—. La policía dice que no hay forma de rastrear el dinero, así que depende única y exclusivamente del banco si se lo reembolsan o no.

—Uy, pues que espere sentada.

—Ha llegado el punto en que es más probable que les paguen a los criminales que a las víctimas —declaró Alison—. Hasta os diría que les respetan el derecho humano incontestable de no hacerlos sentir culpables.

Y bla, bla, bla. Para el oído poco acostumbrado aquello era más de lo mismo, la relajada cháchara entre amigas que cada vez van más piripis, pero yo no pude evitar sentir una sutilísima brecha entre las otras y yo. Había cambiado, era una mujer soltera —o casi soltera— a la que habían humillado y engañado. Cuando me preguntaran por Toby, y no tardarían, sería con ese placer vicario que no hace sino que enmascarar un miedo cerval: el miedo a ver sus propios reinos viniéndose abajo, un destino que podría esperarle a cualquiera de ellas.

No me malentendáis: no las estoy criticando. Considero a las tres muy buenas amigas. Lo que pasa es que me siento una suerte de intrusa, y ahora me doy cuenta de que ese proceso no empezó cuando me robaron la casa, sino cuando perdí la confianza en mi marido.

—A ver, recapitulemos —anunció Alison—. No hablamos del cole, no hablamos de las casas, no hablamos de la edad...

—¿Qué nos queda? —preguntó Kirsty, y soltó una risita—. ¿Hombres?

«Ya tardaban», pensé.

—¿Más ginebra? —Alison hizo un repaso de todas las superficies de la estancia, como si de un foco en busca de vasos vacíos se tratara, y sirvió el resto de la ginebra. No tardamos en acumular botellas y en bromear sobre lo que podrían llegar a pensar los de los servicios sociales si se toparan con nosotras ahora, o quizá cuando los niños volvieran de jugar, se sentaran a esperar la cena y, como hicieron un año, recopilaran todas las botellas vacías y se pusieran a soplar por el cuello. A generar música a partir de las miserias de sus madres.

—Venga, Fi, ponnos al día del experto en tráfico...

#VíctimaFi

@alanaP Tengo la sensación de que esta le da a la bebida igual que el ex.

@NJBurton @alanaP ¿Qué estará haciendo el otro en casa?

@alanaP @NJBurton ¡Fiestón por todo lo alto en la casa compartida! ¿Os habéis fijado en que han bromeado sobre niños muertos?

@NJBurton @alanaP ¡Más les vale que no! Lo de la casa ya es suficientemente grave como para que encima muera alguien.

Bram, documento de Word

La supervivencia, por temporal que fuera, se la debía casi por entero a la compartimentalización, y ya me estaba volviendo todo un experto en sellar cada extremo y cada rincón de dichos compartimentos. La alternativa era perder la chaveta e irme de cabeza a un psiquiátrico o al puente de Waterloo, lo que me pillara más cerca. Incluso el día en que Rav llegó con un compañero de Challoner's para montar la jornada de puertas abiertas me imaginé mi propio cuerpo cayendo en una trayectoria imparable hacia el río, y las aguas engulléndome con avaricia. Y pensé también en los espectadores del suicidio: ¿pediría alguien ayuda o se limitarían a grabar mi muerte con el móvil y a tuitearla?

—Tengo a un montón de gente interesada —me comunicó Rav, y estuve un rato fingiendo entusiasmo mientras me recitaba las reservas ya confirmadas y las que aún estaban pendientes de confirmación.

—Saben todos lo de no decirle ni mu a los demás agentes, ¿no?

Mi miedo más reciente era que a algún visitante que hubiera visto la casa de los Reece le diera por echarles en cara el precio de la mía y lo aprovechara para renegociar con ellos. Sophie Reece acabaría viniendo a hablar de la situación con Fi. «Yo creo que ha habido un malentendido», le diría Fi, con esas arrugas en la frente que le salían cuando sonreía y que a mí me parecían tan adorables. No soportaba que hubiera malos rollos entre los vecinos y no le importaba complicarse la vida con tal de proteger el *statu quo*. «De verdad, me habría enterado de algo así», seguiría, y Sophie le daría la razón y admitiría que debía de tratarse de un error.

Lo que sí me resultaba mucho más útil era que los Reece tuvieran una segunda residencia en Francia y que se marcharan para allá todas las vacaciones del colegio sin excepción. A menos que me hubiera mirado un tuerto, estarían bien lejos de la calle justo cuando a mí me convenía.

—¿Su mujer no nos honrará hoy con su presencia? —me preguntó Rav.

—No, se ha ido con los niños a pasar el fin de semana fuera. Solo mujeres e hijos.

Pensar en un grupo de mujeres que se iban a pasar tres días empinando el codo y tratando de arreglar el mundo me provocaba escalofríos; aunque, de nuevo, no era ni de lejos lo que más escalofríos me generaba. Si se enteraran mínimamente de lo que estaba haciendo en aquel momento, una atrocidad marital tan terrible que hacía que el adulterio pareciera algo casi caritativo...

—Le ha tocado a usted pagar el pato, ¿eh? —bromeó la asistente de Rav.

Estaba atareada montando un espectacular centro de mesa para el recibidor con lirios, cuyos tallos verdes se alzaban como astas y con unas bocas rosadas más que preparadas para seducir a quien entrara.

Tal como Rav me había prometido, había bastantes personas interesadas, demasiadas como para recordarlas de forma individual, pero no tantas como para que llegaran a provocar ninguna congestión. Yo me quedé más bien entre las sombras, esforzándome por no sacar un pitillo y esbozando sonrisas huecas a quien se acercara a mí.

—Tienen ustedes una casa magnífica —me iba diciendo visitante tras visitante—. ¿Nos puede confirmar si se encuentra en la zona de admisión de la Escuela Primaria de Alder Rise?

—Sí, y en la del Two Brewers también —respondí, pero la broma cayó en saco roto, probablemente por mi pinta de necesitar rehabilitación.

Al final, cuando ya solo quedaban en la casa los últimos candidatos, me permití un cigarrillo al fondo del jardín, sentado en el borde del porche de la casita de los niños. El suelo se estaba endureciendo con las primeras heladas, y las briznas doradas esperaban con paciencia que los niños las pisotearan y quebraran. Las había notado suaves bajo los pies aquella noche de julio en que al final se me acabó la suerte. La naturaleza no emitió ningún tipo de aviso cuando Fi atravesó el jardín en dirección a nosotros.

Ay, Fi. Ninguna mujer se merece menos la que le está cayendo encima.

—Ha sido un gran día —me anunció Rav cuando cerró las puertas—. Estoy bastante seguro de que nos llegaran peticiones para una segunda visita después del fin de semana, o hasta las primeras ofertas.

Saqué un par de cervezas de la nevera; seguir el juego era mucho más fácil con alcohol, incluso ese tipo de juego.

—¿Cómo es posible que se puedan permitir estos precios? —le pregunté—. No creo que todos tengan grandes puestos en la banca.

—No, pero van a vender un piso o un adosado en Battersea, Clapham o Brixton. Quizá dos. Ya sé que ustedes buscan un comprador que no necesite vender otra propiedad.

—Sí, preferimos que no se monte una cadena. Necesitamos quitarnos la casa de encima rápido.

—Y esa será nuestra prioridad. También solemos tratar con personas a las que les ha caído encima una herencia, así que haremos todo lo posible por encontrar a alguien así.

Fue entonces cuando volví a pensar en Fi y en su convencimiento de que Leo y Harry debían heredar la casa, y por un momento me vi allí con el objetivo de vender la casa a escondidas y la situación me pareció científicamente inviable, algo del todo ajeno a la realidad. El karma tendría que haberme parado los pies de alguna forma: que nadie presentara ninguna oferta, por bajo que fuera el precio; así habría complacido a Mike sin infligir ningún daño real a nadie. Wendy y él desaparecerían de mi vida y atormentarían a otro pobre diablo.

Claro que sí.

En el fondo, lo que más me incordió fue la extraña familiaridad de los interesados; la mujer que irradiaba una cierta ambición social y el marido era más cauto, o más ducho a la hora de ocultar sus aspiraciones. Él se jactaba de la cara de póker que podía adoptar a la hora de negociar el precio, quizá, igual que yo tantas lunas atrás.

—Los voy a hundir —le había prometido a Fi señalando al par de profesores divorciados que vendían la casa, y al poco estábamos celebrándolo con champán y creyéndonos casi conquistadores, héroes.

Habría preferido que se tratara de la hija de algún millonario de Pekín o alguien de Burnley a quien le había tocado la lotería. Pero no los Fi y yo de una vida pasada.

32

«La historia de Fi» > 01:55:30

La fiesta de Halloween del sábado por la noche solía ser el culmen del viaje. La tradición obligaba a que hubiera un bol enorme de lichis de lata y otro de espaguetis con salsa de tomate para que los niños, con los ojos vendados, fueran metiendo las manos por turnos en los «ojos» y los «sesos», respectivamente. Acto seguido, ya sin la venda y con los rostros pintados, bailaban y gritaban bajo guirnaldas de luces con forma de telaraña, se zampaban el pastel con una cobertura de color verde chillón (o blandiblú) y bebían zumo de cereza (o sangre de vampiro) con pajitas de fantasía.

Los críos eran los únicos que iban disfrazados, pero cuando me miré en el espejo al final de la noche percibí también una cierta transformación en mí misma. En contra de lo que establecen las normas de Halloween, tenía un aspecto menos fantasmagórico y más humano. «He sobrevivido —pensé—. Estoy contenta.»

Aunque claro: ¿sería porque el adulterio no es el peor crimen que puede cometer un ser humano ni de lejos? Hay gente que se pasa el día matándose, o abusando de las personas más vulnerables y robándoles a los ancianos; se bombardean ciudades y se ahogan refugiados. ¿Cómo no iba a perdonar a Bram... por segunda vez?

Porque habría una tercera, una cuarta y una quinta, por eso. Apagué la luz del baño y, con ese gesto, también me quité el pensamiento de la cabeza.

—Ay, Ali, qué bien se está aquí... —decía Merle cuando volví a la planta de abajo.

Kirsty estaba supervisando la hora de irse a dormir de los niños, y ya estaban todos colocados en camas hinchables bajo los aleros del tejado. *Bingo*, el spaniel de Kirsty, y *Rocky*, el labrador de Alison, se habían quedado roques en la alfombra de la sala de estar, sin que nadie tuviera del todo claro lo que habían podido llegar a engullir durante las festividades.

—Es mérito de todas —añadió Alison, examinando la suciedad que flotaba encima de su copa de prosecco.

—No lo digo por la fiesta, sino por la casa en sí. Ojalá tuviera tan buen gusto.

A Merle nunca le había interesado demasiado el cuidado de la casa, al contrario que a Alison, quien estaba siempre al día de los acabados de pintura más en boga y era la primera que entraba en los mercados de flores de

New Covent Garden Market cuando abrían. Recuerdo que una vez vi a Merle cortándose las uñas con unas tijeras de cocina y tirándolas al suelo. Salió de la cocina con un puñado de gin-tonics y apagó las luces con la nariz. Era una persona espontánea, bromista y con una alegría de vivir que siempre le envidié.

Y aún sigo envidiándola.

Al ver cómo daba un largo sorbo a su copa de vino, como si quisiera saciar su sed con un refresco cualquiera, me di cuenta de que el líquido de su copa de champán era mucho más efervescente que el nuestro, hasta el punto de que las burbujas se acumulaban en la superficie.

—¿No estás bebiendo, Merle?

Esbozó una mueca: había descubierto el pastel. Tuve la impresión de que lo habría negado si no se lo hubiera preguntado yo.

—Es agua con gas —confesó.

—¿Es la primera que te tomas o llevas toda la noche así?

Se encogió de hombros.

—¡Menuda arpía! —exclamó Alison—. No me puedo creer que te hayas infiltrado en nuestra guarida. ¿Qué te pasa?

—Nada del otro mundo —contestó Merle—. Me ha dado por llevar una vida más salubre en octubre.

—¿Por qué? ¿Por lo de la ONG?

—No exactamente. Quizá... ¿porque me gusta la rima?

Alison se rio por lo bajo. Merle era demasiado lista y supo que no la creímos.

—Yo no pienso dejar de beber en la vida —comenté. Sentí un instinto atávico por protegerla de otras posibles preguntas—. Y me importa un bledo lo que dijera Shakespeare en un pentámetro yámbico al respecto...

—Ya, pero es que tú acabas de empezar una relación —dijo Alison—, y eso siempre conlleva embriaguez... En todos los sentidos.

Solté una risita.

—Por experiencia propia os digo que son las relaciones más largas las que te abocan a la bebida.

Alison se volvió de nuevo hacia Merle, que contemplaba la negrura de la noche que se extendía más allá de la ventana.

—Bueno, al menos estamos a finales de mes —concluyó Alison, y dejó escapar un suspiro.

Bram, documento de Word

Después de que Rav y su asistente se marcharan, me serví un vaso de vodka que podría haber tumbado a un animal de granja y me duché para quitarme de encima las toxinas del día. La falsa modestia y la avaricia. Los sudores fríos. La tensión. Me monté el plan que consideré que podía distraerme mejor, aunque, en el peor de los casos, sería abrir la puerta de acceso a otra variable más en el espectáculo de variedades en el que se había convertido mi existencia, otra complicación, otra cosa de la que arrepentirme.

Sonó el timbre. Me miré en el espejo del recibidor y me vi medianamente humano, al menos si no te fijabas con demasiada atención.

—¡Tienes una casa preciosa, Bram! —exclamó mi invitada. Llevaba un vestido negro (por erotismo, no por duelo), aunque a decir verdad me habría dado igual que fuera por lo segundo.

—Lo curioso es que no eres la primera persona que me lo dice hoy —respondí.

Sabía que me estaba pasando algo extraño en la cara, no tan grave como aquel día delante de Fi, cuando pensé que me estaba dando un ictus, pero lo suficiente como para que mi invitada se percatara.

—¿Estás bien? Te noto raro. ¿Ha ocurrido algo?

—No, tranquila. —Una sonrisa, la más amplia que fui capaz de esbozar, ocultó las posibles fisuras—. He tenido un día muy largo. Entra y te sirvo un copazo.

—Me gustan los hombres previsores —dijo Saskia.

—Esta noche toca atrasar los relojes —me recordó más tarde, en la cama, y fue inevitable que deseara atrasarlos mucho más que una hora, quizá hasta septiembre, para poder deshacer todo lo que había hecho. O incluso antes. ¿Hasta cuándo? Tal vez a cuando me acosté con aquella chica del trabajo años atrás. ¿Sería entonces cuando empezó a crecer la enredadera?

Se llamaba Jodie. Joder, qué joven era, veintitrés o algo por el estilo. Me acuerdo de lo que sentí al día siguiente mientras conducía a casa desde el hotel. No era culpa, o al menos no una culpa real como la que siento ahora, sino más bien la necesidad de reconocer la metedura de pata, de señalar de alguna forma un cambio de era.

—Si pudieras escoger, ¿cuánto tiempo atrasarías el reloj? —le pregunté a Saskia—. Ya no hablo de horas, sino de meses o incluso años. ¿Dónde lo pararías?

—No lo tocaría —contestó—. No me arrepiento de nada. De verdad, es una de mis filosofías de vida. No me mires así.

—¿Así cómo?

—Como si de repente te hubieras dado cuenta de que soy una extraterrestre.

—La extraterrestre no eres tú —la corregí—, sino yo.

La volví a besar no solo porque precisamente la hubiera llamado para eso, sino también para dar por terminada una conversación que comenzaba a ponerse sensiblera y amenazaba con obligarme a delatarme. Ella debió de sentir alguna especie de elemento nuevo en mis maneras, porque rompió el silencio y dijo:

—¿Esto qué es, Bram?

—¿El qué?

—Esto. Lo de esta noche.

Dios, ¿tan pronto?

—¿Tú qué quieres que sea? —le pregunté.

Suspiró al comprender de inmediato que había recurrido a esa pregunta otras veces y que era la única respuesta que podía esperar de mí. Al menos era consciente de la persona con la que había pasado la noche: un mujeriego con antecedentes a punto de divorciarse. Una versión casi pública de mí mismo por la que ahora siento hasta nostalgia.

En serio, es un milagro que durara tanto aquella noche.

33

Viernes, 13 de enero de 2017
Londres, 15.00 h

Cuando han llegado los agentes de policía Elaine Bird y Adam Miah, han quedado ocupados todos los asientos disponibles de la cocina de los Vaughan y se han terminado de usar todas las tazas de té que habían desempaquetado. Lucy le ha pedido consejo a Fi sobre la calefacción centralizada, dado que el día ha empezado a ponerse feo (incluso hay posibilidades de que nieve esta misma noche), y le ha parecido algo grosero no enseñarle cómo funciona.

Hace un buen rato que se han ido los de la empresa de mudanzas en un convoy de furgonetas. David no estaba lo bastante aturullado como para olvidarse de la propina, y Fi se los imagina gastándosela en el bar, diciéndose los unos a los otros: «Vaya tía más rara, ¿no? ¿Quién era? Sí, la que no se han podido quitar de encima».

Breve resumen oficial de la situación: Bram no ha desaparecido o, más bien, un adulto tiene todo el derecho legal a esfumarse sin que haya ninguna razón que haga pensar que no está a salvo o en el lugar donde voluntariamente quiere estar. Al fin y al cabo, aún no han comprobado si se encuentra en la segunda residencia (no va a estar allí tirado en sofá disfrutando de un episodio de *Juego de tronos*, eso ya se lo puede confirmar Fi a cambio de nada) o con algún familiar.

—Solo tiene a su madre —dice Fi—. Ya la he llamado, y no está con ella.

—¿Y con un amigo o un compañero de trabajo? Quizá también debería llamar a los hospitales de la zona.

David Vaughan se ofrece voluntario para meter a Bram en un hospital, si es que no está ingresado ya, pero ha juzgado mal a su audiencia y la audiencia se queda bastante fría con la broma.

—Si el próximo lunes aún no lo ha localizado —le dice la agente Elaine Bird a Fi— y piensa que tiene motivos de peso para creer que puede estar en peligro, vuelva a ponerse en contacto con nosotros.

La crisis de la venta de la casa se gestiona con la misma circunspección. Igual que Bram, los ingresos de la venta técnicamente no están extraviados, ni siquiera reclamados, no hasta que no se inspeccionen los ingresos de la cuenta de Bram. No ha habido fraude, o no hasta que no tome cartas en el asunto la unidad de fraudes de la policía y se remita la investigación a otros grupos especiales como Falcon y las unidades metropolitanas contra el fraude y el cibercrimen. Mientras tanto, si existe alguna sospecha de que los abogados han incurrido en comportamientos negligentes, la parte perjudicada puede ponerse en contacto con el colegio oficial de abogados. (A eso es a lo que ha quedado reducida Fi: a la parte perjudicada.)

—Los fraudes inmobiliarios están en alza —comenta el agente Miah—. Probablemente lo han visto ya en las noticias. No hace demasiado que enviamos un aviso a todos los agentes inmobiliarios y bufetes de abogados para que estén ojo avizor, todavía más, y sobre todo a la hora de enviar detalles bancarios por correo electrónico, que es lo que los estafadores tienden a interceptar. Suele ocurrir cuando el inquilino de una propiedad no conoce al propietario y, por tanto, es más improbable que cuestione las visitas de agentes y peritos.

—Sí, pero este no es el caso —señala David—. Nosotros hemos comprado la casa con la cooperación de uno de los propietarios.

—Eso todavía no lo sabemos seguro —objeta Fi—. Como ha dicho Merle, puede ser que Bram actuara bajo coacción.

—Por eso les hemos avisado —les comenta Merle a los policías—. El fraude en la venta de la casa y la desaparición de Bram están relacionados de forma clara. Nos preocupa que haya podido ser víctima de criminales profesionales.

—¡Y vuelta la burra al trigo! —exclama David—.

Que lo conocimos el día de puertas abiertas y ya les digo que no había nadie encañonándolo. Firmó todos los documentos y formularios. Sería tan sencillo como verificar la firma, ¿o no? —le pregunta al agente Miah.

—Si decidimos abrir una investigación, sí.

—También debió de recibir a nuestro perito —añade Lucy—. Vino en diciembre, puedo consultar la fecha exacta.

—Seguro que cuando sus abogados respondan a las llamadas arrojarán algo de luz sobre este asunto —opina la agente Bird, y Fi tiene la impresión de que ella y su colega creen estar mediando en la disputa por una plaza de aparcamiento o un vecino ruidoso en vez de respondiendo a la denuncia de un crimen muy serio.

—Y, aunque no nos sirvan de ayuda —se obstina David—, lo que no pueden pedirnos es que nos quedemos de brazos cruzados hasta que lo deriven y se investigue, ¿no? Necesitamos saber quién tiene derecho a vivir en esta casa. Hoy, mañana y a corto plazo.

—Fi, claramente —suelta Merle.

—Pues que nos devuelva los dos millones —le espeta David, y Lucy le dirige una mirada de «No te sulfures, que cuando todo esto se resuelva seremos vecinos. A lo mejor hasta la invitamos a las barbacoas y a tomar algo por Navidad. Sus hijos podrían llegar a hacer de canguros de los nuestros».

Fi echa un vistazo alrededor de la mesa y siente la urgencia perversa de echarse a reír. No una simple risita, no, sino una risotada a pleno pulmón, algo surrealista, absurdo. Solo saben que no saben nada. Bram está desaparecido y los abogados no dan señales de vida. Da la impresión de que se lo han inventado todo. No le sorprende que los agentes estén tan impacientes por retirarse y les hayan aconsejado que vuelvan a llamarlos el lunes cuando «se enteren de algo más».

Lucy y Merle los acompañan a la calle como coanfitrionas inesperadas y, en cuanto cierran la puerta, suena el móvil de David.

—¡Rav, por fin! —exclama, y se marcha de la cocina.

—Rav es el agente inmobiliario —les explica Lucy a Fi y a Merle.

—Sigo sin comprender cómo es posible que un agente haya validado la venta —comenta Merle—. No he visto jamás esta casa en ninguna página web inmobiliaria. Y eso que las miro a menudo.

—Lo llevaron a través de un departamento de ventas privadas —respondió Lucy—. Nos apuntamos con otro agente y, de golpe y porrazo, Rav nos llamó y nos informó de que les había salido una nueva vivienda en Trinity Avenue.

«Tuve la oportunidad de parar todo esto», piensa Fi. Usa el baño del piso de abajo y resigue con los dedos la suave superficie del lavamanos, los brillantes bordes de la grifería. El rollo de papel higiénico tiene motivos de perritos, a elección de Harry, pero el jabón y la toalla de las manos son de los Vaughan. Poco después se queda unos segundos parada en el recibidor, hasta arriba de cajas y de sillas plegadas, y pasa la mano por las paredes de yeso y por la suave barandilla de la escalera. Las únicas luces encendidas son las de la cocina; si entraras ahora mismo en la casa, no te percatarías de que ha cambiado de manos. No sabrías que una familia ha sustituido a otra. Es entonces cuando le sobreviene un pensamiento extraño: ¿seguirá la casa significando para ella lo mismo de siempre? ¿Acaso no ha empezado a pensar en ella como un territorio en disputa? ¿No había sabido siempre, sin ser consciente del todo, que la custodia compartida acabaría por desequilibrarse y que alguien, si no todos, corría el riesgo de salir mal parado? Quizá el desequilibrio ha llegado antes de lo que se imaginaba.

En la cocina, la sala de guerra, se ha presentado un armisticio temporal entre Merle y Lucy para recuperar fuerzas mientras aguardan las noticias que obtenga David de la llamada. Lucy ha sacado unas galletas y se está comiendo una con nerviosismo. Fi se da cuenta de que está mirando la ropa de Merle y planteándose si hacerle o no algún comentario, pero al final se echa atrás. Ella coge también una galleta, la masca y le sabe a nada.

En ese momento de respiro, el móvil de Merle pita sin descanso con mensajes nuevos (Alison ha recogido a Robbie y a Daisy del colegio en su lugar y se los ha llevado a casa a merendar. Adrian se ha ido a esquiar con amigos de la universidad). El de Fi, en cambio, no ha emitido ni un solo sonido desde que han llegado. Los únicos mensajes que ha recibido han sido de su madre, para preguntarle por los niños, y de Clara, una compañera, que le ha asegurado que han encontrado el documento de la presentación después de todo y que no hace falta que se rompa los cuernos para enviarlo. «¡Perdón por interrumpir tu finde romántico!» Fi ha eliminado por completo de su cabeza la presentación, sea de lo que sea, y las palabras de Clara le resultan igual de ininteligibles que si estuvieran escritas en una lengua muerta.

David vuelve y lo nota agitado por primera vez.

—Esto se nos está yendo de las manos.

—Ah, ¿que antes no? —le suelta Merle después de ponerse en pie y preparar los ganchos.

—¿A qué te refieres? —le pregunta Lucy—. ¿Qué ha pasado?

—Rav me ha dicho que la señora Lawson lo ha llamado al borde de un ataque de nervios. Le ha comentado que no ha recibido el pago, aunque tanto su abogado como el nuestro nos han confirmado que el proceso se ha completado sin problemas y que por eso nos ha entregado las llaves esta mañana.

Fi se ha quedado sin aliento.

—Ha hablado también con Graham Jenson, así que al menos sabemos que vuelve a estar disponible, pero él insiste en que no ha habido ningún tipo de problema y en que lo único que debe hacer es ir comprobando la cuenta. Al parecer no ha podido contactar con su marido...

—Bram no es su marido —lo corrige Merle—. ¿Podemos dejarlo claro ya de una vez? Sea quien sea esa mujer, no tiene ningún derecho sobre esta casa.

—No entiendo nada —dice Lucy—. ¿Qué ha pasado entonces con el dinero?

David coloca las palmas de las manos hacia arriba.

—Bueno, pues puede ser que haya habido algún problemilla técnico y que la transferencia, tal como ha dicho Jenson, se resuelva pronto...

—¿O? —insiste Merle.

—O, y esto parece lo más probable teniendo en cuenta que hace horas que hemos recibido la confirmación del pago, el dinero se ha transferido a la cuenta que no era. Y eso implica todavía más complicaciones.

Fi emite un ruido gutural.

—¿Fi? —pregunta Merle—. ¿Estás bien?

Sigue sin poder respirar. «La señora Lawson», ha dicho David. Esa tal señora Lawson ha llamado al agente inmobiliario. Esa tal señora Lawson no puede contactar con su marido. Esa tal señora Lawson tiene que ir comprobando su cuenta.

Sea lo que sea en lo que esté metido Bram, lo ha hecho con otra persona. Con una mujer.

Finalmente, espira.

Por supuesto que tenía que ser una mujer.

Ginebra, 16.00 h

Ha optado por ir a pie a pesar de que la estación de tren desde la que parten los convoyes de Francia está a siete kilómetros del hotel. Así puede desviarse, escabullirse y quitarse de encima a cualquier persona interesada en su existencia. Y también, con un poco de suerte, acabar él mismo exhausto.

La inercia le hace coger el móvil y abrir el navegador antes de recordar que no tiene conectividad alguna y que ha desconectado cualquier medio digital que puedan aprovechar las autoridades para encontrarlo. Lo que sí tiene, sin embargo, es un mapa plegado de los de toda la vida; no es un turista despreocupado más ni está dispuesto a dejarse llevar por el flujo de gente. Se documentó bien y precisamente por eso escogió Ginebra como punto de partida: no te piden el pasaporte en las estaciones de tren porque todos los países que lindan con Suiza están en el Tratado de Schengen.

Países como Francia. Ciudades como Lyon, que, pese a no conocerla, ha marcado como un lugar de un tamaño considerable para pasar desapercibido, donde podrá comprar comida y tomar algo en los bares sin problema y sin llamar la atención. Tampoco es que sea la táctica infalible para despistar a la policía, pero es un intento decente de confundirlos: si algún alma curiosa de Gatwick reconociese su foto de los anuncios de «Se busca», si llegaran a seguir su rastro hasta Ginebra, las pistas se perderían mientras él se escapaba a Francia. Puede que incluso ganara unas cuantas semanas.

Escondite, «Se busca», rastro policial: son el tipo de cosas a las que hacía alusión con sus hijos en los elaborados juegos que montaban en el jardín —polis y cacos, espías y agentes dobles—, pero ahora no le transmiten ningún tipo de diversión.

Está bastante convencido de haber dado esquinazo al hombre que lo perseguía, si es que ha llegado a existir.

Poco después, nota la fría brisa del lago Lemán en la cabeza recientemente rapada, y el simple hecho de ser capaz de registrar esa punzada de dolor provocada por una tarde de invierno bajo cero le hace pensar, de una forma casi perversa, que está progresando.

34

«La historia de Fi» > 01:59:07

Con independencia de lo que yo creyera, ¿nadie sospechó nunca que Bram pudiera haber cometido algún delito? Sí, mi madre nos ayudaba con los niños y diría que entraba y salía de Trinity Avenue más que nadie. Pero no, ella seguro que no. De hecho, me atrevería a afirmar que no solo ignoraba sus tejemanejes, sino que deseaba en silencio que nos reconciliáramos. No es que quisiera ver a su hija humillada, como es obvio, pero valoró la segunda infidelidad igual que la primera: no era algo excusable, pero quizá, y solo quizá, podría perdonarlo.

—Yo creo que está intentando compensarte por lo que ha pasado —me dijo un día—. Los lirios que te dejó eran preciosos.

Sí, eso era innegable. Después del fin de semana en Kent, me dejó un ramo gigantesco y ciertamente impresionante en la casa, e incluso usó mi jarrón preferido. La última vez que me había comprado flores..., bueno, es que ni me acuerdo; debió de ser antes de la traición, eso seguro. Después del desliz, estaba demasiado expuesto a que pudiera acusarlo de simbolismo hueco.

—Está claro que piensa en ti —añadió mi madre. «Te sigue queriendo» era el subtexto.

No cuento esto como crítica. Soy la persona más agradecida del mundo de tener una madre así. Lo digo solo para demostraros que todo el mundo es susceptible de caer en los encantos de Bram, de una u otra forma. (Alison siempre ha pensado que Polly no se escapa, y que lo repudia justo porque teme que le acabe atrayendo.)

No quiero que se me malinterprete. No digo que fuera un psicópata carismático ni nada por el estilo. No tenía ningún plan minucioso que incluyera el uso de sus poderes para hacer el mal.

Más bien, sus poderes se vieron sobrepasados por el mal que se cruzaba en su camino.

Me estoy atando los machos ahora mismo porque sé que, de todas las historias que he contado, la siguiente es con la que vais a cuestionar más mi inteligencia. Diréis, por Dios, ¿cómo no sospechaste nada?

Pocos días después del viaje a Kent, la primera semana de noviembre, ya era de noche y Harry estaba a punto de meterse en la bañera cuando sonó el timbre.

Había una pareja de unos cuarenta y tantos esperando en la puerta, educados e ilusionados.

—Disculpe las molestias y si esto le suena un poco descarado, pero... —empezó la mujer, y al principio pensé que se trataría de una estafa: la típica pareja en apariencia respetable a la que el coche había dejado tirada y necesitaba veinte libras para un taxi—. No pudimos asistir a la jornada de puertas abiertas y justo hoy estábamos por la zona, y queríamos preguntarle si sería posible echar un vistazo rápido a la casa. Llevamos meses y meses buscando viviendas por esta zona.

—¿Una jornada de puertas abiertas? —repetí.

—Sí. —Intercambiaron sendas miradas—. Esta casa está en venta, ¿verdad? La gestiona Challoner's.

Vale, no era una estafa, sino un error sincero. Gente como nosotros, después de todo.

—No, deben de referirse al número noventa y cinco —les dije—. No sé con qué agencia inmobiliaria trabajan.

En cuanto la parejita me pidió perdón y se retiró, me sentí muy avergonzada por haber sacado conclusiones precipitadas. Antes de la última ola de delitos que se había producido en la calle, siempre me había jactado de ofrecerle a cualquier extraño el beneficio de la duda.

Pocos minutos más tarde, con Harry en la bañera y Leo leyendo lo que tenía de deberes mientras se balanceaba en la barandilla y montaban el jaleo de todas las noches, el timbre volvió a sonar y no me molesté ni siquiera en bajar a abrir.

Más adelante, cuando le recordé el episodio a Merle, me dijo:

—No seas burra, hay un millón de resultados posibles para cada una de nuestras acciones. Imagínate que hubieras dejado a Harry en la bañera y te hubieras liado a charlar con alguien en la puerta; podría haberse dado un golpe en la cabeza y haber resbalado hasta que le cubriera el agua. Leo tal vez no se habría dado cuenta, igual te habría seguido al piso de abajo o habría vuelto a su habitación. Eso habría sido infinitamente peor.

—Tienes razón —contesté.

Y debo decir que un par de días más tarde eché un ojo a la página web de Challoner's y no había ninguna casa de Trinity Avenue en venta. La casa de los Reece seguía colgada en la de Rightmove, aunque con una etiqueta de SE HAN RECIBIDO OFERTAS cruzando la foto.

La otra vivienda de Trinity Avenue disponible la formaba uno de los pisos del bloque que hacía esquina con Wyndham Gardens. Recuerdo que me pregunté si sería el mismo que habían desvalijado pocas semanas antes, y qué pensarían los inquilinos si se enteraban. Un robo y un desalojo en cuestión de meses.

Me recordé también que yo era una persona afortunada.

#VíctimaFi

@LuluReading Mira, yo lo siento, pero esta #VíctimaFi *es* una tonta del culo. La amiga ya le dijo que había visto un agente inmobiliario el finde aquel en Kent.

@val_shilling @LuluReading Eso es muy injusto. ¡Los vecinos también vendían una casa! #SomosHumanos

@IsabelRickey101 @val_shilling @LuluReading Opino igual. Hay que ser muy valiente para admitir todo esto a toro pasado.

Bram, documento de Word

No podía retrasar lo de contarle a Fi las noticias de última hora sobre el coche.

—El seguro ha rechazado la denuncia del coche —le comenté durante el traspaso del viernes siguiente.

—¿Cómo? —Se quedó paralizada por la sorpresa—. ¿Por qué?

—No estaban del todo seguros, ya sabes cómo son, pero creo que tuvo algo que ver con lo de las llaves. Al no saber exactamente dónde podían encontrarse, es posible que lo consideren negligencia.

—¡No me lo puedo creer! ¿Cuánto esperábamos que nos dieran? ¿Veinte mil? Es que hasta diez mil habría sido mejor que nada. ¿Ahora qué? ¿Se supone que tenemos que sacarnos el dinero de la manga después de años y años de pagar el seguro a todo riesgo?

—O estar sin coche de momento.

No podía sentirme más despreciable. No se equivocaba cuando había dicho que había un periodo preestablecido, veintiocho días en nuestro caso, que fue el tiempo que pasó hasta que el perito validó el pago. La póliza estaba a mi nombre y el cheque me lo enviaron a mí.

—Puñeteras llaves. Si lo hubiéramos sabido, podríamos haber sido muchísimo más concisos, más directos —bramó—. Seguro que hablaron con el inspector que me interrogó. Se lo expliqué como si no tuviéramos ni idea de quién las tenía ni de cuándo las habíamos perdido, como si se las hubiéramos entregado al primer delincuente que pasaba por la calle. —En sus ojos, la angustia dejó paso a la determinación—. Vamos a presentar una queja al defensor del pueblo, ¿te parece?

—Sinceramente, Fi, no creo que vayan a solucionarnos nada.

—Pero ¿no quieres que lo intentemos al menos?

—No, la verdad. Está todo explicado en la letra pequeña, no hay tutía. Y no te olvides de que siempre existe la posibilidad de que el coche aparezca, y en ese caso podríamos repararlo por nuestra cuenta. Mejor que nada.

Fi asintió, aún agitada.

—¿Cuándo hay que devolver el coche de cortesía?

—Mañana. Lo siento. Ya vengo yo y me encargo de entregarlo.

—¿Tan pronto? Pues es una putada con la Navidad tan cerca; el presupuesto es el que es. Y espérate a que lleguen los días más cortos y el frío y tengamos que cruzar la ciudad con los niños en autobuses como latas de sardinas.

—No pienses en ellos —le dije—. Los críos aceptan lo que los adultos tratan con normalidad. Lo importante es que tienen unos padres que los quieren y que harían lo que fuera por ellos. El dinero, los regalos y los coches nuevos son lo de menos.

Aunque aquello no cuadraba en absoluto con alguien como yo, me beneficié de una afirmación que podría haber pronunciado Fi sin problemas.

—Tienes razón —contestó, recurriendo a su sentido de la humildad—. Y no nos falta la casa ni salud.

Intenté coincidir con ella, pero fui incapaz de articular sonido alguno, a lo que ella reaccionó con un gesto de preocupación.

—¿Cuánto llevas dándole vueltas a esto, Bram? ¿Tenías miedo de contármelo?

—Pues un poco.

—¿Por eso me has comprado las flores? No hacía ninguna falta que me protegieras de algo así. Seguimos siendo un equipo en todo lo que tenga que ver con la casa o los niños, no te olvides.

La lealtad implacable de su rostro me resultó casi insoportable; me vino a la cabeza una imagen caleidoscópica espantosa de Mike, Wendy, Rav y las parejas que habían venido a visitar nuestro preciado hogar.

—Lo siento —repetí—. Lo siento muchísimo.

Entiendo que todavía
no ha habido ofertas.

No. El sábado repiten
la visita tres parejas.

¿Por qué tan tarde?

Porque no estoy en la casa
y es demasiado arriesgado.
No puedo controlar
los horarios de Fi.

Tú asegúrate de que
la casa esté impecable.

Vaya, y yo que quería traer
a los perros de los vecinos

para que se mearan
en las paredes.

Eres un cachondo, Bram.
Seguro que Leo y Harry
se parten contigo.

Apagué el móvil. Se había convertido en mi política siempre que mencionaba a los niños.

35

Bram, documento de Word

Empezaba a detestar los periodos en el piso, el hecho de asociarlo con noches bañadas en alcohol, una soledad pavorosa y unos encuentros desagradables e inevitables, y no siempre con Mike o Wendy. Hubo otro, pocos días después de la jornada de puertas abiertas, que habría preferido eludir.

Cuando el timbre sonó a eso de las 20.00, lo primero que pensé fue que se trataba de la policía.

«Se acabó lo que se daba, Bram. Sabías que vendrían a por ti tarde o temprano.»

Hubo un inesperado momento de regresión a mi infancia y me sobrecogió ese resentimiento y esa gratitud que sientes cuando tu padre o tu madre descubren que les has mentido. «Al menos ya no tengo que mentir más —piensas—. Al menos ya no me tengo que esconder.»

Antes de responder al timbrazo, bajé el volumen de

la música; me incordiaba demasiado que me hubieran interrumpido como para apagarla por completo. Sé que sonará a algo propio de un loco, pero había estado organizándome las listas de reproducción que me pondría cuando tuviera que desaparecer. Sí, debería haber dedicado mi tiempo a pergeñar un giro en los acontecimientos para hundir a Mike y a Wendy, pero encontré que con ese tipo de tareas mecánicas y simples, sobre todo las que me permitían sumirme en los recuerdos, era la única manera de mantener la cordura día a día.

—¿Sí? —dije al telefonillo—. ¿Puedo ayudarle?

—¿Bram? —exclamó una voz femenina, grave e indignada.

Una agente de policía no me habría llamado Bram, consideré. Debe de ser Wendy, que vendrá con Mike a taladrarme con lo de las visitas del sábado. Era por poco, por poquísimo, mejor que recibir a la policía.

—¿Bram? ¿Qué pasa? ¡Ábreme!

Me di cuenta de que no era Wendy. ¿Saskia? La ausencia de mensajes y de visitas a mi escritorio después del *affaire* de aquel fin de semana me animó a pensar que había tomado la decisión más sensata y se había alejado de mí a tiempo.

Justo entonces detecté quién era.

—Ah. Sube.

La esperé en la puerta, exhausto y confuso. Constance, la de la casita del jardín. Su llegada me recordó que no le había contestado a un mensaje de voz que me había dejado pocos días atrás, pero ¿cuándo? Quizá hacía una semana. Admito que en su momento el pequeño desliz con ella, nuestro primer encuentro, dentro de la vida disoluta que yo llevaba me resultó una catástrofe absoluta; ahora, sin embargo, me parece un acto pecaminoso casi pintoresco teniendo en cuenta los acontecimientos recientes.

—Perdón por tardar —me disculpé desde el umbral de la puerta cuando la vi salir del ascensor—. Te había confundido con otra persona.

—¿Con cuántas te ves? Mira, no respondas, no me interesa.

No hubo ni beso ni contacto, ni lo esperaba, a decir verdad, pero tampoco me habría imaginado que se presentara con tantísima hostilidad. De todas formas, yo tenía el coco demasiado fundido como para registrar sus reacciones. Si la noche con Saskia me había demostrado algo era que a estas alturas consolación e indiferencia eran dos caras de la misma moneda para mí.

—Tenemos que hablar. —Al ver que yo fruncía el ceño, me espetó—: Si puedes dedicarme un minuto, claro.

—Claro que sí.

Paré la música y no tardé más que un segundo en arrepentirme. El silencio, que se me tornaba insoportable en los mejores días de esa época, me pareció en aquel momento peligrosamente revelador. Me iba a costar horrores concentrarme en lo que estaba pasando.

—¿Qué canción tenías puesta? —me preguntó.

—Portishead, no sé si los recuerdas. La canción es *Sour times*.

—Tiempos agridulces. Qué apropiada. —Llevaba el pelo recogido en un tenso moño y la piel le brillaba casi como si estuviera enferma y le estuviera subiendo la fiebre justo delante de mí—. ¿Te parece si me siento?

—Perdón, sí. Por aquí.

Quité un montón de ropa que había recogido en la tintorería de una de las sillas.

—¿Quieres tomar algo?

—Agua, por favor.

Me saqué una cerveza para mí, le serví un vaso de agua y aguardé. Me di cuenta de que llevaba el mismo vestido que se había puesto la noche de la casita de juegos, aunque esa vez con unas medias negras opacas y unos botines de tacón alto. No la conocía lo suficiente como para saber si aquello era una insinuación deliberada, pero sí tenía claro que el hecho de no volver a tener relaciones con mujeres sería algo positivo. Para mí y para ellas.

—Vale —comenzó—, voy al grano. Estoy embarazada, Bram.

Me quedé mirándola fijo, desconcertado.

—No es tuyo. —Levantó la barbilla y dejó escapar una risita triste—. No he venido por eso, no te preocupes.

—Ah, bien. —El cráneo me dolía sin ningún tipo de delicadeza; traté de recordar si me quedaba algún ibuprofeno en el piso—. ¿Para qué has venido?

Le dio un sorbito al agua; le temblaban las manos.

—Lo que pasa es que se me va a empezar a notar pronto, y ya lo que me falta es que te pongas a juntar dos y dos y te dé cinco. Bueno, o tú o cualquiera.

Su marido, quería decir.

—¿Aún no sabe lo nuestro? —le pregunté.

—No. Fue un error, una estupidez que no se repetirá. No tiene sentido que se lo cuente ahora. —Echó un vistazo al piso con un gesto lúgubre—. Creo que no hace falta ni que te lo diga.

Había un tono patente de condena en ese último comentario que me recordó irremediablemente a Fi, y sentí un cierto cabreo incipiente. Me daban ganas de escupirle a la cara si aquel era el mayor de sus problemas. «Prueba a que te extorsionen. Prueba a tener que asumir una muerte por conducción temeraria. Prueba a perder a tu pareja y a tus hijos y todo lo que amas...»

Pero tal vez era eso lo que temía si a mí se me metía en la cabeza reclamar la paternidad del bebé. Desde su punto de vista, yo era una amenaza. Era su Mike.

—¿Me prometes que no dirás ni mu? —me pidió.

—Si no he dicho ni mu hasta ahora, no hay motivo para largarlo a estas alturas.

—¿Y si alguien te hace preguntas?

En ese instante percibí algo y la miré inquisitivamente. Si no se refería a su marido, solo podía estar hablando de Fi. ¿Insinuaba que...? Se produjo un silencio, un momento suspendido que emitía una energía propia, y sus ojos se encontraron con los míos con una nueva expresión de súplica.

—¿Cuándo sales de cuentas? —le pregunté con voz queda.

—En mayo. Ni se te ocurra contar los meses.

Por supuesto que los conté, atormentado, para mis adentros. Solo me descuadraba un mes. Pero no podía permitirme el lujo de figurarme a otro hombre criando a mi hijo, ignorante de la paternidad real o de la existencia de sus dos hermanastros. No podía permitirme el lujo de que fuera cierto. Y, por terrible que suene, ya era algo casi insignificante. Había muerto una cría a mis manos, me resultaba imposible pensar en un nonato.

—Pues enhorabuena —concluí, y me fijé en que su cuerpo se relajó. Resistí la urgencia por tocarle la cara, ruborizada, y detenerle el temblor de las manos con las mías—. Qué buena noticia.

—Gracias. —Se puso en pie, echó otro vistazo alrededor de aquel espacio tibio y claustrofóbico y añadió—: A ver si solucionas tus problemas, Bram; salta a la vista que no estás bien.

—¿Qué me dices? No tenía ni idea.

Igual que Fi, reaccionó con un sarcasmo punzante y me reprendió sin dejar de caminar hacia la puerta.

—Te lo digo en serio. No querrás ser genio y figura hasta la sepultura, ¿verdad? La gente se termina hartando de perdonarlo todo, supongo que lo sabes, y al final acabas por convertirte en un hombre irredimible más.

Por muy aprendidas que pudieran sonar aquellas

últimas palabras, las recibí como algo completamente cierto. Como algo que me caló hasta las entrañas. Cerré los ojos, incapaz de soportar su presencia ni un segundo más, y cuando los volví a abrir se había marchado y había cerrado la puerta.

—Gracias por el consejo —mascullé.

«La historia de Fi» > 02:05:03

Entre todo lo que estaba pasando en Trinity Avenue —y no solo el robo de los Roper, de nuestro coche y los carteles amarillos de la policía en cada farola, sino también las interacciones con Bram, que estaban a punto de llegar a un momento crítico—, el piso se había convertido en algo así como un santuario.

Había tiempo para respirar, para relajarse. Ya tenía por costumbre encender una vela aromática en cuanto entraba por la puerta y ponerme una emisora de música clásica o el tipo de documental sobre arte que era imposible seguir en casa con los críos correteando y vociferando cosas sobre Pokémon, el Chelsea FC o la última disputa que hubieran tenido. A menos que vinieran invitados, evitaba el alcohol, me preparaba un té y me consentía una tableta de chocolate con algún girito artesanal ingenioso, como cardamomo, sal marina o lavanda. Quizá *santuario* no es la palabra que mejor lo describía. Puede que fuera algo parecido a un retiro.

Había pensado más de una vez, casi inconscientemente, en traer a los niños a dormir un día, pero, claro, si yo estaba aquí era para que ellos pudieran estar allí.

En lo que respecta a Bram, ninguna de las pocas pistas que hubiera podido dejar a su paso apuntaban a posibles invitadas, ni, de hecho, a ninguna clase de amistad.

36

Bram, documento de Word

Ya la policía llegó al fin. No al piso, sino a mi despacho en Croydon. Un inspector se presentó el martes siguiente por la mañana; de paisano, gracias a Dios. Me las apañé bastante bien, o eso creo, puesto que tardaron bastante en volver a requerirme.

Reservé una sala de reuniones pequeña y sin ventanas justo al lado de recepción para poder charlar. En la mesa había un montón de nuestros nuevos collarines semirrígidos con tiras de velcro ajustables, que aparté a un lado sin mediar palabra. «No te pases de listo. No lo cabrees.»

—Bien, señor Lawson, dígame: ¿es usted copropietario, junto a la señora Fiona Lawson, de un Audi A3 negro? —preguntó, y recitó la matrícula.

Tenía cuarenta y tantos años, pelo cano y cuello ancho, y una experiencia con la falibilidad humana que me inquietaba y que demostraba, con cautela, mientras me analizaba el rostro en busca de los tics propios de un mentiroso.

«¡No pienses en eso y limítate a responder las preguntas!»

—Sí, o, vaya, lo era. Nos lo robaron a principios de octubre. ¿Viene por algo relacionado con la reclamación del seguro?

«Que crea que eso es lo único que te preocupa.»

—No, en absoluto —respondió.

—Ah, espere, ¿es usted el agente que habló con Fi hace unas cuantas semanas?

—El mismo.

—Me contó que quizá nos habían robado las llaves. Si le soy sincero, yo creo que lo más probable es que se hayan colado entre los cojines del sofá.

—Si las encuentra allí, avíseme.

Tenía un carácter afable, como si no hubiera venido más que para pasar el tiempo con charlas insulsas.

—La cosa es que el tema del seguro ya está cerrado —añadí—. No sé si se han puesto en contacto con usted.

«No se lo preguntes; te han pagado el cheque, así que te da igual si lo sabe o no.»

—¿Recuerda dónde estuvo el viernes 16 de septiembre, señor Lawson? —me preguntó.

Se me aceleró el pulso.

—Sí, me pasé el día en una conferencia de ventas profesional.

No habría tenido sentido decirle que no lo recordaba cuando ya había sacado a colación que estuve comentando con Fi el interrogatorio que le hizo.

—¿Se organizó en la ciudad?

—No, siempre lo hacen fuera. Este año fue en un hotel cerca de Gatwick.

—¿A qué hora terminaron?

—Debían de ser las cinco, quizá un poco antes.

—¿Fue entonces cuando usted se marchó?

«No lo analices, limítate a responder cada pregunta que te lance.»

—Sí. Algunos compañeros se quedaron a tomar algo, pero yo debía volver a casa.

—¿Condujo usted el Audi aquel día?

—No. —Me mostré avergonzado y vacilé antes de seguir, como si me costara admitir la verdad—. En aquel momento no podía conducir.

—¿No? ¿Por qué?

Suspiré.

—Si está investigando lo que le ha pasado al coche, deduzco que ya lo sabe, ¿verdad?

—¿Saber el qué, señor Lawson?

—Que me retiraron el carné. En febrero. Me habían puesto varias multas por exceso de velocidad. Así que mi mujer ha sido la única conductora desde entonces.

No reaccionó, lo que me animó a proseguir.

—No lo mencionó cuando habló con ella, ¿me equivoco? Eso es porque no lo sabe. O, vaya, espero que no. —Me detuve, como si necesitara unos segundos para gestionar la vergüenza—. Verá, nos hemos separado, y me parece que contarle todas mis meteduras de pata no va a servir de mucho. Y si vuelve a hablar con ella, le agradecería que no le dijera nada.

Era demasiado inocente esperar que un agente de las fuerzas del orden se compinchara conmigo en mis tretas maritales, pero me pareció detectar una sutil expresión de empatía.

—No tengo pensado volver a hablar con ella —contestó, y estuve a nada de levantar un brazo en un gesto victorioso.

La visita no debía de ser más que algo rutinario, una parte de ese minucioso proceso de eliminación de la policía. «¡Quítatelo de encima y te tacharán de la lista!»

—Entonces, ¿cómo regresó a casa ese viernes, señor Lawson?

—En tren. Había una estación justo al lado del hotel.

Eso era verdad.

—¿Qué estación?

—No recuerdo el nombre, una o dos antes del aeropuerto, era de los lentos. Pero el hotel se llamaba Blackthorn no sé qué. Puedo buscarlo, si quiere.

No me lo pidió, lo que me hizo pensar que no tenía ninguna intención de dedicar esfuerzos a esa línea de investigación concreta.

—Me ha dicho que se marchó antes de las cinco, así que debió de llegar a casa... ¿hacia las seis?

—No, tuve que hacer un transbordo en Clapham Junction y me paré a tomar un par de pintas. Mire, no lo voy a engañar, me apetecía muchísimo beber algo, había sido un día agotador. Llegué a casa como a las siete, conque debí de coger el tren de las siete menos veinte. Solo hay un par de paradas hasta Alder Rise.

—¿Cómo se llamaba el bar en el que paró?

Aquello me hizo menos gracia. Si aceptaba que había tomado el tren, ¿por qué quería demostrar lo del bar? Quizá porque era un detalle superfluo que yo mismo había introducido. ¿Por qué sentí la necesidad de decirle las ganas que tenía de beber algo? «¡Deja de cuestionártelo todo y responde a las puñeteras preguntas!»

—Estaba justo al lado de la estación. ¿Half Moon, puede ser?

—¿Se encontró con algún conocido? ¿Habló con alguien?

Entrecerré los ojos para fingir que trataba de hacer memoria.

—Ya le he dicho que fui solo, y no es que sea mi garito de referencia. Seguramente estuve hojeando el *Standard*. Ah, sí, y charlé un rato con un tipo del bar, parecía un cliente asiduo, un poco personaje. —«¡No le des más detalles, que te vas a delatar!»—. Después ya me tocaba volver a casa. Tengo que hacerme cargo de los niños a partir de las siete en punto.

«Eso ya lo has dicho. Relájate.»

—Cuando llegó a casa, ¿recuerda si vio el coche aparcado en la calle?

—No. O sea, que a lo mejor sí lo vi, pero es que el trayecto de casa a la estación lo he hecho como mil veces, y no me acuerdo de todo. Lo que sí que recuerdo es que iba un poco de culo, así que no creo que me fijara en casi nada, más que en llegar a casa lo antes posible. Siento no serle de más utilidad.

El tipo asintió.

—No se preocupe. Quizá cuando encontremos el coche podremos ayudarlo un poco más.

¿Ayudar a quién? ¿A mí? ¿O a vosotros mismos? Oí el móvil de prepago vibrándome en el bolsillo y los poros se me abrieron cuando empecé a sudar. Pavlov habría estado orgulloso. Mis pensamientos se sucedían a toda velocidad: «¡No puedo dejar que encuentren el coche! A lo mejor lo suyo es recuperarlo y sacarlo de Londres. ¿Dónde está el segundo juego de llaves? ¿Lo seguirá teniendo Fi?».

Yo mismo me respondí: «No, no, no lo toques, no te vayan a parar. Acuérdate de que la policía usa sistemas de reconocimiento automático de matrículas, que está todo hasta arriba de carteles. Quizá...».

—Le suena el móvil —comentó el policía, y se puso en pie—. Puede cogerlo.

Me recompuse.

—No, no se preocupe. Lo acompaño a la salida.

Y se acabó lo que se daba. Más allá de la innecesaria referencia al bar y ese último ataque de nervios, la charla había ido bien, dentro de lo esperable.

Esperé casi media hora antes de echarle un vistazo al móvil y ver que Rav tenía noticias: había dos ofertas para la casa.

«La historia de Fi» > 02:07:21

Me habéis preguntado cuándo comencé a preocuparme de verdad por Bram y, bueno, diría que fue a principios de noviembre, justo cuando me pasó algo con Toby que me dejó bastante tocada y que ahora mismo os contaré. Recuerdo haber pensado que no tenía ni la más remota idea de qué haría a partir de entonces, que había perdido el instinto natural que me permitía prever sus acciones, sus reacciones. Preverlo a él.

Toby llevaba tiempo consumido por el trabajo y el finde anterior le había tocado estar con los críos, así que cuando me dijo que estaba libre a principios de semana, decidí relajar —bueno, sí, quebrar— la regla de la custodia compartida sobre las parejas en Trinity Avenue y lo invité a cenar el martes. Le pedí que llegara a eso de las 20.30, cuando los niños ya estuvieran dormidos. Aún no estaba lista para presentarlos.

—Bonita casa —comentó de camino a la cocina.

Al cogerle la chaqueta y servirle una copa de vino, me sentí especialmente sobrecogida por su presencia, como si la invitada prohibida fuera yo en vez de él.

—Gracias. Qué pena que no puedas ver el jardín en condiciones.

Se acercó a la ventana de la cocina, copa de vino en mano, y echó un vistazo al exterior. Al fondo del jardín, unas guirnaldas de luces delimitaban la silueta del tejado y la puerta de la casita de los niños, como la cobertura de una casa de jengibre.

—¿Esa es la famosa casita del jardín? —me preguntó—. Parece inocente y todo.

—Y que lo digas.

A veces me sorprendía lo muchísimo que me había abierto sobre la ruptura con Bram. Los traumas del matrimonio, igual que los de la infancia, parecen ser un punto de referencia permanente. Se te amontonan y se fusionan con los tejidos de tu cuerpo.

—¿Quieres vengarte? —me dijo.

—¿A qué te refieres?

—Tú, yo, el fondo del jardín...

—¿En serio?

No os miento si os digo que me entraron arcadas, y no por lo incómodo que sería intimar con él al aire libre en pleno noviembre, sino por la idea de Leo y Harry en sus cuartos, confiando en la protección de su madre mientras esta se escabullía a su base de operaciones como una mujer primitiva con un calentón... Lo que hizo Bram aquella noche de julio fue, y sigue siendo, inaceptable, con independencia del impulso que pude tener en Kent y de lo que mi madre esperara que fuera capaz de perdonarle.

—Está la noche bastante húmeda. Prefiero quedarme aquí dentro, calentita, y ponerme otra —dije, levantando la copa, y Toby aceptó la objeción con una risita dócil. Eso sí: me pareció interesante conocer ese rasgo más arrojado de su personalidad, sobre todo teniendo en cuenta que lo había tomado por una persona como yo, convencional, que evitaba los riesgos.

De todas formas, pasaron pocos minutos, cuando yo ya estaba sirviendo la cena, hasta que sonó el timbre.

Bram, documento de Word

Sí, había invitado a Saskia a la casa, pero los niños no estaban y, por tanto, no me saltaba ninguna norma de la custodia compartida, o al menos no en sentido estricto. Lo que sí implicaba saltárselas fue mi decisión de visitar Trinity Avenue en una de las noches de Fi.

El impulso se me había ido acumulando desde el interrogatorio policial de aquella mañana, y estaba tan distraído que hasta Neil terminó por darse cuenta y me envió a casa antes de tiempo.

—Soluciona lo que tengas que solucionar —me espetó, preocupado.

Y luego fue cuando recibí el mensaje de Rav. A pesar de la insistencia de Mike por que lo tuviera informado de las nuevas noticias, opté por no contarle todavía lo de las ofertas de la casa. Lo que pasó fue que los nervios acabaron por convertirse en un acceso maniaco por bajarme del barco —o, al menos, por asomarme a la borda—, convencido de que si conseguía quitarme su repulsivo rostro de la cabeza, sus murmullos de serpiente del oído y centrarme en Fi, sería capaz de hacerlo. Sería capaz de confesárselo todo, de hacer lo correcto antes de que la peor parte de mí se hiciera con el control total.

«La historia de Fi» > 02:09:56

Era la segunda vez que sonaba el timbre cuando llegué a la puerta. Esperaba encontrarme con algún comercial trasnochado o con un político del distrito haciendo campaña. «Ya es un poco tarde», le diría, con un tonillo de reproche pero con empatía, porque todo el mundo tiene que ganarse la vida (mi mayor queja era que el timbre pudiera despertar a los críos).

Me encontré, sin embargo, al único hombre que tenía llave.

—¡Bram!

—Lo siento, sé que no me toca venir los martes, pero es que...

—Pues no —le espeté—. Y es tardísimo para que veas a los niños, ya se han dormido. Son casi las nueve y media.

—Ya lo sé, pero necesitaba verte.

Emanaba una energía que no supe identificar, aunque supuse que había estado bebiendo.

—¿Ha pasado algo? —pregunté, sin ocultar mi impaciencia.

—Necesito hablar contigo, Fi. ¿Puedo entrar?

Sentí una exasperación recorriéndome el cuerpo que reconocí de cuando estábamos juntos. (Y quizá también, de fondo, un cierto alivio de que no hubiera decidido entrar sin permiso y me hubiera pillado en la casita del jardín reinterpretando una versión macabra de su propio pecado.)

—No es buen momento, la verdad. Acabamos de empezar a cenar. No estoy sola.

—Ah. ¿Y no te la puedes quitar de encima? Es importante.

Antes de siquiera procesar lo mucho que me tranquilizaba que hubiera prejuzgado el género de mi acompañante, pues no quería tener que admitir delante de él que me había saltado la condición del acuerdo de la custodia compartida, el tema se me fue de las manos: Toby me había seguido hasta la puerta, claramente listo para ofrecerme su protección:

—¿Va todo bien, Fi?

Tenía la boca medio abierta para hacer las presentaciones que habría preferido retrasar, si no evitar por completo, cuando vi, perpleja, a Bram pasar como un torpedo a mi lado, desestabilizarme y abalanzarse sin mesura contra Toby. Los dos se estamparon con violencia contra la escalera, y Toby se golpeó la nuca contra uno de los balaustres.

—¡Sal de mi puta casa! —gritó Bram, y trató sin éxito de arrastrar a Toby hasta la puerta. Por muy alto que fuera, no era más que un terrier al lado del mastín que era Toby.

—Tío, tranquilo —gruñó Toby—. Suéltame y vamos a hablar de esto como personas.

—¡Bram! —Me lancé hacia él y lo agarré con rabia de la chaqueta—. ¿Qué estás haciendo?

Sus ojos me aterrorizaron: fuera de las órbitas, sin pestañear, fijos con una intensidad primaria en el pobre Toby.

—¡Aléjate de ella o te juro que te mato, gilipollas!

No me podía creer lo que estaba oyendo.

—¡Bram, suficiente! ¡Para ahora mismo!

Como cabía esperar, los niños, alertados por el ruido, se plantaron en el último peldaño de la escalera.

—¡Papi! —gritó Harry.

—¡Papi ya se va! —exclamé—. ¿Verdad, Bram?

De nuevo, traté de apartarlo de Toby, pero lo único que conseguí fue doblarme una uña hacia atrás y proferir un grito de puro dolor.

—¿Mami? ¿Estás bien?

Leo había empezado a bajar la escalera y abandoné a los hombres para impedírselo.

—Volved a la cama, cielo. Subo en un segundo.

—¿Ha entrado un ladrón? —le preguntó Harry a Leo, y cuando este contestó lo noté alarmado.

—No, tranquilos —balbuceé, pero a mí misma me temblaba la voz y no hacía sino que exponer mi propio pánico.

Cuando Bram por fin soltó a Toby, este se retiró a la cocina frotándose la cabeza y maldiciendo.

—Espérame en la calle —le ordené a Bram, y me apresuré a subir al piso de arriba y calmar a los niños.

Entré en la habitación de Leo, que era donde se habían refugiado, y me encontré todas las luces encendidas y a ellos lívidos de miedo.

—¿Con quién se peleaba papá? ¿Has avisado a la policía? —me preguntaron.

Los rodeé a los dos con los brazos.

—No, es que ha tenido un malentendido con un amigo. Intentad no darle más vueltas y dormid tranquilos.

—No te olvides de cerrar la puerta con llave, mami —me recordó Leo cuando salía, y me habría echado a llorar ahí mismo ante una confianza tan inocente en una puerta cerrada, en mí.

Lo siento, me estoy alterando, pero es que no sé cómo recalcar que aquello era justo lo que tanto me había esforzado por evitar: un numerito entre un marido y una mujer separados que perturba y asusta a los hijos, inseguros de quién hay en casa y en quién deben depositar su lealtad.

Respiré hondo, pero sirvió de poco: cuando me reuní con Bram en el jardín delantero, estaba que me subía por las paredes. Lo encontré deambulando por los adoquines con el humo de un cigarrillo alzándose entre las ramas desnudas del magnolio. A las 21.30 de un martes de noviembre ya era noche cerrada en Trinity Avenue y las cortinas de todas las ventanas visibles estaban corridas; era como si el cupo completo de drama y rencor del vecindario se hubiera concentrado en mi casa.

—¿Qué coño te crees que estás haciendo? —le solté con los dientes apretados—. ¿Estás borracho?

Me fulminó con la mirada, claramente igual de cabreado que yo.

—No, claro que no. Quedamos en que aquí no traeríamos citas.

—¿Y cómo sabes tú lo que es? ¿Que no es solo un amigo?

—No sé, dímelo tú.

Hice una pausa, indecisa.

—Nos estamos viendo, sí, pero eso no quita que lo que acabas de hacer haya estado del todo fuera de lugar.

Le dio una calada al cigarrillo y la punta se encendió.

—Los niños están en casa.

—Estaban dormidos, al menos hasta que has entrado tú como un energúmeno. Lo has agredido, Bram. Suerte tienes de que no se haya defendido en condiciones. —Me aparté el pelo de la cara. El aire frío de la noche me secaba la piel. Suspiré largamente—. Pero sí, tienes razón, llegamos a un acuerdo y he roto una de las normas. Y lo siento. La idea era que fuera una visita extraordinaria porque no podíamos vernos en ningún otro momento. Una cena y punto; no se iba a quedar a pasar la noche.

—Nunca se va a quedar a pasar la noche en esta casa —contestó Bram con una ferocidad que no había conocido durante nuestros años juntos—. Antes la quemo hasta los cimientos.

—Bram, ya vale, me estás asustando.

Nos quedamos unos segundos mirándonos y resollando. Tenía los ojos de un animal salvaje. Volví a intentarlo.

—Si queremos que el acuerdo funcione, necesito saber si eres capaz de ser un participante razonable y civilizado en esta familia.

Sé que quizá debería haberme imaginado que aquello no haría sino irritarlo aún más.

—¿Un «participante»? ¡Soy su padre, hostia puta!

—No grites —mascullé—. Te van a oír los vecinos.

Lanzó la colilla del cigarrillo a la acera.

—Me importa una mierda quién me oiga, no quiero que ese hombre se acerque a mis hijos.

—Nuestros hijos. ¡Y ni siquiera se lo he presentado! Si no hubieras montado este numerito ni se habrían enterado de que estaba aquí. Toby no tiene la culpa.

Me arrepentí al instante de haber dicho su nombre, porque Bram lo pilló al vuelo.

—¿Se llama Toby? ¿Y de apellido?

No respondí. Por muy agitada que estuviera, tuve el presentimiento de que Bram sería capaz de atreverse a seguir a Toby en un futuro cercano y amenazarlo. Me figuré a Toby llamándome para decirme que lo sentía pero que lo nuestro no funcionaba. «Me gustas, pero no estoy dispuesto a aguantar este acoso.»

Pasó justo lo que Polly me había advertido: Bram no me había querido lo suficiente como para serme fiel y, aun así, no podía soportar la idea de que alguien ocupara su lugar. Sabía que ese tipo de comportamiento del único gallo del gallinero era típico de los divorcios. Mi error fue creer que nosotros no éramos una pareja típica.

—Supongo que tú también estás quedando con otras personas.

Me rodeé con los brazos al empezar a tiritar. Al menos el frío me estaba mitigando el dolor del dedo.

—Nadie especial —musitó, y vi, horrorizada, que estaba al borde del llanto.

¿Que si me halagaba verlo reducido a eso por lo que sentía por mí? Tal vez. Pero el incidente en sí era lo importante, creo, porque demostraba lo volátil que se había vuelto, lo impredecible. Y, siento admitirlo, lo poco que le costaba ponerse agresivo.

—Mira, te prometo que a partir de ahora solo nos veremos en el piso.

—En el piso... —repitió.

—Sí, que es adonde vuelves tú ahora, ¿verdad? —Me tranquilizó ver cómo daba la vuelta en dirección a la cancela, asintiendo para sí mismo—. No hagas ninguna tontería —le advertí, y entonces frenó en seco a mitad de camino y me miró.

—Tarde —contestó, y evidentemente asumí que lo decía por el ataque a Toby.

Lo noté tan hundido que me acerqué a él, algo menos cabreada.

—Bueno, pues no hagas más tonterías. Hablaré con los niños por la mañana y te vemos después del trabajo, como siempre. ¿Te parece?

No, no llegué a descubrir qué era lo que había venido a contarme. Si algo había quedado claro después de aquella escenita disfuncional era que yo había dejado de ser la persona adecuada para escucharlo.

En la cocina, Toby seguía de pie con la copa en la mano, mientras las supremas de atún se enfriaban en los platos. Se le veía una marca roja en la mejilla izquierda que terminaría convirtiéndose en un moratón.

—¿Estás bien?

Era una persona educada, civilizada, de una especie diferente al salvaje que acababa de despedir.

—Dímelo tú. Te has dado un buen golpe en la cabeza. Y mírate la cara, ¿quieres hielo? Toby, lo siento en el alma. No me puedo creer lo que ha pasado.

Me atrajo hacia él.

—No tienes nada de que disculparte, Fi.

Mi cuerpo ardía, reajustándose aún después de que le subiera la temperatura durante la pelea.

—Sí que debo disculparme. Me da una vergüenza tremenda.

Retrocedió un paso y me observó con una atención inusual.

—¿Estás segura de que... de que has superado lo del tío este? Está claro que él no quiere que lo superes, ¿no? Sé que tenéis unos acuerdos complicados, que vivís juntos pero no, que estáis casados pero no...

Por primera vez, tuve el convencimiento de que no podía dar la talla, superada por las experiencias que había ido acumulando a lo largo de los últimos seis meses, como si se apilaran, se interconectaran encima de mí y me aplastaran con un peso insoportable. ¿Estaba dispuesto Bram a hacerme la vida imposible? ¿Había cometido un gravísimo error con lo de vivir juntos pero no vivir juntos?

Noté una sacudida profunda y gutural al recordar lo

que había sentido cuando me desperté en el piso con un hombre que no era mi marido en una cama que debería haberme parecido nueva, algo ajeno a mi matrimonio, pero que, en el fondo, seguía compartiendo con Bram.

—Estoy segura —contesté—. Y él también, lo que pasa es que no se da cuenta. Pero cuando conozca a otra persona, no le importará en absoluto con quién esté yo.

—¿No me habías dicho que ya había empezado a trajinarse a otras?

Esbocé una mueca ante el término.

—Me refiero a alguien que realmente le interese, alguien especial.

—No tengo claro si será capaz de reconocer a esa persona —contestó Toby con un tono cargado de significados, y me pregunté qué diría a continuación.

Opté por romper yo el silencio.

—Bueno, pero debería ser capaz de reconocer lo especiales que son sus hijos. Mañana hablaré con él y le dejaré muy claro que esto no puede volver a ocurrir.

—Si quieres mi consejo, tampoco hagas un mar de una gota de agua —dijo Toby—. Es un gallito, no estoy herido. Él mismo acabará dándose cuenta de que se ha pasado tres pueblos.

—Eres supercomprensivo.

Incluso entonces dudé de que se fuera a sentir así de caritativo cuando tuviera un rato a solas para reflexionar sobre ello.

—Todo el mundo tiene su bagaje y sus cosas —añadió, encogiéndose de hombros.

—Estaba pensando justo lo mismo —respondí—. El problema es que algunos nos hemos pasado ya del límite de peso.

Esbozó una sonrisa y se frotó de forma inconsciente la mejilla magullada.

—Oye, pues mucho más interesante de hurgar.

—¿Sí? ¿Incluso cuando te enteras de que hay dobles fondos y compartimentos ocultos?

Soltó una carcajada.

—Sobre todo en ese caso.

—Me alegro, porque la metáfora ya no da para más.

Decía mucho de él que se comportara como si la noche no hubiera acabado siendo un completo desastre. Dos niños en las habitaciones que teníamos sobre nuestras cabezas y que lo consideraban un intruso, y un exceloso ladrando en la puerta: la mayoría de los hombres se habrían limitado a salir de allí por patas.

#VíctimaFi

@Tilly-McGovern ¡Quédate con Toby, tía!

@IsabelRickey101 Bram es como esos tipejos que matan a toda su familia y que luego van diciendo por ahí que era un alma torturada.

@mackenziejane @IsabelRickey101 Ya ves. Lo de «quemar la casa hasta los cimientos» me ha puesto los pelos de punta.

Bram, documento de Word

Por la mañana, con la cabeza como si la hubiera metido en una rueda de tortura, entré tambaleándome al baño y me lavé la cara con agua fría. Después de marcharme de Trinity Avenue me había ido directo al Two Brewers, donde estuve bebiendo hasta lograr olvidar todas las imágenes de la noche anterior. Al final no quedé con Roger y los demás, pero ya me iba bien; no estaba de humor para aguantar a unos tipos cuyas vidas eran exactamente como solía ser la mía, todo lo que yo había tirado por la borda.

Al echarme un vistazo en el espejo, retrocedí ante la criatura que me devolvía la mirada. Había envejecido sin delicadeza desde la última vez que me había visto: tenía la piel flácida y surcada por las venas carmesí típicas de los borrachos y los párpados caídos y abriéndose y cerrándose sin control, un estado de negligencia general que no hacía sino acentuar la barba y un pelo demasiado largo. Me parecía al anciano que estuvo viviendo en el parque hasta que los Amigos de Alder Rise, así se hacían llamar, pidieron que lo echaran de allí.

(Con toda probabilidad, ya estaría muerto.)

Que quede constancia de que no me enorgullezco de haberlo atacado. Era, sin contar con todo lo demás, otro incidente violento con testigos que podía volver a atormentarme en cualquier momento. Pero ¿qué quieres que te diga? O has vivido chutes de una ira primitiva o no, esa sensación efímera de una conmoción a la que sigue una energía sobrehumana que no puede conjurar ningún otro sentimiento, ni siquiera la lujuria. A veces dicen que la ira te ciega, pero no solo eso. Te anula todo raciocinio, te hace ignorar las consecuencias, te retiene en su propia atmósfera... y luego te aplasta contra el suelo.

Y es entonces cuando descubres que aquellos que podrían haber llegado a apoyarte han huido despavoridos.

Me busqué heridas por el cuerpo que indicaran algún incidente aparte de las magulladuras leves de la reyerta del recibidor y, al no encontrar ninguna, deduje que la borrachera no me había dejado lo bastante grogui como para volver a la casa y matarlo.

Porque quería matarlo: lo digo alto y claro. Lo odiaba con todo mi corazón, entonces ya negro.

Me aparté de mi reflejo y me prometí que le pediría una cita al médico de cabecera para que me recetara algo. Ansiolíticos, antipsicóticos, antidepresivos.

En la encimera de la cocina, al lado de una taza de café que había usado la noche anterior como cenicero, sonó el móvil de prepago. Ya me escribía siempre a ese número, el único elemento que yo había podido imponer; menos da una piedra. Abrí el mensaje con una sensación fresca de derrota.

Estabas de paso, ¿no?
Como le digas algo de lo
nuestro, sufrirá. *Capisci?*

Capito. No sé si al final habría tenido las agallas de confesárselo todo a Fi la noche anterior, pero tuvo muchísima suerte de estar presente cuando aparecí. El muy cabrón se había ganado sus afectos, y el hecho de que claramente no le hubiera contado que nos conocíamos era un acto deliberado de tortura. Me tenía cogido por los huevos. No solo había planeado robarme mi casa, sino además echar mano de mi mujer. Me había secuestrado la vida.

Mike. O Toby. Hijo de puta.

37

Viernes, 13 de enero de 2017
Londres, 16.15 h

—¡Menuda cagada! —exclama David Vaughan exasperado. Está empezando a quebrarse, que es lo que le pasaría a cualquier ser humano que se viera expuesto a tantísima presión. Es una ruleta rusa de la periferia en la que los abogados sostienen la pistola—. Esta otra mujer dice ser Fiona Lawson y afirma no haber recibido los ingresos de una venta que le corresponden por derecho. Usted se presenta como Fiona Lawson e insiste en que jamás ha llegado a poner la casa en venta.

Fi se enciende.

—Yo no «me presento» como Fiona Lawson: soy Fiona Lawson. Mire, eche un vistazo a mi carné de conducir. ¿Le convence?

Pase que ese hombre reclame su casa, pero jamás le arrebatará la identidad. Los Vaughan examinan el carné, pero apenas se notan cambios discernibles en su manera de tratarla.

—¿Hay alguna posibilidad de que el agente inmobiliario nos pase el número de esa tal señora Lawson? —pregunta Merle.

—Se lo he pedido, pero Rav me ha dicho que solo tiene el del señor Lawson, que asumo que es el mismo que tienen ustedes.

—El móvil de Bram lleva toda la mañana fuera de servicio —repite Fi.

Sin embargo, cuando se lo muestran, descubren que no es el número oficial de Bram, el que le paga la empresa y el que Fi usa a diario para contactar con él. Nota la sangre acumulándose en la cabeza y trata de llamar a aquel número desconocido, pero, por más que lo deje sonar, nadie responde.

—Supongo que no esperaba que se lo cogiera, ¿no? —dice David—. La otra debe de llevar todo el día intentando hablar con él.

«La otra.» ¿Quién es esa rival, esa usurpadora con la que Bram quiere compartir la fortuna de los Lawson? ¿Será un caso de bigamia? ¿Se habrá casado con una segunda mujer y juntos han conspirado para robar la casa que pertenece a la primera? (Quizá también haya tenido hijos con ella, hermanastros de Leo y Harry.) O puede que sea todo lo contrario, una mera actriz contratada para la transacción. La «señora Lawson» que ha llamado al abogado podría ser una mujer cualquiera; los Vaughan no la han visto en persona y el proceso legal no exige que la parte compradora y la vendedora estén en el mismo lugar al mismo tiempo. ¿Y si se han limitado a fotocopiar el pasaporte de Fi y lo han enviado por internet? La policía ha admitido públicamente lo impersonal que se han vuelto los procesos de compraventa de casas y lo fácil que lo tienen los delincuentes para aprovechar los vacíos legales sin consecuencias.

Y si no ha sido para financiar una nueva relación, un nuevo amor, ¿por qué? ¿Por qué necesita Bram tal suma de dinero? ¿Qué es lo que justifica el hecho de sacrificar la seguridad de sus hijos y de su propia relación con ellos? ¿Una deuda desmesurada por ludopatía? ¿Drogas?

Se masajea las sienes, pero no consigue mitigar el dolor. Era mucho más sencillo imaginárselo como una víctima más, igual que ella, a la que habían estafado, amenazado o, como mínimo, lavado el cerebro.

—Bueno, pues no nos queda otra que esperar, ¿verdad? —añade Merle—. Seguimos sin saber quién tiene derecho a quedarse en la casa y quién debe marcharse.

—Rav también me ha dicho —contesta David— que hay una manera muy simple de conocer quién es el propietario legal de la casa y, por tanto, quién tiene derecho a ocuparla: el registro de la propiedad. Ya se han dejado de usar escrituras físicas, pero si la casa está registrada a nuestro nombre, nosotros somos los propietarios. Si, por algún motivo, el traspaso no se hubiera producido, seguirían figurando los nombres de los Lawson como propietarios. Emma nos lo puede decir.

Emma Gilchrist, la abogada de los Vaughan, por fin ha acabado con la reunión que tenía y una compañera la está informando en este preciso instante de la crisis de Alder Rise.

—No te preocupes —le susurra David a Lucy—. Es imposible que Emma accediera a pagar los dos millones de libras sin que se registrara la venta.

—¿Está seguro? —dice Merle—. No sería el primer error garrafal en este asunto, ¿no le parece? Mire, estoy hasta el moño de esperar a los abogados. ¿Por qué no echamos un vistazo a la página web del registro de la propiedad?

—Porque se ve que tarda unos días en publicarse —responde David—. Necesitamos que Emma o el tal Graham Jenson nos confirmen con exactitud en qué punto está el proceso. Ah, a ver si es Emma...

En cuanto empieza a sonarle el móvil, se lo saca del bolsillo como si de un arma se tratara. Las otras se enderezan en sus asientos al mismo tiempo, como electrocutadas.

—¡Emma, por fin! —exclama David—. Mira, es que tenemos un problemón y necesitamos que nos ayudes a resolverlo lo antes posible...

Cuando sus ojos se topan con los de Fi, esboza un gesto inesperado de vergüenza, abre la puerta de la cocina y continúa con la llamada en el jardín. Una corriente de aire gélido se cuela en la estancia como una amenaza de lo que está por venir mientras David recorre el camino que conduce a la casita de madera.

«Hasta aquí hemos llegado —piensa Fi—. Mi futuro, y también el de Leo y Harry: todo depende de esa llamada.»

Ginebra, 17.15 h

Llega a la estación de Cornavin absolutamente destrozado, con las caderas, las rodillas y hasta los hombros igual de doloridos que los pies. En cambio, le ha ayudado en lo mental el bálsamo de anonimato que han supuesto las calles de la ciudad, y cuando se detiene a analizar a la multitud que recorre la estación, está a punto de olvidar qué hace ahí.

Un grupo de viajeras jóvenes pasan por delante de él, todas vueltas hacia una figura concreta del centro, y, sin dejar de mirarlas, le alivia saber que Fi se las apañará. Tendrá a las mujeres de su vida a su lado en todo momento.

Es una conclusión directa, indolora, absoluta.

Siempre le había hastiado la forma que tenían de hablar entre ellas las mujeres de Trinity Avenue. Incluso cuando no te llegaba el oído para distinguir de qué hablaban, podías saber por el lenguaje corporal y las expresiones faciales que se estaban poniendo muy intensas. Se comportaban como si estuvieran charlando de un genocidio o un apocalipsis económico, y al final resultaba que era porque a la pequeña Emily la habían cambiado de clase de matemáticas o porque Felix no había conseguido entrar en el primer equipo de fútbol. O quizá comentaban el argumento de una telenovela o alguna salvajada de *La víctima*.

Luego, cuando pasaba algo objetivamente terrible, como una muerte súbita en alguna de las familias o el final de una carrera profesional, y esperabas un ataque de histeria masivo, actuaban como un equipo de los SWAT con una organización inmaculada, con la única finalidad de resolver el problema.

—Son como perros mordiendo la mano que les da de comer —le comentó una vez Rog en la barra del Two Brewers—. ¿Te acuerdas de aquel *sketch* antiguo sobre las mujeres haciéndose con el control del mundo?

—Poco políticamente correcto lo veo —respondió Bram.

—Uy, total. Ahora ya no dejarían que lo emitieran —coincidió Rog con un arrepentimiento fingido.

Es curioso que le venga justo eso a la cabeza, debajo del letrero de salidas de una estación de tren de Ginebra, pero se alegra porque le ha hecho pensar que tal vez la situación en Londres no es tan atroz como imaginaba, ni siquiera hoy, el día en que se ha descubierto el pastel. Porque Fi ha cogido la vara de mando. Cuando todo se calme, los niños estarán mucho mejor sin su padre.

Por primera vez desde que dejó Trinity Avenue siente algo más cercano a la paz que al tormento.

Y hay un tren que parte hacia Lyon a las 17.29.

38

«La historia de Fi» > 02:22:12

Puede que esto os sorprenda, pero algunas veces he sentido lástima por él, os lo juro.

Y no me malinterpretéis: no estoy justificando lo que ha hecho —es obvio que lo aborrezco, me ha robado mi vida y a sus hijos les ha robado el futuro—, pero hay una parte de mí que entiende por qué la situación acabó por desbocarse tanto. No es nada nuevo: en ocasiones pasa algo que va escalando con una fuerza imparable. Algo así como un designio cósmico. Que sí, que las penas compartidas son menos penas, pero ¿no es también cierto que los problemas que te callas se acaban multiplicando por mil?

Y eso es lo que pasó, estoy convencida (al menos cuando estoy más relajada). Se lo guardó todo. Si se lo hubiera confiado a alguien, a quien fuera, puede que le hubiera disuadido de sus actos. Como no lo hizo, ahora lo buscan por fraude y tal vez por algo peor, quizá incluso por...

No, no pienso decirlo. No hasta que lo sentencie un juez.

No, de verdad, no puedo expresarlo públicamente. Acabaría metiéndome en problemas con la policía.

Lo que sí puedo afirmar es que Bram no era el espíritu alegre que todo el mundo creía que era. Tenía sus momentos de bajón, más que la mayoría de nosotros, provocados en parte por la prematura muerte de su padre. No pretendo criticar a su madre —es una mujer extraordinaria—, pero cuidar de un hijo desconsolado no es nada fácil si tú misma estás de luto.

Creo que lo que intento decir es que a veces es difícil discernir entre flaquezas y fortalezas. Entre el héroe y el villano.

¿No os parece?

Debo admitir que Bram tuvo muy mala suerte. De hecho, no podría haberse ensañado más con él.

A pesar de que había decidido escuchar el consejo de Toby y controlar el cabreo que llevaba encima por el asalto, cuando Bram volvió a la tarde siguiente para visitar, como era habitual los miércoles, a Leo y a Harry, los acontecimientos se habían desarrollado de una manera que no supo prever. Esperé a que los acostara, entramos en el salón y cerré la puerta; no quería que los críos oyeran ni una palabra de lo que iba a decirle. Al sentarnos en el sofá, con la madera crepitando al otro lado de la habitación, pensé en cuántas parejas de la calle estarían haciendo lo mismo, y que serían muy pocas las que se vieran en una riña como la nuestra.

—Oye, lo que pasó anoche... —empezó. Tal como Toby había predicho, estaba hundido y arrepentido—. De verdad, lo siento...

—Ya lo sé. —Resté importancia a sus disculpas—. Toby no quiere que le demos más vueltas. Tienes mucha suerte de que no le haya dado por denunciarte a la policía, pero entiende que perdieras el control hasta ese punto.

Bram resopló, al parecer estupefacto ante aquella revelación.

—¿Qué te dijo?

—Pues que es consciente del valor que tenía lo que decidiste echar a perder. —Una buena esposa, una mujer atractiva. Hice una pausa para disfrutar de su confusión—. Además, lo que él y yo hagamos o digamos no te incumbe, creo que lo dejamos claro.

—S-sííí.

Alargó la respuesta para ganar un par de segundos mientras intentaba adivinar lo que se le venía encima, si no iba a ser un balance final del jaleo de la noche anterior.

Me saqué un sobre abierto del bolsillo del cárdigan.

—Esto lo han dejado hoy en el buzón, Bram.

Me lo quitó de las manos.

—Está a mi nombre.

—Ya lo sé, pero al principio he pensado que sería algo del seguro y que ojalá hubieran dado marcha atrás con su decisión, y por eso la he abierto por ti. —En realidad, era una carta de la Dirección General de Tráfico en la que se invitaba a Bram a volver a solicitar su carné de conducir después de que se lo retiraran en febrero—. ¿Te retiraron el carné, Bram? Y hace meses, cuando todavía estábamos juntos. ¡Fuiste a juicio, te plantaste delante de un magistrado y no me dijiste ni mu!

—Es un delito abrir cartas de otra persona —masculló.

—¡Lo que es un delito es conducir sin carné!

—¿Qué? —Frunció el ceño y leyó la carta—. Aquí no pone eso.

Se encogió ligerísimamente de hombros, lo único que pudo recuperar de la famosa chulería de Bram.

—No, eso lo digo yo. No lo niegues, has seguido conduciendo sin problema desde entonces, que te he visto con mis propios ojos. Por Dios, Bram, que la retirada ya era mala de por sí; y más con tu trabajo, suerte tienes de no haberlo perdido. Pero es que si hubieras tenido un accidente estos últimos meses la habrías cagado y a base de bien. ¿En qué estabas pensando? ¿Cómo acabas metiéndote siempre en estos fregados? ¿Por qué no te limitas a cumplir la ley como todo el mundo?

Había ido subiendo el tono y no me hacía ni pizca de gracia verme a mí misma con una actitud tan mojigata. Jamás me había sentido tan madre como en aquel momento: su madre, en concreto.

—¿Y bien?

Quería oírlo de su propia boca. Quería verlo confesar.

Después de unos segundos de perseguirle la mirada por la estancia, conectamos en condiciones y entrecerró los ojos como si hubiera dejado de confiar en mí (¡él era el que ya no confiaba en mí, tócate las narices!).

—Vale, sí, hice unos cuantos trayectos cortos cuando ya no podía, pero menos de los que crees. Luego nos robaron el coche y...

—Y una persona más dada a la delincuencia que tú te ahorró las tentaciones —terminé por él—. Vamos a ver, en estos «trayectos cortos», ¿iban los niños en el coche?

—A lo mejor una o dos veces, nada, viajes de pocos minutos a las clases de natación y demás, pero nunca los puse en peligro. Te lo prometo.

Sentí el impulso de cruzarle la cara.

—Bram, los has involucrado en un delito, ¡por supuesto que los has puesto en peligro! En serio, yo ya no sé qué hacer contigo. Me costó horrores superar lo que pasó cuando nos separamos, y lo hice convencida de que no me harías sufrir más. Pero es que no solo has agredido a un amigo mío, ¡es que llevas meses engañándome!

Empezó a temblarle el labio inferior. Cuando volvió a tirar de excusas baratas, el ruido que emitió no acababa de ser humano.

—Ya lo sé, tienes razón, pero no quería perder la

oportunidad de seguir quedándome con los niños. Fi, por favor, lo siento, lo siento muchísimo. Sé que he metido la pata y seguro que piensas que lo de la custodia compartida no está funcionando...

—¡Pero ¿qué voy a pensar si uno de los dos es un mentiroso?!

—Pero a Leo y a Harry les beneficia, ¿o no? No me digas que no. Están mucho más felices así que si nos hubiéramos separado.

Los dos nos quedamos parados, igual de sorprendidos.

—Es que nos hemos separado —dije al fin.

Él sacudió la cabeza.

—Ya lo sé. Ha sido un desliz freudiano.

—¿Por eso la aseguradora no nos ha pagado por el robo? —exclamé—. ¿Porque no les contaste lo del carné?

—No, claro que se lo comenté.

—Ah, o sea, que solo me has engañado a mí, para variar.

En ese momento, me horroricé al ver cómo empezaba a tener espasmos por toda la cara, igual que aquel otro día, solo que esta vez se echó a llorar y a repetir continuamente lo mucho que lo sentía.

—Fi, por favor, dame otra oportunidad. Al menos hasta que se acabe el periodo de prueba que acordamos en verano. Por favor.

Espcré a que dejaran de caerle lágrimas y me prohibí ver a Leo en el hombre que tenía delante, pero ya era demasiado tarde. Era el padre de mis hijos, estaban en su cara, en su voz, en sus flaquezas. No podía hacerlo desaparecer sin apartarme también de ellos.

—Una última oportunidad, Bram. No puedo... No puedo soportar que vuelvas a dejarme en ridículo.

Otra vez. Y otra, y otra.

—Te lo prometo —dijo.

Una promesa que ahora sabemos que no merecía las ondas sonoras por las que viajó.

Bram, documento de Word

Para ser sincero, creo que si Fi hubiera insistido un poco más me habría venido abajo. Si me hubiera exigido que le explicara por qué reaccioné como reaccioné ante su nueva pareja, puede que le hubiera abierto mi corazón y hubiera dejado que todos los secretos supuraran sin control, con toda su repugnancia e inmundicia.

Pero igual que una vez se había centrado en el adulterio y había ignorado lo del carné, en esa ocasión se fijó en lo del carné y se le pasó completamente por alto el fraude. Me llegó una carta de tráfico en la que se explicaban con pelos y señales todos los detalles de la retirada del carné, y, como es evidente, hubo bronca. Recuerdo su rostro como si hubiera sido ayer, y ese miedo tan puro cuando me gritó: «Si hubieras tenido un accidente estos últimos meses la habrías cagado y a base de bien...».

Me hago a la idea, gracias.

—¿Por qué? —le pregunté a Mike cuando por fin me calmé y fui capaz de llamarlo—. ¿Por qué quedas con ella? ¿Es para demostrarme que no hay nada que te lo impida?

—Bram —suspiró—. ¿Tú te crees que me sobra el tiempo para andar por ahí divirtiéndome? Tenemos una fecha límite, por si no te acuerdas. Puede que la policía vaya pisando huevos, pero no son subnormales, no del todo. Al final van a ir a por ti.

—Ya han empezado —admití—. El martes vino un tipo a interrogarme.

—¿En serio? ¿Te dijo algo del accidente?

—Directamente, no. Me preguntó quién fue el último que vio el coche, lo mismo que repasaron con Fi hace unas semanas, así que diría que necesitan algo nuevo para seguir investigándome.

—¿Te preguntó dónde estuviste el dieciséis de septiembre?

—Sí, y tuve que usar la coartada. Le dije que estuve en un bar de Clapham Junction, como acordamos.

—Buen chico. Se lo tragarán, por eso no te preocupes. Aunque comprueben las cámaras, aquello se pone hasta arriba los viernes y es muy fácil perderse entre la muchedumbre. Bram, a ver si nos calmamos un poco. Ah, y por tu mujer no te preocupes, te aseguro que no tengo intención de hincar la rodilla. Pero alguien tiene que quitarla de en medio cuando llegue el momento, ¿o no? Y no vas a ser tú el que se la lleve de fin de semana romántico.

Era evidente que se estaban acostando (tampoco es que lo dudara; el sexo siempre había sido importante para Fi).

—Soy consciente de que es un duro golpe para tu hombría, pero no es nada personal, así que tampoco te me vengas abajo. Ya va tocando que dejes de llamar la atención con tus pataletas.

¿Pataletas? Como si yo fuera un crío frustrado por un no.

—No te acerques a mis hijos —le dije—. Prométeme solo eso.

—Promesita del niño Jesús —se burló—. ¿Podemos hablar ya de negocios? Seguro que ha habido más ofertas después de las segundas visitas. Con el precio que le has puesto pensaba que te la arrancarían de las manos.

Dejé escapar un suspiro que sonó casi como un humillante sollozo.

—Ni se te ocurra ocultarme información, Bram. Solo tengo que avisar a la señora Lawson para que llame ella misma al agente.

—Ella no es la señora Lawson.

—Que me cuentes las novedades, coño.

Juro que me sentía como si me tuviera atado con una correa y, en cuanto la soltaba, las palabras me salieran sin control.

—Ha habido dos ofertas. La más alta es de una pareja que está esperando a vender su casa. La más baja es de una pareja que ya ha vendido su vivienda, así que no habría ningún tipo de cadena, están listos para pagar.

Rav me dijo que los había conocido el día de puertas abiertas, pero no era capaz de ubicarlos entre aquel refinado mar de parejas cortadas por el mismo patrón. Se llamaban David y Lucy Vaughan y dejaban atrás una casa más modesta en East Dulwich después de que les hubiera caído un montón de dinero del cielo tras la muerte de un abuelo de alto abolengo. Eran más jóvenes que Fi y que yo y estaban preparados para formar una familia.

—¿Cuánto? —me exigió Mike.

—Dos millones. No pueden subir más, es lo máximo que les deja el prestamista. Rav me ha recomendado que aceptemos la más alta y acordemos un tiempo aceptable para que vendan su casa.

—No tenemos tiempo —exclamó Mike—. Habrá que conformarse con los dos millones.

Lo decía como si fueran cuatro duros, como si no tuviéramos ninguna otra opción.

—¿Quieres que la acepte, entonces? —pregunté.

—Quiero que la aceptes.

Ni yo mismo podría haber diseñado un clima más acorde a mi estado psicológico cuando atravesé Alder Rise de camino a la consulta de mi médico de cabecera, en la cara norte del Parade. Me asfixiaba ver las nubes flotando tan bajo que casi tocaban los tejados, mientras que a mis pies las hojas se desintegraban hasta convertirse en polvo.

Había pedido cita con el director de psiquiatría, el doctor Pearson.

—No puedo más —le confesé.

A su favor debo decir que hizo todo lo posible por indagar en mis problemas, pero yo me limité a describirle lo típico: que no podía con mi vida, que estaba siempre con la sensación de que iba a sufrir un ataque de pánico, que el mundo se me caía encima, que tenía ganas de llorar todo el santo día.

—Voy a recetarte un antidepresivo —dijo—. Empezaremos con un mes y, si te funciona, extenderemos el tratamiento hasta Año Nuevo. Aun así, debo decirte que la medicación es solo una parte del tratamiento. Te recomiendo encarecidamente que hables también con un psicólogo.

Respondí algo indescifrable, sin comprometerme a nada, y lo añadí a la lista de personas que no iba a volver a ver en la vida.

—Puedo emitirte un volante para un psicólogo de la Seguridad Social, o, si quieres comenzar antes, tendrás que ir a uno privado.

—Sí, mejor pruebo con uno privado —contesté para quitármelo de encima, y él me pasó el enlace de una página web con varias opciones por la zona.

Me imaginé sentado frente a algún vejestorio con cara de pocos amigos y más de cincuenta tacos que pretendía que le contara todas las malas decisiones que había tomado en la vida para explicarme entonces cómo gestionar el estrés. «Mira, gilipollas —le diría—, una niña ha muerto por mi culpa. He matado a una persona y ahora me están extorsionando para que participe en un fraude y, si no coopero, me meterán en chirona más de diez años. El extorsionador se está follando a mi mujer y me amenaza con hacerles algo a mis hijos, y me paso el día fantaseando con que lo mato; pero, si al final me animo, también voy a tener que matar a su cómplice, con quien, por cierto, me he acostado, y aun así puede que la policía acabe pillándome porque es posible que hubiera más testigos, y eso sin mencionar a la mujer que sobrevivió al accidente, que, hasta donde sé, tiene un síndrome postraumático que le impide recordar con exactitud el incidente, pero podría recuperar la memoria en cualquier momento...»

No, decidí que mejor me guardaba mis problemas para mí.

39

Bram, documento de Word

No había visto ninguna noticia sobre el accidente en ningún informativo, ni nacional ni local; fueran quienes fueran los árbitros de la muerte, no habían considerado que Ellie Rutherford mereciera tanto eco. Eso sí, yo seguía viéndolos noche tras noche (cuando no estaba en el bar), con un único y despreciable objetivo: las malas noticias me hacían sentir mejor. Los crímenes de guerra, un asesino en serie, mafiosos que se apuñalan entre sí: todo me convencía un poquito más de que mi delito no era tan grave.

Sí, ya hay que estar trastornado.

Entonces, una noche a finales de noviembre, cuando me estaba consolando con una botella de vino y las trágicas imágenes del descarrilamiento de un tren en la India, pensando en qué más daba que yo hubiera cometido un error atroz hacía casi tres meses cuando seguía habiendo siete mil millones de personas igual de jodidas que yo, oí los titulares de un canal de noticias local y se me heló la sangre:

Hoy hablamos con el alcalde de las quejas sobre seguridad entre los obreros de un edificio nuevo en Southbank que les tapará las vistas a los vecinos... Esta noche, además, a raíz del endurecimiento de las condenas anunciado por el gobierno para los delitos al volante más graves, nos preguntamos cómo es posible que más de dos meses después del accidente provocado por un conductor temerario al sur de Londres que acabó con la vida de la pequeña Ellie Rutherford, de diez años, todavía no haya habido arrestos. El padre de Ellie hablará con Meera Powell en una entrevista exclusiva...

Esperé angustiado y sin aliento a que terminara un reportaje insoportablemente minucioso sobre rascacielos. Acto seguido, tras diez segundos de un primer plano del presentador, un plano largo de Silver Road ocupó la pantalla y una voz en *off* comenzó a repasar los hechos conocidos sobre el accidente por encima de imágenes de archivo de tráfico en Thornton Heath y de la entrada del hospital de Croydon. Lo siguiente fue una secuencia de fotogramas del funeral —niños vestidos de amarillo, coronas con forma de mariposa— y un vídeo de la familia Rutherford reunida en un salón opulento, con un frondoso helecho en la ventana y estanterías hasta los topes de libros. El hermano adolescente de Ellie estaba ayudando a su madre a levantarse y la acompañaba, no sin dificultades, hasta la repisa de la chimenea para enseñar una foto escolar de Ellie. A continuación, la cámara captaba una silla de ruedas plegable que descansaba en un rincón y un montoncito de regalos en una mesilla auxiliar. «Esta semana es el cumpleaños de Ellie. Habría cumplido once años», explicaba la voz en *off*.

Por último, Tim Rutherford hizo un llamamiento con una entereza admirable, casi milagrosa: «No vamos a decir que la policía no se esté esforzando con este caso, porque sabemos que no es cierto. Solo pedimos a quien esté viendo esto que haga memoria una vez más de aquella noche. Que repase su diario o agenda y recuerde dónde estuvo aquel día después del trabajo. Fue un viernes a mediados de septiembre, así que todavía habría luz, y puede que volvieras a casa de la oficina o estuvieras de camino para tomar algo. Quizá no fuiste testigo del accidente, pero tal vez te encontraras con un Audi o un Volkswagen negro que huía de la zona a gran velocidad. Puede ser que vieras si al volante iba un hombre o una mujer, que recuerdes qué edad podía tener o cómo iba vestida esa persona. Detalles tan pequeños como esos podrían ser el punto de inflexión que necesita la policía».

Y hasta ahí. Estaba tan conmocionado que incluso empecé a temblar, pero la entrevista me confirmó lo que ya presentía: la policía no tenía suficientes pruebas —si es que tenía alguna— para ir a por mí, y no podía sino asumir que la acusación que estuvieran tratando de montar fuera contra el teórico ladrón de nuestro coche o contra alguien asociado a un vehículo radicalmente distinto.

Nadie recordaría nada nuevo sobre una tarde de hacía más de dos meses y medio, ¿verdad? ¿Era de verdad posible que pudiera llegar a la línea de meta sin ser detectado? ¿O quizá era la mente humana esa arma errática que los Rutherford confiaban que fuera? («Ay, sí, sí que vi un coche, pensé que iba a reventarme un retrovisor. Segurísimo que era un Audi. El conductor tenía el pelo rizado...»)

Apagué el televisor y descubrí que la segunda botella de vino me ayudaba a bordear algo cercano al optimismo (el hecho de que mezclar alcohol con la nueva medicación estuviera estrictamente prohibido no me impidió nada, por supuesto).

Sin embargo, cuando me desperté a la mañana siguiente, fui incapaz de quitarme la imagen de la pequeña Ellie de la cabeza, esa foto con ella vestida con un suéter escolar de color verde botella. Era como las niñas de la clase de Leo, puede que no la más brillante ni la más popular, pero una cría buena, amable, tal vez incluso un poco tímida hasta que la veías con sus amigos y eran todo gritos y risas. En definitiva, una niña inocente, igual que mis hijos o los tuyos.

«La historia de Fi» > 02:30:15

Sí, me avergüenza admitir que no le di más vueltas al accidente de Silver Road. Aunque debo decir que el agente de policía que vino a interrogarme sobre el coche no volvió a contactar conmigo, y que lo más probable es que hubiera seguido leyendo incontables noticias de otros accidentes, desgracias sin fin. El año pasado no es que faltaran que se diga, ¿verdad?

Bram no llegó a mencionarme jamás a los Rutherford, no. Oí por primera vez ese apellido en Año Nuevo, cuando todo se salió por completo de madre.

40

Bram, documento de Word

Me alucinó hasta dónde llegó el proceso de compraventa de la casa antes de que Wendy o yo tuviéramos que vernos cara a cara con un abogado. Mike, cómo no, escogió a Graham Jenson de Dixon Boyle y Asociados, de Crystal Palace, al parecer por la falta de reputación y de excelencia (no tuve más que mirar páginas de clasificaciones sobre bufetes de abogados para comprobar que Jenson no tenía una nota nada espectacular en lo que a satisfacción del cliente se refería). Ni él ni Rav formaban parte de nuestra conspiración, conque, una vez más, mi papel era el de proceder con la venta como si fuera algo completamente normal. Creé una dirección de correo a nombre de A. y F. Lawson, compartí la contraseña con mis caciques y le di a Jenson y a su becario el número de mi móvil de prepago.

A principios de diciembre ya había recopilado todo

el papeleo y los documentos de identificación necesarios, rellenado todos los cuestionarios y confirmado la cifra para el pago de la hipoteca, que se abonaría de forma automática cuando finalizara el proceso. Los documentos entraban y salían del archivador de Trinity Avenue en función de mis horarios de custodia compartida. (En el hipotético e improbable caso de que Fi quisiera echarle un vistazo a algo que me hubiera llevado, sabía que daría por supuesto que se había traspapelado.) Para evitar que llegaran paquetes a la dirección de Trinity Avenue —me había enterado por las malas de que Fi no tenía ningún tipo de remilgos a la hora de abrir correspondencia a mi nombre; aunque, bueno, estos paquetes también iban dirigidos a ella—, acordamos que Wendy los recogería en persona en el despacho del abogado, usando la firma de Fiona Lawson que había practicado siempre que se la pidieran. Acto seguido, me los entregaría en mano en el piso y esperaría a que añadiera la información o la coautorización requeridas antes de devolvérselos al abogado lo antes posible. Los pocos documentos para los que exigieran testigos de nuestras firmas se remitían a Mike para que incorporara los nombres y profesiones falsos que considerara oportunos. Mientras tanto, Wendy le iba proporcionando a Jenson los datos de la cuenta bancaria que recibiría el pago por la casa y lo transferiría a otra cuenta en un paraíso fiscal que Mike hubiera abierto gracias a sus legendarios contactos de la *deep web*.

En general, todo fue una locura arriesgada y sencilla

a partes iguales, significativamente más sencilla de lo que habría sido si uno de los conspiradores no fuera copropietario al cincuenta por ciento de la casa. Esa era una de las genialidades del plan, hay que reconocerle el mérito a Mike.

A pesar de que las preguntas de los compradores fueron mínimas, la empresa hipotecaria solicitaba una evaluación *in situ*, un requisito innegociable que solo podía organizarse entre semana. No voy a decir que no supusiera un estrés añadido, pero fue casi un juego de niños en comparación con la jornada de puertas abiertas: pedí trabajar desde casa y que el perito viniera al mediodía para que acabara con lo suyo mucho antes de que Fi o su madre regresaran con los niños después de clase. La calle estaba tranquila, pero me había preparado como excusa que iban a venir a arreglarnos el tejado si es que a alguien se le ocurría acercarse y pasarse de curioso.

A mediados de diciembre ya teníamos listos los borradores de los contratos y se los habíamos enviado al abogado de los compradores.

«Buen chico, Bram», leí en un mensaje de Mike, y hubo un instante desconcertante en que me olvidé por completo de quién era y experimenté un cierto placer en aquel elogio. Pocos segundos más tarde volvió el terror, más opresivo y delirante que nunca.

No, la medicación aún no me había hecho efecto.

«La historia de Fi» > 02:30:45

Sé que va a parecer que yo no hacía más que ceder y ceder, pero no perdáis de vista que lo mío era la *realpolitik*. No era nadie para adoptar una postura estrictamente ética. Lo que sí hice fue adoptar una estrictamente maternal y, en ese sentido, no me arrepiento de nada. Bram tenía razón: Leo y Harry eran felices. Como unas castañuelas. De hecho, hasta los veía tratándose bien, como los hermanos de los libros; a ver, tampoco como los de *Las Crónicas de Narnia*, pero «bien» para sus estándares.

Hubo una ola de frío a principios de diciembre y Trinity Avenue se convirtió en una postal de arbustos helados y brillantes brumas. La Navidad, mi época favorita del año desde siempre, flotaba en el ambiente. Cuando volvían del cole, los niños preferían quedarse dentro y cambiaban el jardín por la sala de estar, con su chimenea y las madrigueras de mantitas de pelo sintético. Verlos acurrucaditos, con las mejillas sonrosadas y los ojos soñolientos, reforzó mi convencimiento de lo maravillosa que era la custodia compartida sin moverlos de la casa. Aquella refriega con Toby de la que fueron medio testigos no había sido nada comparada con las peleas a las que Bram y yo los expondríamos si hubiéramos seguido juntos.

Bram y yo siempre nos reservábamos las tardes que tocaba tutoría, y ni los profesores de Leo ni los de Harry nos informaban de que hubiera nada que hiciera pensar en los posibles ataques de ansiedad o comportamientos disruptivos que a menudo se observan en niños cuyos padres se acaban de separar.

—Sea lo que sea que hacen en casa, sigan así —nos animó la señora Carver, la tutora de Harry—. Es un alumno brillante.

Alentados por la buena nueva, Bram y yo decidimos ir juntos al concierto de Navidad que montaban siempre a final de trimestre.

Bram, documento de Word

No dejé de poner por delante a mis niños incluso mientras confabulaba para arrebatarles el futuro. Por primera vez en sus vidas asistí a todos y cada uno de los eventos que organizaban para las fiestas, hasta a la sesión de Harry en la que les enseñaban a fabricar decoraciones navideñas y de la que todos los padres salían con purpurina por encima y así se presentaban en las reuniones que cada uno tuviera. El trabajo había dejado de ser relevante —pronto estaría fuera del mapa—, y siempre que podía delegaba o cancelaba reuniones, o le cargaba el muerto a otro. Llamé tres días de diciembre para decir que estaba enfermo, y en ocasiones volvía a casa antes de tiempo arguyendo que no me encontraba bien (algo que no era del todo mentira, puesto que las náuseas ya eran mis compañeras de viaje).

—No sé qué tengo, pero me pasa algo —le conté a

Neil un día (de nuevo, no era del todo falso)—. A lo mejor es un virus o algo.

—Yo mientras sea eso y no me estés tomando el pelo... —contestó, que era el equivalente a un primer aviso.

No mejoró en nada la situación que decidiera saltarme el aperitivo de Navidad para poder ir al concierto de villancicos de los críos que se celebraba la última semana del trimestre.

—Rajado... —me soltó Neil, que los dos sabíamos que era como había llamado Keith Richards a Ronnie Woods para picarlo cuando ingresó voluntariamente en una clínica de desintoxicación.

«Ojalá el mayor de mis problemas fuera una adicción —pensé, derrotado—. Los efectos de los excesos de una estrella del rock.»

En el concierto de villancicos estuve a nada de venirme abajo. *Noche de paz* siempre había sido el favorito de Fi y, dichosa casualidad, los niños la cantaron como gran broche final, con unas vocecillas dulces y optimistas que soporté a duras penas. Fue la vez que más cerca he estado de echarme a llorar en público.

—Qué preciosidad —comentó Fi mientras la clase desfilaba por el pasillo—. ¿Lo has grabado, Bram?

—Solo la última canción —respondí—. Se podía, ¿no? Los demás padres estaban grabando también.

—Sí, creo que sí, pero tampoco es que yo sea una segurata.

Pensé que había algo implícito ahí, o al menos era lo

que quería creer. Me informaba de que se había acabado la guerra de reproches y de que quería que volviéramos al proceso de paz.

Esperamos a que se vaciara la fila de sillas antes de levantarnos. A mi derecha había un fresco que representaba el juicio de algún mártir y, a pesar de tantos años siendo hijo de una madre muy piadosa, jamás había sentido una conexión tan desmesurada en una iglesia.

—Apelando a la buena voluntad de todos los seres humanos —empecé a decirle a Fi—, ¿te puedo pedir un favor? —Solo un hombre que no tiene nada que perder pide un deseo que jamás podrían concederle, y menos dadas las circunstancias—. Es lo último que te pido —añadí.

Puso los ojos en blanco.

—Tampoco te lo tomes a la tremenda, Bram, que no tienes ninguna enfermedad terminal. ¿Qué pasa?

—¿Podría quedarme a los niños esta Navidad? S-significaría... muchísimo para mí.

Porque era probable que fuera mi última oportunidad. No: definitivamente era mi última oportunidad. El año siguiente, para estas fechas, estaría delante de un tribunal como nuestro amigo el santo, en la cárcel o en un agujero bajo tierra como un terrorista. Por aquel entonces aún no había decidido qué haría con mi vida, algo que se resolvió poco más tarde en un instante de revelación cuasi divina, pero asumía que seguiría tirando para adelante, aunque me pasara los días compadeciéndome.

Fi se tomó un rato antes de responder. Noté cómo le recorría el cuerpo la reacción más natural, a punto de explotar sin ningún tipo de oposición, con mis crímenes pasados y presentes en la punta de la lengua, pero entonces se lo tragó todo y recordó sus intenciones renovadas para con la causa. Quizá fuera por tener a la vista tantas parejas casadas con sonrisas y bufandas de cachemira simétricas, pero, de todas formas, jamás me habría imaginado lo que soltó de repente.

—Mira, ¿por qué no nos quedamos los dos con ellos? En la casa, como todas las Navidades.

—¿Qué? —Sentí cómo me ruborizaba—. ¿Lo dices en serio?

—Sí. Seguro que les encanta que lo celebremos juntos. Es un fin de semana, así que ¿por qué no nos quedamos los dos en casa por Nochebuena y el día de Navidad? Para San Esteban había pensado en que fuéramos con mis padres, conque, si te parece, tú podrías llevarlos a visitar a tu madre durante el día de Nochebuena. ¿Lo ves bien?

Una sensación de euforia me recorrió el cuerpo.

—Más que bien. Gracias.

Solo había algo mejor que pasar mis últimas Navidades con mis hijos, y era pasarlo con mi mujer y mis hijos.

—Vamos juntos a casa de Kirsty y Matt —me comentó—. ¿Sabías que han organizado una merienda?

Otra concesión unilateral; se sobreentendía que como la parte perjudicada de la ruptura, como la mujer, era ella la que tenía la potestad de rechazar o aceptar las invitaciones a eventos sociales de los vecinos.

—¡Harry se ha olvidado la letra de *Campana sobre campana*! —exclamó Leo cuando los tutores nos los entregaron—. Se ha notado taaanto.

—Nosotros no nos hemos dado cuenta —dijo Fi—. Pero se os oía superbién, ¿a que sí, papá?

—Sí, muy bien —contesté, ayudando a Harry a ponerse los guantes. La punta del pulgar izquierdo le sobresalía por una rasgadura, y decidí cogerle esa mano y cubrir el agujero.

—No me he olvidado de la letra —masculló mientras salíamos del edificio, y esperé con un pavor desproporcionado que se apartara. Pero no lo hizo, y fuimos todo el camino de la mano.

Al pasar por delante del Parade, caminamos los cuatro uno al lado del otro cuando el ancho de la acera nos lo permitía, que era lo que siempre hacíamos cuando los críos eran pequeños.

Ellos en el centro y Fi y yo flanqueándolos.

«La historia de Fi» 02:32:16

—Hemos decidido pasar las Navidades juntos, por el bien de los niños —le comenté a Polly.

—¿Estás de coña? —me soltó—. ¿De quién ha sido esta idea de bombero? ¿Tuya o suya?

—Mía. Pol, lo vi fatal.

Cuando lo estuvimos hablando en el concierto de villancicos parecía, de hecho, un recluso en el corredor de la muerte que acababa de recibir noticias de una prórroga. (¿Y la cara de terror que puso cuando pensó que había grabado a los críos sin permiso? El Bram de siempre se habría regodeado en un acto de rebeldía tan insignificante.) Me incomodó tanto la intensidad de sus agradecimientos como la melancolía que subyacía, como si creyera que no iba a volver a vivir otras Navidades.

—Y ya sabes cómo son las fiestas en casa de su madre.

—¿Qué? ¿Como la celebración religiosa que es? No se podía saber. —Polly me dirigió una mirada de advertencia—. Mira, mientras el regalo que le hagas sean los papeles del divorcio...

Alison se lo tomó mejor.

—Ay, a mí me parece que es un detallazo, de verdad —me dijo—. Eres un solete, Fi. Me hago a la idea de lo tentador que debe de ser castigarlo y dejarlo al margen de todo.

—No creo que haga falta castigarlo —repliqué—. Se está quedando al margen él solito.

#VíctimaFi

@tillybuxton #VíctimaFi es su peor enemiga, ¿no os parece? Aunque también es un poco injusto culpar siempre a la víctima.

@femiblog2016 @tillybuxton Superinjusto y superhabitual, también te digo. Eso es el karma: tenemos lo que nos merecemos.

@IanHopeuk @femiblog2016 @tillybuxton Y yo voy y me lo creo #AscoDeVida

Bram, documento de Word

Como decía, esas últimas semanas me entregué en cuerpo y alma a mi familia. Ni cenas ni cervecitas de empresa. Las noches de los martes en el Two Brewers habían ido desapareciendo últimamente y los vecinos de Trinity Avenue solo nos vimos para tomar algo una vez aquel diciembre, la noche del concierto de villancicos, en casa de Kirsty y Matt. Tenía que andarme con pies de plomo. Tenía que aislarme de la manada.

En otro orden de cosas, estaba empezando a conectar con el vecindario como nunca, apreciando los detalles como si acabara de llegar de los bajos fondos de la ciudad. Allí en el parque, de pie y con los ojos cerrados, me sentía libre, una libertad virgen, pura y, en cierto modo, acogedora. Tal vez solo fuera el alivio de huir de la casa que estaba en proceso de robar y del piso que, en definitiva, era el cuartel general de nuestros planes. De los cantos de sirena que emitían los dispositivos en los que estaría tentado a buscar artículos sobre la brutalidad de la vida en prisión.

Recuerdo que el clima fluctuaba constantemente entre un frío que te calaba hasta los huesos y unas temperaturas cálidas y apacibles, una especie de castigo e indulto. Hubo veces en que encontré un cierto confort en ello; igual que no puedes dar por hecho lo bueno, tampoco lo malo. «Si puedes encontrarte con el Triunfo y el Desastre y tratar de la misma manera a esos dos impostores..., serás un hombre, hijo mío.»

Nos lo enseñaron en la escuela.

Lo que no nos contaron era que los peores desastres eran los que provocábamos con nuestras propias manos.

41

Bram, documento de Word

—¿Por qué haces esto, Wendy?

—¿El qué?

La pillé desprevenida, soltó una risita medio avergonzada y apretó un poco más el pañuelo que llevaba en la mano.

—Lo digo en serio. ¿Por qué le bailas el agua de esta manera?

Cuando ella visitaba el piso, lo más normal era que yo mantuviera las interacciones sociales bajo mínimos, mascullando las respuestas a sus intentos de flirteo y evitando mirarla directamente a los ojos por miedo al odio incontenible que podía llegar a provocarme. Como intermediaria, había optado por comportarse con una cierta infantilidad, con simpleza, pero el bobo sería yo si me permitiera olvidar los ejemplos previos de su mezquindad: aquellos nervios de acero cuando telefoneó al hospital delante de mí para ponerme a prueba; la malicia con la que jugó conmigo después de la noche que pasamos juntos.

Sin embargo, cuando me llamó por última vez antes de Navidad, me sentí con ánimos de desafiarla. Tal vez fuera por el catarro que llevaba encima la pobre, porque estornudaba con gran patetismo cada diez segundos y se iba frotando los ojos enrojecidos con los nudillos, o quizá porque las pastillas por fin me ayudaban a controlar la ira, pero, fuera como fuera, me compadecí de aquella mujer.

Me miró con cara de pocos amigos, ofendida.

—¿Que le bailo el agua? ¿Y eso qué significa?

—Tú ya me entiendes. Hablo de subirte al carro y de creerte a pies juntillas lo de que esto funcionará. ¿Él qué cojones sabe? Es un novato, como nosotros.

Se encogió de hombros. Supe que había metido el dedo en la llaga por lo que tardó en soltar una de sus típicas risitas falsas.

—Todo este tinglado ha sido cosa suya, ¿verdad? —insistí—. ¿Habíais delinquido juntos antes? Seguro que, en todo caso, fueron chiquilladas, ¿no? Nada como esto. Esto es *heavy*. Una carrera de fondo.

La palidez cetrina de su rostro me confirmó que mis suposiciones no iban desencaminadas. La hice esperar mientras buscaba el formulario del registro de la propiedad que había solicitado el abogado de los Vaughan (y que encontré justo donde esperaba, en la carpeta de

Trinity Avenue etiquetada como «Reformas de la casa») y proseguí:

—¿Cómo puedes fiarte tanto de él? ¿Estáis casados? ¿Salís? Sabes que se está tirando a mi mujer, ¿no?

Me pareció percibir una respuesta negativa en sus ojos. No acababa de aprobar su comportamiento y, a pesar de todo, la tenía a su merced, de la manera que fuera. ¿La estaría extorsionando a ella también?

—¿No te importa lo más mínimo estar destruyendo mi vida y la de mis hijos?

Negó con la cabeza.

—Eso es responsabilidad tuya, no mía.

—Ah, claro. O sea, que eres un monstruo, igual que él. No eres responsable de tus actos. Te admiro.

Me fulminó con la mirada mientras claramente tenía lugar en su cabeza un enfrentamiento entre la versión a la que le faltaba un golpe de horno que había estado interpretando y la compleja inteligencia que era consciente que yo sabía que poseía.

—Bram, me aburres.

¿Que la aburría? «Lo siento, cielo. Voy a intentar animarme un poco mientras me esfuerzo por salvarme de las hediondas entrañas del infierno.»

—Si yo solo quiero entender cómo acabasteis juntos en un caso de extorsión y fraude. Son delitos muy graves, supongo que estás al tanto. Que sí, que mi familia y yo te importamos una mierda, pero ¿no te das cuenta del riesgo personal que corres? Esto no es como sisarle a alguien cien libras de la cartera. Me comentaste que tenías un buen trabajo; ¿no te pagaban lo suficiente para llegar a final de mes? Seguro que te ascenderían y te subirían el sueldo; a mí me pareces una persona bastante espabilada; al margen del rollo este, claro.

Soportó aquella pulla en silencio, salvo por un par de toses que funcionaban como repelente natural. Tenía las fosas nasales enrojecidas de tanto sonarse. No me cabe duda de que se preguntaba cómo era que no los había investigado a Mike y a ella como habían hecho ellos conmigo. Podría haber contratado un detective privado para que los siguiera, o incluso los mismos servicios de los submundos por los que ellos se movían. Lo cierto es que me lo había planteado mil veces, pero siempre acababa engañándome a mí mismo y creyendo que aquel martirio concluiría antes de que tuviera que tomar cartas en el asunto. La verdad era que me faltaban agallas.

Hasta ahora, claro.

—¿Le tienes miedo, Wendy? ¿Es eso? Ya sé que intimida, es un tipo corpulento. Y he comprobado de primera mano lo duro que es. Seguro que te ha contado la peleílla que tuvimos en mi casa. Pero podrías protegerte, no te olvides. Si los dos le decimos que nos bajamos del barco, ¿no crees que podremos plantarle cara a un macarra como él?

Me di cuenta de que había metido la pata incluso antes de terminar la frase. Se quedó de piedra, indignada, y cerró los dientes como el rastrillo de un castillo medieval.

—No es ningún macarra —masculló entre dientes—. Al que estás poniendo de vuelta y media es mi hermano.

—¡¿Tu hermano?! —Era una posibilidad que ni siquiera se me había pasado por la cabeza—. No os parecéis en nada.

—Porque no somos gemelos, hostia puta. —Hizo un gesto airado en dirección al documento que tenía en la mano—. ¿Te parece si me das ya el papelito? Tengo que irme.

¿Para reunirse con el abogado o con Mike? Dios, su hermano. ¿Le contaría todo lo que le había dicho? Y, en ese caso, ¿le importaría? ¿Qué más podía hacerme a esas alturas?

Me costó poco imaginármelo. En cuanto se fue, le envíe un mensaje a Fi con manos temblorosas:

Acabo de leer que ha
habido un intento de
secuestro en Crystal Palace,
un hombre de unos treinta
y tantos con un coche
blanco paseándose por las
puertas de los colegios.

Fi no tardó en responder.

No te preocupes, los
niños saben cuidarse.
De todas formas, lo

comentaré en el colegio
mañana. Gracias por
avisarme.

De nada.

«La historia de Fi» > *02:33:36*

El miércoles por la noche, víspera de Navidad, Bram cogió la escalera de mano y colgó guirnaldas de luces del magnolio mientras yo me encargaba de adornar las ramas más bajas con cien bolas plateadas. Lo hacemos —es decir, lo hacíamos— todos los años y, aunque está feo que lo diga yo, siempre nos quedaba precioso (la gente se paraba a hacerle fotos, en serio). Lo ideal habría sido contar también con el tejado cubierto de nieve que tuvimos a principios de mes, pero la segunda mitad de diciembre había sido inesperadamente cálida, un veranillo de San Martín atrasado que incluso había animado a los narcisos a florecer.

Las luces de la casita del jardín no las habíamos quitado en todo el año. Bram la estuvo montando durante el día de Nochebuena del año pasado, mientras yo llevaba a los críos al West End a ver el musical *El muñeco de nieve* en uno de los teatros. Después de acostarlos, colocamos las guirnaldas de luces y un par de sillitas en el porche cubiertas con pieles de oveja que le daban todo el aspecto de una cabaña de las montañas. Aún no había salido el sol cuando se despertaron la mañana del día de Navidad y los llevamos a la ventana para la gran revelación.

—Es insultantemente cuco —comentó Merle cuando Adrian y ella vinieron a tomar algo el día de San Esteban y les presentamos la nueva atracción—. Ojalá no me lo hubieras enseñado.

—Qué tonta eres —le dije, y le di un pellizco en el brazo.

Bram, documento de Word

—¡Casi me olvido! —exclamó Fi el último miércoles que visité Trinity Avenue antes de Navidad, después de que decoráramos el magnolio tal como dictaba la tradición (puede que no hubiera ningún premio oficial, pero créeme si te digo que en la calle se competía por ver quién exponía los mejores adornos, y a nadie se le daba mejor que a la mujer que trabajaba con menaje)—. Esto te ha llegado hoy. Me lo han entregado en mano.

Me alargó un sobre blanco con mi nombre garabateado en mayúsculas. La solapa estaba metida dentro del sobre, no sellada. Era imposible que tuviera algo que ver con la venta del piso. Mike no sería capaz de arriesgarse tantísimo, ¿o sí?

—No lo he mirado —añadió Fi al verme la expresión.

—Gracias.

Lo abrí de camino al piso. Por supuesto que era de él, seguro que una venganza por irme de la lengua con Wendy. Había dos papeles. El primero era una noticia descargada de una página web, nada menos que de *The Daily Telegraph* (me lo figuré entonces complacido consigo mismo a más no poder. «No soy un cateto, leo periódicos de calidad, ¿lo ves?»):

La conducción temeraria es hereditaria, afirma un estudio

Los conductores noveles que han visto a sus padres saltándose el límite de velocidad o conduciendo ebrios tienen tres veces más posibilidades de cometer el mismo delito, según el estudio que ha publicado hoy el...

El segundo era un fragmento impreso de una página gubernamental que incluía una densa tabla de nombres, el de mi padre entre ellos. Se me nubló la vista: aquella demostración de poder, de conocimiento, fue la que más me conmocionó de todas. ¿Cómo era posible que lo supiera y por qué me lo enviaba? ¿Qué se traía entre manos? Lo que mi padre hiciera décadas atrás no podía tener ningún tipo de impacto si llegaban a procesarme, ¿verdad? ¿Podría ser admisible en un juicio como antecedentes?

No era la primera vez que se me ocurría que pudiera estar trabajando con la policía y lo del fraude no fuera más que una tapadera. ¿No se considerarían incitación criminal sus acciones hasta la fecha? El fin no siempre justifica los medios, eso lo sabe todo el mundo. No, ¿qué otro objetivo podía tener para provocarme e intimidarme de esa forma más allá del beneficio puramente económico?

Era una simple vuelta de tuerca, una declaración de que podía seguir resistiéndome, de que podía tratar de comerle el coco a Wendy hasta que las ranas criaran pelo, pero que él no tenía ninguna intención de soltar la correa.

Tiré el recorte del *Daily Telegraph* a la papelera junto a las puertas del parque, pero doblé el segundo documento y me lo guardé en el bolsillo. No podía tirarlo a la basura y verlo al día siguiente correteando por la acera, recuperado por algún zorro o por el viento.

«La historia de Fi» > 02:35:10

Sí, lo de Navidad fue un compromiso importante. ¿Tendría algo que ver con su padre la empatía que sentía por él? ¿Por todas las Navidades que había pasado Bram sin su progenitor? ¿Por lo mucho que había disfrutado siempre de las nuestras?

Ni idea. Puede ser. Siempre fue una parte importante de lo que sentía por él, un matiz complejo que debía tener en cuenta.

No pensaba hablar de esto, pero llegados a este punto creo que es relevante mencionar que mi suegro estuvo en la cárcel por conducir borracho. Atropelló a un peatón, un anciano; no, apenas le hizo daño, los tiros no van por ahí, pero eran los setenta y la sociedad empezaba a comprender que el alcohol solía ser un factor clave en las muertes al volante. Decidieron tomar medidas drásticas y usar al padre de Bram como ejemplo condenándolo a prisión.

Las únicas veces que yo había visto a Bram angustiado de verdad era cuando hablábamos de la cárcel o veíamos noticias sobre la superpoblación o la violencia en nuestras prisiones. Me acuerdo de una vez que llevamos a los críos al Museo de la Prisión de Clink, una cárcel medieval junto a un río. Te dejan visitar las antiguas celdas, ver los instrumentos de tortura, ese tipo de cosas; a los niños les encantó. Bueno, a lo que iba: Bram ni siquiera entró. En serio, se esperó fuera. Alguien me dijo una vez que lo llaman fobia a la cárcel.

Su padre murió poco después, así que es posible que las batallitas de la cárcel fueran las últimas que le contó a Bram. Es muy triste.

Total, que os estoy contando esto para demostraros que esta historia tiene su trasfondo: Bram aprendió a saltarse la ley desde el asiento de atrás. (Aunque, de hecho, en aquella época los niños podían ir delante y ni siquiera los obligaban a ponerse el cinturón. Bram estaba jugando en el espacio entre los asientos con su Action Man cuando la policía paró a su padre.)

Recuerdo que me lo contó poco antes de que nos casáramos.

—¿Estás segura de que quieres estar con alguien que tiene antecedentes criminales en la familia?

—Uy, yo creo que todo el mundo tiene antecedentes criminales en la familia si te remontas lo suficiente —contesté.

—Buena respuesta —dijo, igual de satisfecho conmigo que yo.

Por aquel entonces lo quería tanto por su astucia como a pesar de ella. Pero al final maduras y dejas atrás esos gustos, ¿no?

Al menos es lo que nos pasa a algunas de nosotras.

#VíctimaFi

@deadheadmel ¿Así que #VíctimaFi nos está diciendo que Bram ESTUVO en aquel accidente de coche y que iba borracho?

@lexie1981 @deadheadmel Eso parece. Pero, oye, la cárcel no está tan mal, ¿no? ¿No se pasan el día viendo la tele y fumando porros?

@deadheadmel @lexie1981 Pues pinta mucho mejor que mi día a día xD.

42

Bram, documento de Word

Al final la medicación me hizo efecto. POR FIN. Dios, ese maravilloso neurotransmisor antidepresivo que es nuestra amiga la serotonina, y, oye, no podría haber sido más oportuna; fue como un milagro navideño. Adiós a esa agonía perpetua y a tener el corazón en un puño siempre que llamaban a la puerta, con unas palpitaciones que en ocasiones eran tan fuertes como para moverme la camiseta. El dolor recalcitrante de los ataques de pánico cada vez que sopesaba mis opciones (¿entregarme por un delito o persistir con el segundo con la esperanza, que no la garantía, de que camuflara el primero?).

Se acabó. Había vuelto a ser la persona tranquila, optimista, cortoplacista y con facilidad para relativizarlo todo que siempre había sido.

Gracias, Navidad.

Gracias por las horas que nos pasamos montando el tanque turbo clon de Lego de Star Wars, jugando a juegos antiguos de Pokémon en la Game Boy y haciendo bromas sobre que yo era mucho más viejo que esos monstruitos (así de despreocupado estaba), comiendo golosinas variadas de un frasco de cristal del tamaño del torso de Harry. Gracias por hacer sonreír a Fi constantemente, incluso cuando me miraba, porque la estaba contentando como individuo y no solo como padre de sus hijos.

—Es como si nos estuviera dirigiendo Richard Curtis —comenté cuando los cuatro nos juntamos en la cocina a pelar coles de Bruselas, hidratar el pavo con su propio jugo y remover la salsa, aunque todos sabíamos que la que nos dirigía era ella y que aquel fragmento de los viejos tiempos era el regalo navideño que me hacía a mí.

—Sí —coincidió—. Eso o somos el partido de fútbol Inglaterra-Alemania durante la Primera Guerra Mundial. ¿Sabes a qué me refiero? A la tregua que pactaron el día de Navidad.

Solté una carcajada (llevaba muchísimo tiempo sin reír).

—Una analogía bélica... ¿Tan mal estamos?

Interpreté su silencio como un «no».

Esperé a que los niños se quedaran dormidos por la noche antes de darle mi regalo.

—Quedamos en que nada de regalos —me regañó, pero no pronunció las palabras «seguro del coche» ni «mentiras»; de hecho, no las había dicho en todo el día, y eso en sí mismo era una muestra de buen humor.

—Me ha costado poco —me defendí.

—Bueno, en ese caso... —Pasó un dedo por debajo de la solapa del sobre y sacó la tarjeta—. ¿Un certificado de adopción de un árbol de los jardines reales? ¡Es una idea preciosa!

—Bueno, es que sé que te encantan los magnolios.

«Y que echarás de menos el nuestro cuando...»

Basta. Encierra ese pensamiento en su tumba y vuelve al mundo de los vivos. Mira directamente al sol con los ojos abiertos si hace falta y haz lo que sea para eliminar la imagen de Fi admirando su queridísimo árbol desde el otro lado de la cancela mientras los nuevos propietarios lo contemplan desde la ventana...

«He dicho que basta.»

—Gracias, Bram.

A punto estuvo de darme un beso en la mejilla, pero entonces recordó que las cosas habían cambiado. No era su marido, pero tampoco un amigo.

Quise preguntarle qué le había regalado el otro. Ropa interior, supuse. Algo que pareciera caro y no fuera más que una baratija, o bien algo falsificado o robado. Algo que hubiera escogido su hermana por él. El verdadero regalo sería que alguien les administrara una terapia electroconvulsiva, los disuadiera de seguir con sus maléficos planes y les borrara de la memoria todo lo que tuviera que ver conmigo.

—Qué triste te veo... —dijo Fi con una dulzura que

no recordaba y, con una fascinación repentina, añadió—: ¿Así es como funciona?

Parpadeé y volví a centrar mi atención en ella. Se había ruborizado y estaba encorvada por el cansancio de todo el día... y por el alcohol. Había empinado el codo pero a base de bien, y, créeme, lo digo por experiencia propia.

—¿Como funciona el qué?

—Tú. Seguro que no eres el depredador que aparentas ser.

—No sé de qué me estás hablando —contesté.

—Con las mujeres, Bram. Me interesa, de verdad. Ahora que estás libre para hacer lo que te dé la gana, para estar con quien te dé la gana, ¿tienes que ir detrás de ellas? ¿O te limitas a poner una cara tristona y abatida como si fueras la presa?

No respondí, pero la pregunta sobrevoló el espacio que nos separaba y que cada vez se acortaba más.

—¿Qué haces? —dije, pero no era una protesta. «Déjale que pruebe su teoría.»

Nuestros labios se tocaron. Conocían la forma y el sabor de los del otro, la manera que tenían de responder músculos y nervios. Siempre he pensado que el redescubrimiento es más dulce que el descubrimiento original: te concentras más sin la distracción de la primera vez. ¿Por qué vuelve sino la gente al mismo lugar de vacaciones, se casan con la misma mujer o se mudan a la calle de su infancia si pueden escoger cualquier otra en cualquier otro país?

—Estás muy borracha —le señalé con educación.

—Gracias, no me había dado cuenta —contestó.

No, no es solo la sensación de regresar a casa, sino el convencimiento de que todo lo que amas, ya sean objetos, lugares o personas, siempre es algo prestado. No existe una propiedad de veras permanente para ninguno de nosotros.

«La historia de Fi» > 02:36:52

Navidades en familia. Las últimas, aunque entonces no lo supiera. Voy a ir al grano: me pasé con la bebida, pero mucho, y nos acostamos. Soy consciente de que me fallé a mí misma.

#VíctimaFi

@KatyEVBrown Bueno, no se podía saber #SexoPorDespecho

Bram, documento de Word

Al final resultó que aquel milagro navideño no me había privado de mis funciones motoras ni del optimismo poscoital alimentado por la descarga de hormonas. ¿Seguro que no había forma de hacer desaparecer el asunto de Mike y Wendy? Sí, mañana lo resolveré y, cuando eche la vista atrás, pensaré en este periodo como un simple bache, una anomalía en el continuo espacio-tiempo, una historia de terror vivida por un Bram de un universo paralelo, una versión desafortunada y desgraciada de mí mismo.

—¿En qué piensas? —me preguntó Fi.

No tenía por norma esperar preguntas concretas de nadie, pero esa noche con ella, en la cama que solía ser nuestra y entonces ya solo era suya, era justo lo que quería que me preguntara.

—¿De verdad lo quieres saber?

—Ay, Dios, pues puede que no, pero venga, dímelo igualmente.

Estaba por completo relajada, con la guardia baja y el corazón... ¿abierto?

—Estaba pensando... ¿De veras no hay ninguna posibilidad?

—¿Para qué?

—Para nosotros —respondí, y esbocé una sonrisa.

Y me vino a la cabeza un pensamiento sencillo, casi onírico; si dice que sí, se lo confieso todo aquí y ahora, porque significa que me quiere de forma incondicional, y cuando quieres tanto a alguien haces todo lo que está en tus manos para salvar a esa persona. Pero, si dice que no, no diré nada, y no habré perdido nada que no hubiera perdido ya.

—¿«Para nosotros»? —Lo repitió con tanta aversión y brusquedad que me quedé de piedra. Reculó sin moverse de su sitio; se enderezó y tensó los hombros, indignada—. Estás flipando, ¿no?

Yo también me incorporé al sentir la punzada de humillación y la pérdida de toda esperanza.

—No estoy flipando. Quiero que sepas que he estado viviendo un infierno.

—¿Que quieres que lo sepa? ¿Qué quieres que te diga, Bram? «Pobrecito, que no te gusta estar solo después de haber jodido tu matrimonio por ir por ahí follándote a otras mujeres.» Si vives un infierno es porque tú solito te lo has buscado. No es culpa de nadie más.

Dicho eso, alcanzó la prenda de ropa que tenía más cerca y se cubrió el cuerpo no solo para taparse la mercancía, sino también para demostrar lo mucho que se arrepentía de habérmela siquiera ofrecido.

«La historia de Fi» > 02:37:08

Por la mañana decidí que era inevitable. Un aviso necesario.

—Oye, no quiero que Toby se entere de esto —le dije.

Mujer le pide a marido que no le cuente a su novio que se han acostado: no tenía claro si era algo propio de clases bajas o de la aristocracia, pero no me cabía duda de que nadie más había formulado esa pregunta en Trinity Avenue aquella mañana de San Esteban.

—¿Os seguís viendo? —me preguntó—. Pensaba que no era nada serio.

—Ni es serio ni te importa una mierda.

Por suerte se marchó a la hora acordada y me dio

tiempo a preparar a los niños para la visita a mis padres.

Mientras el taxi nos llevaba entre las calles escalofriantemente vacías del sur de Londres, no me quitaba de la cabeza ese partido de fútbol durante la Primera Guerra Mundial. Aquellos pobres hombres tuvieron que apartar los cadáveres de tierra de nadie para poder jugar, y al día siguiente el horror se reprendió como si no hubiera habido pausa alguna.

#VíctimaFi

@themattporter No tengo claro si #VíctimaFi está en las trincheras del Frente Occidental, pero le ha dejado bien clarito lo que opina.

@LorraineGB71 @themattporter Y espérate, que nos queda Lawson contra Lawson para rato.

Bram, documento de Word

La mañana del día de San Esteban me dio un beso de despedida y me llegó el aroma a desapego que emanaba de su piel. Fue como dejar flores en una tumba cuando el duelo ya ha terminado.

Un recuerdo en mi memoria.

43

Viernes, 13 de enero de 2017
Londres, 17.00 h

La puerta de la cocina se abre de par en par y David entra y se endereza antes de anunciar lo que todos esperan.

—Está a nuestro nombre, se ha transferido la propiedad. Es nuestra con todas las de la ley.

Es justo apuntar que lo comenta con menos exultación de la que cabría. No hay gesto victorioso.

Mientras Lucy da las gracias a nadie en particular, Merle expresa la devastación que debería notársele a Fi si el shock no le impidiera reaccionar. Los otros tres sincronizan sus gestos y la miran con diversos grados del mismo sentimiento: lástima.

—No me lo creo —susurra al final Fi, casi de forma experimental, como si las noticias no solo le hubieran arrebatado la casa sino también la voz.

Se le ocurre durante un breve instante que incluso una sentencia en tu contra es preferible al purgatorio de la incertidumbre, aunque mañana no pensará lo mismo, sabe que no, no cuando la conmoción haya desaparecido y registre la verdadera magnitud de la tragedia.

David prosigue:

—Emma me ha comentado que va a llamar a Dixon Boyle para ver adónde ha ido a parar el dinero, pero es un hecho incontrovertible que el pago salió esta mañana de la cuenta bancaria que ella gestiona y que se confirmó la recepción en la de destino hacia el mediodía. Si alguien confundió algún dígito a la hora de enviarle el dinero a los Lawson, se tendrá que investigar y rectificar, como es evidente, aunque, siendo realistas, creo que ya nos iremos al lunes. —Se vuelve hacia Fi y la mira con una compasión creciente—. De hecho, le diría que esta puede ser su oportunidad para tomar cartas en el asunto y pedir que congelen los fondos hasta que se solucione el problema. O, si ya es demasiado tarde, Emma me ha sugerido que siga en contacto con la policía, se busque un abogado para que la ayude con las posibles denuncias por fraude contra su marido, o la parte culpable que sea, y así tratar de recuperar lo que pueda pertenecerle. Sentimos muchísimo que tenga que estar pasando por este calvario.

Al verse incapaz de articular palabra, Fi busca ayuda en Merle.

—No es por el dinero —contesta Merle con un tono distinto; la postura conflictiva da paso a un trato de igual a igual, de residente a residente—. Es por la casa. Seguro que lo comprenden. Este es el hogar de Fi, el hogar de sus hijos, llevan años viviendo aquí.

—Lo siento en el alma, de verdad, pero ya no lo es —insiste David.

Se produce un silencio.

—Tenemos que irnos —le dice Fi a Merle, impasible.

—¿No nos habías dicho que tenías un piso? —pregunta Lucy—. Podrías quedarte allí esta noche, ¿verdad?

—Iremos a mi casa —contesta Merle—. Lo mejor es estar cerca, por lo que pueda pasar.

—Si te parece, podemos volver a vernos el lunes por la mañana, como has sugerido, y ver si sacamos algo más en claro. Haremos todo lo que esté en nuestras manos para deshacer el entuerto, ¿verdad, David?

—Por supuesto —coincide.

«Ya está deshecho», piensa Fi, y recoge su bolso. En este momento se acuerda de la bolsa de viaje, tirada en el suelo delante del horno, que es la única prueba tangible de que existió una vida anterior.

Mientras Merle y ella se marchan, tiene la sensación de que el ambiente ha cambiado, como si la casa ya hubiera aceptado a sus nuevos propietarios. Los Vaughan no tardarán en empezar a desempaquetarlo todo, a tratarla como su hogar, porque aquella maraña de complicaciones puede ralentizar el traspaso, pero no lo va a detener. Se resiste a pensar en Leo y Harry, en que es muy posible que jamás vuelvan a bajar de dos en dos los escalones de la escalera, discutiendo, gritándose, exigiendo irse a dormir un poquito más tarde; en el hecho de que les han despojado de la posibilidad de despedirse de sus habitaciones, de su primer hogar. Se resiste a pensarlo, pero es consciente del instinto latente y de que no podrá oponerse de forma indefinida. La adrenalina reventará la tapa que la contiene y volverá a la puerta de la casa con los puños en alto.

Acaba de caer en que los Vaughan no le han pedido las llaves; se pregunta si cambiarán las cerraduras por miedo a que pueda colarse durante los próximos días (quizá podría acampar en la casita del jardín y cerrar el círculo que empezó aquella noche de finales de julio).

No es capaz de cerrar la puerta a su paso, de coger el pomo para encajarla con cuidado, como tantísimas veces ha hecho a lo largo de los años, así que le deja el mal trago a Merle.

—No te rindas —musita Merle con una mirada fiera—. No está todo el pescado vendido.

Entre Ginebra y Lyon, 18.00 h

El tren se abre paso a través de la oscuridad y cruza de un país a otro, aunque ninguno es el suyo. Está demasiado oscuro como para fijarse en los puntos de interés de la ruta, le importe o no, pero percibe los cambios de ruido y de presión que indican que se encuentran en el tramo de túnel que salva los Alpes. No establece ningún tipo de contacto visual con los demás viajantes: familias, esquiadores y una larga mayoría silenciosa cuyas razones para hacer aquel viaje solo puede imaginar.

En su móvil, sin SIM y, técnicamente hablando, propiedad de su exjefe, va pasando fotos y vídeos de sus hijos. Empieza a reproducir el vídeo que grabó en el concierto de villancicos, pero el entusiasmo de sus voces y la inocencia de sus rostros le resultan demasiado dolorosos y se ve obligado a detenerlo. Música, entonces. Nada de fotos. Le da a reproducir en aleatorio y la primera canción que se selecciona es un clásico, *Comin' Home Baby* de Mel Tormé. «Vuelvo a casa, mi amor...» Tiene tan pocas canciones especiales entre el rock conceptual, el folk y sus favoritas de los ochenta y los noventa de cuando era joven que le parece simple y llanamente cruel que sea esa la elegida. Es como si la hubiera escogido el mismísimo Mike para atormentarlo.

«Te odio —piensa—. Te odio desde lo más profundo de mi ser, y por eso me doy cuenta de que nunca he odiado a nadie en mi vida. Solo a ti.»

Incluso ahora, si se le ocurriera una forma de hacerlo sin joder todavía más a Fi, se bajaría del tren, cogería un vuelo hasta casa y lo mataría.

44

Bram, documento de Word

Año Nuevo, vida nueva y gestiones para poder ejecutar un delito de fraude.

Wendy y yo nos reunimos con nuestro abogado por primera y última vez para firmar los contratos antes del intercambio programado para el viernes 6 de enero. Nos sentamos uno al lado del otro en el escritorio que tenía en un despacho minúsculo y zarrapastroso encima de una quesería de Crystal Palace. Graham Jenson, un hombre con la mirada perdida y apariencia de estar siempre al borde del desmayo, tenía el aspecto de alguien que ha llegado a la mediana edad a una velocidad mucho más devastadora de la que esperaba, algo que por desgracia reflejaba demasiado mi propio estado de ánimo. En otras circunstancias, quizá podríamos haber llegado a compartir batallitas con un par de pintas en la mano y a competir por el interés de Rachel, su alegre becaria.

Lo que pasó en realidad fue que dejé dos pasaportes encima de la mesa y se los acerqué: el mío y el de Fi.

—Qué suerte que no pidan el carné de conducir para identificarme —me dijo Wendy en un cordial aparte.

Alargó una mano para coger mi pasaporte y, al llegar a la página de la fotografía, me tocó el brazo como si recordara con nostalgia aquella versión joven de su marido. En su interpretación de aquel retorcido numerito nuestro, no nos habíamos separado y, de hecho, éramos uña y carne.

Y en cuanto a «su» foto, no hizo falta que la levantara y la comparara con su rostro para saber que se lo había currado lo suficiente. Aunque era significativamente menos atractiva que Fi, y tenía casi seis kilos más encima, su fisonomía se parecía lo bastante como para pasar la una por la otra. Las dos tenían los ojos oscuros y el pelo rubio, aunque se lo había teñido para imitar la tonalidad de Fi, menos estridente, y se había dejado algo más largo el flequillo para ocultar unas cejas más altas y finas. Fi tenía la barbilla algo puntiaguda, pero no era un rasgo dominante ni algo en lo que se pudiera fijar una persona cualquiera, como por ejemplo un abogado especialista en compraventa de pisos con la autoridad para gestionar millones de libras. «Deberían hacer análisis de sangre obligatorios —pensé—, o como mínimo pedir las huellas dactilares.» A la hora de la verdad, solo se produjo la comparación más somera posible entre el pasaporte de Fi y la Fi de pega, porque claramente consideraban las fotocopias unas diligencias debidas más que suficientes.

Me guardé los pasaportes. Los dos estarían de vuelta en el archivador de Trinity Avenue a poco que pudiera.

—Bien, ya casi hemos terminado —anunció Jenson.

El papeleo estaba en orden, habíamos respondido a todas las solicitudes y se habían completado todos los requerimientos relacionados con el registro de la propiedad. Wendy volvió a comprobar la información de la cuenta bancaria a la que iría a parar el pago en cuanto concluyera el proceso, después de haber amortizado de forma automática la hipoteca y los honorarios del agente y del abogado. (Por lo que sabía a raíz de mis propias pesquisas, los fondos no estarían más que unos pocos minutos en una cuenta del Reino Unido antes de remitirse a una segunda cuenta ilocalizable en algún paraíso fiscal.) Confirmamos que Challoner's se encargaría del traspaso de los servicios básicos, con las instrucciones precisas de que cualquier documento final no se emitiría en papel, sino que, como el resto de la correspondencia, se enviaría a nuestra secretísima cuenta de correo «conjunta».

—Solo nos queda firmar los contratos —dijo Jenson, y sé que fue tan solo mi imaginación, pero sonó como si nos estuviera entregando nuestras sentencias de muerte.

—Qué ilusión —me comentó Wendy con la voz ligeramente temblorosa por la emoción.

—Mmm.

Al volverme hacia ella, me imaginé la repulsión de Fi en vez de aquella devoción impostada y la retirada del poco beneficio de la duda que pudiera quedarle, de cualquier posible sentimiento positivo que guardara hacia mí.

«¡Estoy entregando nuestra casa! Aquí y ahora. Eso es lo que está pasando.»

Me inundó durante un repentino instante una lucidez casi grotesca: ¿cómo había podido tener tan pocas miras? Si me hubiera entregado después del accidente de Silver Road, habría acabado en prisión, pero el delito y el consiguiente castigo habrían terminado allí mismo. No, decidí dejarlo crecer y mutar. Así era como funcionaban los desastres humanos: empezabas tratando de ocultar un error y acababas como yo, como el autor de cien fallos más. Por evitar un puñado de años en la cárcel, sacrificabas toda tu vida; al menos el tiempo que decidieras seguir viviendo como la miserable basura humana que eras.

«Vete —me dije—. Vete antes de firmar nada, antes del traspaso de contratos.» No conseguiría el pasaporte falso que me habían prometido cuando finalizara la venta, pero no había nada que me impidiera usar el mío o perderme en algún lugar del Reino Unido; ni que estuviera en busca y captura.

«¡Que te vayas! ¡Ahora!»

Mike iría a por Leo y Harry, ¿verdad? ¿Y si alertaba a la policía? ¿Podrían ofrecerles algún tipo de protección?

No, la policía estaría bastante más interesada en mí.

—Te toca firmar, cielo.

Wendy me señaló el espacio que quedaba junto a su firma, una impresionante copia de la de Fi que debía de haber estado practicando sin descanso durante las últimas semanas.

—Estás temblando —añadió con dulzura—. A ver si todavía no te has curado de la gripe... Se pasó el día de Navidad y Año Nuevo en cama —le contó a Jenson.

—Estoy bien —contesté.

Puede parecer una locura si tienes en cuenta la magnitud de lo que me estaban robando, pero reaccioné con la misma dureza al ver que se inventaba intimidades de nuestra vida en pareja.

Y firmé.

El cansancio y el precio de nuestro representante legal se hicieron palpables en unas más que deslucidas felicitaciones.

—Es un poco pronto para hacer un brindis —añadió, claramente consternado.

—Gracias —le dijo Wendy, imitando su mismo tono apagado—. Esperamos que nos informe del traspaso total de la propiedad.

Se le daba de lujo. Tranquila y educada, aunque algo insípida. Olvidable. No era ni mucho menos como la mujer que me había llamado la atención al otro lado de la barra del Two Brewers.

—Anima esa cara —me soltó cuando salimos a la calle.

—¿Por qué? ¿Por si no funciona?

—Ahí has estado fino, Bram —respondió con una risita—. Déjame que te dé un piquito por si el tipo este, que no sé cómo se llama, nos está vigilando desde la ventana. Aunque lo dudo, la verdad. Estaba como desganado, ¿no te parece?

—Por eso lo escogió Mike —mascullé—. No finjas que no lo sabías.

—Uy, tampoco hace falta ponerse borde —me reprendió Wendy.

¿Que no hacía falta...? ¿Esta mujer iba en serio? Cuando estiró el cuello para darme un beso en la boca, apreté los labios con todas mis fuerzas. El tráfico frenó en seco al ponerse los semáforos en rojo y la llovizna convirtió el habitual rugir de los motores en una especie de aullido ahogado.

—Aguafiestas —me dijo—. Si ahora soy tu esposa, ¿no tendría que exigir ciertos derechos maritales? No estamos lejos de tu piso.

—Solo hemos robado una casa juntos —le espeté—, no nos hemos casado.

Pensé, por un instante, en Nochebuena.

«Empuja a la puta ladrona contra un autobús», pensé. Teniendo en cuenta el tráfico que iba acelerando desde los semáforos hacia nosotros, tan cerca de las aceras, los conductores invisibles detrás de ventanas empañadas por el calor humano y los pasajeros sin levantar la vista de los móviles, sería pan comido.

Sí, entonces me buscarían por dos muertes en vez de por una, pero ¿acaso había alguna diferencia?

Tuve una última reunión con Mike, un encuentro surrealista que empezó de una forma tan cordial que casi experimenté unos sentimientos encontrados, como si me creyera que éramos socios a punto de cerrar un negocio que a los dos nos apasionaba por igual.

—¿Qué pasa con Fi? —le pregunté—. Me dijiste que te la llevarías por ahí, pero todavía no me ha informado de nada.

—Lo tengo todo bajo control —contestó—. Estaremos fuera desde el miércoles por la tarde hasta el viernes por la noche. En cuanto llegue el dinero, el viernes a primera hora de la tarde, Wendy te entregará tus aparejos en el piso para que puedas poner pies en polvorosa.

Por primera vez desde que lo conocía, me relajó su particular forma de hablar. «Aparejos», y no el pasaporte ilegal y los documentos con los que llevaba tres meses extorsionándome; «poner pies en polvorosa», y no huir para salvar la vida. Supuse que Wendy y él también pondrían pies en polvorosa hasta llegar a Dubái la noche del último viernes para poder contar el dinero de sus ganancias, y que mientras se estuvieran abrochando los cinturones en Heathrow, Fi habría encontrado a unos desconocidos viviendo en su casa.

—¿Adónde te la llevas?

—Pues deja que eche un vistazo a mis ahorrillos —contestó—; aún no sé qué nos podemos permitir.

Unos ahorrillos que yo le había proporcionado.

Yo mismo había empezado a ahorrar lo que podía y

a guardarlo todo en la última inversión que me quedaba: un pequeño plan de ahorros. Desde entonces y hasta que me marchara, iría sacando poco a poco hasta el último centavo de mi cuenta corriente, salvo la parte que debía transferir a la cuenta conjunta a final de mes. No tocaría ni una sola libra de la cuenta conjunta, que no es que fuera ni mucho menos un acto noble si tenemos en cuenta lo mucho de lo que la iba a despojar. Con todo, era un buen gesto, minúsculo, sí, pero un gesto a fin de cuentas.

—Veamos —prosiguió Mike—: ¿está todo listo para que el jueves pidas el día libre y vacíes la casa?

—Sí, pero hay que contar con que tal vez los vecinos avisen a Fi de que algo pinta raro. No voy a poder vaciar un casoplón sin que nadie se entere.

—Tienes razón. Si algún vecino cotilla te pregunta, dile que estás redecorándola, que es una sorpresa y que, si hablan con ella, no se vayan del pico. ¿Puede funcionar?

Sí, podía funcionar. Los que supieran que nos habíamos separado también sabrían que teníamos una relación cordial. Y seguro que estaban al tanto de que la culpa había sido mía; no era tan descabellado que montara un pifostio simbólico para ganármela.

—¿Seguro que Fi podrá cogerse días de fiesta con tan poca antelación? ¿Y justo después de Navidad?

—Ya la persuadiré para que se invente alguna enfermedad. No será un problema.

Se me contrajeron los músculos. Me ofendía lo mucho que confiaba en su poder de persuasión, en que sería capaz de quitarme la casa al mismo tiempo que distraía a mi mujer pagándole una habitación de hotel y trajinándosela.

—¡Ay, Bram! —exclamó al percatarse de mi estado de ánimo y aprovechando para hundirme aún más—. ¿Quién iba a pensar que acabarías siendo un fracasado como tu padre?

Cualquier espejismo de camaradería se esfumó en un abrir y cerrar de ojos cuando lo agarré de la pechera y le presioné la garganta con los nudillos. Si hubiera sido el más fuerte de los dos, le habría sujetado la cabeza con ambas manos y se la habría reventado contra la pared. Pero el más fuerte era él, y me tuvo a su merced hasta que lo solté y di un traspié.

—¿Por qué me enviaste la lista a casa? —bramé.

—¿Qué pasa? Iba a tu nombre, ¿o no?

—¿Tú te crees que Fi no lo sabe? Por supuesto que sí, no ha habido secretos entre nosotros.

—¿Ah, no? ¿Y lo de la condena por agresión, Bram? ¿Y lo nuestro? Espero que no lo sepa.

Soltó una risita de verdadero placer. Estaba podrido por dentro y no conocía moral alguna. Y era casi igual de aterrador lo que estaba haciendo como el hecho de que nada, ni un penique de la casa, ni siquiera los momentos que pasaba con Fi, era personal.

Podría habérselo hecho a cualquier otro.

Año nuevo, vida nueva con Toby. Me iba a llevar unos cuantos días a un hotel pijo de Winchester. No pienso usar la palabra «escapada romántica», no a estas alturas. Soy consciente de que he perdido cualquier tipo de credibilidad en lo que a juzgar a las personas se refiere. ¿Podemos dejarlo en que no tenía para nada claro lo de ir? Vacilé: una cosa eran nuestras noches de sábado habituales, y otra muy distinta pasar dos noches fuera de casa. Incluso escogí a Polly como consejera, con la esperanza subconsciente de que me disuadiera.

—Vete con él —me dijo—. ¿A qué viene darle tantas vueltas?

—Has cambiado de discurso.

—¡Son unas vacaciones! Si yo fuera tú, las aprovecharía.

—¿Cómo que aprovecharlas?

—Caray, pues para descubrir lo que oculta. Mírale la cartera, el móvil.

—¿Para qué, Polly?

—Pues para ver si tiene fotos de su mujer, Fi.

Gruñí.

—A lo mejor me puedo poner también un micro oculto.

—No pierdes nada. Si no está casado, maravilloso. Si tiene mujer, y me refiero a que vivan juntos y no tengan ningún rollo de custodia compartida ni otras modas chorras, bueno, mejor saberlo.

—No, si lo mejor sería que fueras tú por mí —bromeé.

Más adelante me recordaría aquella propuesta. «Bram jamás podría haber hecho lo que hizo si hubieras estado siempre en casa —me dijo—. Utilizó los beneficios de la custodia compartida contra ti.»

«A toro pasado...», respondí yo.

¿Que si me estaba enamorando de Toby? Creo que no. Bueno, yo qué sé. Quizá un poco, sobre todo durante el viaje. Pero ¿qué más da? Aparte de lo de contaros esta historia, he hecho todo lo posible por no pensar en él.

Y en lo referido a mi trabajo, el momento no podría haber sido más oportuno. Estábamos a punto de enviar a nuestra agencia de diseño una presentación en la que había estado trabajando con Clara y esperábamos comentarios al cabo de una semana, así que fueron casi unas vacaciones naturales para mí.

—Tengo que buscar a alguien que se pueda quedar con los niños —le dije a Toby—. Si no, no puedo ir.

—¿No puedes comentárselo a tu ex? Supongo que ya se le habrá pasado el mosqueo del principio con lo nuestro.

—Vete a saber.

Si Bram no hubiera podido, sabía que alguna de las abuelas o algún vecino diría que sí, pero aceptó sin condiciones y se alegró de poder poner por delante del trabajo a su familia y de encargarse de todo lo que tuviera que ver con su cuidado. De todas formas, contacté con Alison para que estuviera al tanto en caso de emergencia.

—No me has contado cómo fueron las Navidades con Bram —me comentó un día que quedamos para tomar un café.

—Fue muy bien. Para ser sincera, todavía estoy intentando olvidar lo bien que fue.

—Ya lo pillo. Y... ¿ha cambiado algo?

Me detuve a admirar la piedra pulida de la isla de su cocina y las rosas recién cortadas que había puesto en un jarrón acampanado que yo misma escogí unos cuantos años atrás de nuestra línea de objetos de cerámica reciclada.

Alison dejó escapar un suspiro tristón y se pasó ambas manos por el cabello rubio, del mismo tono que las mechas que yo me había hecho para ocultar las canas.

—No digo que me espere nada, pero, entiéndeme, cuando llegasteis a casa de Kirsty juntos después del concierto de villancicos...

—Ya lo sé. A veces es como en los viejos tiempos. —Levanté la vista—. Pero no, no ha cambiado nada. Es demasiado tarde.

Las dos nos quedamos calladas, casi como en un minuto de silencio.

Ahora que hablábamos también de enamorarse, en ocasiones es igual de difícil marcar el momento exacto en que te desenamoras, ¿no os parece? Y estoy completamente convencida de que, incluso entonces, no tienes ningún derecho a negar el amor que una vez existió.

Puedo ser muchas cosas, pero de revisionista no tengo ni un pelo.

#VíctimaFi

@DYeagernews Hay que ver lo honesta que es. Empieza a hacerme ilusión que puedan reconciliarse algún día... #Bram&Fi

@crimenadicta @DYeagernews ¿Estás de coña? ¡Eres igual de mala que ella!

Bram, documento de Word

El abogado nos envió un correo electrónico para informarnos de que ya se habían intercambiado los contratos. Habían recibido el diez por ciento de los honorarios —doscientas mil libras; una suma que, gracias a la medicación, visualicé como pokédólares—, y se había enviado el documento definitivo de compraventa a su abogado. La entrega de llaves se haría el viernes 13 de enero (era tarde, demasiado tarde, para fijarme en la aciaga fecha) y se esperaba que el pago, descontando la hipoteca, los honorarios de la agencia inmobiliaria, las tasas legales y otros tipos de reintegros, llegara sobre las 13.00. Casi un millón seiscientas mil libras.

Rav se reunió con los Vaughan en la casa el sábado 7 para comprobar por última vez el mobiliario y los electrodomésticos, pero yo opté por no estar presente, así que, en cuanto los niños salieron de la clase de natación, me los llevé directamente a un Pizza Express a comer.

«Esto no está pasando» era mi nuevo mantra.

Al día siguiente, la última mañana de domingo que pasaba en la casa, Sophie Reece se acercó a la cancela mientras los niños entraban después de haber ido en bici al parque.

—¿Todo bien? —le pregunté.

—Sí, sí. ¡Pero ayer estuve a punto de llamar a la policía!

«¿Para qué coño vas a llamar a nadie?»

—¿Por qué?

—Porque vi a unas personas justo delante de las ventanas de tu casa y sabía que estabas con los niños en las clases de natación. Parecían buena gente, pero los ladrones cada vez son más sofisticados, o eso dicen. Llevaban herramientas, como si fueran lampistas o estuvieran fingiendo que medían las cortinas, cosas así.

Esbocé una sonrisa.

—Seguro que era Rav, un amigo. Tiene una empresa de decoración. La semana que viene nos hará unas cuantas reformillas, así que probablemente vieras también a miembros de su equipo. Estuvo aquí con otros clientes para que se hicieran una idea de lo que tenía pensado.

—Ay, claro, eso me cuadra. Menos mal que no me metí. Pero, claro, te dicen que mejor prevenir que curar, y no siempre vale la pena, ¿no te parece? Iba muy bien vestido para ser un interiorista —añadió.

—¿A que sí? —Mis décadas como comercial me habían enseñado que no hay forma más efectiva de cortar por lo sano una conversación que no te interesa que darle la razón al otro—. Es más bien el director creativo de la empresa, nunca se ensucia las manos. Ah, por cierto, quiero que sea una sorpresa para Fi, o sea que...

Hizo ese gesto tan femenino de abrir mucho los ojos y suspiró el «ooh» habitual de cuando se airea un secreto.

—No te preocupes. Hace que no la veo..., madre mía. La vida.

—Una vida de esclavos —coincidí.

Solo faltaba alquilar un trastero y contratar a una empresa de mudanzas que se encargara de empaquetar toda una vida sin que los demás miembros de la familia ni mis compañeros de trabajo se enteraran.

Por mucho que me esforzara en ser discreto, Neil me oyó hablando por teléfono, se acercó despacio a mi escritorio y esperó a que terminara.

—¿Con quién hablabas? No te irás a mudar, ¿verdad?

—No, no, le estoy echando una mano a mi madre. Quiere guardar cuatro cosas en un trastero.

¿Llegaría la policía a interrogarlo y descubriría que me lo había inventado todo? No importaba, por mí podía contárselo palabra por palabra, que yo ya estaría muy lejos.

—Lo mejor sería que las tirara —me dijo—. Sé que suena duro, pero se ve que casi todos los que guardan trastos en un almacén no vuelven a tocarlos en la vida. Me sorprende que no haya decidido donarlas a alguna ONG, con lo cristiana que es.

—Es que son chismes que no querría nadie —contesté, sin acabar de precisar nada.

—¿Por eso te has cogido el jueves y el viernes de fiesta?

—En parte sí.

Entrecerró los ojos.

—¿Va todo bien? Del tema salud, digo.

—Sí, no le pasa nada. Más allá de que sigue creyendo en la vida eterna, claro.

—Me refiero a ti, cenutrio. Y no hablo del virus misterioso.

Supuse que, entre líneas, hablaba del alcohol. Los párpados caídos, los ojos inyectados en sangre, el olor a cerveza del mediodía.

—Sí, estoy mucho mejor —respondí.

Era evidente que me estaba vigilando, y no solo por el interés puramente económico de un director de ventas, sino también como amigo. El hecho de que iba a fallarle en ambos sentidos me resultaba aún más duro sabiendo que lo más probable era que no me guardara rencor. De hecho, era posible que incluso llegara a perdonarme.

45

«La historia de Fi» > 02:41:48

Una de las grandes ironías de la maternidad, ya me diréis qué os parece, es que organizar algo a solas con alguien que no es tu pareja es mil veces más simple que con ella. Antes, hacer un viajecito de tres días laborables con Bram requería de toda la astucia churchilliana posible y de un ejército de manos amigas, pero ahora no tenía más que hacerle un resumen de cinco minutos a mi ex y ya era libre como un pájaro.

El miércoles por la mañana, después de dejar a los niños en el cole, me pasé por el piso a recoger un par de botas que había dejado el fin de semana y que necesitaba para Winchester, asumiendo, correctamente, que Bram ya se habría ido a trabajar. Comparadas con las reglas de acceso a Trinity Avenue en los días que no nos tocaba estar allí, las que teníamos en el bebé déco eran de risa. ¿Cómo íbamos a querer ir al piso a menos que nos echaran de la casa? Eso era lo que creíamos al principio, pero, con el tiempo, aquel pequeño estudio se había convertido en un hogar.

Al entrar me asaltó de inmediato un hedor a tabaco. Bram seguía fumando, eso era obvio, y ya se lo tenía que currar para airear todo el piso y que yo no notara nada cuando llegaba los viernes. La puerta del baño estaba abierta, había charquitos de agua en las baldosas junto a la ducha y ropa sucia repartida por el suelo al lado de la cama deshecha. En una de las mesas vi una bolsa de papel verde y blanco de la farmacia del Parade.

No tendría que haberme metido donde no me llamaban, no hacía falta que nadie me lo dijera —era tanto una invasión de su privacidad como un acto de hipocresía—, pero no pude evitarlo. Había como media docena de cajas de medicamentos con receta, y saqué una para echarle un vistazo. No reconocí el nombre —sertralina— de lo que le habían prescrito a Bram, con una dosis de cincuenta miligramos diarios, y por supuesto que antes de coger el móvil ya me había convencido a mí misma de que tenía algo gravísimo. Las mentiras que me había estado soltando, la ansiedad desmesurada cuando le echabas algo en cara: ¿me había estado protegiendo de algo muchísimo peor que un simple caso de debilidad?

¡Y yo voy y le digo en el concierto que se estaba comportando como si se estuviera muriendo! ¿Cómo había podido ser tan insensible?

Busqué «sertralina» en Google, pensando que, si estaba en lo cierto, cancelaría la escapada con Toby, esperaría a que Bram llegara, según lo planeado, a recoger a los niños y hablaríamos largo y tendido de cómo gestionar la situación y de cómo superarla juntos.

Aparecieron los primeros resultados: era un inhibidor selectivo de la recaptación de serotonina, un antidepresivo indicado para el tratamiento de la ansiedad y los ataques de pánico.

Me senté en la cama y me quedé inmóvil. ¿Ansiedad? ¿Pánico? ¿Causados por qué? ¿Por haberlo dejado? Debo decir que ante aquella idea no sentí culpa, sino tristeza; después de todo, era víctima de sus propios actos, como bien le había recordado, con una cierta crueldad, en Nochebuena, y suerte había tenido de que le perdonara la gresca con Toby. Pero seguía siendo un ser humano; todos cometemos errores y todos sufrimos.

Decidí que no era suficiente para cancelar la escapada, pero que hablaría con él el sábado, según lo previsto. Trataría de descubrir, de la manera más sutil posible, si había algo que yo pudiera hacer para aliviar su pesar.

Pero en ese momento llegaba tarde. Recogí mis cosas, salí del piso y dejé atrás el paquete de la farmacia que había encontrado sobre la mesa.

Bram, documento de Word

El último miércoles, un día antes de vaciar la casa y, sin que mis compañeros de trabajo lo supieran, mi última jornada en la oficina, me llamó al móvil un número desconocido.

—¿Puedo hablar con el señor Abraham Lawson, por favor?

Era media mañana y estaba en mi despacho. No tenía resaca, o, vaya, no se notaba, y el cerebro me funcionaba con normalidad. «Abraham», pensé. Nadie me llamaba por el nombre completo, conque debía de ser alguien con un cargo oficial. La policía, ¿quién si no? La voz era femenina, así que no era el inspector que me había venido a ver al piso el...

—¿Hola?

«¡Di algo, Bram!»

—Disculpe, pero esta semana no trabaja —mentí sin cambiar la voz, con cortesía, tranquilo—. ¿De parte de quién?

—Soy la sargento Joanne McGowan, de la Unidad de Investigación de Accidentes Graves de Catford. ¿No es este su número personal?

—No, es el del trabajo —contesté—. Los trabajadores dejan aquí el móvil cuando marchan de vacaciones; política de la empresa. —Mentira. ¿Qué empresa te exigiría algo así en 2017?—. ¿Quiere que le deje algún mensaje a su equipo, o que la llamen si tuvieran otro número de teléfono?

«No le des el fijo: ¡no sabes si Fi sigue allí!»

—Tenemos su fijo, pero no responde nadie.

—No estarán en casa —contesté con una educación y una simpatía que ocultaron la sucesión de pavor y alivio que le habían provocado sus últimas palabras—. ¿Ha probado con el móvil de su esposa?

«Ahí has estado rápido, Bram. Si cree que estás de vacaciones con Fi, puede que tarde unos días en llamarla.»

—Gracias. Ya tenemos el número de la señora Lawson. ¿Sabe cuándo volverá el señor Lawson?

—Diría que alguien me comentó que el lunes.

—¿Y podría decirme si está en el Reino Unido?

—Mmm... ¿En Escocia, quizá?

Mejor no darle ningún destino y que pudieran comprobar los registros de pasajeros de las aerolíneas.

—Gracias.

Colgó. Y yo mantuve la calma. «No saben nada», razoné. Como mucho, puede que hubieran dado con el coche y quisieran hacerme unas cuantas preguntas más que podría responder por teléfono a la perfección. En el peor de los casos, me dejarían tranquilo hasta el lunes. Esperarían a que volviera de las Hébridas Exteriores antes de ponerme un par de esposas en mis más que castigadas muñecas.

—¿Por qué estás metiéndolo todo en cajas? —me preguntó Harry el jueves por la mañana, cuando Leo y él bajaron a desayunar. Los desperté temprano para prepararlos para lo que tenían por delante.

—Os lo digo solo si me prometéis que vais a guardar el secreto.

Me lo prometieron.

—Estoy preparándole una sorpresa a mamá.

Si hubiera previsto que aquel sería uno de los momentos más insoportables de mi vida, cuando engañé a los corderitos que iba a sacrificar para que reaccionaran con alegría ante su futuro despiece, no habría hecho falta que me preocupara.

—No le gustan las sorpresas —me dijo Leo mientras se servía cereales en un bol—. Yo que tú no lo haría, papá.

—No le gustan nada de nada —coincidió Harry—. Menos cuando le preparamos un pastel con cobertura de caramelo.

—Esta seguro que le gusta. Voy a redecorar la casa.

—¿Cuándo?

—Entre hoy y mañana. Por eso vais a pasar dos noches en casa de la abuela Tina y, preparaos, ¡mañana no tenéis que ir al cole!

Aquello les satisfizo, o al menos a Leo.

—¿La señora Carver nos deja? —preguntó Harry. Para una persona tan chillona, era curioso lo mucho que dependía de los permisos.

—Sí. He hablado con la señora Bottomley y a todos les parece bien. Cuando os recoja hoy del cole, nos iremos directos a casa de la abuela en autobús. Llamaremos a mamá de camino, pero acordaos de que no podéis decirle ni mu de la sorpresa. Ni de que mañana no tenéis cole. No quiero que se preocupe.

Le había pedido a mi madre que se reservara los

próximos días para cubrirme (sin ser consciente de ello). La idea de redecorar la casa le pareció magnífica e incluso se ofreció a llevarlos el viernes al colegio para que los niños no tuvieran que perder ninguna clase, pero se lo quité de la cabeza. No podía arriesgarme a que pasara por la casa y encontrara a unos extraños mudándose. No con los niños. Se acabarían enterando, pero no así.

Después del desayuno, les pedí a Leo y a Harry que escogieran sus tres cosas favoritas para llevárselas a casa de la abuela.

—Os las acercaré después del cole, con los pijamas y una muda para el día que estaréis con ella.

Aunque fuera algo poco habitual, se pusieron en pie al instante sin percatarse de que su padre los observaba desconsolado desde el umbral.

—Necesito más de tres —protestó Leo.

—Pues yo solo he cogido dos —le replicó Harry.

Le dije a Leo que podía quedarse con el hueco que le sobraba a Harry; este exclamó que, a fin de cuentas, él ya había elegido; Leo le espetó que era un egoísta asqueroso y yo puse fin a la disputa proponiéndoles salir de inmediato para el cole y parar en la panadería del Parade a por un par de cruasanes de chocolate.

Me obligué a ignorar lo hundido, depravado y devastado que me sentía.

«Esto no está pasando.»

Aunque Fi, como buena devota del orden, había ido purgando la casa con el paso de los años, empaquetar y llevarnos todas nuestras posesiones fue un trabajazo de tres pares de narices. Incluso con la ayuda de un par de profesionales, nos llevó un día entero guardar todos los muebles en el trastero temporal de Beckenham y empaquetar y trasladar al piso toda la ropa y los objetos personales.

Llovía, como no podía ser de otra manera, como si los dioses lloraran ante mi mezquindad; o puede que me estuvieran ayudando a mantener a raya a los vecinos. Apenas unos pocos soportaron el chaparrón y me preguntaron qué estaba pasando, y todos se tragaron la coartada con medio ojo puesto en sus relucientes, y secos, recibidores.

Solo hubo un encuentro vespertino con Alison que me enervó lo suficiente como para considerarlo peligroso.

—¿No trabajas hoy? —le pregunté, ocultando el pavor que sentí al verla.

Llevaba a *Rocky* a su lado. Por el chubasquero empapado y las botas de agua, supuse que lo había estado paseando, y, en vez de tirar de ella hacia su hogar, el perro se sentó obedientemente entre nosotros como si supiera que aquello iba para largo.

—Solo trabajo de lunes a miércoles, ¿no te acuerdas? —contestó—. O, vaya, solo me pagan esos tres días.

Claro. A veces recogía a nuestros niños los jueves y Fi le devolvía el favor los viernes.

—¿Se puede saber qué tenéis liado aquí? ¿Os vais de la ciudad o qué?

Tragué saliva.

—Estoy redecorando un poco la casa.

—¿Redecorando? ¿Fi lo sabe?

Le acaricié a *Rocky* las húmedas orejas y recé por que no se me notara ni la mitad de lo agobiado que estaba.

—No, ahí está la cosa. Es una sorpresa.

—Pues parece serio —opinó Alison, echando un vistazo entre las gotas que le caían de la capucha—. ¿Os hace falta sacar los muebles?

—Sí, porque quiero hacerlo todo de golpe, no podemos ir moviéndolo de una habitación a otra.

—¿Y no puedes apilarlos en el centro de las habitaciones y cubrirlos con sábanas? Nosotros es lo que hacemos siempre. ¿Adónde se van?

—A un trastero al otro lado de Beckenham.

—Guau. Vaya operación. ¿Cuándo vuelve Fi de Winchester?

—Mañana por la noche, pero no vuelve a la casa hasta el sábado por la mañana. Vamos muy justos.

Entrecerró los ojos y torció un poco la boca.

—No vais justos, Bram, es directamente imposible. Una reforma de esta magnitud lleva semanas. ¿Cómo has elegido los colores sin contar con ella? Espero que hayas tirado por azules y verdes intensos, y no por esos grises como de hongos.

¿Era normal seguir respondiendo a sus preguntas

como hasta el momento o sería más natural quitármela de encima?

—Alison, ¿nunca te han dicho que habrías sido una agente de la Gestapo excelente?

Soltó una carcajada.

—Lo siento. Es que quiero pensar que Fi le echaría una mano a Rog si se le ocurriera una artimaña así.

¡Como si ella supiera lo que era una artimaña de verdad!

—Lleva años queriendo redecorar la casa, seguro que lo sabes —le dije—, y un antiguo compañero de trabajo ha montado una empresa y me ha ofrecido unos precios muy competitivos. Ahora mismo está dentro con su equipo, currando a destajo.

Ante aquella muestra de entusiasmo, un atisbo de empatía le cruzó el rostro y me tocó el brazo con un guante calado de agua. Pensaba que estaba intentando recuperar a Fi; puede que se hubiera enterado de lo de Nochebuena.

—Bram, espero no estar metiéndome donde no me llaman, pero sabes que está de escapada con otra persona, ¿verdad?

—Sí, claro. M... —me interrumpí a tiempo—. Toby. ¿Lo conoces?

—Aún no. Creo que está esperando a que...

El respeto le impidió continuar, pero no tenía de qué preocuparse. Esperando a que sea algo serio, aventuré.

De todas formas, ya podía esperar sentada, porque pasado mañana el Casanova ese se habría esfumado y el dolor de la ruptura se perdería en el terrorífico mar de tener que gestionar la pérdida de su casa y el misterio de la desaparición del padre de sus hijos.

—Ya dejo que te resguardes de la lluvia. ¿Quieres que recoja a Leo y a Harry luego? —se ofreció.

—No, gracias, no hace falta. De hecho, voy a llevarlos a casa de mi madre, aquí hay mucho jaleo.

No le mencioné que al día siguiente no irían a clase. Las madres de Trinity Avenue veían cada día perdido de educación primaria como una oportunidad menos de que sus retoños accedieran a Oxford o a Cambridge.

—Bueno, pues buena suerte. Espero que la cosa salga adelante —me dijo.

Tuve la impresión (quizá equivocada) de que con «la cosa» se refería a algo distinto al proyecto de redecoración, y me permití una fantasía momentánea de cómo habrían podido desarrollarse los acontecimientos en un universo paralelo. Había personas como ella y mi madre, y tal vez también los padres de Fi, que habrían apoyado una reconciliación, o que al menos no se habrían opuesto. Si hubiera mantenido la cabeza agachada y hubiera esperado, si le húbiera demostrado a Fi que podía cambiar...

Poco después, calado hasta los huesos, volví a entrar y acabé de meter lo poco que quedaba en su habitación en cajas.

«La historia de Fi» > 02:44:36

La escapada de fin de semana a Winchester fue tan agradable, tradicional y picantona como confiaba, aunque fuera en días laborables: sexo y servicio de habitaciones, con visitas esporádicas a la catedral y paseos por las callejuelas del casco antiguo con la mitad de la mente puesta en Jane Austen y la otra en todo lo demás.

Estuve tentada de contarle a Toby lo de las pastillas, pero entonces recordé que Bram tenía todo el derecho del mundo a una cierta privacidad y, en cualquier caso, aquel no era en absoluto el mejor momento para compartir con Toby lo mucho que me preocupaba la salud mental del hombre que lo había agredido.

Cuando hablé con los niños el jueves, después del cole, no se me ocurrió pensar en nada cuando Harry me dijo que tenía un secreto.

—¿Un secreto bueno o malo?

—Bueno, bueno. Es una sorpresa.

—¿Una sorpresa para Leo?

—¡No, para Leo no, es para ti!

—Cuánta intriga.

—Papá...

—¡No me lo digas! —exclamé, riéndome, pero Bram ya se había encargado de interrumpirlo de todas formas.

Cómo no iba a cortarlo. Fui tan inocente que di por supuesto que sería algún pastel de bienvenida —a Bram le atraía casi demasiado supervisar la preparación de dulces y pasteles—, probablemente con cobertura azul y Maltesers, o puede que incluso un retrato que alguno de los dos hubiera dibujado en el cole, con dedos como salchichas y orejas por todo el cuerpo.

Me imaginé el respeto por aquel secreto como una lección, y no un abuso, de confianza.

Bram, documento de Word

Incluso para aquellos que no se están preparando para echar a su familia a los lobos, existe una cierta sensación agridulce en el hecho de recoger a tus hijos de la escuela.

Una vez lo hablé con Fi y me dijo que no solo sabía a qué me refería, sino que ella lo sentía aún con más intensidad que yo (era la matraca de siempre: no era que las madres tuvieran el monopolio de la dedicación parental, sino que la sentían con «más intensidad»). Argüía que los críos se alegraban incondicionalmente al verte en la puerta del cole y, aun así, mientras se lanzaban a tus brazos y te hacían carantoñas para conseguir algún capricho, sabías que, puede que no ese año ni el siguiente, pero desde luego antes de lo que te gustaría, se avergonzarían de verte esperándolos, o se enfadarían, o incluso se asustarían, porque, si te lo han prohibido, ¿a santo de qué vas a ir a buscarlos salvo que haya pasado alguna desgracia, sea la que sea?

También decía que al menos no era un revés repentino ni brusco, sino un desapego progresivo: cada día te iban necesitando un poco menos hasta que llegaba el momento en que dejabas de hacerles falta.

Ojalá Mike hubiera aparecido en mi vida mucho más tarde. Ojalá hubiera llegado cuando mis hijos ya no me necesitaran, cuando despedirme de ellos no fuera el peor de los delitos.

En el autobús, de camino a casa de mi madre, les hice una foto juntos y otra conmigo en medio. Aunque destruyese la SIM, tenía pensado quedarme el móvil por la música y el puñado de fotos de los niños. Mientras enfocaba la imagen, y obligaba a Harry a esbozar la sonrisa que Leo me regaló sin esfuerzos, me fijé en que una joven nos observaba desde el otro lado del pasillo, pensando, sin duda, en que ojalá acabara casándose con un hombre así, con un padrazo. Cuidado con lo que deseas, cielo.

No pude entretenerme demasiado en casa de mi madre porque había quedado con los de la empresa de limpieza en Trinity Avenue a las 18.00. Creyendo que nos volveríamos a ver pronto, mis hijos intentaron echar a correr y se resistieron cuando les hice dar media vuelta para un último abrazo.

—Venid un momento antes de entrar. Quiero deciros una cosa.

Esperaron sin escucharme del todo.

—Os quiero y os voy a querer siempre. No os olvidéis nunca de eso, ¿vale?

Acto seguido, le di un beso a cada uno.

Los vi desconcertados, distraídos, aunque lo de olvidar le encendió a Harry una bombilla, como mínimo:

—¡Papi, me he dejado en casa el libro de ortografía! Tengo que aprender dos palabras cada noche sin falta.

Le di otro beso.

—Ya lo busco yo y te pones al día el finde, ¿vale? Y, oye, si no puedes, pídele perdón a la señora Carver y dile que es culpa mía.

Sabía que no se lo diría. Haría lo que fuera por no complicarme la vida.

—¿Podemos irnos ya? —preguntó Leo al oír que su abuela abría una caja de galletas en la cocina.

Y, en ese instante, apareció en el recibidor con la caja abierta en un ángulo perfecto hacia ellos, me dieron la espalda y yo gesticulé un último adiós y cerré la puerta y se acabó lo que se daba.

Aquella fue la última vez que vi a mis hijos.

Mientras atravesaba Alder Rise de vuelta, mi cerebro supo que no podía permitirse procesar lo que estaba pasando, porque, de lo contrario, me vería incapaz de cumplir con el resto de las obligaciones que tenía por delante.

Había pensado dormir en el piso, pero acabé quedándome en la casa vacía con un saco de dormir estirado encima de la alfombra de la habitación de Leo. Sentí un impulso irracional por protegerla ante posibles intrusos, aunque, por supuesto, sabía que no vendría nadie, al menos no hasta el día siguiente, cuando llegaran unos intrusos con el derecho legal a estar allí. (Supuse que ellos también tendrían su buena dosis de ansiedad los días y las semanas siguientes. Era consciente de lo que era el efecto dominó, por mucho que no sintiera ningún tipo de empatía por las últimas fichas.)

No me satisfizo en absoluto deambular por las habitaciones desnudas, ni logré ignorar la realidad de la pérdida de mis propiedades. En todo caso, lo de pasar allí la noche fue casi un castigo; quizá tuve la esperanza de morir con el corazón partido dentro del saco de dormir, tirado en el suelo.

Basta de regodearme en mis miserias.

A las diez llamé a mi madre para ver si los niños estaban acostados.

—Llegas a llamar antes y los pillas despiertos —me dijo—. Los he dejado irse a dormir un poco más tarde porque mañana no tienen cole, pero ya se han quedado cuajados.

—Gracias. Gracias por todo, mamá. Perdóname por no habértelo dicho tanto como te merecías.

—No seas tonto —me riñó.

Colgué con la sensación reconfortante de aquellas últimas palabras.

¿Cómo te despides de tu propia madre?

La respuesta es que no te despides. Porque así es más humano.

46

«La historia de Fi» > 02:45:48

¿Que cuándo vi a Bram por última vez con mis propios ojos? Pues diría que el domingo anterior, el día 8, cuando hicimos el intercambio de Trinity Avenue al mediodía. ¿Que si lo noté diferente, si vi algo en sus maneras que augurara la futura traición, una traición sin precedentes? No, claro que no. Lo siento. Me resumió el estado de los niños y me preguntó cómo estaba yo. No me pasó por alto que no dijo ni mu sobre Toby, y se lo agradecí. Aun ahora, cuando trato de buscarle tres pies al gato, a cada detalle insignificante, fracaso. ¿Estaba lloviendo y él no llevaba paraguas? Supongo que podría haber sido una metáfora.

La persona que tenía delante era Bram, o, vaya, la criatura en la que se había convertido Bram. Cuando se marchó aquel día, sentí lo mismo de todos los domingos, lo que sin duda habría seguido sintiendo si el mundo no se nos hubiera caído encima: incredulidad de que pudiera haberle hecho eso a su familia y tristeza porque ya no fuera mi marido.

Un interludio semanal de pura irracionalidad, lo admito. Pero si lo que estaba pasando no me apenara ni siquiera un poquito, no sería humana.

Bram, documento de Word

Me despedí de Fi a mi manera, es decir, sin que lo supiera. (Y es probable que pienses que eso me define a la perfección.) Fue el martes 10, y sabía por la aplicación de agenda que aquel día haría lo mismo de todos los martes: saldría de Victoria, llegaría a la estación de Alder Rise a las 18.30 y se iría directa a casa, donde su madre ya habría alimentado a los niños y habría mediado en su última batalla. Salió por una de las bocas entre una marabunta de trabajadores, rascándose justo por debajo de la ceja derecha y ajustándose la correa de la funda del portátil. No me vio ni presintió que la estaba siguiendo Parade abajo (ni siquiera le echó un vistazo al Two Brewers). En la esquina de Trinity Avenue, se detuvo un instante y volvió la cabeza. La escena no tenía nada de especial: ni la brisa le mecía la ropa ni había ninguna luz fortuita que proyectara su silueta de una forma memorable. Nada en su gesto o en su postura delataban las emociones que había confesado sentir cuando volvía a casa después del trabajo: ilusión en general por ver a los niños y una angustia muy concreta por encontrarlos peleándose, por el hecho de que sus obligaciones diarias estuvieran a punto de dar comienzo justo cuando más necesitaba descansar.

La encontré como la habría encontrado cualquier otro día en cualquier otro momento. Una mujer con media vida a sus espaldas y la otra media justo delante. Soy consciente de lo injusto que era abandonarla justo entonces.

Volví al piso una vez más antes de que amaneciera. Dejé las llaves en la encimera de la cocina junto con toda la información del trastero y el libro de ortografía de Harry, rescatado de una de las cajas a las tantas de la noche.

Ni nota ni carta.

Un mensaje para Mike:

Todo listo.

Como de costumbre, respondió al momento.

En cuanto me confirmen
que ha llegado el dinero,
Wendy te dejará el
pasaporte nuevo y
demás en el piso.
Saludos.

¿Saludos? Imbécil. Borré el mensaje, me guardé el móvil de prepago en el bolsillo, recogí mi bolsa de viaje ya preparada y me fui. Tomé un taxi desde la estación hasta Battersea, donde le dije al conductor que me esperara mientras dejaba un paquete en el buzón de Challoner's con dos juegos de llaves de la casa de Trinity Avenue (el mío y el que tenía Kirsty para emergencias, pero no el de Fi ni el de su madre; no había sido capaz de conseguirlos). Le pedí al taxista que me llevara a la estación de Victoria y le envié un mensaje a mi madre de camino para pedirle que les diera un beso de buenos días a los niños de mi parte y que les deseara que tuvieran un día fantástico. Ya le había indicado que contactara directamente con Fi para organizar la vuelta a casa el sábado por la mañana.

En la calle, justo delante de la estación, le saqué la SIM a mi teléfono oficial, la tiré a un desagüe y volví a guardar el móvil. Procuré dejar el de prepago encendido para recibir todos los mensajes que sin duda Mike me iría enviando a lo largo del día, lo puse en silencio y lo tiré a la papelera más cercana. Dentro de la estación busqué un cajero y vacié mi cuenta hasta el último penique antes de comprar un billete en metálico y embarcar en un tren directo a Gatwick. Eran las 7.30, pero había una cantidad de gente de aquí te espero. Supuse que Fi todavía no se habría despertado, por mucho que el farsante que tenía a su lado ya estuviera al tanto del móvil, esperando como agua de mayo la confirmación de que su fortuna había cambiado.

«La historia de Fi» > 02:46:45

—No dejas de mirar el móvil —le dije a Toby mientras desayunábamos en el hotel—. ¿Esperas alguna llamada?

—Qué va, es que me tienen que confirmar por correo una cosa para lo de esta noche.

Tenía un acto importante aquel mismo día, una reunión de la Comisión por adelantado antes de presentar los primeros resultados del informe la semana siguiente. Habría directivos del transporte de Singapur, de Estocolmo y de Milán, así como cargos gubernamentales. Aunque tuviera que irse de Winchester después de comer, había dejado pagada la habitación para que yo volviera a Londres cuando quisiera.

Joder, ¿cómo pude ser tan burra? Me acuerdo como si hubiera sido ayer de que estaba sentada a la mesa del desayuno, él se fue al baño y yo me quedé mirando fijamente su móvil, bocabajo al lado del capuchino, y descartando a conciencia la imagen de Polly jaleándome para que «descubriera lo que ocultaba».

Ese es el problema de alejarte voluntariamente de los cínicos de la vida: te acabas privando de los buenos consejos.

Bram, documento de Word

En Gatwick compré un billete dc ida y vuelta a Ginebra en metálico. (Y pensé: Uno de ida y vuelta es menos sospechoso que uno solo de ida; por otra parte, ¿no llamará más la atención pagar en metálico que con tarjeta? Y me respondí: De llamar la atención nada. Por aquí pasan millones de personas cada semana y los trabajadores del aeropuerto han visto todos los tipos de viajeros posibles. Relájate, Bram.)

Hice la facturación por mi cuenta, pasé por el control de pasaportes sin ningún tipo de problema y cambié todo el dinero que había amasado por una mezcla de la moneda de Suiza y euros.

Sin tiempo ya para cambiar de idea, me fui a la puerta de embarque.

«La historia de Fi» > 02:47:37

Al final resultó que a la que llamaron del trabajo sin ningún tipo de respeto fue a mí, cuando ya habíamos vuelto a la habitación después del desayuno y estábamos recogiendo algunas cosas para una visita guiada por la Universidad de Winchester.

—¿Dónde está el informe de los jarrones para la agencia? —me preguntó Clara con un tono de pánico que parecía llevar un buen rato acumulando.

Fruncí el ceño.

—¿No se lo enviaste ayer?

—No, me han pedido una sesión informativa en persona para esta tarde, pero no lo veo en el servidor. Le he pedido al departamento de informática que eche un vistazo, pero nada.

O sea, que lo de llamarme había sido su último recurso. A mí no me las daba con queso. Conmigo ausente, había considerado que tenía la oportunidad de presentar nuestro trabajo como propio. (Claro, una cosa feísima, pero si eres buena en lo que haces, no hay necesidad de sentirse amenazada.)

—No te preocupes, guardo una copia en el disco duro de casa. Cuando vuelva, te lo envío.

—Fi, lo necesitamos sí o sí esta mañana. A primerísima hora de la tarde como máximo. La reunión es a las tres.

—¿A las tres?

Vaya horitas para aceptar una sesión informativa, y encima un viernes. Prescindí de señalarle que había tardado un poco en darse cuenta de que le faltaba el archivo, y eso sin entrar en la cuestión de prepararse la presentación. La última vez que había añadido algo fue el martes por la noche.

—Te llamo en un rato. Dadle otra vuelta al servidor. A lo mejor le puse otro nombre.

—¿Todo bien? —me preguntó Toby después de levantar la vista del móvil.

—Nada, se ve que me olvidé de subir al servidor una presentación antes de irme. La tengo en el portátil de casa. Clara se acaba de dar cuenta.

—¿No se puede esperar al lunes?

—No, lo presenta hoy. No te preocupes, mi vecina Kirsty tiene llaves de la casa, le voy a pedir a ella que lo coja. Lo que ahora no me recuerdo es dónde lo dejé... Puede que en la habitación.

—¿Por qué no se lo pides a Bram? —me sugirió Toby—. ¿No me has dicho que hoy trabajaba desde casa para poder recoger a los chavales del cole?

—Sí, tienes razón. —Aparté los incómodos recuerdos de la última vez que permití que Bram entrara en mi habitación y marqué su número—. Qué raro, me dice que está fuera de servicio.

—¿En serio? Qué tío, vaya ayuda...

—Pruebo con Kirsty. Si no, a lo mejor he de volver un pelín antes.

Toby no me quitó ojo de encima mientras buscaba el número de Kirsty. Me halagaba las ganas que tenía de que me quedara con él, de alargar todo lo posible nuestro tiempo juntos. Que sí, que estaba disfrutando de lo lindo aquella relación primeriza, pero lo que también solía venirme a la cabeza de tanto en tanto era la necesidad de control. De equilibrio. Yo era la que podía acortar aquella escapada. Yo era la que decidía qué priorizar (en este caso, mi obligación para con mis compañeros de trabajo). Sí, de vez en cuando me acordaba de que también era la que se había acostado con otro hombre, pero, oye, ni que nos hubiéramos jurado fidelidad. Total, que existía un contraste mayúsculo con las incertezas que había vivido durante el último par de años con Bram. Veía con cierto optimismo nuestro futuro, e incluso tenía la esperanza de llegar a tener una relación de exclusividad.

—¿Kirsty? Hola, guapa. Oye, no estarás en casa por casualidad, ¿no? ¿Podrías hacerme un favor y entrar en mi casa con el juego de llaves que te dimos? Es que necesito... Ah, ¿en serio? Vale, tranquila. No te preocupes. Nos vemos. —Me volví hacia Toby con el ceño fruncido—. Se ve que Bram le pidió las llaves hace unos días porque había perdido las suyas. Y, sorpresa, no me lo ha dicho.

—Menudo imbécil —masculló Toby.

—Pues sí. Mira, es que estas cosas me sacan de quicio. Estoy convencida de que fue él el que perdió las llaves del coche.

Ahí fue cuando me acordé de los antidepresivos y reprimí más críticas; ¿y si la medicación le afectaba a la memoria? (Bueno, si me lo encontraba en casa cuando volviera esa tarde, sería el momento perfecto para abordar el tema.)

—Lo siento, pero creo que tendré que irme antes y salvarles la vida a los de la empresa.

—¿Seguro que el portátil no está en el piso? —me preguntó Toby.

—¿Y qué más da? —Me había dado cuenta de que, desde la agresión, me había ido preguntando cada vez más detalles sobre la custodia compartida, probablemente por miedo a toparse de nuevo con el neandertal de mi ex—. No hace falta que me acompañes. Si no te apetece lo de la visita a la universidad, seguimos teniendo mesa reservada para comer, por si quieres aprovecharla. Y luego ya vuelves chino-chano para lo de esta noche.

En ese momento me sorprendió cruzando la habitación y dándome un beso.

—Quédate un poquito más, al menos —me susurró, acariciándome el pelo.

—Ya son las diez, de verdad que no puedo.

—Venga, que no va de veinte minutos.

Cuando por fin me puse en marcha y el taxi me esperaba para llevarme a la estación, me dio un último beso con tantísima efusividad que hasta el taxista apartó la vista.

—¿Cuánto tarda el tren? —me preguntó cuando me soltó.

—Tengo que hacer un transbordo en Clapham Junction a la línea de Alder Rise, así que yo creo que le enviaré el archivo a Clara a la una y pico. Es tiempo más que de sobra para prepararse la presentación. Supongo que tengo que agradecerle que haya tardado tanto en darse cuenta. Me lo he pasado bomba estos días, Toby. En serio. Hay que repetirlo.

—Ni lo dudes —coincidió—. Avísame cuando llegues a casa.

De verdad, no os imagináis la ternura que me infundió verlo tan alicaído.

Los dioses estuvieron de mi lado y pude hacer los transbordos sin ningún problema. Llegué a Alder Rise antes de las 12.30. Le escribí un mensaje a Bram para avisarle de que estaba de camino, pero la línea seguía fuera de servicio y no llegó a enviarse. Era una insensatez, porque el colegio podía necesitarlo, pero tanto daba: yo había vuelto a Alder Rise y podía retomar las riendas.

Doblé la esquina de Trinity Avenue con una sonrisa de oreja a oreja. La luz del sol era inusualmente intensa y dorada para ser enero. Hacía un día precioso, sin más. Al percatarme de la furgoneta que había aparcada en mitad de la calle, me dije a mí misma que debía de ser un error, pero daba la impresión de que alguien se estaba mudando a mi casa.

#VíctimaFi

@Leah_Walker Se viene...

47

Viernes, 13 de enero de 2017
Londres, 19.00 h

Ya no están en su casa (corrección: en casa de los Vaughan), sino en la de Merle. Por fin han podido hablar con Graham Jenson e informarle de la situación, aunque Fi estaba demasiado conmocionada como para razonar en condiciones y cuando Merle ha puesto el manos libres, sus acusaciones sobre un posible fraude y robo de la identidad le han sonado desorbitadas incluso a la propia Fi.

—Lo he estado comentando con el abogado de los compradores y con la señora Lawson —ha dicho Jenson— y ya les he explicado que no ha habido ningún error por nuestra parte. Más allá de eso, no puedo decirles nada más. Debo respetar la confidencialidad de los clientes.

Sin embargo, ha accedido a reunirse con ellas el lunes por la mañana.

Se han pasado la última hora llamando a todos los hospitales del sur de Londres, y a algún otro, y los han ido tachando de la lista, algo que, como van repitiéndose, son buenas noticias. Buenas noticias.

Después han decidido ir a la sala de estar que da a la calle y servirse un par de copazos. Está todo hecho un desastre, pero es lo normal en casa de Merle. Hay agujas de pino junto al rodapié, restos de la última Navidad que nunca llegaron a aspirar, y Fi se agacha a recoger una y se la clava en la yema del dedo índice. Le resulta imprescindible ver una gota de su propia sangre, solo una, para demostrarse que sigue viva y que no está soñando, pero la aguja se dobla antes de perforarle la piel.

La última vez que estuvo aquí fue en la reunión con la agente de la policía local, en septiembre, cuando les entregaron los rotuladores forenses (debería haber aprovechado el suyo para marcar la casa en sí). Las señoras de Trinity Avenue se creyeron las más espabiladas del mundo; se informaron de casos de cibercrimen y se juraron que iban a protegerse las unas a las otras contra invasores y delincuentes. No se les ocurrió pensar que a veces el enemigo vive entre nosotros. «No veo que te interese demasiado», le soltó a Bram cuando este le quitó importancia al calvario de la pobre Carys. *Ironía* era una palabra que se quedaba demasiado corta.

—¿Quieres que le diga a Alison que se acerque? Rog puede quedarse con los niños —le propone Merle, pero Fi se niega.

No tiene la energía necesaria para volver a explicar

la debacle, ni para tragarse las disculpas de la pobre Alison, que le ha confesado a Merle que ayer vio a Bram sacando los muebles de la casa y que arguyó el mismo plan de reformas que le había vendido a Tina. Ha engañado a todo el mundo, sin excepciones.

Suficiente tiene ya con volver a hablar con Tina, que es lo que hace a continuación.

—¿Me has dicho que has quedado con Bram en que los niños pasan la noche contigo también? —Es una suerte. No está en condiciones de ver a sus hijos, pero puede aferrarse a la esperanza de que esta noche dormirán tranquilos, ajenos a todo—. Esto se nos ha ido un poco de las manos.

—Pero ¿te ha gustado la sorpresa? —pregunta Tina ilusionada—. ¿Está Bram ahí?

—No tengo claro dónde está —responde Fi, y no miente.

—¿Cuándo volvemos a casa? —le pregunta Leo cuando le pasan el teléfono.

—Mañana, si no pasa nada.

—¿Llegaremos a tiempo a la clase de natación?

—No, creo que la han cancelado. Relajaos y levantaos tarde mañana.

Mientras lo dice, piensa: «Las mentiras, de una en una».

—Estoy fatal —le confiesa a Merle—. El vodka no me ayuda.

—Estás agotada —la corrige Merle, aunque ella también parece estar hecha un guiñapo—. Has vivido en un día lo que podrías haber vivido en cien. Lo que tienes que hacer es dormir.

Fi suelta una risita mustia.

—Ya te digo yo que esta noche no duermo.

—Déjame que te ayude. —Merle recuerda que tiene un bote de somníferos, y sube al piso de arriba a buscarlo—. Son del año pasado, cuando sufrí un brote de insomnio, pero no han caducado. A lo mejor las necesitas estas semanas. Llévatelas por si acaso.

—Gracias.

Les llega el estruendo de unos frenos en la calle, de un coche aparcando, a todas luces, a demasiada velocidad y de una puerta que se cierra con demasiada fuerza.

—Madre mía, cuánto follón. —Merle se acerca a la ventana—. Creo que es en tu casa, Fi. Espero que sea Bram. Más le vale.

«No, no será Bram», piensa Fi, pero muestra iniciativa y sigue a Merle hasta la puerta principal. Y se alegra de no haberse quedado sentada: inspira el aire de la noche, nota el frío punzante penetrándole en los pulmones y disfruta del dolor físico que tanto ansiaba. Apenas hay luz en la calle, la escarcha se acumula en los parabrisas de los coches y, cuando miran hacia la izquierda, más allá del jardín delantero de los Hamilton y en dirección hacia el suyo (corrección: el de los Vaughan), una voz masculina se abre paso a través del silencio, crispada y hostil:

—¿Dónde coño está Bram? ¡No pienso irme hasta que no me responda alguien!

David Vaughan se presenta en el camino de entrada.

—¿Se puede saber quién es usted?

—Ni te va ni te viene. ¡Tengo que hablar con él enseguida!

—Pues ponte a la cola —contesta David, y deja escapar una risita sarcástica.

Fi tarda unos segundos en reconocer a la segunda figura, a la otra voz.

—Es Toby —informa a Merle, confundida—. El chico con el que me he estado viendo, acabamos de pasar unos días juntos. Le había dicho que le enviaría un mensaje cuando llegara; se habrá preocupado y ha venido a ver si estoy bien.

A menos que lo haya avisado, que le haya enviado un mensaje de socorro durante la nebulosa de tiempo que ha pasado en la casa. No lo descarta: tiene unas lagunas bastante importantes. Han sido las horas más cruciales de su vida y, al mismo tiempo, las más incomprensibles.

—Voy a buscarlo —dice Merle—. Espera aquí, no cojas frío.

Se adentra en el helor de la noche sin chaqueta y deja a Fi en el portal.

—Hola, ¿puedo ayudarte? Bram no está, pero Fi sí, en mi casa, ¿te apetece venir?

Toby da media vuelta y David se retira con una gratitud palpable incluso en la distancia. Ya ha tenido suficiente por hoy, está claro.

Cuando Toby entra a grandes zancadas en el recibidor de Merle, Fi se le abalanza encima. No le importa lo bien o mal que esté exteriorizar la necesidad que tiene de estar con él, de una fuerza masculina sin complicaciones.

—Toby, es una pesadilla, me ha pasado lo peor que me podía pasar. ¡He perdido mi casa!

—Todavía no lo sabemos, cielo —la consuela Merle, dándole golpecitos en el hombro.

—Claro que sí. El registro de la propiedad ha transferido las escrituras. La he perdido.

—¿Dónde está? —brama Toby, y se libera de sus brazos.

Examina palmo a palmo el pasillo y todas las puertas que dan a él, como si esperara encontrar a Bram entre las sombras, encogido de miedo.

—Ha desaparecido —contesta Fi—, pero los niños están bien, gracias a Dios. Eso es lo importante, ¿no?

—Por supuesto —la anima Merle—. No ha muerto nadie. Es un marrón; alguien, sea donde sea, ha metido la pata a base de bien, pero ya lo solucionaremos. ¿Te apetece tomar algo, Toby? Tengo vodka.

—Sí, por favor.

Merle le sirve la copa, rellena la de Fi y las dos le cuentan todo lo que saben sobre la venta de la casa: la jornada de puertas abiertas que montó Bram, la mujer que se ha hecho pasar por la señora Lawson y se ha quejado de no haber recibido aún el pago de los Vaughan, el error en la transferencia que Graham Jenson niega y que puede llegar a darle tiempo a Fi para presentar una denuncia, la lucha por mitigar la crisis que han pospuesto hasta el lunes...

—Entonces, ¿el dinero no está en ninguna de vuestras cuentas? —le pregunta Toby a Fi.

—No, lo primero que he hecho ha sido comprobarlas. Ni un penique. El abogado no nos ha querido dar detalles de la cuenta que ha usado, pero es posible que sea la de Bram. No tengo acceso a ella.

—Al menos la hipoteca y los honorarios por la venta se han pagado por separado —le recuerda Merle—. Ahí no ha habido errores; algo es algo.

Fi se estremece. Por demencial que parezca la idea, podría haber sido peor. Podría haber perdido la casa y encima haberse quedado con una deuda de tres pares de narices.

—Oye, sé que esto es una obviedad —empieza Merle—, pero ¿no crees que Bram podría estar en el piso? Es lo que dicen siempre de que a veces la solución se esconde a simple vista, y tampoco es que haya llegado el momento de que la policía empiece a tirar abajo puertas. Ya ha costado que vinieran aquí e hicieran el informe preliminar —le cuenta a Toby.

—Ya os digo yo que no está en el piso —responde Toby—. He ido allí antes de venir aquí.

—¿Sí? —pregunta Fi, sorprendida.

—A lo mejor sí que estaba y no te ha contestado —sugiere Merle.

Hay algo en el tono autoritario pero controlado de Toby que lo hace parecer un poco grosero. Fi se ha percatado de que a Merle le ha sorprendido tanta rabia. No sabía que Fi tuviera por pareja a una persona tan apasionada.

—He picado a un vecino para poder entrar en el edificio —dice— y he llamado directamente a la puerta. No me ha respondido nadie y las luces estaban apagadas. Seguro que no está allí.

—Bueno, yo iré dentro de un rato —añade Fi—. Creo que dormiré ahí esta noche.

Merle la interrumpe.

—Fi, creo que deberías quedarte aquí, hazme caso. Suficiente has tenido ya por hoy. Robbie y Daisy van a pasar la noche en casa de Alison, así que no vuelven hasta mañana. Estaremos solas, podemos volver a llamar a los hospitales por la mañana, hacer una lista en condiciones para el lunes y hablar de cómo se lo vas a contar a los niños. Luego ya te irás a casa de Tina, cuando estés más tranquila y descansada.

—¿Quién es Tina? —pregunta Toby.

—La madre de Bram.

—¿Y no puede ser que esté con ella? ¡Vamos para allá!

—No, imposible —le dice Fi—. La ha convencido de que estaba aquí. —La aparición de sus hijos en la conversación la ayuda a centrarse—. Tienes razón, Merle. Esperaré a mañana para verlos. Y he de ir sola, Toby. No te ofendas, pero no te conocen y ahora mismo no es el momento de presentarles a gente nueva. Necesitan a su familia.

—Fi, cuando los veas, yo que tú no les diría que puede que Bram haya desaparecido —añade Merle—. Hasta que no saquemos algo más en claro, lo mejor es no preocuparlos.

—¿Nos estás ocultando algo, Merle? —interroga Toby, sin disimular la desconfianza que le genera.

—Claro que no —responde esta, impasible—. Pero es su padre y lo pasarán muy mal si creen que le ha podido pasar algo.

—No les voy a contar nada —promete Fi—. Ni a ellos ni a Tina. Pero creo que esta noche dormiré en el piso, así cojo ropa limpia y veo si Bram se ha dejado algo.

—Vale. —Toby se ha puesto en pie, dispuesto a tomar el control de la situación. De hecho, hasta tiene las llaves del Toyota en las manos—. Te llevo yo.

Merle le echa un vistazo a su copa vacía de vodka.

—Solo me he tomado esta —le dice—. Estoy bien para conducir.

Merle los acompaña a la puerta.

—Llámame si necesitas algo, lo que sea —le recuerda a Fi, le da un abrazo y, con el corazón en la mano, repite—: Lo que sea.

Lyon, 20.00 h

En cuanto sale de la estación de Lyon, se mete en el primer bar que ve y pide una cerveza. No es el único viajero del establecimiento y el trato es más bien impersonal, pero ya le va bien; no entra en sus planes hacer amigos. La cerveza, junto con la cuenta, llega rápido. Al sacar sus primeros euros de la cartera, ve la hoja doblada que Mike metió por la puerta de Trinity Avenue y se siente extrañamente satisfecho de llevarla encima.

Sabe que algo ha cambiado durante el trayecto en tren, al pasar de un reino a otro. Algo que le recorre las entrañas, pero no en busca de la luz, sino de su lado más oscuro. Ese brote malvado lo tranquiliza, lo cual no deja de ser irónico.

Necesita una alternativa al adjetivo *irónico*, piensa, uno más enfático, más preciso. ¿Cuál escogería Fi? *Retorcido*, quizá. No, *retorcido* no. *Desatinado. Maldito.*

Cierra la cartera, se trinca la cerveza y se marcha.

48

«La historia de Fi» > 02:53:34

De verdad os digo que no hace ninguna falta que os compadezcáis de mí. No quiero. No soy ni la que más ha sufrido con esta situación ni la que más ha perdido. Sí, me han quitado la casa, y mis hijos han perdido el contacto con su padre, claro que lo estamos pasando mal, pero conviene recordar que hay una familia que ha perdido a su hijita. Ellie Rutherford, la niña que murió en la colisión de Thornton Heath, un accidente en el que pudo estar involucrado Bram.

La policía cree que sí, vaya. Una semana antes de que desapareciera hallaron nuestro coche en un callejón de Streatham. No había signos de que lo hubieran robado ni forzado, ninguna prueba forense que coincidiera con los ladrones de vehículos de los que sospechaban, así que la atención recayó sobre los propietarios del coche, y especialmente sobre aquel al que le habían retirado el carné y que, por tanto, tenía una buena razón para abandonar el lugar de un accidente, estuviera o no involucrado. Ya lo habían interrogado (no, claro que no me lo había contado) y se habían olido que ocultaba algo que tal vez tuviera que ver con el juego de llaves que no encontrábamos. El problema era que, en las grabaciones de las cámaras de seguridad de la estación de Alder Rise que correspondían con la mañana del 16 de septiembre, lo identificaron entre la multitud del andén, así que habían acabado descartándolo. Había otras pistas que eran más prometedoras. Pero entonces les dio por hablar con la jefa del departamento de recursos humanos de su empresa sobre el día de la conferencia y les comentó que Bram no había informado de la retirada del carné hasta poco más tarde, en concreto el siguiente día laborable; fíjate tú qué casualidad. Decidieron interrogarlo de nuevo en cuanto regresara de sus «vacaciones», pero, claro, nunca volvió. Luego, como una semana después de que desapareciera, les enviaron una prueba anónima: una foto de nuestro coche en Silver Road, el mismo día del accidente, con un hombre de pelo oscuro al volante. Los programas de reconocimiento facial confirmaron que coincidía con Bram.

La teoría de la policía era que obligó al coche de las víctimas a salirse de la calzada por algún incidente relacionado con la temeridad al volante y que luego puso en venta la casa sin decir nada para financiar su huida. El hecho de que siguiera conduciendo sin carné no hacía sino demostrar de lo que era capaz.

Me avergüenza admitir que mientras una familia lloraba la muerte de una hija, a mí lo que me preocupaba era que el seguro hubiera rechazado la denuncia y el impacto que aquello tendría en nuestra economía. ¡Y los pobres padres de aquella niñita estarían dispuestos a cambiar mil coches nuevos y casas valoradas en miles de millones de libras solo por recuperarla! Es lo que yo haría en su situación. En definitiva, esclarecer las causas de la muerte de Ellie era lo único que valía la pena investigar, lo único por lo que merecía la pena plañirse.

Lo que pasa es que la teoría es mucho más fácil que la práctica, sobre todo si tu vida está patas arriba. ¿Que qué saben los niños? De momento muy poco. Les he contado que Bram ha tenido que irse muy lejos por trabajo y que si alguien les dice lo contrario lo que han de hacer es dar media vuelta y pensar en otra cosa. Siguen yendo a la escuela de Alder Rise, pero estamos viviendo en Kingston con mis padres y los trayectos no son viables. Para cuando este programa se publique, ya los habré cambiado de colegio. Bram será la comidilla de Alder Rise, y quizá también del nuevo barrio. Vaya, que la pérdida de privacidad es el precio que tengo que pagar por airear esta historia, por ayudar a otros propietarios inocentes a no caer víctimas de fraudes a gran escala.

Avisé al propietario del bebé déco con la antelación que marcaba el contrato y se mostró muy comprensivo conmigo. No, la policía me ha pedido que no cuente nada de lo que pasó allí el día posterior a la venta de la casa. Y podéis decirme lo que queráis, pero no me vais a persuadir; sabe Dios que probablemente ya he largado detalles que la policía habría preferido que continuaran siendo confidenciales a estas alturas. No quiero que me acusen de obstaculizar la investigación judicial. Estoy convencida de que tenemos que confiar en sus pesquisas.

¿Que si esto va a llegar a juicio o si van a encontrar a la segunda Fiona Lawson? Pues sé lo mismo que vosotros. Ni los de la agencia inmobiliaria ni los abogados tienen su número, solo el de Bram, y la dirección y la fecha de nacimiento que les proporcionó eran las mías. Sabemos que usó mi pasaporte como documento de identificación y que Bram y ella asistieron a una reunión juntos, haciéndose pasar por nosotros. Por lo que me han contado, tanto el aspecto físico como la firma eran muy convincentes. No, me cuesta imaginar que dé un paso al frente a corto plazo y se arriesgue a que la procesen por haber participado en algún tipo de conspiración para cometer un fraude. No nos engañemos, nadie daría la cara.

Y seguimos sin saber dónde está el dinero. Graham Jenson y sus colegas de Dixon Boyle niegan negligencias por su parte y han usado correos y registros de llamadas para demostrar que fue Bram quien les proporcionó la información de la cuenta beneficiaria. Los ingresos por la venta se habían transferido de forma correcta a una cuenta conjunta legítima del Reino Unido, de uno de los bancos principales, registrada a nuestro nombre. Simple, ¿no? Sí, si obviamos el hecho de que yo no estaba al corriente de la existencia de dicha cuenta. Problema: a las pocas horas, la suma se transfirió a una cuenta de otro país. Se acabaron las simplezas. Se habla de cuentas anónimas en Oriente Medio o Dios sabe dónde, en algún paraíso fiscal sin ningún tipo de acuerdo de reciprocidad con el Reino Unido.

¿Sabéis qué es lo que más me cabrea de todo esto? Que no lo transfirió a un paraíso fiscal para evadir impuestos (no había que pagarle ni un duro al Estado por la venta). Fue única y exclusivamente para ocultármelo.

Total, que la policía afirma que confía en recuperar una parte para mí, pero mi abogada no las tiene todas consigo. Dice que el departamento que lucha contra el fraude está ocupado con cosas más importantes. Muchísimo más importantes.

David y Lucy Vaughan siguen en la casa. A fin de cuentas, legalmente es suya. Está todo el mundo usando ese término, son los propietarios «legales», como si hubiéramos acordado que yo continuase siendo la propietaria moral, espiritual. Me han dado permiso para contar que están dispuestos a revendérmela a precio de mercado en cuanto tenga los medios, aunque todos sabemos que ese momento no va a llegar. Con la que está cayendo, mucha suerte he tenido de conservar mi empleo.

¿Toby? No, hemos dejado de vernos, y, como es evidente, no tengo pensado vivir con él. Me alegro de que vosotros, mis oyentes, no podáis ver cómo me sonrojo, porque seguro que no os sorprende oír que no he vuelto a saber de él desde el día del robo. Supongo que dejé de parecerle igual de atractiva que antes cuando se enteró de que había perdido el casoplón de Trinity Avenue. ¿Qué queréis que os diga? ¡Los caballeros las prefieren con casa!

Claro que lo estoy relativizando. Es un mecanismo de supervivencia. Ya os he dicho que estaba empezando a confiar en él, a creer que podía llegar a amarlo. La única certeza que tengo en estos momentos es que, cuando nos despedimos el viernes, me prometió que me llamaría durante el fin de semana. Y sigo esperando. Su móvil, como el de Bram, lleva sin línea desde entonces. Al menos a su desaparición le puedo buscar la explicación que jamás encontraré para la de Bram; ¡imaginaos si tuviera que presentar otra denuncia de desaparición! La policía pensaría que soy una viuda negra, o vete a saber qué.

—Fijo que está recuperando el tiempo perdido con su mujer —me dijo Polly cuando se lo conté—. ¿Has probado a meter su foto en Google a ver qué te sale?

Me vi obligada a admitir que no tenía ninguna foto suya.

—Ah, ¿que no te dejaba hacerle fotos? Madre mía, Fi, ¿cómo has podido estar tan ciega? ¿Sabes qué pienso? Que su mujer estaba embarazada y que te ha usado de aventura pasajera durante la baja por paternidad. Y ni de coña trabajaba para un laboratorio de ideas del Ministerio de Transporte. Seguro que vendía coches. No, ¡era un guardia de tráfico!

Al menos no me soltó lo de «Te lo dije», no con esas palabras, aunque habría sido un punto final para mi historia igual de válido que cualquier otro.

Porque se acabó lo que se daba. No hay nada más.

#VíctimaFi

@deadheadmel No fastidies, ¿ya está?

@IngridF2015 @deadheadmel Bueno, ha dicho que la investigación sigue en curso.

@richieschambers @deadheadmel @IngridF2015 Yo creo que se viene segunda parte, gente.

@deadheadmel @IngridF2015 Pero ¿dónde está él, entonces? ¡¡Venga, no te cortes, **@BramLawson**!!

@seudobram @deadheadmel @IngridF2015 ¡Aquí estoy, señoritas! Abriendo la tercera botella de vino tinto me tenéis.

@deadheadmel @seudobram @IngridF2015 Vaya, ya hay cuenta parodia y todo. ¡Me flipa!

Bram, documento de Word

Hoy no me despediré con letras, sino con dígitos; con la confirmación de que he devuelto el dinero. Lo encontraréis en la misma cuenta en la que lo ingresaron los abogados en primer lugar, una cuenta de ahorros del Reino Unido normal y corriente, que abrí por internet después de rellenar todos los formularios necesarios con los datos identificativos que «tomé prestados» sin más dificultades de los documentos de Fi en Trinity Avenue. Puede acceder cualquier titular individualmente, algo que espero que pueda ser de ayuda.

No hace ninguna falta que sepas dónde ha estado el dinero durante estas últimas semanas, solo que tuve que transferirlo a algún lugar donde él no pudiera rastrearlo. Ni él ni sus contactos. Pero con esta confesión, con esta advertencia, confío en que sabrás protegerlo para Fi y para los niños.

A estas alturas ya habrás deducido que defraudé a los defraudadores. El punto álgido del engaño tuvo lugar mientras volaba de Londres a Ginebra, pero no pude comprobar si había llegado a buen puerto hasta unos cuantos días más tarde, cuando di con un cibercafé aquí, en Lyon, me aseguré de que no hubiera cámaras ni nadie sospechoso y supuse que podía arriesgarme a navegar quince minutos por internet.

Es probable que aquella fuera mi última alegría terrenal, el momento en que me conecté por última (disculpa, penúltima) vez y vi que el dinero estaba allí, sin duda, descansando en una cuenta anónima de un paraíso fiscal, donde no pudiera encontrarla el gobierno británico. Lejos de sus tentáculos, como Mike lo describió una vez. Lejos de él.

Poco menos de un millón seiscientas mil libras. Después de todo, no parece tanto, ¿verdad?

Hace relativamente poco que llegué a la conclusión de que yo también podía participar del jueguecito de Mike. Fue algo después de Navidad, cuando comprendí que Fi jamás iba a salvarme, a salvarnos, que no iba a arreglar el pozo abominable en el que había hecho caer a mi familia, que nunca iba a cargar con parte de mi sufrimiento, ni física ni mentalmente.

Había sido una quimera. La había perdido para siempre.

Mediante un agente cuyos detalles solo encontrarías en motores de búsqueda ilegales, me compré un pasaporte falso y le hice llegar a Graham Jenson los inocentes datos de la nueva cuenta bancaria. Como verás, uno de los recursos más sólidos del plan de Mike —el hecho de estar yo involucrado y, por tanto, de legitimarlo— también era una de sus flaquezas: no necesitaba recurrir a los oscuros métodos del *phishing* para «corregir» la información, sino que me bastaba y sobraba con enviarle un correo a Jenson yo mismo. Como es obvio, no podía usar la cuenta de correo a la que tenían acceso Mike y Wendy, así que envíe las nuevas instrucciones desde mi correo electrónico profesional.

Por desgracia, los de Dixon Boyle y Asociados no eran tan chapuceros como esperaba, y la becaria de Jenson, Rachel, me llamó para preguntarme por aquel cambio de última hora en la cuenta beneficiaria. Por supuesto, le aseguré que las instrucciones eran genuinas y que ningún maleante me había hackeado el correo.

—Hay que andarse con mucho cuidado —me avisó—. Nos acaba de llegar un aviso del colegio de abogados sobre casos de criminales que han interceptado correos entre abogados y sus clientes. De hecho, hace poco incluso llegaron a crear una rama falsa del departamento encargado de los contratos de traspaso de la propiedad.

—Hay que ver —contesté—. Gracias por ser tan meticulosos.

Disfruté —de una forma mísera y vacía, pero, a fin de cuentas, disfruté— de la derrota de Mike. Me lo imaginé cancelando el vuelo a Dubái, echándose atrás con todo, comprobando el saldo de la cuenta día tras día, esperando el más de millón y medio de libras que nunca llegaría. Vomitando amenazas, discutiendo con su *partenaire* los distintos tipos de tortura que me aplicaría cuando por fin dieran conmigo.

Ya podía esperar sentado. Estoy desconectado de todas las redes. Que se acumulen los mensajes que jamás recibiré, los correos que jamás leeré.

Que mis hijos lloren, pero solo un poco.

Porque, en unas pocas horas, me habré desconectado también de la vida. No sé si me entiendes.

Ahora que lo pienso, quizá me equivoqué al referirme a lo que pasó como una revelación divina. La decisión de quitarte la vida no llega a ti como una epifanía. Sé cuatro cosas sobre el suicidio, como que es la principal causa de muerte entre jóvenes del Reino Unido. Depresiones sin diagnosticar, alcohol y drogas de por medio... No voy a darte la lata. Ojalá me hubiera pasado cien páginas describiéndote con pelos y señales el contexto de mi decisión, ¿no?

Creo de veras que es algo que ha estado siempre en mí, latente, durante todo mi matrimonio, durante mi vida..., o al menos desde que murió mi padre. No solo recurría a la bebida para camuflarlo (o expresarlo), sino también al sexo, a las situaciones de riesgo, a las peleas, a la temeridad. ¿Acaso no me estaba autolesionando de mil maneras distintas?

Una muerte lenta.

Me acuerdo de que en el curso de concienciación sobre los riesgos del exceso de velocidad hicimos un ejercicio en el que el profesor se paseaba por la sala y nos pedía que dijéramos con solo una palabra por qué nos habíamos saltado los límites de velocidad.

—Ignorancia.

—Prisa.

—Impaciencia.

—Superación.

—Costumbre.

Y así estuvimos un rato, con las causas previsibles, hasta que un tipo dijo:

—Estaba persiguiendo a mi hermano.

Y rompimos a reír.

Entonces llegó mi turno. Podía inventarme algo («por causas nobles» habría sido una buena respuesta, aunque fueran tres palabras: mi mujer había roto aguas y la llevaba al hospital; a mi hijo se le había quedado algo atascado en la garganta). O podía decir la verdad.

—¿Bram? —preguntó el profesor después de leer mi nombre en la placa que llevaba colgada, un detalle casi ceremonial—. ¿Por qué crees que corrías?

Podía decirle la verdad con solamente una palabra, y es la misma que usaré para justificar esto, mi final:

—Sufrimiento.

49

Febrero de 2017
Londres

Ha sido un día muy largo, pero tanto el equipo de producción como la entrevistadora de *La víctima* se han comportado con una profesionalidad ejemplar y Fi sale de los estudios de Farringdon con una cierta sensación de éxito, de haberlo hecho bien. También se siente libre, aunque ella, mejor que nadie, sabe que la libertad no es más que una ilusión.

Merle la espera en una cafetería de Greville Street, cerca de la estación de Farringdon. Es uno de esos locales deliberadamente modernillos, con bombillas sin pantalla colgando de cables y sillas rescatadas de la basura. Los cafés vienen con un corazón dibujado en la espuma y los acompañan de una vaina de *edamame* cubierta de chocolate.

—¿Estamos en San Valentín? —pregunta Fi, destruyendo el corazón con la parte trasera de la cuchara.

—Nos pilla ya un poco mayores —responde Merle. Va vestida de negro, como Fi. Es ya casi una tradición, como si lloraran no a una persona, sino a ciertos valores o estados físicos. Privilegios, quizá, o control—. ¿Qué me regaló Adrian? Ay, leñe, ya me acuerdo.

Se mira a sí misma de arriba abajo, la barriga que no le deja de crecer, y Fi piensa de repente en la pobre Lucy Vaughan y en cómo le miraba a Merle la blusa roja aquel día en la casa, sin tener claro si debía felicitarla o no.

Merle se asegura de que nadie puede oírlas.

—¿Cómo ha ido?

Fi asiente.

—Muy bien, pero estoy agotada. Creo que me voy a pasar una semana durmiendo.

Merle alarga un brazo y le coge la mano. Últimamente no han hecho otra cosa que darse ese tipo de apoyo sororal.

—Me alegro mucho, cielo. Concentrarse en algo tantísimo tiempo acaba con cualquiera. ¿Sabes cuándo lo emitirán?

—La productora me ha dicho que la primera semana de marzo. Van muy rápido con estas cosas.

—¿Te han preguntado alguna cosa muy íntima?

—Sí, como es obvio, pero yo me he centrado en la venta de la casa. Les he explicado que la policía me prohíbe airear según qué cosas.

—Y es cierto. Qué bien. Mira lo que acabo de encontrar.

Merle tiene una página abierta en el móvil de un sitio web de personas desaparecidas. Con el pulgar y el índice agranda un rostro que Fi conoce casi tanto como el suyo:

Abraham Lawson (más conocido como Bram)

Se denunció su desaparición el 14-15 de enero de 2017, cuando se produjo un crimen en la residencia que el señor Lawson tiene en Alder Rise, al sur de Londres. No se lo ha vuelto a ver desde el 12 de enero, cuando charló con algunos vecinos y con los trabajadores de una empresa de almacenaje de Beckenham.

Si tiene cualquier tipo de información sobre este hombre, llame a la policía metropolitana al número que se muestra a continuación.

—Qué curioso que no especifiquen el crimen —apunta Merle.

—Bueno, serán sus políticas. —Fi suelta un suspiro—. Pero tranquila, que cuando la grabación se emita, todo el mundo sabrá lo que ha hecho.

—¿Te das cuenta de que podría llegar a escucharla? *La víctima* se puede descargar desde donde quieras.

—Eso me ha señalado la productora. Se ve que ha habido veces en que el acusado ha dado la cara para negar los hechos. Y, claro, la policía aplaudiendo con las orejas.

—Bueno, si se pone en contacto, sería su palabra contra la tuya.

—Como siempre, ¿no? —repone Fi—. Todos los años que nos hemos pasado juntos han sido eso, su palabra contra la mía.

—Acabas de resumir cualquier matrimonio —añade Merle, insinuando una de sus sonrisas burlonas, pícaras.

—De hecho, esta mañana he hablado con la policía —le dice Fi—. Antes de la entrevista. Han descubierto una cosa interesante.

—¿Sí?

—Han encontrado un móvil que creen que podría ser de Bram. Tiene los números de la agencia inmobiliaria Challoner's y del abogado, además de búsquedas relacionadas con Silver Road. Seguirán comprobando el resto de los números, como es obvio, pero lo que más les ha llamado la atención es que tiene el código forense de nuestra dirección. Está marcado con uno de nuestros rotuladores de seguridad.

—¿Los que nos dieron en aquella reunión, con el líquido que solo se ve con luz ultravioleta? —Merle la mira ojiplática y esboza una sonrisa cada vez más amplia—. Oye, pues eso es una prueba de las gordas. Está clarísimo que ese móvil era de Bram.

—Seguro, sí. Harry se fue paseando por la casa y estuvo marcando todo lo que no estuviera clavado a la pared. Bram debía de llevarlo en el bolsillo o se lo dejaría por ahí tirado.

—¿Dónde lo encontraron? ¿En el piso?

—Qué va, lo llevaba encima un ladrón de poca monta. Tenía un montón de móviles robados, pero afirma haber encontrado el de Bram en una papelera de Victoria.

—Madre mía. —Merle deja escapar un suspiro—. Pues ya está, oye. Lo arrestarán en cuanto den con él. ¿Dónde coño estará? ¿Crees que sigue en Londres?

—No creo —contesta Fi—. Lo único que sé a ciencia cierta es que no volverá a Alder Rise.

—Pero tú sí, ¿no? Cuando encuentren el dinero.

—Si es que lo encuentran. Además, se ve que todas las cuentas sospechosas estarán congeladas hasta que acabe la investigación, puede que incluso años. Y no te olvides de los gastos.

—Sí, pero, después de todo, ¿intentarás volver a Trinity Avenue?

Sus manos vuelven a tocarse.

—Lo veo complicado... —responde Fi—. Los precios habrán subido aún más para entonces.

Le sobreviene una sensación agridulce al recordar tiempos pasados, más sencillos, cuando ella, Merle, Alison y las otras mujeres de Trinity Avenue charlaban sobre los precios de las casas, de cómo sus propiedades las habían salvado, atrapado, obsesionado.

—Tardaré mucho en comprarme algo de nuevo, Merle, pero no pasa nada. Ahora mismo mi preocupación principal son mis hijos. Bueno, es que son lo único que me preocupa.

—Claro que sí. Fi, una cosa... —Merle se interrumpe y se produce un extraño momento de vacilación—. Tengo que preguntarte una cosa: ¿has dicho algo de mí en la entrevista? ¿Debería prepararme para cuando se emita? Todas las mujeres de mi trabajo escuchan el programa.

—No, en absoluto —responde Fi—. He comentado un par de cosas de nuestras conversaciones en Kent, pero nada más.

Pagan los cafés y caminan juntas hasta la estación. En los tornos del tren de cercanías, que Merle cogerá hasta Alder Rise, se despiden con un abrazo. Se le sigue haciendo raro saber que tomará una ruta distinta: primero un metro hasta Waterloo y luego un tren hasta Kingston.

—Iremos a visitarte pronto —le promete—. Les he contado a Leo y a Harry lo del bebé y están ilusionadísimos.

—Qué monos son —dice Merle—. Dales un beso de mi parte. Tengo la impresión de que hoy has estado enorme, Fi. Estoy orgullosísima de ti.

Fi observa a su amiga bajar la escalera que da al andén con movimientos ágiles y elegantes, igual que su mente. Se alegra de que Merle esté orgullosa de ella, porque así es como se siente ella también, aunque sea poco modesto. Sí, le ha dolido revivir todo lo que ha pasado estos últimos seis meses, pero también ha sido, en palabras de Merle, un ataque preventivo necesario.

¿No dicen eso de que las confesiones siempre son algo egoístas? Bueno, pues la suya no ha sido ninguna excepción. Y, con el corazón en la mano, solo recuerda un par de frases de toda la entrevista que han sido mentiras descaradas.

A veces se pregunta por qué llamó a Merle aquella noche en vez de a Alison. Quizá fue sencillamente porque la había visto durante el día y aceptó su ayuda en la batalla contra los Vaughan y con las llamadas a abogados, policía y hospitales. O tal vez fue por lo que le dijo cuando Fi se marchó: «Llámame si necesitas algo, lo que sea».

«Te lo debo.»

¿Llegó a decir esas palabras exactas, susurradas, o Fi se las imaginó con el rumor del viento?

Porque sí, Merle se lo debía, aunque ya le ha devuelto el favor con creces. Después de todo, cuando Fi tenía la cabeza paralizada y atascada, Merle siguió funcionando con claridad y resolución.

Fue idea de Merle lo de ponerse en contacto con el equipo de producción de *La víctima*. Los avances de la policía habían sido tan escasos..., seguían sin poder demostrar la conexión entre el fraude, el accidente y los otros crímenes; los interrogatorios a Fi apenas servían de nada... La situación la superaba hasta el punto de que creía que le estaban ocultando información y generándole una falsa sensación de seguridad mientras preparaban la emboscada.

—Lo suyo es que haya una declaración pública —me dijo Merle—. De lo que sabes y de la cronología de los hechos. Tienes que presentarte como parte afectada antes de que a alguien se le ocurra sugerir lo contrario.

A Fi aquella idea le pareció aterradora.

—Pero ¿cómo voy a exponerme tantísimo? Las historias de *La víctima* salen hasta en el *Daily Mail*, y en internet no se habla de otra cosa.

—Justo por eso. ¿Cómo te expondrías tantísimo si fueras aunque solo sea un poco culpable? Esto es un servicio público, casi un acto de caridad.

Merle era una estratega nata.

Fi tiende a recurrir a un juego cuando no puede dormir: trata de recordar el momento en que perdió la inocencia y la ignorancia, que, en definitiva, eran lo mismo. El día cae por su propio peso: el viernes 13 de enero, claro, cuando descubrió a Lucy Vaughan en su casa, y sus muebles, posesiones y derechos, sustituidos por los de unos extraños. Pero ¿en qué momento exacto de aquel día? No fue cuando se enteró de la jornada de puertas abiertas que organizaron los de Challoner's, ni cuando salió a la luz que Bram tenía una cómplice, ni siquiera cuando David anunció que las escrituras habían pasado de los Lawson a los Vaughan. No, fue por la noche, después de retirarse a casa de Merle y de que Toby llegara, cuando él la abrazó, la consoló, escuchó su historia, los tres insultaron a Bram y discutieron sobre dónde podía esconderse. A lo largo de la tarde se había ido desintegrando por completo el poco sentimiento de posesión que le quedaba hacia Bram, pero Toby estaba allí, Toby era su roca.

Se había olvidado de que las rocas tardan muchos años en formarse, que no es cuestión de meses.

Sí, cuando se marchó de casa de Merle aquella noche: ese fue seguramente el momento. Avanzó por la acera sin permitirse volverse hacia su queridísimo hogar y ver los destellos de las luces que los nuevos propietarios verían a través de sus antiguos cristales.

Sí, seguía siendo una persona ignorante e inocente cuando siguió a Toby hasta su coche. Era como el cuento de Jemima, la pata del charco, uno de los favoritos de Leo, en el que la protagonista sigue a un zorro hasta su cocina llevando consigo, sin saberlo, las hierbas que usarán para rellenarla antes de meterla al horno.

50

Viernes, 13 de enero de 2017
Londres, 20.30 h

Va en el asiento del copiloto del Toyota de Toby y acaban de alcanzar el cruce del Parade, pero, por alguna razón, dobla a la izquierda, no a la derecha, que es la forma de rodear el parque y llegar al bebé déco.

—A ver, ¿tú dónde crees que está? —le suelta Toby.

Habla con tanto desasosiego que Fi levanta la vista, asustada. Tiene la mandíbula muy apretada y los hombros contraídos. Toby, igual que Merle, siente la ira que ella todavía no puede permitirse. Le gustaría cogerle la mano izquierda y entrelazar los dedos, pero tiene ambas manos aferradas al volante.

—Vete a saber —responde—. Seguro que es consciente de que la policía lo está buscando. O, vaya, se pondrán con ello en cuanto reúnan pruebas suficientes de que ha cometido un delito.

Recuerda la circunspección de los dos agentes de policía, lo poco que les costó llegar a la conclusión de que no había habido ninguna infracción. Y a Graham Jenson y lo terco que estaba con haber seguido las instrucciones de sus clientes al pie de la letra. Las cosas de palacio van despacio, y este proceso no va a ser diferente. La justicia no está garantizada.

—Encontrarán pruebas, eso tenlo claro —añade Toby con una convicción casi perversa—. No te preocupes.

Su mente se rezaga, sus capacidades de raciocinio van con retraso y sigue atascada en el porqué. Si Bram necesitaba dinero con tanta urgencia, ¿por qué no se lo explicó? ¿Por qué no le dio la oportunidad de comprarle su parte de la casa? Y, después de llegar a convencerse de poder solucionarlo por su cuenta, ¿no habría sido más fácil rehipotecar la casa y proponer un plan de liberación de activos inmobiliarios en vez de vender la casa a calzón quitado?

Los focos de los vehículos que tienen enfrente se ven mucho más claros en la oscuridad de lo que sería natural, como si el aire estuviera más limpio, y se queda mirando fijo el resplandor. No hay música, la radio está apagada, y solo oye a Toby respirando a su lado.

Se acuerda de un evento profesional, de una charla sobre autoridades de otros países.

—¿No deberías estar tomando algo con aquella gente de Singapur que me comentaste?

No responde, sino que se limita a repetir la pregunta de antes.

—¿Dónde más podría estar?

—Ya te he dicho que no tengo ni idea. ¿Adónde vas? ¿No me llevas al piso?

—Luego. Piensa, Fi.

Es entonces cuando se percata de que están yendo en círculos por las carreteras de Alder Rise y alrededores, patrullando las calles en busca de Bram.

—Por aquí cerca seguro que no está. Toby, sé que me quieres ayudar y te lo agradezco, pero yo ahora quiero llegar al piso y dormir un par de horas. Tengo un dolor de cabeza insoportable.

—¿Te duele la cabeza? —masculla con una sorna desagradable—. Bueno, en ese caso...

Fi frunce el ceño. Hay algo que le huele a podrido. Ya le olía en casa de Merle, recuerda. Como si estuviera hecho una fiera por sus propios motivos, y no por lo que le ha pasado a ella.

Echa la vista atrás.

—¿Cómo sabías que había pasado algo? O sea, no te he avisado de que había llegado, pero tampoco es para tanto. Y mucho menos para que te saltes un evento del curro y vengas a buscarme.

Para ir a la casa y buscar a Bram, no a ella. «¿Dónde coño está Bram?»

—¿Se puede saber qué te pasa, Toby?

Suspira, sin paciencia para explicárselo, y analiza a los peatones que deambulan por la calle con una atención profesional.

Tarda poco, aun con el cerebro hecho pulpa, en localizar el único vínculo posible.

—¿Tiene algo que ver con tu trabajo? ¿Conocías a Bram por algún tema laboral?

Se queda callado y aprieta mucho los labios. Extrae de la memoria el único momento en que los dos se vieron, cuando Bram fue la presencia amenazante y despiadada y Toby, la contenida. ¿Se había contenido demasiado, casi como si estuviera entrenado?

—No trabajas para el laboratorio de ideas que me dijiste, ¿verdad? Eres policía. Lo has estado investigando. Llevas siguiéndole la pista desde el principio. ¿Por eso has estado saliendo conmigo? ¿Para estar cerca de él? —Se ruboriza, acalorada, pero no sabe si es por la conmoción o por la vergüenza—. ¿Tiene algo que ver con lo de la casa? ¿Trabajas para la Oficina contra el Fraude? —A medida que su cerebro gana revoluciones, va levantando más y más la voz—. ¿No podrías haber evitado esto? ¿Antes de que se traspasaran los contratos? ¡¿Por qué no lo has impedido?!

—Que pares de hacerme preguntas —le espeta Toby—. Hostia puta, cállate un rato. Me estás taladrando el cerebro con tanto lloriqueo.

Deja escapar un grito ahogado y se hunde en el asiento como impulsada por una fuerza invisible, pero no hay nada en su reacción de alarma que lo tranquilice.

—De verdad te lo digo. Basta de vomitar preguntas sin esperar a que te responda. Relájate, Fi.

Ella solloza.

—No me puedo creer que me hables así, tú eres el que...

—Escúchame. Si tú quieres, te lo cuento todo, pero tienes que callarte y dejarme hablar.

Hace una pausa sin apartar la vista de la carretera, aunque estén parados delante de un semáforo y no vayan a moverse.

—No investigo fraudes, no soy policía y no trabajo para el gobierno ni para ninguna otra organización. Y, como es obvio, tampoco hay ningún mandatorio esperándome en la ciudad con una puñetera copa de champán.

—Pero si me dijiste que en tu trabajo os encargabais de los atascos. Me contaste que...

—¡Joder, no tengo tiempo para esto! —Se vuelve hacia ella—. Léeme los labios: me lo inventé. Lo saqué todo de un artículo del *Standard*, palabra por palabra. No me podía creer que te lo tragaras. O sea, ¿cómo puedes ser tan inocente? No me extraña que te la hayan metido doblada. Y lo de compartir la casa... ¿cómo de gilipollas hay que ser para plantearse eso con un tipo como Bram? Es que encima no fue idea suya, ¡sino tuya!

Empiezan a temblarle los brazos y los ojos se le anegan en lágrimas. Ya no es el hombre que conocía, sino una figura mordaz y amenazante, cargada de bilis.

No está del bando que había supuesto.

El semáforo se pone en verde y deja la carretera principal para meterse en una callejuela y aparcar lejos de la luz de las farolas. No conoce la calle, no sabe cuánto se han alejado y no hay coches ni peatones a la vista. Las ventanas iluminadas de las casas dan a la otra calle.

Dios. Examina los botones que tiene delante con la esperanza de dar con el que desbloquea las puertas.

—Vamos a ver —empieza Toby, antes de desabrocharse el cinturón y acercarse a ella—, por mucho que me duela en el alma verte así, necesito saber dónde está tu marido. No me interesa nada más, ¿me entiendes?

Ha ubicado el botón, no le cabe duda, justo detrás del cambio de marchas. Si lo alcanza con la mano derecha antes de abrir la puerta con la izquierda...

Pero entonces se le ocurre algo que la inmoviliza de pies a cabeza, la idea más retorcida de todas:

—¿T-tienes algo que ver con la estafa de la casa?

Toby levanta la mano derecha con un gesto airado y ella recula.

—¡El estafado soy yo! ¿Dónde está el dinero? —Le planta una mano en el hombro izquierdo y la aplasta sin cuidado contra el asiento—. Te lo ha contado, ¿verdad? Está intentando ocultarlo para ti y tus putos mocosos. ¿Habéis quedado en algún sitio? ¿Dónde? ¡¿Dónde?!

Lo mira fijo, aterrorizada.

—¡Que no tengo ni idea! El abogado nos dijo que la venta había ido como debía, que no había nada que...

—¡Y una mierda! —Su voz retumba por el coche cerrado—. Hablamos con el bufete y nos contaron que hubo un cambio de cuenta de última hora. Repito: ¿dónde coño está? ¿Qué otras cuentas tenéis?

Creía haber gastado hasta la última gota de adrenalina, pero una válvula revienta y la anima a enfrentarse a él.

—No hay más cuentas, Toby. ¿Cómo voy a saber dónde está el dinero si no sé absolutamente nada del follón este? Y si estás metido en el ajo, ¿en serio esperabas que te cayera del cielo esa millonada y ponerte a gastártelo a las bravas? Hacienda querría saber de dónde había salido, y con la policía también. No te habrías salido jamás con la tuya. Habrían congelado el dinero. ¡Que es lo que ha pasado, porque la mitad sigue siendo mía!

Toby resopla.

—Si hubiera usado la cuenta que tocaba, no habría habido huevos de rastrearlo. Si lo encontramos, nos quedamos el dinero.

—¿Tú y quién más? Te refieres a...

—No, a ti no —la interrumpe.

Habla de la señora Lawson falsa. De la impostora.

—¿Quién es la otra mujer? —le espeta.

—No hace falta que lo sepas.

—¿Que no hace falta que lo sepa? ¡Es mi casa, Toby!

—Ya no, cariño.

—¿Quién es? ¿Cómo se llama?

—Fiona Lawson —responde, y sonríe con suficiencia—. Bueno, siendo honestos, una versión más joven y sexy. Pero, si tienes dudas, pregúntale a Bram, que es el que se la folló.

Finalmente le suelta el hombro y ella vuelve a respirar con libertad. El corazón le late con tanta fuerza que sofoca las voces.

—¿Cómo empezó todo esto? ¿De qué conoces a Bram? ¡Dímelo, Toby, me lo debes!

Rompe a llorar y él la observa con desdén. No hace falta que verbalice lo mucho que le repulsa aquel alarde de sentimientos. «Me lo debes», nada más débil, lastimero y femenino.

—Sacó a otro coche de la carretera y causó un accidente. El caso es que no podía conducir, le habían retirado el carné. En el coche iba una niña que acabó muriendo.

—¡¿Qué?! —Le cuesta respirar—. ¿Hablas del accidente de Thornton Heath? —Sí, el de las noticias, el que se hallaba investigando aquel inspector que llamó a su puerta. Si le hubiera dado por preguntarle algo más, ¿habría llegado la sangre al río?—. Perdón, ¿tú estabas allí? ¿Fuiste testigo? ¿Te enteraste de lo del carné y lo extorsionaste?

—Correcto. —Toby se encoge de hombros—. Y, oye, que me encontré una mina. El miedo a acabar en la cárcel era más fuerte que el amor que sentía por su mujer y sus hijos. ¿Qué quieres que te diga? Todos tenemos nuestro talón de Aquiles.

Fi sacude la cabeza.

—Mentira. No me lo creo. A lo mejor al principio le aterraba ir a la cárcel, pero no habría sido capaz de llegar tan lejos.

—¿Que no? ¿Siendo consciente de que le podían caer diez o incluso quince años? Es una buena pieza sobre el papel... ¿Sabías que tiene antecedentes por agresión?

—Mientes —lloriquea.

—Le dio una paliza a un tío en la entrada de un bar, tuvo que ir de cabeza al hospital. Hará un par de años.

—No te creo.

—Ya me imagino que no. La cosa es que a la policía le importa tres cojones lo que creas. Son antecedentes por violencia física, te guste o no. Eso sumado a la muerte de la cría supondría la condena máxima.

A Fi cada vez le cuesta más respirar.

—Aun así, nunca accedería a esto. No sería capaz de abandonar a sus hijos. Seguro... seguro que lo has roto por dentro.

Toby le dedica una mirada de genuina curiosidad.

—Se ha roto él solito. Es un fracasado. Lo lleva en la sangre, y lo sabes.

Se lo queda mirando, desconcertada. Hasta ahora, creía que solo había otra persona que conociera la verdad sobre el padre de Bram: su viuda, Tina. Jamás lo habían hablado entre ellas y únicamente una vez, al principio de la relación, lo había comentado con Bram.

—¿Cómo puedes tener el corazón tan negro? —susurra—. Era un niño cuando murió su padre, lo dejó destrozado.

—Bua, bua. Hay gente que lo ha pasado muchísimo peor que él. Deberías haber visto cómo era mi padre.

Fi inspira. Esta conversación es un callejón sin salida, sin rutas alternativas que conduzcan a la razón o a la piedad.

—Con independencia de lo que pasara en el accidente, nunca le habría hecho daño a nadie adrede. No se merece esto.

—Ay, Fi, ¿en serio te crees capacitada para valorar lo que se merece ese cabronazo?

Resopla.

—No lo insultes.

Toby suelta una carcajada que rezuma rencor, sadismo.

—¿Te has olvidado ya de la tabarra que me dabas hablando de él? ¿Eh? Y en ningún momento oíste que dijera nada en su contra. Eras tú la única con derecho a criticarlo, con esa superioridad moral tuya. Era patético ver lo incapaz que eras de superarlo. Todo el día comparándonos.

—¡No os he comparado nunca!

—No te preocupes, cielo, que no me ofendía.

Ha dejado de temblar y de llorar, está casi inmóvil y se siente colmada por una energía que no reconoce, una respuesta a la degradación que va mucho más allá del instinto de lucha o huida, algo que le sale del alma, no del cerebro.

—En Winchester pensaba que estábamos...

—¿Qué? ¿Enamorados? —se mofa.

—¿Te ha llegado a importar en algún momento lo nuestro? ¿Y yo?

—¿Siendo sincero?

—Sí.

Toby esboza una mueca cruel antes de responder.

—Ni se me había pasado por la cabeza. No eras más que otra herramienta para mantenerlo a raya, para demostrarle que tenía todas las posibles salidas vigiladas.

Y no nos vamos a engañar, pensaba que acabaría yéndose de la lengua aquel día que me encontró en la casa.

«Pero no se fue de la lengua», piensa ella. La dejó en manos de aquel monstruo, sin tener en cuenta que ella podría haber sido la persona que lo salvara de ellos.

—¿Y tu exmujer? ¿Charlie y Jess? ¿Existen siquiera?

—¿Quiénes son Charlie y Jess? —pregunta. Alarga una mano hasta la llave y arranca el motor—. Total, que si no tienes ninguna contribución valiosa que hacer, te agradecería que te fueras. Estoy muy ocupado.

—Me habías dicho que me llevarías a...

—Ni que fuera un taxi, joder. Sal del coche. No vales para nada.

Se baja dando tumbos cargada de bolsas y siente cómo la puerta se cierra detrás de ella de inmediato. Le llega el sutil chasquido del bloqueo de puertas y el Toyota sale disparado de la acera a una velocidad inverosímil. Hay coches aparcados a cada lado de la calle y apenas queda espacio para que un tercero pase por en medio: si se encontrara con alguien en dirección contraria, se matarían los dos.

Lyon, 21.30 h

Se ha acomodado en la habitación de otro insípido hotel de una cadena indeterminada, el segundo en las últimas doce horas. Mañana buscará algo semipermanente. En el escritorio han dejado la típica guía de atracciones y servicios locales, así como un mapa de la ciudad, y se estudia ambos a conciencia. Opta por probar en un aparthotel de la rue du Dauphiné que ofrece descuentos semanales en apartamentos para fumadores con cocina, servicio de habitaciones y wifi gratis.

El wifi no le hará ninguna falta.

Arranca la página de la guía y se la guarda en la cartera hasta mañana. Por masoquismo, o quizá por un cierto sentimentalismo, extrae el recorte de Mike del mismo lugar. Se detiene antes de desplegarlo, y se vuelve a detener antes de leer el título.

Muertes en cárceles durante 1978, Inglaterra y Gales

Debe de haber sesenta nombres en la lista. Un desolador cómputo de almas. Para de leer cuando encuentra el único que reconoce, unas doce líneas abajo, y absorbe todos los datos.

Apellido: Lawson
Nombre: RL
Sexo: Varón
Edad: 34
Fecha del fallecimiento: 24/07/1978
Institución: Brixton
Clasificación: Suicidio por ahorcamiento

Las autoridades penitenciarias le enviaron una carta a su madre que jamás le permitió leer, pero que sí le resumió adaptada a los oídos de un crío.

—Le pareció que esto era lo mejor para nosotros. Estaba convencido de que te facilitaría la vida no tenerlo cerca y seguir avergonzándote.

En privado, y sin compartir nada con su madre ni, más tarde, con Fi, había investigado todo lo posible. Hubo un repunte de suicidios en prisiones inglesas en la década de los setenta, un aumento que se sumó al incremento en la tasa de ingresos en las prisiones y que se atribuyó a la superpoblación y a problemas de salud mental como depresiones y ansiedad, unos factores que no habían hecho sino empeorar desde entonces. No fue fácil descubrir detalles sobre el caso de su padre, pero dio con una persona que había estado interna en Brixton en aquella época y que había conocido al compañero de celda de su padre. Lawson había sido un saco de nervios desde que llegó y nunca había sido capaz de adaptarse. Uno de los internos tenía algún tipo de relación vecinal con la anciana que había herido y eso acabó por convertirlo en víctima de abusos. («Le daban hasta en el carné de identidad día sí, día también.») Había llegado a suplicar que lo trasladaran, pero hicieron oídos sordos. Se colgó por la noche con una de las sábanas, y ya no tenía pulso cuando lo encontraron y lo bajaron.

Bram siente una punzada de dolor en las entrañas, seguida de la sensación que lleva anhelando todo el día; no, desde mucho antes, semanas, meses, años: el convencimiento de que el destino que ha escogido para sí mismo es el único posible, el correcto.

Y no solo para él, sino para todos.

51

Viernes, 13 de enero de 2017
Londres, 21.30 h

La temperatura se ha desplomado y hace un frío que hiela los huesos. La rabia la aísla hasta cierto punto, pero acaba metiendo las manos en los bolsillos de la chaqueta en busca de los guantes y el gorro que usó en Winchester. Antes de ponérselos, se los acerca a la cara para inhalar los aromas del día anterior, de la catedral, los bosques y las callejuelas de adoquines. De una rutina, una vida que ha desaparecido.

Tarda unos segundos en ubicarse. Hay una parada de autobús en la avenida principal y comprueba que está varias paradas al sur de Alder Rise, con el próximo servicio dentro de quince minutos. Le da vueltas a la cabeza. ¿Será más rápido ir a pie? ¿Y si espera un taxi? ¿Podrá permitírselo ahora que lo ha perdido todo? ¿Dónde está el dinero? ¿Qué ha hecho Bram? ¿Qué hará Toby? ¿Dará media vuelta y volverá a por ella con el fin de desatar parte de la violencia que se respiraba en el coche?

Opta por ir a pie. Al llegar al bebé déco, ve el edificio iluminado por la humanidad de los viernes por la noche, de personas cuyas vidas no han hecho sino mejorar con la perspectiva del fin de semana, una idea puramente cómica si no fuera porque le provoca ganas de gimotear.

Sube la escalera hasta el segundo piso. Avanza a pasos torpes, extraños, y la luz se apaga antes de que consiga alcanzar la puerta. En otras circunstancias, la oscuridad le pondría los pelos de punta, el silencio de la escalera la enervaría, pero esta noche lo recibe como lo que es: un descanso de tantas miradas y atención.

Cuando abre la puerta del piso, retrocede dando un traspié. El domicilio al completo, con la cocina casi obstruida, está hasta los topes de pesadas cajas de mudanza, una muralla marrón que llega hasta el techo y está sellada con el logo en azul de una empresa. Las cristaleras del balcón solo son visibles a través del estrecho espacio entre dos cajas, aunque se ha abierto un amplio desfiladero que permite el acceso al baño. La cama debe de estar oculta bajo las cajas, pero alguien ha tenido la gran idea de mover los dos sillones grises a la cocina.

Resigue con los dedos los objetos que descansan en la encimera como si ya no pudiera confiar en sus ojos: el juego de llaves del piso de Bram; una hoja A4 amarilla, que resulta ser la factura pagada de una empresa de trasteros de Beckenham en la que supone que estarán los muebles, e, inexplicablemente, el librito de ortografía de Harry. ¿Qué le pasaría a Bram por la cabeza para ser capaz de engañar a su familia a este nivel y, aun así, pensar en reservar un libro escolar de ejercicios? ¿Cuándo fue la última vez que habló con los niños? ¿Los preparó para el trauma que se les venía encima? ¿En serio fue capaz de despedirse de ellos sabiendo que sería la última vez que los veía? No hay nota ni información de otras supuestas cuentas bancarias, pero tampoco es que lo esperara. Esto no es un acertijo que Bram haya preparado para educarla, sino el acto final de un hombre desesperado.

Sin tener en realidad claro qué hacer a continuación, desembala una de las cajas que tiene más cerca y echa un vistazo al contenido. Adornos, fotos, libros: todo de la sala de estar de Trinity Avenue. En las tres siguientes encuentra libros de la misma estancia. En la quinta hay objetos de su despacho, así como recibos y documentos del archivador, y se alegra de haberlos encontrado tan pronto —si es que alegrarse es posible siquiera en uno de los días más infaustos de su vida—, porque sabe que necesitará varios documentos financieros para la reunión del lunes con el abogado. Cuando se recupere, gracias a la ayuda de sus padres, los precisará para demostrar que es la propietaria de su casa. Empieza a cribar todo lo que va sacando, apartando lo que pueda serle útil, y eso incluye la carpeta de plástico azul con los pasaportes de la familia. Se sorprende al ver el de Bram donde debe estar, intacto, hasta el punto de que se sienta unos segundos a pensar.

Debe de seguir en el Reino Unido, no queda otra.

Por muy hecha polvo que esté, no ha olvidado que los ciudadanos del Reino Unido necesitan el pasaporte hasta para ir a Francia o a Irlanda. Aunque, claro, tal vez haya adquirido uno falso. Si es capaz de robar una casa (o media, técnicamente hablando), puede comprar un documento de identificación ilegal. Parece que se mueve como pez en el agua por los submundos criminales, con Toby como excompañero de travesía.

Siente un repunte de ira al pensar en Toby, algo que, como mínimo, le da la energía que necesita para seguir desempaquetando. Menaje de cocina, ropa, zapatos, juguetes... la lista es infinita. Después de casi una hora, se permite una pausa para comer y beber algo. No hay nada en la nevera, ni siquiera agua o leche, tan solo una botella de vino tinto en el botellero de la encimera, así que opta por probar en el estante superior del armario, que es donde guardan la pasta y otros alimentos. Le vale con unos fideos instantáneos, o quizá una sopa.

Sus dedos topan de inmediato con un objeto plano de plástico. Detrás de los montones de latas de tomate, galletitas saladas y bolsas de té, hay un maltrecho móvil Sony de Bram, puesto que, como resulta evidente, no es de ella, con un cargador conectado. Está sin batería, así que lo conecta al enchufe más cercano y se come unas galletitas con un vaso de agua mientras espera a que vuelva a la vida.

Cuando por fin responde, llega a una pantalla de inicio sin contraseña ni contenidos protegidos. No hay fotos, correos ni historial de búsquedas por internet. Lo que sí que hay, sin embargo, son dos mensajes de texto de un número desconocido. El primero, de octubre, está en leído y dice: «Uy, uy, uy, parece que alguien está recuperando la memoria...», e incluye un enlace a un artículo sobre el accidente de Thornton Heath:

El accidente de Silver Road lo provocó una disputa al volante, según la víctima

Sabe quién es el remitente antes de recordar esas grotescas palabras que le han dicho en el automóvil —«Sacó a otro coche de la carretera y causó un accidente... En el coche iba una niña que acabó muriendo»— e incluso antes de abrir el segundo mensaje, enviado ese mismo día por la mañana y, hasta ahora, sin leer:

¿Qué coño te pasa con
los móviles? Tu número
habitual no tiene línea.
Fi está volviendo a
Londres. Llámame
A LA DE YA.

La ira la vuelve a colmar como un torrente de agua.

«No vales para nada...»

«Una versión más joven y sexy...»

«¿Cómo de gilipollas hay que ser para...?»

Casi al instante, oye un nuevo pitido y se percata de que, al haber abierto el último mensaje, le ha alertado de su presencia, o de la de Bram.

Sé que estás leyéndome.
Problemón: el abogado
ingresó el dinero donde
no tocaba. ¿Te suena?

Espera, conteniendo el aliento, a que llegue el siguiente.

No tienes dinero ni
pasaporte, tú verás. Te
doy hasta el lunes por la
mañana para solucionar
este marrón o le envío
las pruebas a la policía.

«No tienes dinero ni pasaporte.» Y, aun así, el de Bram está allí mismo, en el piso. No le hace falta ni moverse para ver la carpeta. Entonces estaba en lo cierto: debía de esperar uno alternativo que le proporcionaría Toby en cuanto recibiera el pago. Cuánta astucia. Cuánta premeditación. Y, sin embargo, ahora se ve con las manos vacías, porque Bram ha ganado de alguna forma, ha triunfado sobre todos. Y o bien se ha olvidado de que este segundo teléfono existe o lo ha dejado allí a conciencia. ¿Debería deshacerse de él? ¿Qué espera que haga ella?

Es entonces cuando se le ocurre algo en lo que aún no había caído: ¿no será... no será esto una venganza personal de Bram por haber estado saliendo con Toby?

No, Bram seguro que ha comprendido que el interés

de Toby por ella no era más que un pretexto. Le avergüenza recordar su propia vanidad la noche en que Bram se topó con Toby en Trinity Avenue. Tantas creencias feministas, tanto orgullo por su independencia, y al final todo se reduce al entusiasmo de una mujer de las cavernas al ver a dos cazadores-recolectores luchando por ella.

Algo que, al final, fue una ilusión.

No se puede ser más patética. Sin techo, derrotada y desplumada.

Al posar los ojos en la botella de vino, el teléfono comienza a sonar.

Lyon, 22.30 h

Creía que no volvería a pegar ojo en su vida, pero lo cierto es que cae rendido pronto y duerme profundamente durante su primera noche en Lyon, con un par de momentos de duermevela. La primera vez, el guisante bajo el colchón es el móvil. El tercero, para ser precisos, el Sony que Mike le envió al despacho en sustitución del Samsung que reventó. Sabe que no llegó a utilizarlo, pero ¿dónde lo dejó? ¿En la oficina? ¿En el piso? ¿Será posible que pueda ayudar a Mike a rastrearlo? No. Las búsquedas sobre Ginebra y Lyon las hizo en el cibercafé de Croydon, y las llamadas a Mike, desde el de prepago, el que ahora descansa en el fondo de una papelera de la estación de Victoria.

Cierra los ojos.

Y los abre de nuevo. Tenía un mensaje, ¿no? Un artículo sobre la investigación del accidente de Silver Road. ¿Existe alguna posibilidad de que conduzca a la policía hasta Mike?

Puede ser. Pero no ve que eso sea algo malo.

Londres, 22.30 h

Ignora cinco llamadas antes de enviarle un mensaje:

Relájate. Estoy en el piso.

Puto imbécil. ¿Dónde está el dinero?

Lo tengo yo, tranqui. Confundí los números de las cuentas. Ven al piso y te hago la transferencia en persona.

No sé si el piso es seguro. Fi ha estado en la casa y han avisado a la policía.

No hay moros en la
costa. La policía no va a
presentarse tan tarde.

¿Tú crees?

Si quieres el dinero,
ven. Tú verás.

Debe de haber conducido como alma que lleva el diablo, porque se planta en el piso en cuestión de minutos. Cuando levanta el telefonillo, le llega un ladrido que no espera saludo:

—Soy Mike. Ábreme.

«¿Mike?» Toby la ha engañado hasta con el nombre que le dio.

«O sea, ¿cómo puedes ser tan inocente?»

«Léeme los labios: me lo inventé.»

Presiona el botón del telefonillo y le abre la puerta.

Por increíble que parezca, teniendo en cuenta todo lo que ha vivido hoy, experimenta una cierta sensación de regocijo cuando lo ve torcer el gesto mientras se acerca a la puerta abierta y la ve a ella dentro.

—¿Se puede saber qué haces tú aquí?

—Te he dicho que iba a pasar la noche en el piso. No tengo otro sitio donde caerme muerta, ¿te acuerdas? —Lo suelta con toda la aspereza que es capaz de reunir, pero nada de lo que diga puede afectarle. La ve solo como un obstáculo que debe quitarse de encima—. Estoy buscando a Bram —añade—, igual que tú, asumo, puesto que está claro que no vienes a pedirme la mano.

«¿O sí, Mike?»

Este esboza una sonrisa maliciosa.

—¿Dónde está?

—Me acaba de enviar un mensaje, que en diez minutos está aquí.

En ese momento cae en que no ha silenciado el teléfono de Bram, oculto debajo de su bolso en la encimera de la cocina, justo al lado del cuchillo que ha sacado de uno de los cajones por si acaso. Por si acaso ese desgraciado intenta hacerle daño. Pero sabe que no podrá coger el móvil con él delante.

—A mí me ha dicho que ya había llegado —exclama Toby. Perdón: Mike.

—Nos habrá escrito de camino. Vendrá en transporte público, no te olvides.

—Me cago en mi puta vida. —Con la mecha ya consumida, echa un vistazo alrededor en busca de alguna arma—. Bueno, pues vas a tener que esperarte hasta que acabe con él. Ya os pondréis al día de camino a urgencias.

¿Cómo ha podido llegar a parecerle atractivo aquel energúmeno? Es un monstruo salvaje, vil y espantoso.

—Tengo todo el tiempo del mundo. Siéntate. —Le hace un gesto hacia uno de los sillones, los dos juntos en aquel triste salón improvisado—. ¿Una copa? —le ofrece la botella de vino tinto que ya ha empezado.

—¿Tienes vodka?

—Solo esto.

—Echa.

Su copa ya está llena, así que prepara la otra y se la alarga. No es capaz de conectar ese acto de hospitalidad con las docenas de veces que le ofreció algo durante sus visitas al piso. Las charlas, el flirteo y el sexo: aquello fue con un hombre distinto. Un hombre que se arrogaba ser el contendiente sin ataduras ni complicaciones de un ex que, como todo el mundo sabía, no tenía control. ¿Era esa la agresión contenida que había presentido y a la que había reaccionado? ¿Cómo se comportaría con las mujeres por las que no tuviera ningún interés superior, ningún plan que dependiera de ganarse su confianza? Mal, supone. A la fuerza.

Se bebe el vino a tragos impacientes, se queja de que sabe a mierda y, sin embargo, sigue engullendo. Le sirve una segunda copa y hasta una tercera, mientras ella le da sorbitos a la suya.

—Ya han pasado bastante más de diez minutos —gruñe, y, de repente, estalla—: ¿Cómo que estaba «de camino»? ¿Dónde estaba?

Fi se encoge de hombros. Ya no le tiene miedo.

—No lo sé, no me lo ha dicho, pero está claro que va tarde.

—Enséñame el mensaje que te ha enviado.

Se pone en pie, da un ligero traspié y ella se levanta para impedirle que llegue hasta su bolso.

—Ni te me acerques.

Le responde con una mirada de desdén, antes de coger su abrigo y rebuscar el móvil en los bolsillos. En cuanto pone un dedo en el teclado, Fi reúne el valor suficiente para localizar y apagar el móvil de Bram antes de que se gire de nuevo hacia ella. Un segundo más tarde y el plan habría hecho aguas.

—Lo tiene apagado —masculla—. No sé a qué mierdas se cree que está jugando.

—Vendrá.

—Mucho te fías de él —bromea—. ¿Te has olvidado ya de que te acaba de desplumar hasta el último penique que tenías?

Le sostiene la mirada con una expresión tan hostil y resentida que incluso a ella le resulta ajena.

—Verás, si no te importa, te agradecería que no volvieras a dirigirme la palabra hasta que llegue.

Resopla, recupera la copa y se sirve el culo de la botella.

—Me haces un favor, la verdad. No te ofendas, pero eres un coñazo, una mojigata pasadísima de rosca. No sé cómo Bram te ha aguantado tantos años. No me extraña que te pusiera los cuernos. Yo habría hecho lo mismo. Con esa vecinita tuya tan buenorra, por ejemplo. ¿Cómo se llamaba? —Coge una de las sillas y la coloca en dirección a su compañera, como invitándola a sentarse y ser objeto de más abusos.

«Te odio —piensa—. No quiero estar ni un segundo más cerca de ti.»

—Me voy al lavabo —anuncia—. Lo espero allí.

Se encierra en el baño y se desliza hacia el suelo, con

la barbilla entre las rodillas. Tiembla con tanta violencia que los dientes le castañetean, y aprieta con fuerza la mandíbula para reprimir el ruido.

El instinto le impide buscar su móvil y ver si tiene mensajes. En vez de eso, alarga una mano para tirar del cordel de la luz, se mete los dedos en las orejas y cierra los ojos.

Lyon, pasada la medianoche

La segunda vez que se desvela quien se le aparece es Mike, y será la persona que lo despertará con más insistencia a lo largo de las próximas semanas. Si algo ha aprendido de su propia caída es que no puede subestimar a ese hombre. A fin de cuentas, lo ha visto a pleno rendimiento, al mando, pilotando. ¿Cómo reaccionará cuando se sepa engañado? ¿Tratará de hacerle daño a Fi? «Sufrirá.» ¿Secuestrará a Leo o a Harry y colgará un mensaje en YouTube como un radical encapuchado cualquiera? «Dame mi dinero y lo soltaré.» Y un cuchillo apuntando a la suave garganta del angelito.

No, debe confiar en la policía. Fi debió de ponerse en contacto con ellos en cuanto salió a la luz el fraude de la casa, y ahora seguro que le han puesto protección. Mike no correría el riesgo. Lo que no quita que sea un buscavidas y un canalla. Echaría abajo los muros que hiciera falta y seguiría buscando nuevas oportunidades sin apenas despeinarse.

52

Sábado, 14 de enero de 2017
Londres, 03.00 h

Aunque le duelen los oídos, ha dejado de tapárselos con los dedos, y le llegan horribles chirridos desde el otro lado de la pared. ¡Es un monstruo carraspeando y preparándose para devorarla! No, eso lo ha sacado de uno de los cuentos de los niños, uno de los que más le gustan a Harry, en el que una oveja avariciosa se zampa el mundo entero.

«¡Sigo hambrienta!»

Al principio le cuesta entender lo agarrotado que tiene el cuerpo y el contacto con una superficie dura y fría. ¿Habrá estado dormitando? Pasa la mano por las baldosas, palpando lo que la rodea, y topa con una suave pared de plástico: la mampara de la ducha. Está en el baño del piso.

«De cuento nada.»

Se fuerza a incorporarse y apoya la espalda contra la mampara. La cabeza le da vueltas, así que cuenta hasta diez, hasta veinte y hasta cincuenta antes de tratar de ponerse en pie. Tiene las piernas entumecidas, incapaces de soportar su peso, y busca un punto de apoyo en el pomo de la puerta. Por fin da con el cordel de la luz y tira de él —el destello la coge por sorpresa—, antes de quitar el pestillo y abrir la puerta sin hacer ruido.

La habitación principal está sumida en el silencio. A medida que se abre paso entre los acantilados de cajas, las partículas de luz provenientes del lavabo le iluminan el camino hasta la cocina. Distingue la silueta de su bolso en la encimera y una botella con los residuos del vino tinto, un papel amarillo, un librito de ejercicios.

En la boca del pasillo, lo ve. Sigue sentado con las piernas estiradas, pero tiene la cabeza echada hacia atrás y la cara vuelta al techo. Da un paso al frente. Tiene los ojos cerrados. Se le marcan los huesos del cráneo por debajo de la piel y se le nota una barba incipiente en el rostro y la garganta. Le detecta una mancha de vómito en la barbilla y en parte del cuello, y hay gotitas rosadas solidificándose en la silla. Los ruidos que ha oído eran de él ahogándose, aparentemente mientras dormía, incapaz de recobrar la consciencia, puesto que no parece haber pruebas de que se haya despertado y haya intentado salvarse.

Y ella tampoco ha movido ni un dedo.

Está muerto, no le cabe duda, pero le falta arrojo para tocarlo.

El corazón le late con fuerza dentro del pecho y empieza a sentir palpitaciones en las manos. Le viene a la cabeza una imagen de sí misma anoche, y no puede ser una alucinación. Se ve cogiendo los somníferos de Merle del bolso y echándolos triturados en la botella de vino. Parece distraída en el recuerdo, como cuando le toca vigilar a *Rocky* y le da los antiinflamatorios para la artritis. Media pastilla, partida en dos.

Pero no estaba distraída, ¿verdad? Puede que nunca hubiera estado tan atenta, tan histérica. Había seis somníferos en el blíster y no solo los aprovechó todos, sino que además se le ocurrió que quizá no eran suficientes. Volvió al bolso y sacó la caja de antidepresivos que había cogido de la bolsa de papel de Bram el pasado miércoles por la mañana. No es que pretendiera quedársela, pero después de informarse en Google y comerse el coco se había dado cuenta de que se le hacía tarde, de que todavía tenía que ducharse, vestirse y llegar a tiempo a la estación para tomar el tren que la llevaría hasta Waterloo, donde había quedado con Toby, y había metido las pastillas en el bolso sin percatarse.

Conque añadió unas cuantas también al vino.

«Lo he matado con premeditación y alevosía. He preparado el veneno con mis propias manos.»

¡No, se equivoca! ¿Cómo iba a saber que acabaría pimplándose casi toda la botella? ¿Cómo iba a saber que, de hecho, accedería siquiera a probar el vino? No pensaba con claridad, estaba en shock, actuaba por inercia, de forma involuntaria, poco más que una obra de teatro infantil.

Aunque, claro, se había servido una copa de vino antes de echarle las pastillas, ¿verdad? ¿Porque necesitaba beber o para que funcionara mejor el engaño? Si se la encontraba bebiendo, era más probable que aceptara una copa y menos probable que sospechara de alguna artimaña.

Aunque, claro, se había puesto guantes de goma para manipular las pastillas, ¿no es cierto?

«Soy una asesina.» Se tapa la boca con una mano para contener el vómito. Traga saliva.

Lleva el móvil en el bolso. Abre el teclado numérico y pasa el dedo por los botones antes de proferir un grito ahogado y detenerse. La policía puede solicitar registros de llamadas, ver desde dónde se realizaron. Una vez escuchó un episodio de *La víctima* en que todo el jaleo giraba en torno a torres de telefonía móvil. También había leído algo al respecto en el periódico, las formas que tiene la policía de rastrear llamadas de emergencia en un radio de treinta metros; utilizan sistemas de mapeado informatizados y coordenadas proporcionadas por las empresas de electricidad.

Parpadea varias veces. Parece que, si puede recordar eso, la cabeza comienza a funcionarle mejor. Y ahora le pide que se dé la vuelta y examine de cerca al adefesio que tiene sentado detrás.

«No.»

«Pienses.»

«Muévete.»

«Vete.»

Recoge el bolso, sale del piso y recorre los pasillos y la escalera dando grandes zancadas hasta llegar a la portería y plantarse en medio de una bruma gélida. Mientras avanza por calles desiertas, se tranquiliza. El mundo está callado, la niebla es benigna, no estremecedora, como si las calles respetaran su necesidad de anonimato. Evita la avenida principal que rodea la parte norte del parque y, en su lugar, da un rodeo por la cara sur, por Alder Rise Road, en dirección a Wyndham Gardens y, desde allí, a Trinity Avenue.

Llama al timbre del número 87 una sola vez y cierra las manos en un puño para no acabar quemándolo.

Finalmente una voz responde —«¿Quién es?»—, y ella se arrodilla para hablar a través del buzón.

—Merle, soy yo. ¿Sigues sola? ¿Puedo entrar?

—¡Fi! —La puerta se abre y una nube de calor la envuelve. Delante tiene a Merle con cara de sueño, descalza y con un pijama azul cielo—. ¿No estabas en el piso? ¿Te encuentras bien?

«Como no se lo digas ya, no vas a ser capaz.»

—Creo que lo he matado —susurra.

A Merle se le tuerce el gesto y se tapa el abdomen con ambas manos.

—¿A quién? ¿A Bram?

—No, a Toby. Pero su nombre real es Mike.

Se produce un instante agónico en que cree que las cosas no van a salir como esperaba, en que está convencida de que Merle no se pondrá de su parte. Y lo aceptará, no saldrá corriendo.

—Entra, rápido.

Merle la ayuda a atravesar el umbral y cierra la puerta. Las dos se quedan cara a cara en medio del pasillo. La inocencia del rostro de su amiga es algo que Fi jamás podrá volver a expresar, no sin fingir.

—¿Te refieres al tipo de anoche? Me dijiste que era tu novio... No entiendo nada.

—Me ha robado la casa, Merle. Con Bram. Bueno, ha obligado a Bram a colaborar.

—¿De qué me estás hablando?

—Me lo contó todo en el coche. Lo ha estado extorsionando. —Ahora que lo verbaliza, comprende de nuevo la vileza del asunto, se siente superada por tanta maldad y se prepara para soltar lo que lleva dentro—. Me echó del coche. Me dijo que era una estúpida y que no valía para nada. Me llevó a Winchester porque... ¡Mierda! ¡Me he dejado la bolsa en el piso!

Merle le toca la correa del bolso que Fi lleva colgado de la sangradura del brazo.

—No, está aquí, mira.

—Hablo de la bolsa de viaje. Tengo que volver. ¡Tengo que recogerla!

—Respira —musita Merle—. Ven y siéntate.

Se sientan en la escalera. Merle es un radiador, tiene la cara enrojecida y exhala aire caliente.

—Vayamos por partes. ¿Qué pasó cuando te bajaste del coche?

—Fui al piso y le envié un mensaje.

—¿Con tu móvil?

—No, con el de Bram. Había uno en el piso, viejo, se lo debió de olvidar. Lo único que le preocupaba era encontrarse con Bram. Creo que tiene el dinero.

—¿Dónde está Toby? ¿O Mike?

—Allí, en el piso.

—¿Qué has hecho, Fi?

Inspira parte del aire cálido.

—Le he dado los somníferos.

—¿Los que te ofrecí anoche? ¿Todos?

—Sí, y los mezclé con otras pastillas. La medicación de Bram. Me parece que ha tenido una sobredosis. No se ha llegado a despertar cuando le han entrado ganas de vomitar y se ha ahogado.

Merle traga saliva con dificultad.

—¿Y tú estabas delante?

—No, me he metido en el lavabo. Estaba aterrada y he echado el pestillo. Me he quedado sentada en el suelo a oscuras, temblando, y estaba todo tan tranquilo que me he debido de quedar traspuesta. Han pasado horas hasta que he salido y lo he visto.

—¿Y seguro que no respira?

—Creo que no.

Merle apenas se mueve.

—¿Pretendías matarlo, Fi?

—No. O sea, no lo sé. Creo que sí, pero al despertarme esta madrugada no he podido reconocer a la persona de anoche.

—Estarías enajenada. Ayer te pasaste todo el día conmocionada, fui testigo. Actuaste bajo los efectos de una fuga disociativa, ¿no lo llaman así? Es un atenuante, Fi.

Fi rompe a llorar.

—Merle, no puedo. No puedo contárselo a la policía.

Merle se queda callada, escogiendo con cuidado qué camino tomar de la encrucijada que tiene delante de ella antes de ponerse en pie. Sube la escalera aprisa y reaparece con unos vaqueros y una sudadera, a lo que añade unas botas, un chaquetón negro y un gorro de lana calado hasta las cejas. Aprovecha para bajarle también a Fi el gorro, prácticamente hasta los ojos, y le seca las lágrimas con los dedos.

—Vamos al piso, Fi —concluye—. Tengo que verlo con mis propios ojos.

53

Sábado, 14 de enero de 2017
Londres, 04.00 h

De vuelta en Trinity Avenue se topan con la misma oscuridad, con la misma niebla; la misma bruma que oculta las ventanas por las que pasan debe de estar ocultándolas a ellas. Merle le ha dicho que no abra la boca, que no piense en absolutamente nada, que vacíe la mente y se concentre en poner un pie delante del otro y en respirar.

Hasta que no están cerca del bebé déco Merle no vuelve a romper el silencio:

—¿Sabes si hay cámaras por aquí?

—Diría que no.

—Bien. He ido echando un ojo de camino y creo que no he visto ninguna. Son todas zonas residenciales. Y eso sin contar la niebla. De todas formas, no enciendas la luz, por si acaso.

Fi sube la escalera sin sentir las piernas, casi como si

estuviera flotando. No se oyen sus pasos por la moqueta de los pasillos ni ningún tipo de ruido cuando el aire se mete y sale de su cuerpo. Al entrar en el piso las asalta un hedor a vómito y a vino, y se lo encuentran de frente, aún sentado con el cuello hacia atrás, como si lo tuviera roto. Lo primero que siente es vergüenza, vergüenza por haber llegado a considerarlo su pareja, vergüenza por cómo la ha timado y humillado. Ha convertido el piso en un lugar sórdido.

—¡Dios santo! —exclama Merle—. Al principio he pensado que, a lo mejor, yo qué sé...

Que quizá era todo una ilusión, que estaba confundida, quiere decir. Que seguía con la fuga disociativa, que no era ella misma, sino casi una versión fantasmagórica de la Fi que conocía. Y no. Lo que tiene delante es la muerte que ella misma ha provocado. Ahora le toca asumir unas consecuencias que harán que el asunto de la casa parezca un juego infantil.

Los niños. ¿Qué les pasará? El padre desaparecido y la madre en prisión.

—¿Qué hago, Merle?

Lo que le sale de la boca es un lamento agudo y patético. Merle la mira fijamente a los ojos y Fi tiene la impresión de que nada ha cambiado en la mirada de su amiga: Fi sigue siendo la víctima, el sacrificio humano.

—Todavía no lo sé. Déjame que piense. Cuéntame por qué se llama Mike y no Toby.

Mientras Fi se lo explica, recoge una chaqueta doblada de encima de una caja abierta que hay cerca de la cocina y la interrumpe para preguntarle:

—¿Es suya?

—Sí.

Los dedos de Merle desaparecen entre los pliegues y emergen con una cartera de cuero marrón.

—Michael Fuller. Vale. Creo que esto es bueno.

—¿Cómo va a ser bueno? —pregunta Fi.

—Porque tú lo llamabas Toby. Seguro que nunca le has mencionado el nombre de Mike o Michael a nadie, ¿me equivoco?

—No. Hasta anoche no sabía que se llamaba así.

Merle sigue cotilleando la cartera.

—Y me suena que Alison comentó que aún no habías conocido a su familia. ¿Es verdad?

—Sí. Ni a ningún amigo.

Merle levanta la vista.

—¿A ninguno? ¿Compañeros de trabajo o vecinos? ¿A los hijos?

—A nadie. No llegamos a compartir nuestras vidas hasta ese punto.

Porque no existía un nosotros. No tiene ni idea de quién es Toby o Michael Fuller. De quién era, vaya. Porque ya no es un hombre, sino restos. Mientras ella reprime las ganas de vomitar, Merle esboza un gesto de extraña esperanza.

—Creo que eso nos favorece y mucho —comenta, y deja la cartera en la encimera antes de seguir rebuscando en los bolsillos de la chaqueta. Las llaves de un coche. Chicles de nicotina. Dos móviles, cargados, y ambos con bloqueos de seguridad con contraseñas que ninguna de las dos mujeres tiene forma de averiguar.

—¿Cuál de los dos utiliza para llamarte? —murmura, tanto a sí misma como a Fi.

—Ni idea, pero si llamo desde el mío, sonará y lo descubriremos —propone Fi.

—¡No! —Merle la agarra del brazo—. No hagas ninguna llamada desde tu móvil mientras estés aquí, ¿vale?

Fi asiente. Merle ha tomado la vara de mando con una actitud constructiva, y Fi siente el deseo casi pueril de complacerla.

—¿Y si llamo al número que hay en el móvil de Bram, el que he usado para enviarle el mensaje? Así creo que podremos asumir que utiliza el otro para hablar conmigo.

Es como si hubiera olvidado su nombre; no se atreve a pronunciarlo, no sea que en cuanto lo verbalice se reavive su fuerza vital.

Merle se detiene unos segundos antes de pensar en voz alta:

—Por lo que sabemos, podría haberte llamado desde ambos móviles. Nos desharemos de los dos y esperaremos que no haya forma de localizarlos. Este hombre es un criminal, ¿no? Usa nombres falsos. Dudo que alguien así tenga una familia precisamente estructurada. Pero ¿crees que llamará la atención? Si vino al piso es porque Bram le envió un mensaje. ¿Dónde está el móvil en el que lo recibió? Aun así, hay mil razones por las que podría habérselo quitado de encima.

Encuentra una bolsa de plástico en uno de los cajones, mete los dos móviles y acompaña a Fi hasta el pasillo improvisado entre las torres de cajas, como si pretendiera apartarse de la línea de visión del fiambre. Habla con susurros entrecortados:

—Fi, escúchame. ¿Alguien más sabe que anoche viniste aquí?

—No, solo él.

—¿Has llamado a alguien desde aquí? ¿A la madre de Bram, quizá, para hablar con los niños?

—No, solo hablé con ella desde tu casa. Bueno, le envié un mensaje a él, ya te lo he dicho, pero desde el móvil de Bram.

—¿Te has metido en internet?

—No.

—¿Dónde tienes el portátil? No has llegado a usarlo aquí, ¿verdad?

—No. No sé dónde lo habrá dejado Bram. Supongo que estará en una de estas cajas. No lo he abierto desde que me fui a Winchester el martes por la noche.

—Perfecto.

Merle sale del pasillo y examina uno a uno los objetos que hay en la encimera antes de limpiar la botella de vino y las copas con un trapo de cocina. Hace lo propio con el paquete vacío de las pastillas de Bram. Sin más explicación, Fi le entrega el cuchillo, Merle lo limpia y lo devuelve al cajón de los cubiertos.

—¿Algo más? ¿Dónde está el móvil con el que has enviado el mensaje?

Lo frota también. Fi duda si acabará en la bolsa con los de Toby, pero Merle opta por dejarlo encima del papel amarillo.

—¿Por qué lo dejas ahí? ¡Es el que he utilizado yo!

—Exacto. Fi, escúchame: podemos salir de esta. La policía lo encontrará, o incluso tú, o las dos juntas, ¡mucho mejor! Vamos a dejar pasar unas horas, ¿te parece? Encontraremos el cuerpo, llamaremos a la policía y les contaremos que lo vimos ayer, que montó un numerito en Trinity Avenue y que buscaba a Bram. Hablamos con él en casa un par de minutos, pero se puso agresivo y le pedimos con amabilidad que se fuera. Antes de eso no lo habíamos visto jamás. ¿Ves por dónde voy?

Nota una sensación lenta y progresiva en el estómago y pecho que tarda unos segundos en identificar como esperanza.

—O sea, ¿que Bram volvió y le envió el mensaje? ¿Y le dio las pastillas?

—Sí, o lo dejó tan tocado que él mismo se las tomó. No lo sé, yo no estaba aquí. Y tú tampoco. A fin de cuentas, las pastillas son de Bram.

Fi se la queda mirando mientras repasa instantáneas de las últimas horas.

—Ay, Merle, los somníferos. Madre mía, ¿te los dieron con receta?

—Sí, pero ¿qué más da? —Merle está concentradísima—. En las cajas no aparece mi nombre. Si alguien llegara a investigarlo, puedo decir que se las di a Bram hace unas semanas, no recuerdo exactamente cuándo, pero se me estuvo quejando de que padecía insomnio. No me contó que le hubieran prescrito otros medicamentos. De haberlo sabido, me habría negado a dejarle los somníferos.

Fi no le quita ojo de encima, esforzándose por seguirle el ritmo.

—Gracias.

—Lo más importante es que tú no tocaste ni el vino ni las pastillas. Si encuentran tus huellas en otras partes del piso es porque, ostras, te pasabas aquí la mitad de la semana y lo que hay es tuyo.

—Me puse guantes para machacar las pastillas y meterlas por el cuello de la botella —le cuenta Fi.

—Muy bien.

—Pero estuve rebuscando en algunas cajas sin guantes, y llevan aquí desde el jueves. No pasa nada, ¿verdad? Podía necesitar registros financieros como pruebas para la policía y los abogados para el tema de la casa.

—Exacto. Es normal que quisieras recuperar lo más esencial que Bram había empaquetado sin tu consentimiento. Puede que necesitaras también algunas cosas de los críos. Pero eso será cuando vuelvas esta tarde, ¿vale? Entonces podrás tocarlo todo. Anoche te quedaste conmigo, y esta mañana te he llevado a casa de la madre de Bram a recoger a los niños, que es lo que haré, ¿cuándo? ¿A las ocho? ¿A las nueve? Volvamos a Trinity Avenue hasta que sea la hora de irse.

—No puedo traer aquí a los niños —objeta Fi horrorizada.

—Desde luego que no —coincide Merle—. Iremos directamente a casa de tus padres, ¿te parece? Lo mejor es que les expliques lo de la casa, que te dejes aconsejar, céntrate en eso, ¿vale? ¿No habías estado en el piso desde...?

—Desde el miércoles, que vine a recoger unos zapatos.

—Genial. Adrian vuelve hoy, así que se puede encargar de Robbie y Daisy cuando yo me vaya contigo. Por suerte anoche estaba tan cansado que no hablé con él. ¿Nos vamos, entonces?

¿Irse? Fi está del todo paralizada, incapaz de apartar la mirada del cuerpo. ¿Estará de verdad enfriándose y agarrotándose, existiendo por primera vez como «algo», como una entidad que ha cesado de vivir para siempre? ¿Cómo le ha costado tan poco matarlo? ¿Cómo ha sido capaz de beberse el vino con tanta pastilla disuelta? ¿No lo notó amargo? ¿No notó el veneno?

Contiene el aliento.

—Busqué la medicación en Google, en mi móvil, cuando estuve aquí el miércoles.

Merle frunce el ceño.

—Vale. Bueno, pero porque la viste y querías saber qué era; eso no significa que te la llevaras. Simplifícalo todo, Fi, no te compliques la vida. Relativízalo.

—Sí.

No se puede creer lo resuelta que es Merle. Tiene respuesta a cualquier duda, a cualquier problema. Es la salvadora de Fi, su ángel de la guarda.

Pero entonces recuerda algo más.

—Lucy vio las pastillas de Bram. Ayer, en la cocina. Se me cayeron del bolso.

—¿Le dijiste que eran de Bram?

—No, se pensó que eran mías, me lo repitió varias veces.

—Bien. ¿Te han recetado algo más últimamente?

—No.

—¿Y a alguien de la familia?

—Solo a Leo, unas pastillas para la alergia. Siempre usamos la misma receta, a medida que las necesitamos. Pero ahora hace siglos que no compramos.

—Eso no importa. ¿Vienen en cajas como las de Bram?

—De otro color, creo. No me acuerdo.

—Enséñame una —le pide Merle.

—Es que no sé dónde están. —Fi se percata del pánico en su voz, de cómo va perdiendo la seguridad previa de que puede llegar a salvarse—. Estaban en casa, en el armario del lavabo.

Entre las dos repasan el montón de cajas idénticas, pero no hay ninguna marcada.

—Y esto no es todo —añade Fi—. Hay otro lote en un trastero.

—Pues lo revisaremos también. —Incluso su mirada es breve, eficiente—. Pero en silencio. No nos puede oír ningún vecino trasteando por el piso.

Tardan una hora en encontrar las cajas con los enseres del baño familiar, pero las pastillas de Leo están dentro. Hay un blíster a la mitad y otro intacto, aún en la caja. Fi se las guarda en el bolso.

—Siempre llevo una caja encima por si Leo desarrolla síntomas y nos pilla fuera de casa.

—Excelente.

Al fin se marchan, Fi con su bolsa de viaje y Merle con la de los móviles de Toby en el bolsillo de la chaqueta. La niebla se ha disipado, pero aún hace una mañana amable, que apoya su causa y las protege de vuelta de Trinity Avenue. El guion sigue escribiéndose sobre la marcha, con Merle hablando casi para sus adentros, poco más que un murmullo.

—¿Algún vecino os vio juntos alguna vez?

—No creo, apenas me encontré a ninguno estando yo sola. Cuando llegaba le abría con el telefonillo y solía irse solo, así que, si alguien lo vio, no tenía por qué deducir que la visita era para mí y no para Bram.

—Genial. Y cuando vino ayer a mi casa nos contó que había estado en el piso, ¿te acuerdas? Que le había pedido a un vecino que le abriera y que había estado aporreando la puerta. Fijo que estaba hecho un energúmeno y dejó bien clarito lo cabreado que estaba con Bram.

A punto de llegar a casa de Merle, pasan por delante de la de Fi, de la de los Vaughan, y su visión periférica no registra más que quietud.

Frena en seco y le estruja el brazo a Merle.

—¡Los Vaughan, Merle! ¡Los Vaughan lo vieron!

—No te pares —la apremia Merle—. Y tienes razón, pero les preguntó por Bram, no por ti. ¿No te acuerdas de que estaba llamando a Bram a gritos y David le dijo algo como «ponte a la cola»? Luego fue cuando salí de casa y lo invité a entrar. Total, que los Vaughan no tienen forma de saber que está relacionado contigo. Puede que te vieran irte con él, pero lo dudo, estaban atrincherados en la cocina. De todas maneras, si llegara a salir el tema, podemos negarlo.

Tienen poco tiempo de descanso antes de que llegue el momento de que Merle coja las llaves del coche, Fi le envíe un mensaje a Tina y las dos se dispongan a volver sobre sus pasos hasta Wyndham Gardens, que es donde está aparcado el Range Rover de Merle.

—Vale. ¿Qué hacemos luego?

Fi recita el plan:

—Me llamarás a las cuatro, me sugerirás que vayamos al piso a comprobar si Bram se dejó algún documento relacionado con la casa o pistas que podamos presentarles a la policía y al abogado el lunes. Descubriremos juntas el cuerpo y testificaremos que podría tratarse del mismo hombre que se presentó en Trinity Avenue ayer preguntando por Bram. Le hemos mirado la cartera para ver si había algún documento identificativo.

—Perfecto. Verán el vino, analizarán el móvil de Bram y empezarán a atar cabos con el robo de la casa.

La bruma ha acabado en llovizna y los parabrisas se mueven sin cesar por la luna del coche.

—¿Y cómo explico que el hombre con el que me estaba viendo ha desaparecido?

Merle echa un vistazo por el retrovisor.

—Pan comido. Se dio el piro cuando supo que habías perdido la casa. Solo le interesaba el dinero.

—Puede que estuviera casado —añade Fi—. Nunca me llevó a su casa ni me dijo exactamente dónde vivía. Mi hermana está con la mosca detrás de la oreja desde el principio.

—Nos va de perlas. No te importaría que la policía

lo buscara, pero no puedes negar que lo que más te preocupa en estos momentos es que tu exmarido ha matado a una persona y te ha robado la casa.

Cuanto más repasan los detalles, mejor le parece el plan. Se aguanta por sí solo; es sólido.

Ahí es cuando Fi se acuerda de Alison.

—Ostras, Alison.

—¿Qué pasa?

—Que lo vio. Vio a Toby la noche en que lo conocí.

En el bar de La Mouette, meses ha.

«Se nota que tienes un tipo, ¿eh?»

—Alison no dirá ni pío —comenta Merle—. A lo mejor ni la interrogan. En todo caso, ¿cuándo fue eso?

—En septiembre.

El comienzo de todo. Un nuevo amanecer.

—Buf, hace mil años. Llevaba unas cuantas copas encima, había poca luz, era un guirigay. No te rayes más, Fi. Llegado el caso, no testificaría contra su mejor amiga. Yo no lo haría, eso ya te lo digo.

Se topan con varios semáforos en rojo. El motor se va apagando y encendiendo automáticamente. Apagado, encendido, apagado, encendido. Pregunta, respuesta, pregunta, respuesta.

Fi se hunde en el asiento y, por un instante, desearía ser invisible, una aparición que solo pudiera detectar la mujer que tiene al lado.

—Merle, ¿en serio estás dispuesta a hacer esto?

Semáforo en rojo. El motor se detiene.

—Eso ni se pregunta —contesta Merle.

—¿Por qué?

—Por favor, Fi, ya sabes por qué. —Esboza una sonrisa burlona y la mira de reojo con una expresión algo tristona—. Aunque también te digo que esperaba que volvieras a dirigirme la palabra por algo radicalmente distinto.

Semáforo en ámbar. El motor arranca.

Sí, Fi sabe por qué.

54

Sábado, 14 de enero de 2017
Londres, 08.00 h

No ha sido nada fácil coexistir en una comunidad tan familiar con una amiga y vecina que la traicionó de una de las formas más fundamentales. El instinto de castigarla le duró poco, pero dejó a Fi con una sensación aún más desalentadora y trágica: una pérdida doble. Bram y Merle. Y el hecho de que la vida en Alder Rise fuera tan tribal no provocó sino que fuera todavía más doloroso, porque había subgrupos de personas que lo sabían, personas que no y personas que no tenía claro si estaban o no al tanto.

Lo de Kent fue un ejercicio especialmente angustioso: había pensado más de una y de dos veces si dejarlo estar o no. Con todo, al final prefirió no fallarles a Leo y a Harry, ni, por qué no decirlo, a los demás niños del grupo. Eran una tribu independiente. Sobrevivir a aquel fin de semana (sin acabar de disfrutarlo, a decir verdad) la ayudó a apreciar la importancia de las apariencias en la vida vecinal, de los sacrificios personales. La mayor felicidad para el mayor número de individuos y bla, bla, bla.

Pocos días después del *affaire* de la casita del jardín llegó una súplica escrita y entregada a mano, metida por el buzón a escondidas, sin hacer ruido.

—Te ha llegado una postal, mami —le manifestó Harry—. Y eso que no es tu cumple.

—La gente envía postales por muchos motivos —respondió ella.

La leyó una única vez antes de destruirla, así que ahora no recuerda más que fragmentos.

«Fue una locura despreciable...»

«No me lo voy a perdonar en la vida...»

«¿Hay alguna posibilidad de que mantengamos una relación cordial, ni que sea por los niños...?»

«Quiero que sepas que haría lo que fuera por compensarte...»

El verbo *compensar* se le quedó grabado a fuego. Como si Fi le hubiera prestado algo, como si se hubiera deshecho de algo a voluntad. Como si hubiera emitido un permiso para que se acostara con Bram. La noche que quieras, cariño, donde mejor te venga. Yo ya me encargo de dejaros tranquilos.

Aunque resulte curioso, se imagina a Bram reescribiendo aquel episodio de esa forma. Se le da de perlas readaptar sus propias desventuras.

Pero a Merle no. Es extraordinaria resolviendo problemas; una esposa y madre de Trinity Avenue fuerte y vivaz.

«Dime algo, lo que sea —escribió—, y lo haré.»

Hasta que Merle no detiene el coche de camino al piso de Tina para deshacerse de los móviles, Fi no le pregunta de nuevo por qué. Están en un aparcamiento del parque de Crystal Palace y Merle acaba de regresar con las manos vacías del lago de las barcas, y es entonces cuando a Fi se le ocurre que quizá no vuelva a ver jamás a su cómplice, al menos hasta que se presenten como acusada y testigo, respectivamente.

—Ya te lo he dicho —responde Merle. No habla con impaciencia, pero está concentrada en las urgencias del día—. Ya sabes por qué.

—No, me refiero a lo vuestro. Hacía muchísimo que os conocíais. Aquella fue la única vez, ¿no?

Por fin Merle la sigue.

—Sí. Sí, por supuesto.

—¿Quién dio el primer paso? ¿Él?

Una pausa.

—No, fui yo. No te voy a engañar. No me invitó a la casa, ni siquiera me esperaba. No le quedó otra que invitarme a pasar.

Fi le sostiene la mirada.

—Pero sí que podría haber optado por no follarte.

Merle ni se inmuta.

—No sé qué decirte, Fi. Yo tenía una misión.

—¿Por qué? ¿Cómo pudiste? —No puede discutirle si es o no algo propio de su carácter porque no ha conocido a la verdadera Merle hasta ayer o, de hecho, hasta esta misma mañana—. Sabes cómo me afectó la primera vez. Me consolaste y me aconsejaste que le diera otra oportunidad.

—Ya lo sé —musita Merle—. No tengo excusa. No hay nada que lo justifique. A veces sigo sin creérmelo.

Así y todo, nunca ha tratado de relativizarlo. El sexo, el adulterio, la institución del matrimonio: ahora sí que tienen una importancia relativa —hasta el punto de ser casi irrelevantes; ¿acaso hay alguna alternativa?—, pero Fi necesita saberlo. Necesita comprenderlo.

—¿Siempre os habíais sentido atraídos?

Otra pausa. Merle se agarra al borde del asiento de piel.

—Creo que sí, pero tampoco es que tuviéramos pensado ponerlo en práctica.

—¿Y por qué lo pusiste en práctica esa noche? Habías sido capaz de resistirte durante muchísimos años. ¿Cuál era esa misión?

Ahora Merle se lleva los dedos a la boca, como si quisiera controlar sus propias palabras. El coche está cerrado a cal y canto y no se oye ni una mosca; existe una cierta sensación de que la atmósfera no tolerará más que la verdad.

—Aquella noche había dejado a los niños con una canguro porque había quedado con Adrian en La Mouette. Una cena de aniversario de bodas atrasada. Llevábamos un tiempo con problemas, creo que te lo llegué a comentar entonces. Me había tomado ya unas cuantas copas cuando me envió un mensaje para decirme que no podía venir. Un texto escueto, ni siquiera se disculpó, fue algo como «no llego, trabajo hasta tarde». Estaba que me subía por las paredes, no me podía creer que le importara tan poco, que no pensara en todas las gestiones que había tenido que hacer con la canguro, los obstáculos que se te presentan solo para dejar a los niños en buenas manos antes de salir por la puerta, y eso sin hablar de vestirte para la ocasión e ir dispuesta a comportarte como una adulta, como una esposa. Fue como si aquella cancelación se sumara a todas las demás, a todas las meteduras de pata. Me acuerdo de que me quedé allí sentada echando humo por las orejas, literalmente planeando cómo iba a presentarle el divorcio. Había un tipo en la barra e intenté flirtear con él, pero me rechazó, es que ni se inmutó. —Se ruboriza al recordarlo—. Fue superhumillante. Uno de los momentos más vergonzosos de mi vida. Como un punto de inflexión.

Merle toma aire y mira por el parabrisas los campos que se extienden ante nosotras.

—Total, que volví a casa desquiciada por completo. Estaba ida, no se me ocurre otra manera de describirlo. Yo creo que fue algo hormonal. Tuve la impresión de que mi vida se precipitaba sin frenos hacia el abismo, cada vez a más velocidad, y necesitaba... necesitaba hacer algo que me recordara que seguía viva. Aunque lo único que me viniera a la cabeza fuera un acto que pudiera destruirme. Destruirte. Destruirnos a los tres, y también a Leo y a Harry, joder. Así que dejé atrás mi puerta y me planté en la vuestra.

Fi procesa lo que acaba de oír. Si lo ha entendido bien, fue un momento olvidable de crisis marital, un chute de hormonas típicas de la mediana edad, lo que desencadenó su apocalipsis. ¿Se sentiría distinta si la causa hubiera sido un hecho verdaderamente crucial? ¿El diagnóstico de una enfermedad terminal, la pérdida de un familiar, una degradación que hubiera acabado con su carrerea profesional? Es imposible no ver el paralelismo entre el delito de Merle y el suyo, sobre todo porque comparten una causa común: los dos fueron la reacción a una humillación.

«Eres un coñazo, una mojigata pasadísima de rosca. No sé cómo Bram te ha aguantado tantos años. No me extraña que te pusiera los cuernos...»

Cuando le soltó eso aún estaba a tiempo de pararlo todo. Podría haber vertido el vino por el sumidero, pero optó por servírselo. Ha matado a un hombre.

«¡Lo he matado!»

Se quedan un minuto sentadas en silencio.

—¿Merle?

—Dime.

Fi nota cómo le brota una sensibilidad líquida, que tiene que tragar antes de hablar.

—Quiero que quede claro que, si la policía llega a arrestarme, si hay algún detalle forense que soy incapaz de rebatir, no te arrastraré conmigo. No tienes nada que ver con lo que ha pasado. No has ido al piso conmigo esta mañana. Me he plantado en tu casa y te he pedido que me llevases a casa de Tina, punto. No tienes ni idea de lo que he hecho.

Merle sacude la cabeza.

—No hará falta llegar tan lejos.

—Pero, si hace falta, si me detienen, ¿cuidarás de Leo y Harry? O sea, mis padres se los quedarán, son los mejores tutores que podría pedir, pero ¿seguirás manteniendo las amistades? ¿Y estarás pendiente de lo que necesiten? Les vendrá bien otra familia que sientan como suya. No de primeras, que sé que estarás liadísima con el bebé, sino más adelante.

Merle se endereza para controlar los temblores en los hombros, se vuelve a abrochar el cinturón por encima de su cuerpo hinchado y arranca el coche.

—No lo dudes.

Fi lo había deducido el fin de semana de Kent, evidentemente; no se quitaba de la cabeza aquella excusa barata para no beber, y el domingo siguiente decidió buscarla por el gimnasio. Cada una asistía de forma regular a una clase distinta: Fi a pilates y Merle a yoga.

Pronto tendría que pasarse a las de yoga para personas embarazadas.

—¿Fi? —A Merle le sorprendió la visita—. No esperaba...

No esperaba que Fi se dirigiera a ella fuera del grupo de amigas, fuera de las cortesías que habían pactado para recoger y transportar a los hijos.

—Quiero preguntarte una cosa —dijo Fi.

Merle esperó. La saludaron dos mujeres que llegaban en ese momento a la clase de yoga, pero recularon al ver su expresión de congoja.

—¿Es de Bram?

Fi se percató de que Merle llegó a plantearse si negarle directamente lo del embarazo, pero al final decidió que no tenía sentido. Lo de ocultar la nueva vida que crecía en tu interior tenía un límite, y, además, con las mallas de yoga se le empezaba a notar.

—No —respondió Merle—. Es de Adrian. Salgo de cuentas en mayo.

—¿Me lo prometes?

—Te lo prometo.

—Pues no volveré a preguntártelo —concluyó Fi, tajante.

«¿Ni siquiera si el bebé llega en abril y no en mayo?», pensó mientras se alejaba. No quiso aventurarse. Lo que tenía claro era que estaría al tanto del desarrollo de los acontecimientos.

Fuera como fuera, podía pasar de todo hasta entonces.

Lyon, 14.00 h

Ha llegado el momento de su último traslado y se ha acomodado en el aparthotel. Lo curiosamente es que su nuevo aposento no resulta tan diferente al estudio del bebé déco: socorrido y neutro, con un diseño que transmite que lo más indispensable merece el mismo respeto que los caprichos; caray, si es que hasta podría asumirse como una virtud. Sí, es el lugar perfecto para la última defensa de Custer y, además, un buen refugio para un escritor: está bien climatizado e insonorizado, hay una máquina Nespresso con un buen montón de cápsulas y unas cuantas bolsitas de té individuales de las que les chiflan a los franceses. Una nevera para las cervezas. Los restos reconfortantes de que otras personas han fumado allí.

Y lo más importante es que ha destruido el papelito con la información del wifi y que no le cabe duda de que no le fallará la fuerza de voluntad. Solo estará tentado de entrar a Google para seguir buscando datos sobre la investigación del accidente, elementos de su antigua existencia. De enviarle un correo a Fi y empezar a desgranarle lo del dinero, suplicarle que lo perdone y hasta aconsejarla sobre cómo reconstruir la familia que él mismo ha destruido.

«No tienes perdón», le dijo Merle. Es otro hombre imperdonable.

No deja de despertarle el interés el hecho de que, incluso ahora que está listo para contar la historia y poner los puntos sobre las íes, con énfasis y matices que solo dependen de él, apenas espera dedicarle a ella unas líneas (ya ha decidido que utilizará un seudónimo). A fin de cuentas, no es importante y no ha tenido un papel destacable en los hechos. Deduce que Fi optó por ocultarlo todo por el bien de los críos (Leo y Robbie siempre han sido uña y carne), por la armonía del vecindario y por seguir viviendo en la casa. No volvió a mencionarle a

Merle después de la separación, y si pudo ejercer esa clase de contención incondicional con una de las partes implicadas, probablemente pudo hacerlo con las dos. Y se fue a Kent, ¿no? Y nadie volvió con heridas de arma blanca.

Merle tardará en enterarse de la pérdida de la casa, y para entonces sabe que no se regodeará. La aventura en la casita del jardín nunca tuvo nada que ver con envidiar la vida de Fi, puesto que sus vidas no distaban tanto; en todo caso, ella llevaba una vida mejor, si tenemos en cuenta que su marido era un hombre fiel, aunque a Bram le parecía que a veces le costaba apreciar lo que tenía. No, para ella, aquella noche consistía en hacer algo temerario y forzar un instante de crisis para recordarse que aún corría sangre por sus venas, por mucho que el cuerpo que la contenía estuviera envejeciendo mucho más rápido de lo que le gustaría. En definitiva, buscaba restaurar la convicción de que aún le quedaba algo bueno que ofrecer a los demás.

Esa era la diferencia entre Merle y él. Ella estaba convencida de que le mejoraba la vida a la gente que la rodeaba, mientras que él no lo tenía tan claro.

O, en todo caso, hacía mucho que había dejado de creerlo.

55

Sábado, 14 de enero de 2017
Londres, 17.30 h

El peor momento, el momento más descorazonador de todo lo que ha pasado se produce cuando Merle y ella vuelven a atravesar la puerta del piso; es peor, incluso, que cuando Harry le pregunta si le ha gustado la sorpresa de papá y le ve la esperanza rebosándole por cada poro. El convencimiento de que su padre ha dado en el clavo y de que su madre está satisfecha.

—¿Ha elegido bien los colores? ¿Y se ha secado a tiempo? ¿Ha sido una sorpresa? ¿De verdad?

La única reacción posible es abrazarlo y decirle que todo es perfecto, que lo único que importa es que vuelve a estar con él y con su hermano, porque los ha echado de menos y para nada tienen a un delincuente por padre y a una asesina por madre.

Apenas le ha costado llevárselos de casa de Tina, y

tampoco han estado el tiempo suficiente como para verse tentada a airear las noticias sobre el supuesto fraude y la huida de Bram. Le preocupaba la tensión, sin duda más compleja, de pasarse el resto del día con sus padres, y eso sin contar que, si el plan de Merle funcionaba, los emplazarían a verificar su estado mental en los días posteriores al crimen.

Sin embargo, resulta que los efectos de una situación traumática severa son los mismos con independencia del origen. Perder la cabeza por haber matado a alguien no difiere en exceso de perderla porque tu marido te ha robado la casa y se ha dado a la fuga. En cualquier caso, agradece verse obligada a gestionar el desconcierto y la rabia de sus padres al enterarse de la venta de la casa, y su postura celosamente protectora con los niños le recuerda lo que las autoridades esperarán de ella. Han acordado que Leo y Harry se quedarán de momento en Kingston con el pretexto de que el equipo decorativo está tardando más de lo previsto para explicar la imposibilidad de que puedan volver a casa. No han estado nunca en el piso, y llevarlos ahora sería un problema. (Por decirlo con suavidad.)

Siguiendo las instrucciones de Merle, se ducha, pone a lavar la ropa que llevaba ayer y la que usó durante las vacaciones con Toby, y se enfunda unos vaqueros y una sudadera que le ha dejado Merle. A las 16.00, según lo convenido, Merle la llama y Fi les anuncia a sus padres que tiene que ir al piso.

—Merle cree que quizá Bram dejó allí parte de nuestras cosas, y a lo mejor tiene razón. Voy a ver si encuentro los documentos del banco y de la hipoteca para empezar a hablarlo con el abogado.

La reaparición de Merle en la vida de Fi le merece un par de cejas arqueadas, pero solo eso: «a grandes males, grandes remedios», es lo que expresan. Lo que sea —y quien sea— que ayude a resolver aquella catástrofe nefasta es bienvenido.

Su madre accede a llevar a Fi al piso, un trayecto que por desgracia entorpece la lluvia y el tráfico de los sábados, y cuando aparcan en el bebé déco, Merle ya las espera en la puerta.

—¿Quieres que entre a ayudaros? —le pregunta su madre, y apaga el motor.

—No, no, ve con los niños. Gracias, mamá. Gracias por todo.

Querría seguir, querría decirle que cuidara de Leo y de Harry porque en unas pocas horas podrían haberla arrestado.

—Todo saldrá bien —la anima Merle mientras esperan el ascensor; ya no hace ninguna falta que merodeen por la escalera con las luces apagadas—. Adrian acaba de volver de esquiar y se ha quedado en casa con los críos. Lo he puesto al día. De lo de Bram y de la casa, quiero decir. Está devastado, seguro que te haces a la idea. Ah, por cierto, Alison me ha recomendado una abogada. Rog y ella opinan que no deberíamos acudir directamente al tipo este, a Jenson, porque le debe lealtad a su cliente, no a nosotras.

«Nosotras.» Sigue siendo palpable en sus palabras, en sus actos: la fidelidad de Merle es incondicional.

—¿Y al verlos no has... no has cambiado de idea? ¿Sobre lo de ayudarme? —le pregunta Fi entre balbuceos—. Te entendería a la perfección si te echaras atrás. —¿Quién, por muy culpable que se sintiera, querría verse involucrado en algo así?—. Ya me has ayudado bastante, Merle. Tienes que pensar en ti y en el bebé.

—Mira, el ascensor —responde Merle con firmeza.

Dentro del piso, nada ha cambiado en la escena que han abandonado esa misma mañana, salvo por el olor, que ha ganado cuerpo y fetidez. Debe de ser el vómito, a menos que... a menos que haya empezado a descomponerse. ¿Sería posible?

Fi observa el cuerpo como si fuera la primera vez que lo ve. Por lo que ha leído, así no es como te tiene que hacer sentir un cuerpo en descomposición, esa tremenda sensación de la muerte, de una cáscara vacía, de un alma robada.

Puede que sea porque Toby no tenía alma.

Merle se adelanta y piensa en voz alta:

—¿Qué es lo primero que haríamos si lo encontráramos por sorpresa? Una de las dos tendría que comprobarle el pulso, mejor si soy yo. Tú sigues todavía muy afectada con lo que pasó ayer en la casa. —Le aprieta el cuello y una muñeca con las puntas de los dedos—. No creo que nadie espere que le practiquemos la RCP ni nada por el estilo, ¿no? Como tenga que ponerle la boca en los labios, vomito.

Fi se queda atrás, evitando mirarle a la cara.

—¿Está frío? —le pregunta, tiritando.

Merle le agarra una mano y la compara con el tacto de la piel de Toby.

—Sí, pero creo que está más caliente que tú. ¿No notas el calor que hace en este edificio? Es sofocante. Voy a ver si puedo abrir las puertas del balcón para que entre un poco de aire. Si no, al final voy a vomitar pero de verdad.

—Cuidado —le advierte Fi.

Mientras Merle se abre paso entre montañas de cajas, ella pone las manos heladas bajo el grifo del agua caliente del lavabo sin mirar a la ascsina del espejo.

Al salir, ve que Merle se las ha apañado para abrir las puertas del balcón y tiene el móvil en la mano.

—Venga. ¿Quién llama? ¿Tú o yo?

Fi responde que ya se encarga ella. Le tiemblan las manos cuando coge el teléfono y habla con la voz propia de una persona en shock.

—¿Hola? Por favor, necesito que venga alguien a mi piso... Hay un hombre... Acabamos de llegar una amiga y yo y nos hemos encontrado el cuerpo. Creemos que a lo mejor es un conocido de mi exmarido. Pensamos que puede estar muerto.

—Muy bien —la felicita Merle cuando cuelga—. Has dicho lo que tenías que decir, ni más ni menos.

Porque no está interpretando un papel. Esa es la belleza accidental del plan: no hay que inventarse nada. La sensación de que en cualquier momento puede echarse a llorar, a vomitar o a chillar y chillar hasta que alguien le clave una aguja en el brazo y vea un fundido a negro es completamente real.

Lyon, 18.30 h

Ya es de noche y se está fumando un cigarrillo, listo para empezar. La escritura no es lo suyo y supone que le llevará semanas, quizá hasta un mes. Cuando termine, reunirá los antidepresivos que le quedan, así como otros medicamentos que pueda comprar sin receta en las farmacias francesas, y se los tragará a puñados con el vodka más fuerte que encuentre. Y morirá. Acabará en el mismo sitio al que precipitó a la pequeña Ellie Rutherford.

Escribe: «Para no dar rodeos y dejar las cosas claras desde el principio, aviso que esto es una nota de suicidio...». Y, de golpe, entiende por qué está retrasando lo inevitable. Quiere pasar sus últimas semanas con ellos, con Leo, Harry y Fi. Escribir sobre ellos no es exactamente lo mismo que estar a su lado en persona, en la casa, pero se acerca a pasar tiempo juntos, ¿no?

Eso, por lo menos, está en sus manos.

Londres, 18.00 h

Mientras esperan, recogen los documentos que Fi encontró la noche anterior y rebuscan entre varias cajas para recuperar el resto del papeleo que pueden llegar a necesitar para investigar el fraude de Bram.

—¿Crees que esto es lo que haríamos? —le pregunta a Merle—. ¿No estaríamos demasiado asustadas con lo que hemos descubierto como para andar a la caza de documentos?

Merle vacila.

—Puede ser, pero es que van a sellar el piso, y tal vez esta sea tu única oportunidad para coger los pasaportes y papeles financieros varios. Como hemos hablado, puede que tengas que explicar qué hacen tus huellas repartidas por las cajas.

Fi asiente.

—¿Y crees que vendrán con sirenas?

—Sí, y es probable que la ambulancia llegue primero. No se van a fiar de que esté muerto solo porque se lo digamos nosotras, no somos profesionales. Querrán comprobar si pueden reanimarlo. Y luego ya vendrán los forenses.

—¿Seguro que te has deshecho de los móviles?

Merle hace un gesto afirmativo.

—Los tiré al lago, lo más lejos que pude. No me vio nadie, te lo prometo. Si resulta que alguien nos avistó en el aparcamiento, les diremos que paramos porque yo me encontraba mal, ¿vale? Últimamente es una constante.

Por estar preñada. Por estar preñada y seguir adelante con esto. Una cosa es resarcirse de un error, y otra muy distinta lo que está haciendo.

Al oír el lamento lejano de una sirena, vuelven a pasar

de lado por la fisura entre las cajas y esperan en el balcón. Las aceras relucen por la lluvia y reflejan en destellos estridentes los colores de los faros de los coches que transitan. El aroma de la calle es inesperadamente fresco y renovador, como si la primavera estuviera a punto de llegar al parque cercano y lo peor ya hubiera pasado.

El primer vehículo, una ambulancia, se salta el semáforo en rojo del cruce y se acerca al bebé déco por el carril más próximo, mientras los demás vehículos le abren paso y esperan.

—Última oportunidad para arrepentirse —le dice Merle.

Fi sabe que no espera respuesta. Arrepentirse a estas alturas no es más que una ilusión; las dos son conscientes de que solo tienen un camino posible por delante. Y está bien asfaltado. Lo primordial es que nadie pueda conectar al Toby con el que estuvo saliendo con el cadáver desmadejado de Mike que hay en el piso; entonces, y solo entonces, tendrá esperanzas de salir indemne. Libertad, si no para Bram, para ella y para sus hijos.

Cuando los paramédicos salen del vehículo, Fi y Merle vuelven al piso. Merle se aposta delante del telefonillo antes de que llamen al timbre que pronto tocará uno de los conductores.

—¿Lista? —le pregunta, con los dedos preparados para pulsar el botón.

—Lista —responde Fi.

Y el timbre suena.

56

4 de marzo de 2017
Lyon

Las pastillas ya están dispuestas en la cocina cuando escribe la última línea. Suficientes para matar a un caballo, según el juicio de un lego en la materia. Será menos impactante encontrarlo así que ahorcado.

«Estaba convencido de que te facilitaría la vida no tenerlo cerca y seguir avergonzándote.»

No ha dejado ningún mensaje ni ha tomado precauciones que puedan proteger la sensibilidad del personal de limpieza que es muy probable que lo encuentre. Les toca entrar en la habitación en un par de días. Demasiado tarde para echar la puerta abajo y salvarle la vida.

Ya ha escrito las últimas palabras. Una historia sobre el curso de concienciación sobre los riesgos del exceso de velocidad: no es precisamente cómo habría predicho finalizar aquella empresa, pero es igual de esclarecedora que cualquier otra. Lo define a la perfección y puede darle al lector una imagen fiel de su carácter.

Y la información bancaria, desde luego. Da por supuesto que habrá retrasos, pero confía en que la policía y los abogados concluyan que el dinero es de Fi por derecho y le permitan acceder a él.

Titula el archivo «A la atención de la oficial de policía Joanne McGowan, de la policía metropolitana», lo copia en una memoria USB y apaga el portátil. Sabe que podría usar el wifi sin problemas y que ningún agente de policía llegaría a tiempo de detenerlo, pero después de seis semanas desconectado no tiene ningún interés por reconectarse con el mundo. Además, le apetece respirar aire fresco y dar un último paseo. De camino al cibercafé, piensa en lo gracioso que sería encontrarlo cerrado y que se viera obligado a buscar otro, a entrar en contacto con la humanidad de nuevo y, quizá, a disponer de una última oportunidad de sobrevivir.

Está abierto.

Tal como había planeado, se pasa menos de cinco minutos en el ordenador. Apuntó y memorizó la dirección de correo antes de marcharse de Londres, pero, por si acaso, añade también la dirección general de la Unidad de Investigación de Accidentes Graves de Catford. Mientras espera a que se suba el documento, se recuerda que tiene pendiente decidir qué música reproducir mientras pierde la conciencia. Debería ser un réquiem, es lo suyo, o una ópera, tal vez, pero no tiene nada de eso en su biblioteca.

Quizá Pink Floyd.

Sabe que es pura hipocresía, pero no puede evitar pensar en este documento como un último regalo para Fi. No solo da a conocer los medios para que pueda recuperar los beneficios de la casa, sino que también deja al descubierto a Mike: sus delitos, cómo extorsionó a Bram y cómo engañó a Fi. Sobre todo lo de Fi. Porque la policía debe saber que cayó en brazos de aquel depravado únicamente porque a él le interesaba; ella no es responsable de nada, ni de la más sutil de las acciones.

Cuando la policía sepa que Mike es Toby y Toby es Mike, solo tendrán que preguntarle a Fi cómo y dónde encontrarlo y los niños y ella estarán por fin a salvo.

Sin más dilación, al ver que el archivo se ha subido con éxito, pulsa el botón de «Enviar».

AGRADECIMIENTOS

Escribí una parte de *Nuestra casa* fuera de contrato, lo que, como muchos colegas sabrán, implica un periodo de trabajo tan estimulante como precario en el que solo hay una persona a tu lado: tu agente. Por tanto, gracias, de corazón, a Sheila Crowley: no voy a olvidar tus ánimos y apoyo en una época en la que tenías cosas infinitamente más importantes en las que pensar.

Gracias también al Team Crowley de Curtis Brown (Reino Unido): Becky Ritchie, Abbie Greaves y Tessa Feggans. También de Curtis Brown: Luke Spped, Irene Magrelli, Alice Lutyens y Katie McGowan.

Gracias a Deborah Schneider de Gelfman Schneider por sus habilidades sobre el mercado estadounidense: es un placer haber trabajado juntas, y que dure muchos años. Me considero una privilegiada por haber sido testigo del descubrimiento de The Opals.

Quiero dedicarle un agradecimiento especial a Danielle Pérez, de Berkley, por su extraordinario talento y paciencia con la edición de este libro. Danielle, tú y yo sabemos lo mucho que lo has mejorado, y no podría sentirme más agradecida. Tu fe constante en el libro y promoción en Estados Unidos significan muchísimo para mí.

Gracias al resto del magnífico equipo de Berkley: Sarah Blumenstock y Jennifer Snyder, así como Alana Colucci, la diseñadora de la preciosa portada (¡no sabes lo raro que es que me enamore de una portada a primera vista!).

Gracias a Simon & Schuster, de Reino Unido: me hace muy feliz haberme reunido con una leyenda de la ficción como Jo Dickinson y trabajar por primera vez con un equipo que hacía años que admiraba desde la distancia: Gill Richardson, Laura Hough, Dawn Burnett, Hayley McMullan, Dom Brendon, Jess Barratt, Rich Vlietstra, Joe Roche, Emma Capron, Maisie Lawrence, Tristan Hanks, Pip Watkins y Suzanne King. Por último, pero no menos importante, Sara-Jade Virtue, a quien dedico este libro. Hace más de diez años que eres una gran amiga y un apoyo imprescindible, y sigo sin creerme que por fin podamos trabajar juntas.

Gracias a John Candlish por sus conocimientos legales, así como por sus recomendaciones de grandes lecturas para olvidarme un poco de los fraudes sobre la propiedad. Y al resto de mi familia y amigos, quienes han estado escuchando mis quejidos y gruñidos con rostros circunspectos, como si los libros fueran diamantes de sangre y un día me pudiera quedar en la mina. No voy a enumeraros por miedo a dejarme a alguien y meter la pata, salvo por Mats y Jo, algo ya tradicional.